UM PORTO SEGURO

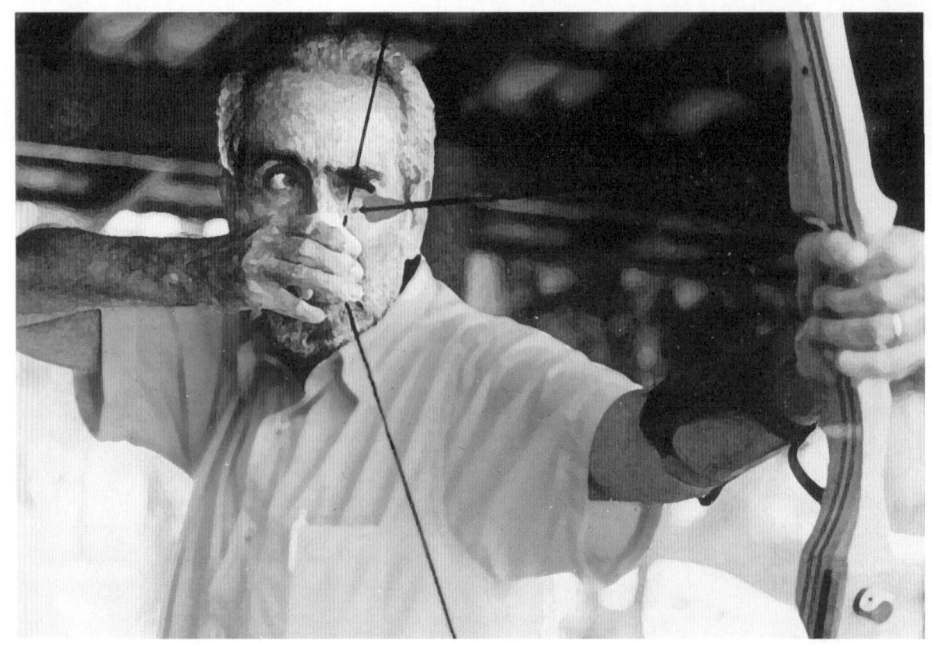

O Arqueiro

GERALDO JORDÃO PEREIRA (1938-2008) começou sua carreira aos 17 anos, quando foi trabalhar com seu pai, o célebre editor José Olympio, publicando obras marcantes como *O menino do dedo verde*, de Maurice Druon, e *Minha vida*, de Charles Chaplin.

Em 1976, fundou a Editora Salamandra com o propósito de formar uma nova geração de leitores e acabou criando um dos catálogos infantis mais premiados do Brasil. Em 1992, fugindo de sua linha editorial, lançou *Muitas vidas, muitos mestres*, de Brian Weiss, livro que deu origem à Editora Sextante.

Fã de histórias de suspense, Geraldo descobriu *O Código Da Vinci* antes mesmo de ele ser lançado nos Estados Unidos. A aposta em ficção, que não era o foco da Sextante, foi certeira: o título se transformou em um dos maiores fenômenos editoriais de todos os tempos.

Mas não foi só aos livros que se dedicou. Com seu desejo de ajudar o próximo, Geraldo desenvolveu diversos projetos sociais que se tornaram sua grande paixão.

Com a missão de publicar histórias empolgantes, tornar os livros cada vez mais acessíveis e despertar o amor pela leitura, a Editora Arqueiro é uma homenagem a esta figura extraordinária, capaz de enxergar mais além, mirar nas coisas verdadeiramente importantes e não perder o idealismo e a esperança diante dos desafios e contratempos da vida.

NICHOLAS SPARKS

UM PORTO SEGURO

Título original: *Safe Haven*

Copyright © 2010 por Nicholas Sparks
Copyright da tradução © 2016 por Editora Arqueiro Ltda.

Todos os direitos reservados. Nenhuma parte deste livro pode ser utilizada ou reproduzida sob quaisquer meios existentes sem autorização por escrito dos editores.

tradução: Viviane Diniz

preparo de originais: Victor Almeida

revisão: Fatima Fadel e Flávia Midori

diagramação: Abreu's System

capa: Raul Fernandes

imagem de capa: Ilina Simeonova/ Trevillion Images

impressão e acabamento: Bartira Gráfica

CIP-BRASIL. CATALOGAÇÃO NA PUBLICAÇÃO
SINDICATO NACIONAL DOS EDITORES DE LIVROS, RJ

S726p	Sparks, Nicholas
	Um porto seguro/ Nicholas Sparks; tradução de Viviane Diniz. São Paulo: Arqueiro, 2016.
	304 p.; 16 x 23 cm.
	Tradução de: Safe haven
	ISBN 978-85-8041-608-4
	1. Ficção americana. I. Diniz, Viviane. II. Título.
16-34430	CDD: 813
	CDU: 821.111(73)-3

Todos os direitos reservados, no Brasil, por
Editora Arqueiro Ltda.
Rua Artur de Azevedo, 1.767 – Conj. 177 – Pinheiros
05404-014 – São Paulo – SP
Tel.: (11) 2894-4987
E-mail: atendimento@editoraarqueiro.com.br
www.editoraarqueiro.com.br

*Em memória de Paul e Adrienne Cote, minha maravilhosa família.
Já sinto falta de vocês.*

1

Enquanto Katie circulava por entre as mesas, uma brisa do Atlântico agitou seu cabelo. Ela levava três pratos na mão esquerda e outro na direita, e vestia uma calça jeans e uma camisa em que se lia "Ivan's: caiu no prato é peixe".

Levou os pratos para quatro homens que usavam camisas polo; o mais próximo dela sorriu ao vê-la. Embora ele agisse como se fosse apenas um cara simpático, Katie tinha consciência de que continuou a observá-la quando ela se afastou da mesa. Melody havia comentado que o grupo tinha vindo de Wilmington e procurava locações para um filme.

Katie buscou uma jarra de chá gelado, encheu os copos deles e, antes de voltar para o balcão, deu uma olhada rápida na vista. Era final de abril, a temperatura estava perfeita e o céu azul se estendia até o horizonte. Apesar da brisa, o canal refletia a cor do céu. Uma dúzia de gaivotas se empoleirara na cerca, esperando para se atirar embaixo das mesas se alguém deixasse cair alguma comida.

Ivan Smith, o proprietário, odiava gaivotas. Ele as chamava de "ratos com asas" e já tinha patrulhado a cerca duas vezes com um desentupidor de pia na mão, tentando assustá-las. Melody se aproximara de Katie e confessara ficar mais preocupada com o lugar onde o desentupidor havia estado do que com as gaivotas. Katie não comentara nada.

Ela começou a preparar outra jarra de chá gelado enquanto limpava o balcão. Um instante depois, sentiu alguém tocar seu ombro. Era a filha de Ivan, Eileen, uma garota bonita de 19 anos, o cabelo preso em um rabo de cavalo, que trabalhava meio período como *hostess* do restaurante.

– Katie, você pode atender mais uma mesa?

Katie deu uma olhada em suas mesas, calculando o ritmo em sua cabeça.

– Claro.

Eileen desceu as escadas. Katie podia ouvir trechos de conversas das mesas mais próximas, pessoas falando sobre amigos, família, clima ou pesca. Em uma mesa no canto, viu duas pessoas fecharem os cardápios. Foi até elas e anotou seus pedidos, mas não se demorou puxando conversa, como Melody fazia. Não era boa nisso, mas era educada e nenhum dos clientes parecia se importar.

Vinha trabalhando no restaurante desde o início de março. Ivan a contratara em uma tarde fria e ensolarada, em que o céu estava com o mesmo tom de azul dos ovos de um tordo. Quando Ivan dissera que ela podia começar a trabalhar na segunda-feira seguinte, Katie precisara se esforçar ao máximo para não chorar na frente dele. Tinha esperado para desabar a caminho de casa. Na época, ela estava sem dinheiro e não comia havia dois dias.

Katie encheu novamente os copos dos clientes de água e chá gelado e foi para a cozinha. Ricky, um dos cozinheiros, piscou para ela. Dois dias antes, ele a convidara para sair, mas Katie explicara que não queria se envolver com ninguém do restaurante. No entanto, tinha a sensação de que ele iria tentar de novo muito em breve.

– Hoje vai ficar movimentado – comentou Ricky. Ele era louro e magro, talvez um ou dois anos mais jovem do que ela, e ainda morava com os pais. – Toda vez que penso que as coisas vão se acalmar, a correria recomeça.

– O dia está lindo.

– Pois é. O que me leva a perguntar: por que as pessoas vieram para cá? Elas deviam estar na praia ou pescando. É exatamente o que vou fazer quando sair daqui.

– Parece uma boa ideia.

– Posso levar você para casa mais tarde?

Ele se oferecia para levá-la de carro pelo menos duas vezes por semana.

– Não, obrigada. Não moro tão longe.

– Não é nenhum problema – insistiu ele. – Eu ficaria feliz.

– Andar faz bem.

Ela lhe entregou a comanda, que Ricky prendeu no suporte giratório antes de passar um dos pedidos para Katie. O Ivan's era um dos lugares mais tradicionais da cidade, um restaurante que já funcionava havia quase trinta anos. Desde que começara no serviço, Kate aprendera a reconhecer os frequentadores regulares e, à medida que cruzava o restaurante, sabia discernir quem era freguês de primeira viagem. Casais flertavam, outros se ignoravam. Famílias. Ninguém parecia estranho e ninguém chegara perguntando por ela, mas ainda havia momentos em que suas mãos começavam a tremer, e Katie continuava dormindo com uma luz acesa.

Seu cabelo estava castanho e curto; vinha pintando-o na pia da cozinha da pequena cabana que alugara. Ela não usava maquiagem e sabia que seu rosto acabaria pegando um pouco de cor, talvez até demais. Lembrou-se de que precisava comprar protetor solar, mas, depois de pagar o aluguel e as contas da casa, não sobrara muito para luxos. O emprego no Ivan's era bom, e ela estava feliz, mas as gorjetas não eram generosas. Com sua dieta de arroz e feijão, macarrão e mingau de aveia, havia perdido peso nos últimos quatro meses. Podia sentir as costelas por baixo da blusa e, até algumas semanas antes, tinha olheiras que acreditava que nunca sumiriam.

– Acho que aqueles caras estão olhando para você – disse Melody, acenando com a cabeça em direção à mesa com os quatro homens do estúdio de cinema. – Principalmente o bonitinho de cabelo castanho.

– Ah – respondeu Katie e começou a fazer mais café.

Melody tinha fama de fofoqueira, então Katie não costumava falar muito com ela.

– O quê? Você não acha que ele é bonito?

– Não prestei atenção.

– Como você pode não notar quando um cara é bonito?

Incrédula, Melody a encarava.

– Não notando – respondeu Katie.

Como Ricky, Melody era mais nova do que Katie, talvez tivesse uns 25 anos. Tinha olhos verdes, era ruiva, bastante atrevida, e namorava um cara chamado Steve, que fazia entregas para uma loja de materiais de construção do outro lado da cidade. Como todos os outros funcionários do restaurante, Melody crescera em Southport, que descrevia como um paraíso para crianças, famílias e idosos, mas o lugar mais desolador da Terra para pessoas solteiras. Pelo menos uma vez por semana, dizia a Katie que planejava se mudar para Wilmington, que tinha bares, clubes e muito comércio. Ela parecia saber tudo sobre todos. Fazer fofoca, pensava Katie às vezes, era a verdadeira profissão de Melody.

– Soube que Ricky a chamou para sair – disse ela, mudando de assunto –, mas você não topou.

– Não gosto de sair com pessoas do trabalho.

Katie fingia estar compenetrada em organizar os talheres.

– Poderíamos marcar um encontro duplo. Ricky e Steve pescam juntos.

Katie não sabia se essa ideia tinha sido de Ricky ou de Melody. Talvez as duas coisas. À noite, depois que o restaurante fechava, a maioria dos funcionários ficava por ali um tempo, batendo papo e tomando cerveja. Fora Katie, todos trabalhavam no Ivan's havia anos.

– Não acho uma boa ideia.

– Por que não?

– Tive uma experiência ruim uma vez – respondeu Katie. – Quando saí com um cara do trabalho, quero dizer. Desde então, criei essa regra de não fazer isso de novo.

Melody revirou os olhos antes de correr até uma das mesas. Katie entregou duas contas e tirou os pratos vazios. Ela se manteve ocupada, tentando ser eficiente e invisível. Sempre de cabeça baixa, cuidou para que o balcão ficasse impecável. Isso fazia o dia passar mais rápido. Ela não flertou com o cara do estúdio e ele não olhou para trás quando foi embora.

Katie trabalhava tanto no turno do almoço quanto no do jantar. Ela adorava ver o céu passar de azul para cinza, para laranja e amarelo na borda ocidental do mundo, à medida que o dia dava lugar à noite. Durante o pôr do sol, a água cintilava e os veleiros deslizavam com a brisa. Os galhos dos pinheiros pareciam brilhar. Assim que o sol sumiu no horizonte, Ivan ligou os aquecedores a gás e as resistências se iluminaram como abóboras de Dia das Bruxas. O rosto de Katie estava um pouco bronzeado, e as ondas de calor que saíam dos aquecedores faziam sua pele arder.

Abby e Big Dave substituíram Melody e Ricky à noite. Abby estava no último ano do ensino médio e ria muito, e Big Dave vinha preparando jantares no Ivan's havia quase vinte anos. Ele era casado, tinha dois filhos e uma tatuagem de escorpião no braço direito. Pesava quase 150 quilos e, na cozinha, seu rosto estava sempre brilhando de suor. Gostava de dar apelidos para todo mundo e a chamava de Katie Kat.

A correria do jantar durou até nove horas. Quando o restaurante começou a esvaziar, Katie limpou tudo e fechou o balcão. Os ajudantes de garçom e ela levaram os pratos para o lava-louça enquanto os últimos clientes terminavam suas refeições. Em uma das mesas, havia um jovem casal e ela vira as alianças em seus dedos. Eram bonitos e pareciam felizes, e ela teve uma sensação de déjà-vu. Já fora como eles, em um passado distante. Ou assim pensava, porque descobrira que tudo havia sido uma ilusão. Katie se afastou do casal feliz, desejando poder apagar suas lembranças para sempre e nunca mais sentir aquilo.

2

Na manhã seguinte, Katie entrou na varanda com uma xícara de café, as tábuas do assoalho rangendo sob os seus pés descalços, e se encostou na cerca. Lírios brotavam em meio à grama. Ela ergueu a xícara, deliciando-se com o aroma enquanto tomava um gole.

Ela gostava dali. Southport era diferente de Boston, Filadélfia ou Atlantic City, com seus intermináveis barulhos de tráfego e pessoas correndo pelas calçadas. Era a primeira vez na vida que tinha um lugar que podia chamar de seu. A cabana não era grande coisa, mas ficava afastada e isso era o suficiente. Era uma das duas construções idênticas localizadas no final de uma estrada de cascalho: antigas cabanas de caça com paredes de tábuas de madeira, aninhadas junto a um bosque de carvalhos e pinheiros na beira de uma floresta que se estendia até a costa.

A sala de estar e a cozinha eram pequenas e o quarto não tinha closet, mas a casa era bem mobiliada, incluindo simpáticas cadeiras de balanço na varanda da frente. Além disso, o aluguel era uma pechincha. O lugar não estava caindo aos pedaços, mas se encontrava empoeirado após anos de abandono, e o senhorio se oferecera para comprar os materiais necessários se Katie estivesse disposta a dar um jeitinho nele. Desde que se mudara, ela passara a maior parte de seu tempo livre fazendo exatamente isso. Esfregara o banheiro até ficar brilhando, lavara o teto com um pano úmido. Limpara as janelas com vinagre e passara horas ajoelhada, fazendo de tudo para remover a ferrugem e a sujeira do linóleo da cozinha. Tapara buracos nas paredes com massa e depois lixara até ficar tudo lisinho. Pintara as paredes da cozinha de um tom vivo de amarelo, e os armários, de um branco acetinado. Seu quarto agora era azul-claro, a sala de estar, bege e, na semana anterior, tinha colocado uma capa nova no sofá, o que fazia com que parecesse praticamente novo.

Como já tinha acabado a maior parte do trabalho, ela gostava de se sentar à tarde na varanda da frente e ler livros que pegava na biblioteca. Além de café, leitura era seu único luxo. Ela não tinha televisão, rádio, celular, micro-ondas e nem mesmo um carro. Poderia guardar todos os seus pertences em uma única bolsa. Tinha 27 anos, fazia algum tempo que deixara de ser loura e de usar o cabelo comprido, e não tinha nenhum amigo de verdade. Havia se mudado para lá sem quase nada e, meses depois, ainda possía muito pouco. Ela guardava metade de suas gorjetas e, todas as noites, colocava o dinheiro em uma lata de café que mantinha escondida em um espaço estreito embaixo da varanda. Esse dinheiro era só para emergências e Katie preferiria passar fome a mexer nele. Respirava mais tranquila só de saber que tinha aquelas economias ali, porque o passado estava sempre à espreita e podia voltar a qualquer momento. Seu passado corria o mundo à sua procura, e ela sabia que ficava mais irritado a cada dia.

– Bom dia – chamou uma voz, interrompendo seus pensamentos. – Você deve ser a Katie.

Na varanda caindo aos pedaços da cabana ao lado, Katie viu uma mulher com cabelo castanho comprido e revolto acenando para ela. Parecia ter uns 30 e poucos anos e vestia uma calça jeans e uma camisa de botão com as mangas enroladas até os cotovelos. Katie também notou um par de óculos de sol aninhado em seus cachos emaranhados. A mulher segurava um pequeno tapete e parecia pensar se devia ou não sacudi-lo, até finalmente deixá-lo no chão e seguir em direção a Katie. Ela se movia com a energia e a facilidade de alguém que se exercitava regularmente.

– Irv Benson me disse que seríamos vizinhas.

O senhorio, pensou Katie.

– Eu não sabia que alguém se mudaria para cá.

– Acho que nem ele. Quase caiu da cadeira quando disse que ficaria com o lugar.

A essa altura, ela já tinha chegado à varanda de Katie e estendia a mão.

– Meus amigos me chamam de Jo.

– Oi – disse Katie, cumprimentando-a.

– Dá para acreditar nesse tempo? Está maravilhoso, não é?

– É uma linda manhã. Quando você se mudou?

– Ontem à tarde. Para minha alegria, passei a noite inteira espirrando.

Acho que Benson juntou toda a poeira que podia e armazenou na minha casa. Você não iria acreditar em como está aquilo lá.

Katie acenou com a cabeça em direção à porta.

– A minha estava do mesmo jeito.

– Não parece. Desculpe, não pude deixar de dar uma espiada pela sua janela quando estava na minha cozinha. Sua casa é iluminada e alegre. Eu, por outro lado, aluguei um calabouço empoeirado e cheio de teias de aranha.

– O Sr. Benson me deixou pintar.

– Aposto que sim. Desde que o Sr. Benson não tenha que fazer nada, aposto que ele vai me deixar pintar também. Ele fica com um imóvel limpo e agradável e eu, com todo o trabalho. – Ela abriu um sorriso irônico. – Há quanto tempo você mora aqui?

Katie cruzou os braços, sentindo o sol da manhã aquecer seu rosto.

– Quase dois meses.

– Não tenho certeza se aguento muito tempo. Se eu continuar espirrando como ontem à noite, minha cabeça provavelmente vai cair antes disso. – Ela estendeu a mão para pegar os óculos de sol e começou a limpar as lentes com a camisa. – Você gosta de Southport? É um mundo diferente, não acha?

– Como assim?

– Você não parece ser daqui. Eu chutaria que é do Norte...

Mesmo hesitante, Katie assentiu.

– Foi o que eu pensei – continuou Jo. – É preciso algum tempo para se acostumar com Southport. Quero dizer, eu sempre gostei daqui, mas adoro cidades pequenas.

– Você é daqui?

– Eu cresci aqui, fui embora e acabei voltando. A história mais antiga que existe, não é mesmo?

Katie sorriu. Por um instante, ninguém disse nada. Jo parecia satisfeita em ficar parada, esperando que ela fizesse a próxima jogada. Katie tomou um gole de café, olhando para a floresta, e então se lembrou das suas boas maneiras.

– Quer uma xícara de café? Acabei de fazer.

Jo colocou os óculos de sol de volta na cabeça, enfiando-os no cabelo.

– Sabe, eu estava esperando que você dissesse isso. Eu *adoraria* uma xícara de café. Minha cozinha toda ainda está encaixotada e meu carro está na oficina. Você imagina como é encarar o dia sem cafeína?

– Faço uma ideia.

– Bem, só para você saber, sou uma verdadeira viciada em café. Principalmente nos dias em que preciso desencaixotar coisas. Já falei que odeio desencaixotar?

– Acho que não.

– É a pior tarefa que existe. Ter que pensar onde colocar tudo, batendo os joelhos em caixas enquanto esbarra na bagunça. Não se preocupe... Não sou o tipo de vizinha que pede esse tipo de ajuda. Mas café, por outro lado...

– Venha. – Katie acenou para ela entrar. – Mas saiba que a maioria dos móveis já era daqui.

Depois de atravessar a cozinha, Katie pegou uma xícara no armário e encheu até a borda. Então a entregou a Jo.

– Sinto muito, mas não tenho creme nem açúcar.

– Não esquenta – disse Jo, pegando a xícara. Ela soprou o café antes de tomar um gole. – Bem, é oficial. De agora em diante, você é minha melhor amiga no mundo inteiro. Está tããão bom.

– Obrigada – disse Katie.

– Benson falou que você trabalha no Ivan's.

– Sou garçonete.

– Big Dave ainda trabalha lá? – Quando Katie assentiu, Jo continuou: – Ele está lá desde antes de eu ir para o ensino médio. Dave ainda dá apelidos para todo mundo?

– Sim.

– Como anda a Melody? Ela ainda fica falando como os clientes são bonitos?

– Sempre.

– E Ricky? Ainda dá em cima das novas garçonetes?

Quando Katie assentiu de novo, Jo riu.

– Aquele lugar nunca muda.

– Você trabalhou lá?

– Não, mas é uma cidade pequena e o Ivan's é praticamente uma instituição local. Além disso, quanto mais tempo você mora aqui, mais entende que não existem segredos neste lugar. Todo mundo sabe da vida de todo mundo. Algumas pessoas, como, digamos... a Melody... elevaram a fofoca a uma forma de arte. Isso costumava me deixar maluca. É claro que metade das pessoas em Southport é assim também. Não há muita coisa para se fazer aqui, além de fofocar.

– Mas você voltou.

Jo deu de ombros.

– O que posso dizer? Talvez eu goste dessa loucura. – Ela tomou outro gole de café e apontou para fora da janela. – Sabe, quando morei aqui antes, nem sabia que esses dois lugares existiam.

– O senhorio disse que eram cabanas de caça. Faziam parte de uma fazenda antes de colocá-las para alugar.

Jo balançou a cabeça.

– Não acredito que você se mudou para cá.

– Você também veio morar aqui – ressaltou Katie.

– Sim, mas a única razão pela qual considerei a ideia foi porque eu sabia que não seria a única mulher no final de uma estrada de cascalho no meio do nada. É meio isolado aqui.

Foi exatamente por isso que fiquei mais do que feliz em alugá-la, pensou Katie consigo mesma.

– Não é tão ruim. Já me acostumei.

– Espero me acostumar também – disse ela, antes de soprar de novo o café e prosseguir: – O que a trouxe a Southport? Com certeza não foi o incrível potencial de carreira no Ivan's. Você tem família por aqui? Pais? Irmãos?

– Não – disse Katie. – Só eu.

– Veio por causa de um namorado?

– Não.

– Então você apenas... se mudou para cá?

– Sim.

– Por que diabo faria isso?

Katie não respondeu. Eram as mesmas perguntas que Ivan, Melody e Ricky tinham feito. Não havia segundas intenções por trás das perguntas, era apenas curiosidade natural. Mesmo assim, ela nunca sabia bem o que dizer, além da verdade.

– Só queria um lugar onde pudesse recomeçar.

Jo tomou outro gole de café, aparentemente pensando na resposta, mas, para surpresa de Katie, não perguntou mais nada. Em vez disso, assentiu.

– Faz sentido. Às vezes, recomeçar é exatamente o que uma pessoa precisa. Eu acho admirável. Muita gente não tem a coragem necessária para fazer algo assim.

– Você acha?

– Tenho certeza – disse ela. – Então, o que você vai fazer hoje enquanto eu estiver aqui reclamando, desencaixotando e limpando até minhas mãos ficarem em carne viva?

– Tenho que trabalhar mais tarde. Mas, fora isso, não muita coisa. Preciso dar um pulo no armazém para comprar algumas coisas.

– Você vai ao Fisher's ou até a cidade?

– Vou ao Fisher's.

– Já viu o proprietário de lá? O cara de cabelo grisalho?

Katie fez que sim.

– Uma ou duas vezes.

Jo terminou o café e colocou a xícara na pia antes de suspirar.

– Tudo bem – disse ela, parecendo nem um pouco entusiasmada. – Chega de enrolar. Se eu não começar agora, não vou terminar nunca. Me deseje sorte.

– Boa sorte.

Jo acenou ligeiramente a mão.

– Foi bom conhecer você, Katie.

Da janela da cozinha, Katie podia ver Jo agitando o tapete que tinha deixado de lado antes. Ela parecia ser uma pessoa bem agradável, mas Katie não tinha certeza se estava pronta para ter uma vizinha. Embora pudesse ser bom bater papo com alguém de vez em quando, havia se acostumado a ficar sozinha.

Por outro lado, sabia que morar numa cidade pequena significava que seu isolamento não duraria para sempre. Precisava trabalhar, fazer compras e andar pela cidade; alguns dos clientes do restaurante já a reconheciam. Além disso, tinha de admitir que havia gostado de conversar com Jo. Por alguma razão, sentia que ela era mais do que aparentava, que era... confiável. Ela também morava sozinha, o que definitivamente era uma coisa boa. Katie não imaginava como teria reagido se um homem tivesse se mudado para a casa ao lado e se perguntou por que nunca havia considerado aquela possibilidade.

Lavou as xícaras de café, depois as guardou de volta no armário. O ato era tão familiar – guardar duas xícaras depois do café da manhã – que, por um instante, Katie se sentiu tragada pela vida que tinha deixado. Suas mãos começaram a tremer e ela precisou respirar fundo algumas vezes até se acalmar. Dois meses antes, não teria sido capaz de fazer isso; até mesmo duas semanas antes, não haveria muito que pudesse fazer para se controlar. Embora estivesse contente que as crises de ansiedade não a dominassem mais, isso também significava que estava ficando à vontade ali, o que a assustava. Ficar à vontade significava baixar a guarda, e ela nunca poderia deixar isso acontecer.

Mesmo assim, estava feliz por ter ido parar em Southport. Era uma pequena cidade histórica com alguns milhares de habitantes, na foz do rio Cape Fear. Um lugar com calçadas, árvores frondosas e flores que brotavam do solo arenoso. Barbas-de-velho pendiam dos galhos das árvores, enquanto *kudzus* subiam pelos troncos secos. Tinha visto crianças andando de bicicleta e jogando beisebol nas ruas e havia se maravilhado com o número de igrejas, praticamente uma em cada esquina. Dava para ouvir grilos e sapos à noite. Parecia o lugar perfeito desde o início. Era *seguro*, como se de alguma forma a chamasse, prometendo abrigo.

Katie calçou seu único calçado: um par de tênis All Star já bem surrado. A cômoda estava praticamente vazia e quase não havia comida na cozinha, mas, quando saiu de casa e seguiu para a loja sob a luz do sol que brilhava lá fora, pensou: *Este é o meu novo lar*. Então sentiu o cheiro forte de jacinto e de grama recém-cortada e se deu conta de que não era feliz assim havia muito tempo.

3

O cabelo dele ficara grisalho quando ainda tinha uns 20 e poucos anos, o que levara a algumas provocações bem-humoradas dos amigos. Não tinha sido uma mudança lenta, alguns fios aqui e ali gradualmente ficando prateados. No espaço de um ano, não restara um único fio de cabelo preto. Nem sua mãe nem seu pai conseguiam explicar. Alex Wheatley era uma anomalia para os dois lados da família.

No entanto, o cabelo grisalho não o incomodava. Às vezes até desconfiava de que isso o havia ajudado em sua carreira no Exército. Ele trabalhara na Divisão de Investigação Criminal, na Alemanha e na Geórgia, e passara dez anos investigando crimes militares, que iam desde soldados ausentes sem permissão até invasão e roubo, violência doméstica, estupro e assassinato. Fora promovido regularmente, até se aposentar como major aos 32 anos.

Depois de encerrar sua carreira militar, ele se mudara para Southport, cidade natal de sua esposa. Era recém-casado, com o primeiro filho a caminho e, embora seu pensamento imediato tivesse sido o de se candidatar a um emprego na manutenção da ordem pública, seu sogro acabara propondo-lhe vender o negócio da família.

Era um desses armazéns antigos, revestido de tábuas brancas, venezianas azuis, varanda com telhado inclinado e um banco na frente, o tipo de loja que teve seu apogeu há muito tempo e já quase não se via mais. A residência ficava no segundo andar. Uma enorme magnólia proporcionava uma agradável sombra de um dos lados do prédio, e um carvalho se erguia na frente. Apenas metade do estacionamento era asfaltada – a outra era de cascalho –, mas o lugar quase nunca ficava vazio. Seu sogro abrira o negócio antes de Carly nascer, quando não havia muito mais do que terra para plantação em volta. Mas ele se orgulhava de entender as pessoas e se esforçava para estocar tudo de que precisavam, o que conferia ao lugar uma aparência bagunçada.

Alex pensava da mesma maneira, portanto não alterara muito a loja. Cinco ou seis corredores de mantimentos e artigos de higiene, balcões refrigerados nos fundos lotados de tudo – refrigerante, água, cerveja, vinho etc. –, prateleiras de batatas, doces e todo tipo de besteira que as pessoas compram enquanto esperam junto à caixa. Mas era aí que a semelhança acabava. O armazém também tinha equipamentos de pesca diversificados, iscas vivas e uma churrasqueira comandada por Roger Thompson, que já trabalhara em Wall Street e se mudara para Southport em busca de uma vida mais simples. A área da churrasqueira oferecia hambúrgueres, sanduíches e salsichas, além de lugares para sentar. Havia DVDs para alugar, vários tipos de munições, casacos impermeáveis, guarda-chuvas e uma pequena variedade de romances clássicos e best-sellers. A loja vendia velas de ignição, correias de ventilador e galões de gasolina, e Alex podia fazer cópias de chaves com uma máquina que mantinha no fundo da loja. Ele tinha três bombas de gasolina para carros e outra na doca para qualquer barco que precisasse reabastecer – o único lugar a fazer isso além da marina. Perto do balcão era possível encontrar potes de picles, amendoim cozido e cestas de legumes frescos.

Não era tão difícil manter um controle do estoque da loja. Alguns itens saíam com certa regularidade, outros não. Como seu sogro, Alex tinha uma boa noção do que os fregueses precisavam logo que entravam na loja. Ele sempre notara coisas que outras pessoas não percebiam e costumava se lembrar desses detalhes, uma característica que o ajudara muito nos anos em que trabalhara na Divisão de Investigação Criminal. Atualmente, estava sempre atento aos itens que estocava, tentando acompanhar as preferências de seus clientes.

Nunca em sua vida imaginara fazer algo assim, mas tinha sido uma boa decisão, nem que fosse só porque permitia ficar de olho nas crianças. Josh estava na escola, mas Kristen só começaria no outono e passava os dias com ele na loja. Ele tinha montado uma pequena área de lazer por trás da caixa registradora. Ali sua filha, animada e tagarela, parecia quase sempre feliz. Apesar de só ter 5 anos, ela sabia usar a máquina e dar troco; subia em uma escadinha para alcançar os botões. Alex gostava de ver as expressões nos rostos dos estranhos quando ela começava a registrar suas compras.

Não era uma infância ideal para Kristen. Para ser honesto, precisava admitir que cuidar dos filhos e da loja exigia muito dele. Às vezes, sentia que mal podia aguentar – fazer o almoço de Josh e deixá-lo na escola, encomendar mercadorias de seus fornecedores, encontrar-se com vendedores e atender os clientes, tudo isso enquanto distraía Kristen. E isso era só o começo. Às vezes achava que as noites eram ainda mais movimentadas. Tentava ao máximo passar algum tempo fazendo o que seus filhos gostavam. Andar de bicicleta, soltar pipa e pescar com Josh. Kristen brincava de bonecas e fazia trabalhos manuais, e ele nunca tinha sido bom com essas coisas. Acrescente a isso preparar o jantar e limpar a casa. Alex mal dava conta de tudo. Mesmo quando conseguia colocar as crianças na cama, era praticamente impossível relaxar, porque havia sempre alguma outra coisa por fazer. Ele já nem tinha certeza se ainda sabia como relaxar.

Depois que as crianças iam para a cama, Alex passava o resto de suas noites sozinho. Embora parecesse conhecer quase todo mundo na cidade, tinha poucos amigos de verdade. Os casais que Carly e ele às vezes visitavam em dias de churrascos ou jantares lentamente se afastaram. Parte disso era culpa sua – trabalhar na loja e criar os filhos tomava quase todo seu tempo –, mas às vezes ele tinha a sensação de que os deixava desconfortáveis, como se lembrasse a eles de que a vida era imprevisível e assustadora e que tudo podia ficar ruim de repente.

Era um estilo de vida cansativo e bastante isolador, mas ele permanecia focado em Josh e Kristen. Embora fosse cada vez menos frequente, os dois costumavam ter pesadelos desde que Carly se fora. Quando acordavam no meio da noite, chorando inconsolavelmente, Alex os abraçava com força e sussurrava que tudo ia ficar bem, até finalmente voltarem a dormir. Logo no início, todos tinham ido a uma psicóloga; as crianças desenhavam e falavam sobre seus sentimentos. Mas não parecia ter ajudado tanto quanto ele esperava. Os pesadelos continuaram por quase um ano. Quando ele coloria com Kristen ou pescava com Josh, os dois ficavam quietos e Alex sabia que sentiam falta da mãe. Algumas vezes, Kristen desabafava com uma voz trêmula de bebê, enquanto as lágrimas corriam pelo seu rosto. Quando isso acontecia, ele tinha certeza de que podia ouvir seu coração partindo. Não havia nada que pudesse fazer ou dizer para melhorar a situação.

A psicóloga lhe assegurara que as crianças eram fortes e que, desde que soubessem que eram amadas, uma hora deixariam de ter pesadelos e as lágrimas seriam menos frequentes. O tempo provou que ela estava certa, mas agora Alex enfrentava outra forma de perda, uma que o deixava com o coração igualmente partido: as lembranças que Josh e Kristen tinham da mãe desapareciam aos poucos. Eles eram muito pequenos quando a perderam – 3 e 4 anos. Chegaria o dia em que ela se tornaria mais uma ideia do que uma pessoa para eles. Era inevitável, é claro, mas de alguma forma não parecia certo para Alex que eles não mais se lembrassem do som da risada de Carly ou do jeito carinhoso como ela os segurava no colo quando eram pequenos, nem soubessem do imenso amor que sentira por eles.

Ele nunca gostou de fotografar. Era Carly quem sempre costumava pegar a câmera. Por isso, havia dezenas de fotografias dele com as crianças e só algumas que a incluíam. Embora ele fizesse questão de folhear o álbum com Josh e Kristen enquanto lhes falava sobre a mãe, desconfiava de que as histórias estavam se tornando apenas isso: histórias. As emoções ligadas a elas eram como castelos de areia na maré, lentamente se desmanchando. A mesma coisa acontecia com o retrato de Carly que ficava pendurado em seu quarto. No primeiro ano de casamento, ele contratara alguém para fotografá-la, apesar de seus protestos. Ele tinha ficado feliz com aquilo. Na foto, ela parecia linda e independente, a mulher decidida que roubara seu coração, e à noite, quando as crianças já estavam na cama, ele às vezes ficava olhando para a imagem da esposa, as emoções à flor da pele. Mas Josh e Kristen mal a notavam.

Alex pensava nela muitas vezes e sentia falta do companheirismo que um dia tiveram e da amizade que tinha sido o alicerce de seu casamento. Queria isso de novo. Por mais duro que fosse admitir, ele era solitário. Durante meses depois de ter perdido a esposa, ele simplesmente não conseguia se imaginar em outro relacionamento, muito menos considerar a possibilidade de amar alguém outra vez. Mesmo depois de um ano, era o tipo de pensamento que procurava afastar de sua mente. A dor era muito recente, a lembrança ainda muito fresca. Mas, alguns meses atrás, tinha levado as crianças ao aquário e, enquanto elas olhavam o tanque do tubarão, começara a conversar com uma mulher atraente de pé ao seu lado. Como Alex, ela levara os filhos e não usava aliança no dedo. Seus filhos eram da mesma idade de Josh e Kristen e, enquanto os quatro estavam afastados, ela rira de algo que Alex dissera e ele sentira uma faísca, uma atração, que o fizera se lembrar do que um dia tivera. Eles seguiram caminhos diferentes, mas, ao sair, ele a vira mais uma vez. Ela acenara para Alex e, por um instante, ele cogitara correr até o carro dela e pedir seu número de telefone, mas acabara recuando. Ele nunca mais a viu.

Naquela noite, esperara ser invadido pelo arrependimento, mas isso não aconteceu. Também não parecera *errado*. Apenas... natural. Não encorajador nem emocionante, mas natural. De alguma forma isso significava que ele começava a se curar. Isso não queria dizer, é claro, que estava pronto para se atirar de cabeça na vida de solteiro. Se acontecesse, tudo bem. Estava disposto a esperar até conhecer a pessoa certa, alguém que não apenas trouxesse a alegria de volta para a sua vida, mas que amasse seus filhos tanto quanto ele.

Porém, Alex sabia que, naquela cidade, as chances de encontrar essa pessoa eram mínimas. Southport era muito pequena. Quase todas as mulheres que conhecia eram casadas, aposentadas ou jovens o bastante para ainda estarem na escola. Não havia muitas mulheres solteiras por ali. E quem iria querer se relacionar com um pai viúvo? Ele podia ser solitário, podia querer companhia, mas não estava disposto a sacrificar seus filhos para conseguir isso. Eles já tinham sofrido muito e sempre seriam sua prioridade.

Ainda assim... havia uma possibilidade. Uma mulher lhe interessava, embora não soubesse quase nada sobre ela, além do fato de que era solteira. Ela vinha aparecendo na loja uma ou duas vezes por semana desde o início de março. Na primeira vez em que a vira, ela estava pálida e magra demais. Normalmente, Alex não teria olhado para ela duas vezes. Pessoas de passagem pela cidade muitas vezes paravam na loja para comprar refrigerantes, gasolina ou um lanche; e ele raramente as via de novo. Mas ela não queria nenhuma dessas coisas; em vez disso, manteve a cabeça baixa enquanto caminhava em direção aos corredores de mantimentos, como se estivesse tentando permanecer invisível, um fantasma em forma humana. Infelizmente para ela, não estava funcionando. Ela era muito atraente para passar despercebida. Devia ter quase 30, calculava Alex, e tinha o cabelo castanho cortado de forma meio irregular acima do ombro. Não usava maquiagem e suas maças do rosto proeminentes e os olhos grandes e arredondados lhe conferiam uma aparência elegante, ainda que um pouco frágil.

Na caixa, percebera que ela era ainda mais bonita. Seus olhos eram de um tom castanho-claro esverdeado, salpicados por pequenos pontos dourados, e seu sorriso breve e distraído desaparecia tão rapidamente quanto surgia. No balcão, ela só colocara produtos essenciais: café, arroz, aveia, macarrão, manteiga de amendoim e artigos de higiene. Ele sentira que uma conversa a deixaria desconfortável, então começara a registrar suas compras em silêncio. Nesse meio-tempo, ouvira a voz dela pela primeira vez.

– Você tem feijão sem ser enlatado? – perguntara ela.

– Sinto muito – respondera ele. – Não costumo ter feijão assim em estoque.

Enquanto Alex ensacava as compras, notara que ela olhava pela janela, mordendo distraidamente o lábio inferior. Por algum motivo, tivera a estranha impressão de que ela estava prestes a chorar.

Alex limpara a garganta:

– Se for algo que vá querer sempre, ficarei feliz em ter por aqui. Só preciso saber de que tipo você quer.

Quando ela respondeu, sua voz era pouco mais que um sussurro – Não quero incomodá-lo.

Ela pagara, deixara a loja com as sacolas e, para a surpresa dele, continuara andando até sair do estacionamento. Foi só então que percebera que ela não tinha chegado de carro, o que só aumentara sua curiosidade.

Na semana seguinte, havia feijão sem ser enlatado em sua loja. Ele tinha comprado de três tipos diferentes: carioquinha, roxo e de lima, embora apenas um único saco de cada. Quando ela voltara lá, ele fizera questão de falar que estavam na prateleira de baixo, no canto, perto do arroz. Ela levara todos os três sacos até a caixa e perguntara se ele por acaso tinha cebola. Alex apontara para um pequeno saco em um cesto perto da porta, mas ela balançara a cabeça.

– Só preciso de uma – murmurara, abrindo um sorriso hesitante de quem se desculpa. Suas mãos tremiam enquanto contava as notas e, mais uma vez, ela foi embora a pé.

Desde então, havia sempre feijão em estoque e uma cebola separada disponível. Nas semanas que se seguiram às suas duas primeiras idas à loja, ela se tornara uma cliente regular. Embora ainda muito quieta, parecia menos frágil, menos nervosa. As olheiras desapareceram gradualmente e ela pegara um pouco de cor com a recente onda de tempo bom. Ganhara um pouco de peso – não muito, mas o suficiente para suavizar suas feições delicadas. Sua voz estava mais forte também e, embora não mostrasse nenhum interesse por ele, conseguia olhar em seus olhos por mais tempo, antes de finalmente se afastar.

Eles não tinham ido muito além de "Achou tudo de que precisava?", seguido de "Sim, achei. Obrigada". Mas, em vez de fugir da loja como um cervo que está sendo caçado, ela às vezes andava um pouco pelos corredores e tinha até começado a conversar com Kristen quando as duas estavam sozinhas. Fora a primeira vez que ele a vira baixar sua guarda. O jeito tranquilo e a expressão sincera revelavam sua afeição por crianças. A primeira coisa que passou pela cabeça de Alex foi que tinha visto um pouco da mulher que ela já fora e poderia voltar a ser, dependendo das circunstâncias. Kristen também pareceu notar algo diferente com relação à mulher, porque, depois que ela saíra, dissera ao pai que tinha feito uma nova amiga e que seu nome era Srta. Katie.

Mas isso não significava que Katie se sentia confortável perto dele. Na semana anterior, ele notara que, depois de ter conversado descontraidamente com Kristen, Katia havia lido algumas sobrecapas dos romances que tinha na loja. Não comprara nada e, quando Alex perguntara casualmente se ela procurava por algum autor específico, o velho nervosismo voltara por alguns segundos.

– Desculpe – acrescentara ele, ao perceber que aquilo denunciava que ele a estivera observando. – Perguntei por perguntar.

Quando ia saindo da loja, no entanto, ela parara por um instante, a sacola presa embaixo do braço. Então virara ligeiramente o corpo em sua direção e murmurara que gostava de Dickens. Depois abrira a porta e partira, caminhando pela estrada.

Ele havia pensado nela com mais frequência desde então, mas eram pensamentos vagos, com um toque de mistério e tingidos pela certeza de que queria conhecê-la melhor. Não que soubesse bem como fazer isso. Tirando o ano em que paquerara Carly, nunca tinha sido bom com flertes. Na faculdade, com a natação e as aulas, tivera pouco tempo para sair. Em sua época de militar, se atirara de cabeça na carreira, trabalhando muito e passando de posto em posto a cada promoção. Embora tivesse saído com algumas mulheres, eram apenas romances fugazes que, na maioria das vezes, começavam e terminavam no quarto. Quando parava para lembrar, mal reconhecia o homem que costumava ser. Carly tinha sido responsável por essas mudanças. Sim, às vezes era difícil e solitário. Sentia falta da esposa e, embora nunca dissesse a ninguém, ainda havia momentos em que poderia jurar que sentia a presença dela por perto, cuidando dele, tentando garantir que ele ficasse bem.

Em razão do tempo maravilhoso que fazia, a loja estava mais movimentada do que o normal para um domingo. Quando Alex abriu a porta às sete, já havia três barcos amarrados no cais esperando a bomba ser ligada. Como era comum, ao pagarem pela gasolina, os proprietários aproveitavam para abastecer seus barcos de lanches, bebidas e sacos de gelo. Roger – que trabalhava na churrasqueira – não tivera descanso desde que colocara o avental, e as mesas estavam cheias de pessoas comendo hambúrgueres de carne de porco e pedindo dicas sobre o mercado de ações.

Normalmente Alex ficava na caixa até o meio-dia, quando passava as rédeas para Joyce. Ela, que trabalhara no tribunal até sua aposentadoria, "viera com o negócio". Seu sogro a contratara havia dez anos e agora, na casa dos 70, ela ainda não mostrara sinal de que estava diminuindo o ritmo. Seu marido tinha morrido anos antes, seus filhos se mudaram e ela via os clientes como sua família agora. Joyce era tão parte da loja quanto as mercadorias nas prateleiras.

Ela entendia que Alex precisava passar um tempo com os filhos longe da loja e não se incomodava em trabalhar aos domingos. Assim que chegava, ia logo para trás da registradora e dizia a Alex que ele podia ir embora, parecendo mais sua chefe do que sua empregada. Joyce também era sua babá, a única em quem ele confiava para ficar com as crianças quando precisava sair da cidade. Isso não era muito comum – só havia acontecido duas vezes nos últimos dois anos, quando Alex se encontrava com um velho amigo do Exército em Raleigh –, mas ele reconhecia que Joyce era uma das melhores coisas que tinham acontecido em sua vida. Quando mais precisava, ela sempre estava lá para ajudá-lo.

Enquanto aguardava a chegada de Joyce, Alex caminhava pela loja, checando as prateleiras. O sistema computadorizado era ótimo para administrar o estoque, mas ele sabia que fileiras de números nem sempre contavam toda a história. Às vezes, tinha uma noção melhor examinando as prateleiras para ver o que tinha sido vendido no dia anterior. O sucesso de uma loja estava em sempre estar atento ao reabastecimento das mercadorias, e isso significava que às vezes ele precisava oferecer produtos que não eram encontrados em nenhum outro lugar. Ele vendia compotas e geleias caseiras, temperos em pó de "receitas secretas" para dar sabor à carne bovina e suína, além de uma seleção de frutas e legumes enlatados da região. Pessoas que costumavam ir a outras lojas passavam por lá a caminho de casa para comprar as especialidades locais que Alex fazia questão de ter.

Ainda mais importante do que o volume de vendas de um produto era saber *quando* tinha sido vendido, um fato que não necessariamente aparecia nos números. Ele aprendera, por exemplo, que pães de cachorro-quente vendiam particularmente bem nos fins de semana, mas pouco nos dias úteis; exatamente o oposto acontecia com os pães comuns. Ao notar isso, passara a ter mais dos dois tipos de pão em estoque quando eram necessários, e as vendas aumentaram. Não era muito, mas isso ajudava Alex a manter o seu pequeno negócio enquanto as cadeias de supermercados faziam a maioria das lojas locais fecharem as portas.

Enquanto examinava as prateleiras, começou a pensar no que faria com as crianças à tarde e decidiu levá-las para andar de bicicleta. Não havia nada que Carly houvesse amado mais do que prendê-los ao carrinho da bicicleta e carregá-los pela cidade. Mas um passeio de bicicleta não era suficiente para preencher toda a tarde. Talvez pudessem ir até o parque... Sim, as crianças iriam gostar.

Deu uma espiada rápida em direção à porta da frente para ter certeza de que não havia ninguém chegando, correu pelo depósito dos fundos e colocou a cabeça para fora. Josh estava pescando na doca, seu passatempo favorito. Alex não gostava do fato de Josh ficar lá fora sozinho – não tinha dúvidas de que algumas pessoas não o considerariam um bom pai por permitir isso –, mas ele ficava dentro do alcance visual do monitor de vídeo de trás da caixa. Era uma regra e Josh sempre obedecera. Kristen, como de costume, continuava sentada em sua mesa atrás da caixa registradora. Tinha separado as roupas de sua boneca em diferentes pilhas e parecia contente em brincar de trocá-las. Toda vez que terminava, olhava para ele com um ar alegre e inocente e lhe perguntava o que achava da boneca, como se por acaso alguma vez ele fosse dizer que não tinha gostado.

Crianças. Eram capazes de suavizar até os corações mais duros.

Alex estava arrumando alguns dos condimentos quando ouviu o sino da porta da frente tocar. Ao erguer a cabeça em direção ao corredor, viu Katie entrar na loja.

– Oi, Srta. Katie! – gritou Kristen, aparecendo por trás da caixa. – O que acha da minha boneca?

De onde ele estava parado, mal podia ver a cabeça de Kristen por cima do balcão, mas ela segurava... Vanessa? Rebecca? Seja lá qual fosse o nome da boneca de cabelo castanho.

– Ela está linda, Kristen – respondeu Katie. – Esse vestido é novo?

– Não, já tenho há algum tempo. Mas ela não tem usado este ultimamente.

– Qual é o nome dela?

– Vanessa – respondeu a menina.

Vanessa, pensou Alex. Quando ele elogiasse Vanessa depois, pareceria um pai muito mais atento.

– Você que escolheu o nome dela?

– Não, ela já veio com esse nome. Você pode me ajudar a calçar as botas nela? Não consigo colocar direito.

Alex viu quando Kristen entregou a boneca a Katie e ela começou a empurrar as botas de plástico macio. Por sua própria experiência, Alex sabia que era mais difícil do que parecia. Não havia como uma menina pequena conseguir colocá-las. Ele mesmo tivera dificuldade em calçá-las, mas de alguma forma Katie fez parecer fácil. Ela entregou a boneca de volta e perguntou:

– Como está?

– Perfeita – disse Kristen. – Você acha que eu deveria colocar um casaco nela?

– Não está tão frio lá fora.

– Eu sei, mas Vanessa às vezes sente muito frio. Acho que ela precisa de um casaco. – A cabeça de Kristen sumiu atrás do balcão e, em seguida, apareceu novamente. – Qual deles você acha melhor? Azul ou roxo?

Katie levou um dedo à boca, a expressão séria.

– Acho que o roxo vai ficar bom.

Kristen assentiu.

– Também acho. Obrigada.

Katie sorriu e se afastou, e Alex voltou sua atenção para as prateleiras antes que ela o pegasse olhando. Moveu alguns potes de mostarda e temperos para a frente da prateleira e, pelo canto do olho, viu Katie pegar uma pequena cesta de compras e seguir para outro corredor.

Alex voltou para seu posto na caixa. Quando Katie o viu, ele a cumprimentou gentilmente.

– Bom dia.

– Oi. – Ela tentou prender uma mecha de cabelo atrás da orelha, mas era muito curta. – Só tenho que pegar algumas coisas.

– Me avise se não encontrar o que precisa. Às vezes os produtos mudam de lugar.

Ela fez que sim antes de seguir pelo corredor. Alex conferiu a tela que ficava perto da registradora: Josh pescava no mesmo lugar, enquanto um barco atracava lentamente.

– O que você acha, papai?

Kristen puxou a perna da calça dele enquanto levantava a boneca.

– Uau! Ela está linda. – Alex se agachou ao lado da filha. – E eu adorei o casaco. Vanessa sente muito frio às vezes, não é mesmo?

– É, sim – disse Kristen. – Mas ela disse que quer ir ao balanço, então provavelmente vai trocar de roupa.

– Parece uma boa ideia – disse Alex. – Talvez todos nós possamos ir ao parque mais tarde. Se você quiser ir ao balanço também.

– Eu não quero brincar no balanço. É a Vanessa que quer. E é tudo faz de conta, papai.

– Ah – disse ele –, tudo bem.

Nada de parque hoje, pensou.

Perdida em seu próprio mundo, Kristen começou a tirar a roupa da boneca de novo. Alex deu uma olhada em Josh pelo monitor bem quando um adolescente entrou na loja, vestindo apenas bermuda, e lhe entregou um maço de dinheiro.

– Para a bomba da doca – falou, antes de sair correndo.

Alex registrou a venda da gasolina e ligou a bomba enquanto Katie caminhava até a caixa registradora. Ela comprou os mesmos itens de sempre, com o acréscimo de um protetor solar. Quando ela olhou para Kristen por cima do balcão, Alex notou como os seus olhos mudavam de cor.

– Encontrou tudo de que precisava?

– Sim, obrigada.

Ele começou a guardar as coisas na sacola.

– Meu romance preferido de Dickens é *Grandes esperanças* – disse ele, tentando soar amigável enquanto guardava as compras dela. – Qual é o seu?

Em vez de responder logo, ela pareceu espantada por ele ter se lembrado.

– *Um conto de duas cidades* – respondeu Katie, a voz suave.

– Gosto desse também. Mas é triste.

– Sim – disse ela. – É por isso que eu gosto.

Como sabia que ela iria embora andando, ele colocou uma sacola dentro da outra para reforçar.

– Imagino que, como você já conhece minha filha, eu deva me apresentar. Meu nome é Alex. Alex Wheatley.

– O nome dela é Srta. Katie – disse Kristen atrás dele. – Mas eu já lhe disse isso, você não se lembra?

Alex olhou para ela por cima do ombro. Quando virou de volta, Katie sorria, estendendo o dinheiro.

– Só Katie – disse ela.

– Prazer em conhecê-la. – Ele bateu nas teclas e a gaveta da registradora abriu com um barulho. – Você mora por aqui?

Ela não teve tempo de responder. Em vez disso, quando Alex ergueu os olhos, viu que os dela estavam arregalados de susto. Virou para trás e viu o mesmo que ela no monitor: Josh tinha caído na água e agitava os braços, em pânico. Alex sentiu a garganta fechar de repente e se moveu por instinto, saindo correndo de trás do balcão, atravessando a loja e entrando no depósito. Ao passar depressa pela porta, derrubou uma caixa de papel--toalha, arremessando-a no ar, mas não diminuiu a velocidade.

Abriu com força a porta de trás, a adrenalina tomando conta de seu corpo enquanto saltava sobre uma fileira de arbustos, pegando um atalho para a doca. Alex chegou às tábuas de madeira a toda a velocidade. Enquanto se atirava do cais, pôde ver Josh se afogando e se debatendo.

Com o coração batendo forte, Alex cruzou o ar, atingindo a água a apenas alguns metros de Josh. A profundidade não era grande – talvez uns 2 metros – e, quando ele tocou a lama macia e nada firme do fundo, afundou até a canela. Fez força para voltar à superfície, sentindo a tensão em seus braços quando estendeu a mão em direção a Josh.

– Peguei você! – gritou. – Eu peguei você!

Mas Josh se debatia e tossia, incapaz de recuperar o fôlego, e Alex lutou para controlá-lo enquanto o puxava para águas mais rasas. Com um enorme esforço, ergueu Josh até a margem, enquanto sua mente repassava depressa as opções: reanimação, fazer Josh colocar a água que engolira para fora, ventilação mecânica. Tentou deitar Josh, mas o menino resistia. Ele lutava e tossia. Embora Alex ainda estivesse em pânico também, teve presença de espírito suficiente para saber que isso provavelmente significava que Josh ia ficar bem.

Alex não sabia quanto tempo levou – provavelmente apenas alguns segundos, mas parecera muito mais – para Josh finalmente tossir, colocando água para fora, e conseguir respirar fundo. O menino tossiu mais algumas vezes, depois inspirou e tossiu de novo, embora dessa vez parecesse estar limpando a garganta. Ainda em pânico, só então pareceu perceber o que tinha acontecido.

Ele estendeu a mão para o pai, que o abraçou com força. Josh começou a chorar, os ombros trêmulos. Alex sentiu um aperto no estômago ao pensar no que poderia ter acontecido. O que teria acontecido se ele não tivesse notado Katie olhando para o monitor? E se outro minuto tivesse se passado? As respostas a essas perguntas o deixaram tremendo tanto quanto Josh.

Com o tempo, o choro de Josh começou a se acalmar e ele pronunciou as primeiras palavras desde que Alex o resgatara da água.

– Sinto muito, papai – disse, soluçando.

– Eu sinto muito também – sussurrou Alex em resposta, e continuou agarrado ao filho, com medo de que, se o soltasse, de alguma forma o tempo pudesse começar a correr para trás.

Quando finalmente conseguiu relaxar os braços em volta de Josh, Alex notou uma multidão atrás da loja. Roger estava lá, assim como os clientes que almoçavam. E, é claro, Kristen também. De repente, ele se sentiu um péssimo pai, porque viu que sua garotinha estava assustada, chorando. Ela precisava dele também, embora estivesse aninhada nos braços de Katie.

Só quando Josh e Alex já tinham se trocado e vestido roupas secas foi que Alex conseguiu entender o que tinha acontecido. Roger fez hambúrguer e batatas fritas para as crianças, e estavam todos sentados na área da churrasqueira, embora nenhum deles mostrasse qualquer interesse em comer.

– Minha linha ficou presa no barco que estava saindo, e eu não queria perder a vara de pesca. Achei que a linha iria arrebentar logo, mas fui puxado e engoli muita água. Não conseguia respirar e parecia que alguma coisa estava me puxando para baixo. – Josh hesitou. – Acho que deixei minha vara cair no rio.

Kristen estava sentada ao lado dele, os olhos ainda vermelhos e inchados. Ela pedira a Katie para ficar com ela um pouco mais. Katie continuava ali, segurando sua mão.

– Está tudo bem. Eu vou lhe dar outra. Se isso voltar a acontecer, solte a vara. Por favor.

Josh fungou e assentiu.

– Sinto muito.

– Foi um acidente – tranquilizou-o Alex.

– Mas agora você não vai me deixar mais pescar.

E arriscar perdê-lo de novo?, pensou Alex. *De jeito nenhum.*

– Falaremos sobre isso mais tarde, está bem?

– E se eu prometer deixar a vara ir embora se isso acontecer de novo?

– Como acabei de falar, a gente conversa sobre isso mais tarde. Agora, por que você não come alguma coisa?

– Não estou com fome.

– Eu sei. Mas é hora do almoço e você tem que comer.

Josh pegou uma batata frita e deu uma pequena mordida, mastigando mecanicamente. Kristen fez o mesmo. À mesa, ela quase sempre imitava Josh. Isso deixava Alex maluco, mas ele não parecia ter energia naquela hora para protestar.

Alex virou para Katie. Ele engoliu em seco, sentindo-se subitamente nervoso.

– Posso falar com você por um minuto?

Ela se levantou da mesa e ele a levou para longe das crianças.

– Queria agradecer pelo que fez.

– Eu não fiz nada – protestou ela.

– Fez, sim. Se você não estivesse olhando para o monitor, eu não saberia o que estava acontecendo. E poderia não tê-lo alcançado a tempo. – Alex fez uma pausa. – Além disso, obrigado por cuidar da Kristen. Ela é a coisinha mais doce deste mundo, mas é muito sensível. Fico feliz que você não a tenha deixado sozinha. Mesmo quando tivemos que subir para nos trocar.

– Fiz o que qualquer um faria – insistiu Katie.

No silêncio que se seguiu, ela de repente pareceu perceber como estavam perto um do outro e deu meio passo para trás.

– É melhor eu ir embora.

– Espere – disse Alex. Então caminhou em direção aos balcões refrigerados no fundo da loja. – Você gosta de vinho?

– Às vezes, mas...

Antes que pudesse terminar a frase, ele virou e abriu o refrigerador. Então estendeu a mão e pegou uma garrafa de Chardonnay.

– Por favor – disse ele –, quero que fique com isso. É um ótimo vinho. Sei que você nunca ia pensar que encontraria uma boa garrafa de vinho aqui, mas, quando estava no Exército, eu tinha um amigo que me ensinou a apreciá-lo. Ele é um... especialista amador, digamos. É quem escolhe o que eu compro. Você vai gostar.

– Você não precisa fazer isso.

– É o mínimo que posso fazer. – Ele sorriu. – Como uma maneira de agradecer.

Pela primeira vez desde que se conheceram, ela olhou fixamente em seus olhos.

– Tudo bem.

Depois de pegar as compras, ela saiu da loja e Alex voltou para a mesa. Com um pouco mais de insistência, Josh e Kristen terminaram de almoçar, enquanto ele foi até a doca para recuperar a vara de pesca. Quando voltou, Joyce já estava colocando o avental. Alex levou as crianças para andar de bicicleta. Depois, levou-os até Wilmington, onde assistiram a um filme e comeram pizza, a boa e velha diversão quando se trata de passar um tempo com crianças. O sol já estava se pondo e eles, cansados. Quando chegaram em casa, tomaram banho e vestiram os pijamas. Ele ficou deitado na cama entre os dois por uma hora, lendo histórias, antes de finalmente apagar as luzes.

Na sala de estar, ligou a televisão e passou os canais por um tempo, mas nada parecia interessante. Em vez disso, pensou no acidente. Embora soubesse que o filho estava a salvo no andar de cima, voltou a sentir um calafrio, o mesmo medo de antes, a mesma sensação de fracasso. Estava fazendo o melhor possível e ninguém amava seus filhos mais do que ele, mas não podia deixar de sentir que, de alguma forma, não era o suficiente.

Mais tarde, muito tempo depois de Josh e Kristen terem adormecido, Alex foi até a cozinha e pegou uma cerveja na geladeira. Ficou enrolando com a bebida, sentado no sofá. As lembranças daquele dia passavam em sua mente, mas dessa vez pensou em sua filha e na forma como ela se agarrara a Katie, seu pequeno rosto enterrado no pescoço dela.

A última vez que tinha visto isso, pensou, fora quando Carly ainda estava viva.

4

Abril deu lugar a maio. O restaurante ficava cada vez mais movimentado e o dinheiro na lata de café de Katie aumentava de forma reconfortante. Ela já não entrava em pânico ao pensar que não teria condições de sair daquele lugar se precisasse. Mesmo depois de pagar o aluguel, as contas da casa e a comida, tinha dinheiro extra pela primeira vez em anos. Não muito, mas o suficiente para fazê-la se sentir leve e livre. Na sexta-feira, parou em um brechó. Levou a maior parte da manhã garimpando o que lhe interessasse em meio às roupas, mas, no fim, comprou dois pares de sapatos, duas calças, shorts, três camisas elegantes e algumas blusas, a maioria de marca e parecendo quase nova. Katie ficava surpresa em pensar que algumas mulheres tinham tantas roupas bonitas que podiam simplesmente se desfazer de algumas que provavelmente custariam uma pequena fortuna na loja.

Jo pendurava um sino dos ventos quando Katie chegou em casa. Desde aquele primeiro encontro, elas não tinham conversado muito. O trabalho de Jo, qualquer que fosse, parecia mantê-la ocupada, e Katie pegava o máximo de turnos que podia. À noite, ela notava que as luzes da vizinha ficavam acesas, mas já era tarde demais para passar por lá, e Jo não tinha estado em casa no fim de semana anterior.

– Faz tempo que a gente não se fala – disse Jo com um aceno.

Ela bateu de leve no sino dos ventos, fazendo-o tilintar antes de cruzar o quintal. Katie chegou à varanda e colocou as sacolas no chão.

– Por onde você andou?

Jo deu de ombros.

– Sabe como é. Trabalhando até tarde, saindo bem cedo, indo aqui e ali. Sinto como se estivesse sendo puxada em todas as direções. – Ela apontou para as cadeiras de balanço. – Você se importa? Preciso descansar. Limpei a casa a manhã toda e acabei de pendurar aquela coisa. Gosto do barulhinho.

– Fique à vontade – disse Katie.

Jo sentou-se e girou os ombros, para relaxar.

– Você andou pegando sol – comentou ela. – Foi à praia?

– Não – disse Katie. Então afastou uma das sacolas para dar espaço para seu pé. – Peguei alguns turnos extras nas últimas semanas e trabalhei do lado de fora, no deque.

– Sol, água... O que mais tem por lá? Trabalhar no Ivan's deve ser como estar de férias.

Katie riu.

– Não é bem assim. E você? O que anda fazendo?

– Nada de sol nem diversão para mim atualmente. – Ela acenou a cabeça em direção às sacolas. – Pensei em passar por aqui para tomar um pouco do seu café de manhã, mas você já tinha saído.

– Fui fazer compras.

– Estou vendo. Encontrou alguma coisa boa?

– Acho que sim – confessou Katie.

– Bem, não fique só aí sentada, me mostre o que comprou.

– Tem certeza?

Jo riu.

– Eu moro em uma cabana no final de uma estrada de cascalho, no meio do nada, e limpei armários a manhã toda. O que mais tenho de interessante para fazer?

Katie pegou uma calça jeans e estendeu para Jo.

– Uau! Você deve ter encontrado essa calça na Anna Jean's. Adoro esse lugar.

– Como você sabia que fui na Anna Jean's?

– Porque nenhuma das outras lojas por aqui vende coisas legais assim. Isso veio do armário de alguém. Armário de uma mulher rica. Muitas coisas lá são praticamente novas. – Jo colocou a calça no colo e passou o dedo pela costura dos bolsos. – É linda. Adorei o modelo! O que mais você tem aí?

Katie foi passando o que comprara, peça por peça, ouvindo Jo elogiar cada uma delas. Quando a sacola ficou vazia, Jo suspirou.

– Tudo bem, é oficial. Estou com inveja. E, deixe-me adivinhar, não há mais nada assim na loja, não é?

Katie deu de ombros, meio sem graça.
- Me desculpe. Fiquei lá um bom tempo escolhendo.
- Imagina, você fez ótimas compras. É um verdadeiro tesouro.
Katie acenou em direção à casa de Jo.
- Como estão indo as coisas? Já começou a pintar?
- Ainda não.
- Muito ocupada no trabalho?
Jo fez uma careta.
- A verdade é que, depois que acabei de desencaixotar e limpar tudo, fiquei meio sem energia. Que bom que você é minha amiga. Assim posso vir aqui, onde é tudo tão alegre e iluminado.
- Você é bem-vinda a qualquer hora.
- Obrigada. Fico feliz com isso. Mas o terrível Sr. Benson vai entregar algumas latas de tinta amanhã. O que também explica por que estou aqui. Estou com medo só de pensar em passar todo o fim de semana coberta de respingos de tinta.
- Não é tão ruim assim. É rápido.
- Está vendo estas mãos? - perguntou Jo, erguendo-as. - Elas foram feitas para acariciar homens bonitos e serem enfeitadas com anéis de diamante. E não para rolos de pintura, respingos de tinta ou qualquer tipo de trabalho braçal.
Katie deu uma risadinha.
- Você quer ajuda?
- De jeito nenhum. Sou uma especialista em procrastinação, mas a última coisa que quero que você pense é que sou incompetente. Porque na verdade sou muito boa no que faço.
Um bando de estorninhos saiu das árvores, movendo-se em um ritmo quase musical. O movimento das cadeiras de balanço fazia as tábuas da varanda rangerem suavemente.
- E o que você faz? - perguntou Katie.
- Faço aconselhamento.
- Escolar?
- Não - respondeu ela, balançando a cabeça. - Em casos de perda.
- Ah - disse Katie. Ela fez uma pausa. - Não sei bem o que é isso.
Jo deu de ombros.
- Eu converso com as pessoas. Geralmente quando alguém próximo a

elas faleceu. As pessoas reagem de maneiras muito diferentes. Eu descubro como ajudá-las a aceitar o que aconteceu. Eu odeio essa palavra, a propósito, já que ainda não descobri ninguém que *quisesse aceitar*, mas é basicamente o que eu devo fazer. Porque, no fim, e não importa quanto seja difícil, a aceitação ajuda as pessoas a seguirem em frente com o resto de suas vidas. Mas às vezes...

Jo parou de falar. No silêncio, passou a unha num pedaço da tinta que descascava da cadeira.

– Às vezes, quando estou com alguém, outras questões surgem. É com isso que tenho lidado ultimamente. Porque às vezes as pessoas precisam de outros tipos de ajuda também.

– Parece gratificante.

– E é. Mesmo que seja desafiador. – Ela se virou para Katie. – Mas e quanto a você?

– Você sabe que eu trabalho no Ivan's.

– Mas não me contou mais nada a seu respeito.

– Não há muito que contar – protestou Katie, na esperança de mudar de assunto.

– Claro que há. Todo mundo tem uma história. – Ela fez uma pausa. – Por exemplo, o que realmente a trouxe para Southport?

– Eu já falei – disse Katie. – Queria recomeçar.

Jo parecia olhar através dela enquanto ponderava a resposta.

– Tudo bem – comentou ela por fim, o tom leve. – Você está certa. Não é da minha conta.

– Não foi o que eu disse...

– Foi, sim. Você acabou de dizer isso de uma maneira gentil. E eu respeito sua resposta porque você está certa: realmente não é da minha conta. Peço desculpas. É que a conselheira em mim se perguntou por que você teria sentido essa necessidade de recomeçar. E, acima de tudo, o que deixou para trás.

Katie sentiu os ombros se tensionarem. Ao perceber seu desconforto, Jo continuou:

– Que tal isso? – disse ela delicadamente. – Esqueça que eu fiz a pergunta. Apenas fique sabendo que, se algum dia você quiser conversar, estou aqui, tudo bem? Sou muito boa em ouvir. Principalmente os amigos. E, acredite ou não, às vezes falar ajuda.

– E se eu não puder falar sobre isso? – disse Katie num sussurro involuntário.

– Então ignore o fato de que sou uma conselheira. Somos apenas amigas, e amigas podem falar sobre qualquer coisa. Como onde você nasceu ou algo que a deixava feliz quando era criança.

– Por que isso é importante?

– Não é. E essa é a questão. Você não tem que dizer nada que não sinta vontade.

Katie absorveu suas palavras antes de estreitar os olhos para Jo.

– Você é muito boa no seu trabalho, não é?

– Eu tento – admitiu Jo.

Katie entrelaçou os dedos no colo.

– Tudo bem. Nasci em Altoona – disse ela.

Jo se recostou na cadeira de balanço.

– Nunca fui lá. É legal?

– É uma daquelas velhas cidades construídas em torno de uma ferrovia – disse Katie. – Um lugar cheio de pessoas boas e trabalhadoras que estão só tentando melhorar de vida. E era muito bonita também, principalmente no outono, quando as folhas começavam a mudar de cor. Eu costumava achar que não havia lugar mais bonito no mundo. – Ela baixou os olhos, perdida nas lembranças. – Eu tinha uma amiga chamada Emily. Nós colocávamos moedas nos trilhos. Depois que o trem passava, tentávamos encontrá-las e, quando conseguíamos, sempre nos maravilhávamos em ver que qualquer traço de gravura desaparecia completamente. Às vezes, as moedas ainda estavam quentes. Quase queimei meus dedos uma vez. Quando penso na minha infância, me lembro de pequenos prazeres como esse.

Katie deu de ombros, mas Jo permaneceu em silêncio, encorajando-a a continuar.

– Enfim, foi onde estudei. Todas as séries. Acabei terminando o ensino médio lá, mas, nessa época, eu não sei... Acho que eu estava cansada de tudo, sabe? Dessa vida de cidade pequena, onde todo fim de semana era igual. As mesmas pessoas indo às mesmas festas, os mesmos rapazes tomando cerveja na carroceria de suas caminhonetes. Eu queria algo mais, mas não consegui ir para a faculdade. Resumindo: acabei indo parar em Atlantic City. Trabalhei lá por um tempo, me mudei algumas vezes e agora, anos depois, aqui estou eu.

– Em outra cidade pequena onde tudo é sempre igual.

Katie balançou a cabeça.

– Aqui é diferente. Eu me sinto...

Diante da hesitação de Katie, Jo completou seu pensamento.

– Segura?

Quando Katie olhou espantada para ela, Jo parecia confusa.

– Não foi tão difícil calcular. Como você disse, está querendo recomeçar e que lugar melhor para isso do que aqui, onde nada acontece? – Ela fez uma pausa. – Bem, isso não é exatamente verdade. Soube que houve uma confusão algumas semanas atrás. Quando você passou na loja.

– Você ficou sabendo?

– A cidade é pequena. É impossível não ouvir alguma coisa. O que houve?

– Foi assustador. Eu estava conversando com Alex e, no instante seguinte, ele já passava correndo por mim. Ele atravessou a loja como um raio. Então Kristen também viu o monitor e entrou em pânico. Eu a peguei no colo e segui Alex. Quando cheguei lá fora, ele já tinha saído da água com Josh. Fiquei feliz por ele estar bem.

– Eu também. – Jo assentiu. – O que você acha da Kristen? Ela não é a coisinha mais fofa do mundo?

– Ela me chama de Srta. Katie.

– Eu amo aquela garotinha – disse Jo, encostando os joelhos no peito. – Mas não me surpreende que vocês duas tenham se dado bem. Ou que ela tenha procurado você quando estava com medo.

– Por que diz isso?

– Porque ela é uma criança muito sensível. Ela sabe que você tem um bom coração.

Katie exibia um ar cético.

– Talvez ela só estivesse com medo por causa do irmão e, quando o pai dela saiu correndo, eu era a única pessoa por perto.

– Não se subestime. Ela é bastante sensível para essas coisas. Como estava o Alex? Depois do que houve, quero dizer?

– Ele ainda estava abalado, mas, fora isso, parecia bem.

– E você tem falado com ele desde então?

Katie deu de ombros de forma evasiva.

– Não muito. Ele é sempre muito gentil quando vou à loja, e sempre compra o que eu preciso, mas é só isso.

– Ele é muito bom com essas coisas – disse Jo com firmeza.

– Parece que você o conhece muito bem.

Jo balançou um pouco em sua cadeira.

– Acho que sim.

Katie esperou que ela complementasse, mas Jo ficou em silêncio.

– Você quer falar sobre isso? – perguntou Katie inocentemente. – Porque falar às vezes ajuda, principalmente com uma amiga.

Os olhos de Jo brilharam.

– Sabe, eu sempre suspeitei que você era mais esperta do que deixava transparecer. Usando o feitiço contra o feiticeiro. Você deveria se envergonhar.

Katie sorriu, mas não disse nada, assim como Jo tinha feito com ela. Para sua surpresa, funcionou.

– Não sei bem quanto eu deveria contar sobre Alex – acrescentou Jo. – Mas posso dizer isto: ele é um bom homem. É o tipo de homem que você pode apostar que fará a coisa certa. Dá para ver isso no amor que ele tem pelos filhos.

– Vocês dois costumavam…?

Jo pareceu escolher suas palavras cuidadosamente.

– Sim, mas não da maneira que está pensando.

Katie não entendeu bem sua resposta, mas não quis insistir.

– Ele é divorciado, certo?

– Você deveria perguntar isso a ele.

– Eu? Por que eu iria querer lhe perguntar isso?

– Porque você me perguntou – disse Jo, arqueando uma sobrancelha. – O que significa, é claro, que está interessada nele.

– Não estou interessada nele.

– Então por que você quer saber sobre ele?

Katie fez uma careta.

– Para uma amiga, você é meio manipuladora.

Jo deu de ombros.

– Só digo às pessoas o que elas já sabem, mas têm medo de admitir para si mesmas.

Katie pensou a respeito.

– Só para deixar claro, estou oficialmente retirando minha oferta para ajudá-la a pintar a casa.

– Você já disse que me ajudaria.
– Eu sei, mas estou retirando a oferta.
Jo riu.
– Tudo bem – disse ela. – Ei, o que vai fazer hoje à noite?
– Tenho que trabalhar daqui a pouco. Na verdade, eu já devia começar a me arrumar.
– Que tal amanhã à noite? Você vai trabalhar?
– Não. Tenho o fim de semana de folga.
– Então que tal eu trazer uma garrafa de vinho? Tenho certeza de que vou precisar, e realmente não quero inalar os vapores da tinta por mais tempo do que o necessário. O que acha?
– Parece divertido.
– Ótimo. – Jo esticou o corpo e se levantou. – Está combinado.

5

O dia amanheceu com o céu azul no sábado, mas as nuvens logo começaram a aparecer. Cinza e espessas, elas giravam e rodopiavam com o vento cada vez mais forte. A temperatura começou a cair e, quando saiu de casa, Katie teve que colocar um suéter. O armazém ficava a pouco mais de 3 quilômetros da sua casa, talvez uma meia hora de caminhada em um ritmo constante. Ela sabia que deveria se apressar se não quisesse ficar presa em meio a uma tempestade.

Chegou à estrada principal bem na hora em que ouviu a primeira trovoada. Acelerou o passo, sentindo o ar ficar mais denso ao seu redor. Um caminhão passou depressa, deixando um rastro de poeira no caminho, e Katie se mudou para o canteiro central de areia. O ar que vinha do oceano cheirava a sal. Acima dela, um búteo-de-cauda-vermelha flutuava em correntes de ar ascendentes, testando a força do vento.

O ritmo constante de seus passos fez sua mente vagar, e ela se pegou pensando em sua conversa com Jo. Não nas histórias que ela contara, mas em algumas das coisas que tinha dito sobre Alex. Jo não sabia do que estava falando. Enquanto ela estava apenas tentando puxar conversa, Jo distorcera suas palavras em algo que não era bem verdade. Tudo bem que Alex parecia um cara legal e Kristen era a coisinha mais fofa que já vira, mas não estava *interessada* nele. Ela mal o conhecia. Desde que Josh caíra no rio, eles não tinham trocado mais do que algumas palavras, e a última coisa que ela queria era um relacionamento.

Então por que parecia que Jo estava tentando juntar os dois?

Bem, não importava. Estava feliz que Jo iria à sua casa naquela noite. Duas amigas tomando um pouco de vinho. Não era assim tão especial, ela sabia. Outras mulheres faziam coisas assim o tempo todo. Ela franziu a testa. Tudo bem, talvez não o tempo *todo*, mas a maioria provavelmente sabia que podia fazer isso se quisesse, e ela imaginava que essa era a diferença entre ela e as outras. Há quanto tempo não fazia algo que parecesse normal?

Desde sua infância, percebeu. Desde os dias em que colocava moedas nos trilhos do trem. Mas ela não fora completamente sincera com Jo. Não lhe contara que muitas vezes ia à ferrovia para fugir do barulho de seus pais discutindo, as vozes indistintas ofendendo um ao outro. Ela não contara que, mais de uma vez, fora pega no fogo cruzado e, com apenas 12 anos, tinha sido atingida por um globo de neve que o pai atirara na mãe. O golpe provocara um corte em sua testa que sangrara por horas, mas os pais não demonstraram interesse em levá-la ao hospital. Não contara a Jo que seu pai era uma pessoa má e que bebia, nem que nunca convidara ninguém, mesmo Emily, para ir à sua casa, nem que não conseguira fazer faculdade porque seus pais achavam que era um desperdício de tempo e dinheiro. Nem que eles a haviam colocado para fora de casa no dia em que se formou no ensino médio.

Talvez um dia contasse essas coisas a Jo. Não era nada tão importante. E daí se sua infância não fora das melhores? Sim, seus pais eram alcoólatras e muitas vezes estavam desempregados, mas, fora o incidente do globo de neve, eles nunca a machucaram. Não, eles nunca lhe deram um carro ou festas de aniversário, por outro lado, ela nunca fora para a cama com fome. Todo ano, independentemente de como as coisas estivessem difíceis, ela ganhava roupa nova para a escola. Seu pai podia não ter sido o melhor, mas nunca entrara furtivamente em seu quarto à noite para fazer coisas terríveis, que ela sabia que havia acontecido com algumas de suas amigas. Aos 18 anos, ela não se considerava uma pessoa traumatizada. Talvez um pouco desapontada com o fato de não poder cursar a faculdade e preocupada por saber que precisaria cuidar de sua vida sozinha, mas sem nenhum grande dano emocional que não pudesse ser reparado. E dera conta do recado. Atlantic City não tinha sido de todo ruim. Conhecera alguns caras legais, e podia se lembrar de mais de uma noite que passara rindo e conversando com os amigos do trabalho até de madrugada.

Sua infância não a definira nem tivera qualquer coisa que ver com o verdadeiro motivo de ter ido para Southport. Mesmo sendo o mais próximo de uma amiga que Katie tinha ali, Jo não sabia absolutamente nada sobre ela. Ninguém sabia.

– Oi, Srta. Katie – disse Kristen de sua mesinha, elevando a voz, animada. Nada de bonecas naquele dia. Em vez disso, estava curvada sobre um livro de colorir, giz de cera na mão, pintando uma imagem de unicórnios e arco-íris.

– Oi, Kristen. Como você está?

– Bem. – Ela levantou os olhos do livro. – Por que você sempre vem a pé para cá?

Katie fez uma pausa, então caminhou até o outro lado do balcão e se agachou na altura de Kristen.

– Porque eu não tenho carro.

– Por que não?

Porque eu não tenho carteira de motorista, pensou Katie. *E, mesmo que tivesse, não tenho dinheiro para comprar um carro.*

– Boa pergunta. Vou pensar em comprar um. Tudo bem?

– Tudo bem – disse ela. Então ergueu o livro de colorir. – O que você acha do meu desenho?

– Está lindo. Você está fazendo um ótimo trabalho.

– Obrigada – disse Kristen. – Quando terminar de colorir, vou dar para você.

– Você não precisa fazer isso.

– Eu sei – disse ela com uma charmosa autoconfiança. – Mas eu quero. Você pode pendurá-lo na sua geladeira.

Katie sorriu e se levantou.

– Era exatamente o que estava pensando em fazer.

– Precisa de ajuda com as compras?

– Acho que consigo cuidar disso sozinha hoje. Assim você pode terminar de colorir o desenho.

– Está bem – concordou ela.

Em seguida, Katie pegou uma cesta e viu Alex se aproximando. Ele acenou para ela e, estranhamente, Katie teve a sensação de que o via de fato pela primeira vez. Embora o cabelo dele fosse grisalho, havia poucas linhas nos cantos de seus olhos, que apenas contribuíam para lhe dar uma aparência de vitalidade. Seus ombros se estreitavam até uma cintura elegante, e ela teve a impressão de que ele não comia nem bebia demais.

– Ei, Katie. Como vai?

– Eu vou bem. E você?

– Não posso reclamar. – Ele sorriu. – Fico feliz que esteja aqui. Queria lhe mostrar uma coisa.

Ele apontou para o monitor e ela viu Josh sentado no cais, segurando sua vara de pescar.

– Você o deixou ficar lá fora de novo? – perguntou Katie.

– Viu o colete que ele está usando?

Ela se inclinou para perto, estreitando os olhos.

– Um colete salva-vidas?

– Levei algum tempo para encontrar um que não fosse muito volumoso ou quente. Mas esse é perfeito. E, para ser sincero, não tinha muita escolha. Você não faz ideia de como ele estava triste sem poder pescar. Nem sei dizer quantas vezes me implorou para mudar de ideia. Eu já não aguentava mais.

– E ele não reclamou de ter que usar o colete?

– Bom, esta é a regra: ou ele usa ou nada de pesca. Mas acho que não se importa.

– E ele consegue pegar algum peixe?

– Não tantos quanto gostaria, mas consegue, sim.

– E vocês comem esses peixes?

– Às vezes. – Ele assentiu. – Mas Josh geralmente joga os peixes de volta. Ele não se importa de pegar o mesmo peixe várias e várias vezes.

– Estou feliz que tenha encontrado uma solução.

– Um pai melhor provavelmente teria pensado nisso antes.

Pela primeira vez, ela olhou para ele.

– Tenho a impressão de que você é um ótimo pai.

Eles se entreolharam por um instante antes que ela se forçasse a desviar para o outro lado. Alex, percebendo o desconforto dela, começou a arrumar algumas coisas atrás do balcão.

– Tenho uma coisa para você – disse ele, pegando uma sacola e colocando-a no balcão. – Compro produtos de uma pequena fazenda que tem uma estufa, e eles conseguem cultivar alguns alimentos em épocas que nem todo mundo consegue. Eles acabaram de trazer alguns legumes frescos ontem. Tomates, pepinos, alguns tipos diferentes de abóbora. Talvez você queira experimentá-los. Minha mulher jurava que eram os melhores que ela já havia provado.

– Sua mulher?
Ele balançou a cabeça.
– Ah, me desculpe. Ainda faço isso às vezes. Ela faleceu há alguns anos.
– Sinto muito – murmurou ela, a mente voltando para a conversa que tivera com Jo.
Ele é divorciado, certo?
Você deveria perguntar isso a ele.
Jo obviamente sabia que a esposa de Alex tinha morrido, mas não dissera nada. Estranho.
Alex não percebeu que ela estava com a cabeça longe dali.
– Obrigado – disse ele, a voz mais baixa. – Ela era uma ótima pessoa. Você teria gostado dela. – Seu rosto de repente pareceu melancólico. – De qualquer forma, ela confiava muito nesse lugar. Tudo orgânico e a família ainda colhe à mão. Geralmente a mercadoria de lá desaparece em poucas horas, mas separei um pouco para você, caso quisesse provar. – Ele sorriu.
– Além disso, você é vegetariana, certo?
Ela estreitou os olhos na direção dele.
– Por que você acha que eu sou vegetariana?
– Não é?
– Não.
– Ah – disse ele, enfiando as mãos nos bolsos. – Me desculpe.
– Está tudo bem – disse ela. – Já fui acusada de coisas piores.
– Duvido.
Não duvide, pensou ela consigo mesma.
– Está bem. – Katie assentiu. – Vou levar os legumes. Muito obrigada.

6

Enquanto Katie comprava, Alex ficou enrolando perto da caixa registradora, observando-a pelo canto do olho. Ele arrumou o balcão, deu uma olhada em Josh, examinou o desenho de Kristen e organizou o balcão novamente, fazendo o melhor que podia para parecer ocupado.

Ela havia mudado nas últimas semanas. Estava levemente bronzeada e sua pele tinha um suave frescor. Também parecia menos nervosa perto dele. Não, eles não tinham abalado as estruturas do mundo com sua conversa animada, mas era um começo, certo?

Mas o começo do quê?

Desde o início, sentira que ela estava com problemas e sua reação instintiva fora querer ajudar. E, é claro, ela era bonita, apesar do corte de cabelo malfeito e das roupas simples. Mas fora o jeito com que Katie consolara Kristen depois de Josh ter caído na água que realmente mexera com ele. E ainda mais comovente tinha sido a reação de Kristen com Katie. Ela procurara consolo nos braços de Katie como uma criança faz com a mãe.

Aquilo o deixara com um nó na garganta, lembrando-o de que seus filhos sentiam falta de uma mãe tanto quanto ele sentia de uma esposa. Alex sabia que estavam sofrendo e tentava compensar isso da melhor maneira que podia, mas só quando vira Katie e Kristen juntas foi que percebera que a tristeza era apenas uma parte do que estavam passando. A solidão deles era um reflexo da sua.

E ficara chateado por não ter percebido isso antes.

Katie era um mistério para ele. Havia alguma coisa estranha ali, algo que o atormentava. Ele a observava, perguntando-se quem realmente ela era e o que a levara a Southport.

Ela estava parada junto a um dos balcões refrigerados, algo que nunca tinha feito antes, examinando os itens atrás do vidro. Franziu a testa e, enquanto pensava no que comprar, ele notou os dedos de sua mão direita girando em torno do dedo anelar esquerdo, brincando com uma aliança que não estava lá. O gesto despertou nele algo familiar.

Era um hábito, um tique que às vezes observava em mulheres com rostos machucados e desfigurados nos anos em que trabalhara na Divisão de Investigação Criminal. Elas se sentavam à sua frente, mexendo compulsivamente em suas alianças, como se fossem algemas que as prendiam aos maridos. Negavam que eles as haviam ferido e, nos casos raros em que admitiam a verdade, insistiam que não era culpa deles. Contavam que tinham deixado o jantar queimar, não tinham lavado a roupa ou que ele havia bebido. Juravam que era a primeira vez que isso tinha acontecido e diziam que não queriam prestar queixa porque a carreira do marido seria arruinada. Todo mundo sabia que o Exército agia energicamente com os maridos que batiam nas esposas.

Mas algumas eram diferentes e insistiam que queriam prestar queixa. Ele começava a preparar o relatório e tinha que ouvir as mulheres questionarem por que a papelada era mais importante do que prender quem as machucara. Mais importante do que fazer cumprir a lei. Ele redigia o relatório mesmo assim e lia as palavras delas em voz alta antes de lhes pedir para assiná-lo. Era nessa hora que, às vezes, a coragem delas falhava, e ele via de relance a mulher aterrorizada por baixo da superfície irritada. Muitas acabavam não indo até o fim. Mesmo aquelas que assinavam rapidamente mudavam de ideia quando seus maridos eram chamados. Esses casos eram levados em frente, independentemente da decisão da mulher. No entanto, a punição não era grande. Alex veio a entender que somente aquelas que prestavam queixa se tornavam verdadeiramente livres, porque a vida que tinham era uma prisão, ainda que a maioria delas não admitisse.

Havia outra maneira de escapar do horror de suas vidas, embora em todos os seus anos de trabalho ele só tivesse deparado com uma que realmente tivesse feito isso. Ele entrevistara a mulher uma vez e ela seguira o caminho de costume: negação e autocrítica. Alguns meses depois, soube que ela fugira. Não tinha ido atrás de sua família ou amigos, mas para outro lugar, onde nem mesmo seu marido poderia encontrá-la. O marido, perdido em meio à fúria por ter sido abandonado pela esposa, explodira depois de uma longa noite de bebedeira e ferira um policial militar. Ele acabara indo parar na base militar de Leavenworth, e Alex se lembrava de abrir um sorriso de satisfação ao ouvir a notícia.

Agora, enquanto via Katie brincar com a aliança que não estava lá, Alex sentiu seus velhos instintos voltarem. *Ela já foi casada*, pensou. Ele não sabia o que havia acontecido com o marido, mas podia apostar que Katie ainda tinha medo dele.

❋

O céu pareceu explodir enquanto ela pegava um pacote de biscoitos água e sal. Um raio brilhou no céu e, segundos depois, o trovão ribombou pelo ar antes de finalmente se transformar em um estrondo alto e furioso. Josh correu para a loja pouco antes de a chuva despencar, trazendo sua caixa de material de pesca e a vara. Seu rosto estava vermelho e ele, ofegante.

– Oi, pai.

Alex levantou os olhos.

– Pegou alguma coisa?

– Só o peixe-gato de novo. O mesmo que eu pego todas as vezes.

– Daqui a pouco a gente vai almoçar, está bem?

Josh desapareceu de novo dentro do depósito e Alex ouviu seus passos subindo a escada.

Do lado de fora, a chuva já caía com força e o vento fazia a água açoitar as janelas. Galhos se dobravam na ventania, rendendo-se a um poder superior. O céu escuro se iluminou com os relâmpagos, e os trovões ressoavam alto o bastante para fazer tremer as janelas. Do outro lado da loja, Alex viu Katie se encolher, seu rosto uma máscara de surpresa e terror, e ele se perguntou se era desse jeito que o marido dela a via.

A porta da loja abriu e um homem entrou correndo, respingando pelo velho piso de madeira. Ele sacudiu rios de água de suas mangas e acenou para Alex antes de finalmente seguir em direção à churrasqueira.

Katie se virou de volta para a prateleira com os biscoitos. Ela pegou os produtos que costumava comprar e levou a cesta para a caixa. Quando terminou de registrar suas compras e ensacá-las, Alex deu um tapinha na sacola que tinha colocado mais cedo no balcão.

– Não se esqueça dos legumes.

Ela olhou para o total das compras.

– Você registrou o preço deles?

– Claro.

– Por que o valor é o mesmo que costumo pagar pelas minhas compras?

– Cobrei o preço mais baixo, de experimentação.

Ela franziu o cenho, pensando se devia acreditar nele, mas pegou a sacola mesmo assim. Tirou um tomate e o levou até o nariz.

– O cheiro é muito bom.

– Comi alguns na noite passada. Ficam ótimos com um pouco de sal, e os pepinos não precisam de nada.

Ela assentiu, mas estava com o olhar fixo na porta. O vento fazia a chuva bater contra ela em ondas furiosas. A porta se abriu, rangendo, a água fazendo força para entrar. O mundo atrás do vidro estava embaçado.

As pessoas faziam hora na churrasqueira. Alex podia ouvi-los murmurarem que esperariam a tempestade diminuir um pouco.

Katie respirou fundo para criar coragem e pegou as sacolas.

– Srta. Katie! – gritou Kristen, parecendo quase em pânico. Ela se levantou, sacudindo o desenho que tinha colorido. Já o arrancara do livro. – Seu desenho!

Katie o pegou, abrindo um sorriso ao examiná-lo.

– Nossa, está lindo – murmurou ela. – Mal posso esperar para pendurá-lo.

– Vou fazer outro para você da próxima vez que vier.

– Eu vou adorar – disse ela.

Kristen sorriu antes de se sentar à mesa novamente. Katie enrolou o desenho, tomando cuidado para não amassá-lo, e, em seguida, enfiou-o na sacola. Raios e trovões cortaram o ar, quase ao mesmo tempo dessa vez. A chuva martelava o chão e o estacionamento era um mar de poças. O céu estava tão escuro quanto os mares do Norte.

– Você sabe quanto tempo deve durar a tempestade? – perguntou ela.

– Ouvi dizer que vai chover quase o dia todo – respondeu Alex.

Ela olhou para fora. Enquanto pensava no que fazer, brincou novamente com a aliança inexistente. Em meio ao silêncio, Kristen puxou a camisa do pai.

– Você devia levar a Srta. Katie em casa – disse ela. – Ela não tem carro. E está chovendo muito.

Alex olhou para Katie, sabendo que ela ouvira a filha.

– Quer uma carona para casa?

Katie balançou a cabeça.

– Não, está tudo bem.

– Mas e o desenho? – perguntou Kristen. – Pode molhar.

Como Katie não respondeu de imediato, Alex saiu de trás da registradora.

– Vamos. – Ele acenou com a cabeça. – Não tem por que ficar encharcada. Meu carro está logo ali.

– Não quero dar trabalho...

– Trabalho nenhum. – Ele bateu no bolso e tirou de lá as chaves do carro, depois estendeu a mão para as sacolas. – Me deixe levar isso para você – disse ele, pegando as compras. – Kristen, querida, você corre lá em cima e diz ao Josh que eu volto em dez minutos?

– Claro, papai – garantiu ela.

– Roger – chamou ele. – Poderia dar uma olhada na loja e nas crianças um tempinho?

– Sem problemas.

Alex fez sinal em direção aos fundos da loja.

– Pronta? – perguntou.

※

Eles saíram correndo em direção ao jipe, empunhando guarda-chuvas que se curvavam contra o vento e a chuva forte. Raios continuavam a riscar o céu, iluminando as nuvens. Quando se acomodaram em seus bancos, Katie usou a mão para limpar a condensação da janela.

– Não imaginei que o tempo fosse ficar assim quando saí de casa.

– Ninguém imagina até a tempestade chegar. Vemos toda hora a previsão do tempo dizer que o "céu vai desabar". Assim, quando a chuva é forte mesmo, ninguém acredita. Se não é tão ruim quanto a previsão diz, reclamamos. Se é pior, reclamamos. Se é tão ruim quanto o que foi previsto, reclamamos dizendo que a previsão erra tantas vezes que não tínhamos como saber que acertaria desta vez. É só mais um motivo para todo mundo reclamar.

– Como as pessoas na churrasqueira?

Ele fez que sim e sorriu.

– Mas são boas pessoas. A maioria é trabalhadora, honesta e muito gentil. Qualquer um deles ficaria feliz em cuidar da loja para mim se eu tivesse pedido, e sei que não sumiria nenhum centavo. É desse jeito por aqui. Precisamos uns dos outros em uma cidade pequena como esta. É ótimo, mesmo que eu tenha levado algum tempo para me acostumar com isso.

– Você não é daqui?

– Não. Minha esposa era. Sou de Spokane. Quando me mudei para cá, me lembro de ter pensado que não tinha como viver num lugar como este. Quero dizer, é uma pequena cidade do Sul que não liga para o que o resto do mundo pensa. No começo, é difícil se acostumar. Mas então... você se afeiçoa. Este lugar me mantém focado no que é importante.

– E o que é importante? – perguntou Katie, a voz suave.

Ele deu de ombros.

– Depende da pessoa, não é? Para mim, são os meus filhos. Aqui é o lar deles e, depois de tudo por que passaram, eles precisam de previsibilidade. Kristen precisa de um lugar para colorir e vestir suas bonecas. Josh precisa de um lugar para pescar. Os dois precisam saber que estou por perto sempre que for necessário. Esta cidade e a loja lhes dão isso, e nesse momento é isso que eu quero. É do que eu preciso.

Então ficou em silêncio, meio sem graça por ter falado muito.

– A propósito, aonde exatamente estou indo?

– Continue em frente. Depois você vai entrar em uma estrada de cascalho. Um pouco depois daquela curva.

– Você está falando da estrada de cascalho perto da fazenda?

Katie assentiu.

– Essa mesmo.

– Eu nem sabia que essa estrada dava em algum lugar. – Ele franziu a testa. – É uma caminhada e tanto. Uns 3 quilômetros?

– Não é tão ruim – contestou ela.

– Talvez num dia mais bonito. Mas hoje você teria que ir nadando para casa. Não daria para você sair a pé da mercearia. E o desenho da Kristen teria estragado.

Alex observou o brilho de um sorriso ao dizer o nome de Kristen, mas ela não falou nada.

– Alguém contou que você trabalha no Ivan's – disse Alex.

Ela fez que sim.

– Comecei em março.

– Você gosta de trabalhar lá?

– Nada mal. É só um trabalho, mas o dono tem sido legal comigo.

– Ivan?

– Você o conhece?

– Todo mundo o conhece. Você sabia que ele se veste como um general confederado a cada outono para reencenar a famosa Batalha de Southport? O que é legal, é claro... só que nunca houve uma Batalha de Southport na Guerra Civil. Southport nem sequer tinha esse nome naquela época, a cidade se chamava Smithville. E Sherman nunca esteve a menos de 200 quilômetros daqui.

– Sério? – perguntou Katie.

– Não me entenda mal. Eu gosto do Ivan. Ele é um cara ótimo e o restaurante é um dos lugares mais conhecidos da cidade. Kristen e Josh adoram os bolinhos de chuva, e Ivan sempre nos trata muito bem quando vamos lá. Mas, às vezes, eu me pergunto o que o motiva a fazer isso. Sua família veio da Rússia nos anos 1950. Ou seja, ele é da primeira geração por aqui. Nenhum de seus parentes mais próximos sequer ouviu falar da Guerra Civil. Mas Ivan passa um fim de semana inteiro apontando sua espada e gritando ordens no meio da estrada em frente ao tribunal.

– Por que nunca ouvi falar sobre isso?

– Porque não é algo de que os moradores gostem de falar. É meio... excêntrico, sabe? Até mesmo os habitantes, pessoas que gostam dele, tentam ignorá-lo. Eles veem Ivan no centro da cidade, viram as costas e começam a dizer coisas como: "Está vendo como os crisântemos perto do tribunal estão bonitos?"

Pela primeira vez desde que entraram no carro, Katie riu.

– Não sei se acredito em você.

– Não importa. Se estiver aqui em outubro, você mesma verá. Mas, de novo, não me entenda mal. Ele é um cara legal e o restaurante é ótimo. Depois de um dia na praia, quase sempre paramos lá. Na próxima vez em que formos comer, vamos procurá-la.

Ela hesitou.

– Está bem.

– Kristen gosta de você – disse Alex.

– E eu gosto dela. Ela é muito alegre.

– Vou contar a ela que você disse isso. E obrigado.

– Quantos anos ela tem?

– Cinco. Quando entrar para a escola no outono, não sei o que vou fazer. A loja vai ficar muito silenciosa.

– Você vai sentir falta dela – observou Katie.

Ele assentiu.

– Muita. Sei que ela vai adorar a escola, mas gosto de tê-la por perto.

Enquanto Alex falava, a chuva continuava a bater nas janelas. O céu se iluminava e escurecia como a luz de um estroboscópio, acompanhado por um estrondo quase contínuo. Katie olhava pela janela, perdida em seus pensamentos. Ele esperou, sabendo de alguma forma que ela quebraria o silêncio.

– Por quanto tempo você e sua esposa ficaram casados? – finalmente perguntou Katie.

– Cinco anos. Namoramos um ano antes disso. Eu a conheci quando estava em Fort Bragg.

– Você serviu o Exército?

– Por dez anos. Foi uma boa experiência e gostei de ter vivido isso. Ao mesmo tempo, fico feliz que já tenha terminado.

Katie apontou pelo para-brisa.

– É aquela curva ali – disse ela.

Alex virou na estrada em que Katie morava e reduziu a velocidade. A superfície áspera de cascalho inundara durante a chuva torrencial, e a água espirrava nas janelas e sobre o para-brisa. Enquanto Alex se concentrava em controlar o carro ao passar pelas poças profundas, de repente lhe ocorreu que aquela era a primeira vez que ele ficava sozinho no carro com uma mulher desde que sua esposa tinha morrido.

– Qual das duas? – perguntou ele, estreitando os olhos em direção às duas pequenas cabanas.

– A da direita – disse ela.

Ele subiu na entrada para carros improvisada e parou o mais perto da casa que pôde.

– Vou levar as compras até a porta para você.

– Não precisa.

– Você não sabe como fui criado – disse ele, pulando do carro antes que ela pudesse protestar.

Alex pegou as sacolas e correu até a varanda. Enquanto as colocava no chão e sacudia os braços para se livrar da água da chuva, Katie o alcançou, o guarda-chuva que Alex lhe emprestara nas mãos.

– Obrigada – disse ela alto, para ser ouvida acima do barulho da chuva.

Quando quis lhe entregar o guarda-chuva, ele balançou a cabeça.

– Fique com ele por um tempo. Ou para sempre. Tanto faz. Se você anda muito por aqui, vai precisar dele.

– Posso pagar... – começou ela.

– Não se preocupe com isso.

– Mas esse guarda-chuva é da loja.

– Está tudo bem – disse ele. – Sério. Mas, se não ficar à vontade pode acertar na próxima vez em que nos visitar, certo?

– Alex, não precisa mesmo...

Ele não a deixou terminar.

– Você é uma boa cliente, e eu gosto de ajudar meus clientes.

Ela levou um instante para responder.

– Obrigada – finalmente disse Katie, os olhos, agora verde-escuros, fixos nos dele. – E obrigada por me trazer em casa.

Ele inclinou a cabeça.

– Sempre que precisar.

※

O que fazer com as crianças era a pergunta constante, e às vezes sem resposta, que enfrentava nos fins de semana. Para variar, ele não tinha nenhuma ideia.

Com a tempestade que caía furiosamente, fazer qualquer coisa fora de casa não era uma opção. Poderia levá-los para ver um filme, mas não estava passando nada que pudesse interessar aos dois. Ou poderia simplesmente deixá-los se distraírem sozinhos por um tempo. Sabia que muitos pais faziam isso. Por outro lado, seus filhos ainda eram muito novos, novos demais para fazer o que quisessem. Eles já ficavam muito tempo sozinhos, improvisando coisas para se distraírem, simplesmente porque ele tinha que passar muitas horas na loja. Alex avaliava as opções enquanto preparava sanduíches de queijo quente, mas logo se pegou pensando em Katie. Apesar de ela estar obviamente fazendo o máximo para não chamar a atenção, ele sabia que isso era quase impossível em uma cidade como aquela.

Katie era atraente demais e, quando as pessoas percebessem que ela andava a pé por toda parte, seriam inevitáveis as perguntas sobre seu passado.

Ele não queria que isso acontecesse. Não por motivos egoístas, mas porque ela merecia o tipo de vida que tinha ido buscar ali. Uma vida normal. Uma vida de prazeres simples, do tipo que a maioria das pessoas nem valorizava: a liberdade de ir para onde quisesse, quando quisesse, e morar numa casa onde se sentisse segura. Ela também precisava de um meio de transporte.

– Ei, crianças – disse ele, colocando os sanduíches nos pratos. – Tenho uma ideia. Vamos fazer algo para ajudar a Srta. Katie.

– Vamos! – concordou Kristen.

Josh, sempre tranquilo, simplesmente assentiu.

7

Uma chuva trazida pelo vento soprava com força pelo céu escuro da Carolina do Norte. Mais cedo naquela tarde, enquanto Katie lavava sua roupa na pia, depois de ter prendido o desenho de Kristen na geladeira, o teto da sala de estar tinha começado a vazar. Ela colocara uma panela embaixo da goteira, e já a esvaziara duas vezes. Pela manhã, planejava chamar Benson, mas duvidava que ele tivesse tempo para consertar o vazamento.

Na cozinha, ela cortou pequenos cubos de queijo cheddar e colocou os biscoitos água e sal e as fatias de tomates e pepinos em um prato de plástico amarelo, embora não tivesse conseguido arrumá-los do jeito que queria. Em sua casa anterior, tinha uma ótima tábua de frios, uma faca de prata para queijos e um jogo completo de taças de vinho. Tinha uma mesa de jantar de cerejeira e cortinas finas nas janelas, mas ali as janelas não tinham cortina, a mesa estava bamba e as cadeiras não combinavam. Jo e ela teriam que tomar vinho em canecas de café. Por mais horrível que sua vida tivesse sido, ela adorara escolher tudo em sua casa, mas, como todo o resto que havia deixado para trás, ela agora via essas coisas como supérfluas.

Pela janela, notou uma das luzes de Jo se apagar. Katie foi até a porta da frente. Ao abri-la, viu Jo passar pelas poças do caminho até sua casa espirrando água, um guarda-chuva em uma das mãos e uma garrafa de vinho na outra. Mais alguns passos e ela estava na varanda, a capa de chuva amarela pingando.

— Agora eu entendo como Noé deve ter sentido. Dá para acreditar nessa tempestade? Tenho goteiras por toda a minha cozinha.

Katie acenou por cima do ombro.

— A minha é na sala de estar.

— Lar doce lar. Aqui – disse ela, entregando o vinho. – Como eu prometi. E, acredite em mim, vou precisar dele.

– Dia difícil?
– Como você não poderia imaginar.
– Vamos entrar.
– É melhor eu deixar minha capa aqui fora. Fiquei encharcada nos poucos segundos da minha casa até aqui.

Jo jogou a capa em cima da cadeira de balanço, junto com o guarda-chuva, e seguiu a amiga. Na cozinha, Katie colocou o vinho em cima do balcão e buscou o saca-rolhas em uma das gavetas do armário.

– Tudo parece delicioso. Estou morrendo de fome. Não comi o dia todo.
– Pode se servir. Como foi com a pintura?
– Bem, acabei a sala de estar. Mas, depois disso, o dia não foi muito bom.
– O que aconteceu?
– Eu conto mais tarde. Primeiro preciso de vinho. E você? O que fez?
– Nada de importante. Dei um pulo na loja, limpei a casa, lavei a roupa.

Jo sentou-se à mesa e pegou um biscoito.

– Nada que vá entrar na sua biografia não autorizada, né?

Katie riu enquanto começava a girar o saca-rolhas.

– Quer uma ajuda? – perguntou Jo.
– Acho que consegui.
– Que bom. – Jo sorriu. – Porque sou a convidada e espero ser paparicada.

Katie prendeu a garrafa entre as pernas e a rolha saiu com um estalo.

– Falando sério, obrigada por ter me convidado. – Jo suspirou. – Você não faz ideia de quanto esperei por isso.
– Sério?
– Não faça isso.
– O quê? – perguntou Katie.
– Fingir estar surpresa por eu querer vir até aqui. Por eu querer bater um papo tomando uma garrafa de vinho. É isso que os amigos fazem. – Ela ergueu uma sobrancelha. – E, antes que comece a se perguntar se somos ou não amigas de verdade, confie em mim: considero você minha amiga. – Ela deixou Katie absorver isso antes de continuar. – Agora que tal um pouco de vinho?

A tempestade finalmente diminuiu no início da noite, e Katie abriu a janela da cozinha. A temperatura tinha caído e o ar estava fresco e puro. Enquanto o nevoeiro subia, nuvens passavam pela lua, trazendo luz e sombra em medidas iguais. As folhas mudavam sua coloração de prata a preto, tremulando com a brisa noturna.

Katie sentiu que seus pensamentos corriam para longe, já meio zonza com o vinho. Saboreava cada pedacinho dos biscoitos com manteiga e do queijo saboroso, lembrando-se de como fora difícil sentir fome um dia. Houvera um tempo em que ela era magra como um palito.

Lembrou-se de seus pais, não dos tempos difíceis, mas dos bons, quando os demônios ainda dormiam: sua mãe fazia ovos com bacon e o aroma preenchia a casa. Ela via o pai entrar sorrateiramente na cozinha, em direção à mãe, afastar o cabelo dela e beijar seu pescoço, fazendo-a rir. Lembrou-se de que uma vez seu pai as levara a Gettysburg. Ele segurara a mão de Katie enquanto caminhavam, e ela ainda podia recordar a extraordinária sensação de força e delicadeza em suas mãos. O pai era alto, tinha ombros largos, cabelo castanho-escuro e uma tatuagem da Marinha no braço. Servira num destróier durante quatro anos e estivera no Japão, na Coreia e em Cingapura, embora não tivesse contado muito mais do que isso sobre a experiência.

Sua mãe era baixinha, tinha cabelo louro, e uma vez competira em um concurso de beleza, terminando em terceiro lugar. Ela adorava flores e plantava bulbos em vasos de cerâmica que colocava no quintal. Tulipas e narcisos, peônias e violetas, todas floresciam em cores tão vibrantes que quase faziam os olhos de Katie doerem. Quando se mudavam, os vasos eram colocados no banco de trás, presos com o cinto de segurança. Quando limpava a casa, sua mãe costumava cantar baixinho melodias da infância dela, algumas em polonês, e Katie ouvia escondida de outro cômodo, tentando entender as palavras.

O vinho que Jo e Katie estavam bebendo tinha notas de carvalho e damascos e um sabor maravilhoso. Katie terminou seu copo e Jo lhe serviu outro. Quando uma mariposa começou a dançar ao redor da luz em cima da pia, tremulando suas asas, determinada e confusa, as duas começaram a rir. Katie cortou mais queijo e colocou mais biscoitos no prato. Conversaram sobre cinema e livros, e Jo deu um grito de alegria quando Katie disse que seu filme preferido era *A felicidade não se compra*, explicando que também era o seu. Katie se lembrava de ter pedido à mãe um sino quando era mais nova, para poder ajudar anjos a conseguirem suas asas. Ao terminar o segundo copo de vinho, Katie se sentia leve como uma pena em uma brisa de verão.

Jo fez poucas perguntas. Elas conversaram mais sobre temas superficiais, e Katie pensou novamente como se sentia feliz com a companhia da vizinha. Quando a chuva cessou e o céu ficou prateado com o luar, as amigas saíram para a varanda da frente. Sentindo que cambaleava um pouco, Katie segurou-se à cerca. Enquanto tomavam vinho, as nuvens continuaram a se afastar. De repente, o céu estava cheio de estrelas. Katie apontou a Ursa Maior e a Estrela Polar, as únicas que reconhecia, mas Jo começou a identificar dezenas de outras. Katie olhava para o céu maravilhada e impressionada em ver quanto Jo sabia sobre as constelações, até perceber os nomes que Jo estava falando.

– Aquela se chama Hortelino Troca-Letras. Ali, logo acima daquele pinheiro, você pode ver o Patolino.

Quando Katie finalmente percebeu o que ela estava fazendo, Jo começou a rir como uma criança travessa.

De volta à cozinha, Katie serviu o resto do vinho e tomou um gole. A bebida desceu quente e a deixou zonza. A mariposa continuava a dançar ao redor da luz, mas, quando tentava focar o olhar, Katie tinha a impressão de que havia duas delas. Sentia-se feliz e segura e pensou novamente como a noite fora agradável.

Tinha uma amiga, uma amiga de verdade, alguém que ria e fazia piadas sobre as estrelas, e ela não sabia direito se queria rir ou chorar porque fazia tempo que não sentia algo tão fácil e natural.

– Você está bem? – perguntou Jo.

– Estou – respondeu Katie. – Só estava pensando como estou feliz por você estar aqui.

Jo olhou para ela.

– Acho que você deve estar meio bêbada.

– Você está certíssima – concordou Katie.

– Bem, o que você quer fazer? Já que está obviamente bêbada e pronta para se divertir.

– Não sei o que você quer dizer.

– Quer fazer algo especial? Ir até a cidade, encontrar algum lugar interessante?

Katie balançou a cabeça.

– Não.

– Você não quer ver pessoas novas?

– Estou melhor sozinha.

Jo passou o dedo pela borda da caneca antes de dizer qualquer coisa.

– Confie em mim: ninguém está melhor sozinho.

– Eu estou.

Jo pensou sobre a resposta de Katie antes de se curvar para perto.

– Então está me dizendo que, desde que tivesse comida, abrigo, roupas e qualquer outra coisa de que precisasse para sobreviver, você preferiria estar perdida em uma ilha deserta no meio do nada, completamente sozinha, para o resto de sua vida? Seja honesta.

Katie piscou, tentando manter Jo em foco.

– Por que você acha que eu não seria honesta?

– Porque todo mundo mente. Faz parte de viver em sociedade. Não me entenda mal... eu acho que é necessário. A última coisa que alguém deseja é viver em uma sociedade onde a honestidade prevalece. Consegue imaginar as conversas? "Você é baixa e gorda", diria uma pessoa. E a outra responderia: "Eu sei. Mas você cheira mal." Não ia dar certo. Então as pessoas mentem por omissão o tempo todo. Elas vão contar a maior parte da história... e eu aprendi que a parte que deixam de dizer costuma ser a mais importante. As pessoas escondem a verdade porque têm medo.

Ao ouvir as palavras de Jo, Katie sentiu que algo tocou seu coração. De repente, parecia difícil de respirar.

– Você está falando de mim? – finalmente conseguiu falar, a voz presa na garganta.

– Eu não sei. Estou?

Katie sentiu-se empalidecer, mas, antes que pudesse responder, Jo sorriu.

– Na verdade, estava pensando no meu dia hoje. Eu contei que foi difícil, certo? Bem isso é apenas parte do problema. É frustrante quando as pessoas não dizem a verdade. Quero dizer, como posso ajudá-las se elas escondem as coisas? Se não sei o que realmente está acontecendo?

Katie sentiu algo se retorcendo e apertando em seu peito.

– Talvez queiram falar sobre isso, mas saibam que não há nada que você possa fazer para ajudar – sussurrou ela.

– Eu sempre posso fazer alguma coisa.

A pele de Jo reluzia num tom de branco luminoso sob o luar que entrava pela janela da cozinha, e Katie teve a sensação de que ela não costumava tomar sol. O vinho fazia o cômodo girar, as paredes se moverem. Katie podia sentir as lágrimas se formarem em seus olhos e piscou para tentar contê-las. Sua boca estava seca.

– Nem sempre – sussurrou Katie. Ela virou o rosto para a janela.

Atrás do vidro, a lua pairava baixo sobre as árvores. Katie engoliu em seco, de repente sentindo como se estivesse observando a si mesma do outro lado da cozinha. Ela podia se ver sentada à mesa com Jo, e, quando começou a falar, a voz não parecia sua.

– O marido de uma amiga era horrível, e ela não podia falar com ninguém. Ele batia nela. No início, ela dizia que, se ele voltasse a fazer aquilo, iria deixá-lo. Ele jurava que a violência não voltaria a acontecer e ela acreditava. Mas, com o tempo, tudo piorou. Ele batia nela quando o jantar estava frio ou quando ela contou que tinha conversado com um dos vizinhos que passeava com o cachorro. Ela só conversou com ele, mas, naquela noite, o marido a jogou em cima de um espelho.

Katie olhou para o chão. O linóleo estava soltando nos cantos, mas ela não soubera consertar. Tentara colá-lo, mas não dera certo e os cantos tinham voltado a enrolar.

– Ele sempre se desculpava, e às vezes até mesmo chorava por causa dos hematomas que deixava nos braços, nas pernas ou nas costas dela. Dizia que odiava o que tinha feito, mas logo em seguida falava que ela havia merecido. Que, se tivesse sido mais cuidadosa, aquilo não teria acontecido. Que, se ela tivesse prestado atenção ou não tivesse sido tão estúpida, ele não teria perdido a cabeça. Ela tentou mudar. E se esforçou muito para tentar ser uma esposa melhor e fazer as coisas do jeito que ele queria, mas nunca era o suficiente.

Embora tivesse tentado detê-las, Katie sentiu as lágrimas rolarem pelo seu rosto. Jo a observava imóvel do outro lado da mesa.

– E ela o amava! No início, ele era tão doce com ela. Ele a fazia se sentir tão segura. Na noite em que se conheceram, ela estava trabalhando e, depois que terminou seu turno, dois homens a seguiram. Quando ela dobrou a esquina, um deles a agarrou e tapou sua boca com a mão. Embora tivesse tentado fugir, os homens eram muito mais fortes. Ela não sabia o que teria acontecido se seu futuro marido não tivesse aparecido de repente e acertado um deles com força na nuca, deixando o cara caído no chão. Então ele agarrou o outro e o jogou contra a parede, e tudo acabou. Ele a ajudou a levantar, levou-a até em casa e no dia seguinte a chamou para tomar um café. Ele era gentil e a tratava como uma princesa, pelo menos até a lua de mel.

Katie sabia que não deveria estar contando nada disso a Jo, mas não conseguia parar.

– Minha amiga tentou fugir duas vezes. Uma vez, ela voltou sozinha, porque não tinha para onde ir. Na segunda vez, pensou que estava livre. Mas ele foi atrás dela e a arrastou de volta para casa. Em casa, bateu nela e colocou uma arma na sua cabeça. Disse que, se ela fugisse de novo, ele a mataria. Mataria qualquer homem de quem ela gostasse. E ela acreditava nele, porque, àquela altura, já sabia que ele era louco. Ele nunca lhe dava nenhum dinheiro, nunca a deixava sair de casa. E costumava passar de carro na frente da casa quando devia estar trabalhando, só para ter certeza de que ela estava lá. Ele monitorava os telefonemas e ligava para ela o tempo todo. Uma vez, quando acordou no meio da noite, minha amiga o viu de pé junto à cama, só olhando para ela. Ele tinha bebido e estava com a arma na mão de novo. Ela sentiu tanto medo que não conseguiu fazer nada além de chamá-lo de volta para a cama. Foi então que percebeu: se ficasse, seu marido um dia ainda a mataria.

Katie passou a mão nos olhos, os dedos úmidos com as lágrimas. Ela mal podia respirar, mas as palavras continuavam vindo.

– Ela começou a roubar dinheiro da carteira dele. Nunca mais do que 1 dólar ou 2, para ele não notar. Levou muito tempo para conseguir dinheiro suficiente para fugir. Porque era isto que tinha que fazer: fugir para algum lugar onde ele nunca a encontraria. E ela não podia contar a ninguém, porque não tinha mais família e sabia que a polícia não faria nada. Se ele suspeitasse de alguma coisa, com certeza a mataria. Então ela roubava e guardava, e procurava moedas nas almofadas do sofá e na máquina de lavar. Ela colocava o dinheiro em um saco plástico que escondia em um vaso de flores e, toda vez que ele saía de casa, minha amiga tinha certeza de que ele um dia o encontraria. Demorou muito tempo para ela conseguir o dinheiro necessário para recomeçar sua vida.

Katie não notou exatamente quando aconteceu, mas percebeu que Jo já não mais a observava do outro lado da sala. Jo agora segurava sua mão. Sentia o gosto de sal em seus lábios e pensou que era como se sua alma estivesse transbordando. De repente, foi tomada por uma vontade enorme de dormir.

Em meio ao silêncio, Jo continuava a olhar fixamente em seus olhos.

– Sua amiga tem muita coragem – disse ela calmamente.

– Não – rebateu Katie. – Minha amiga tem medo o tempo todo.

– Mas isso é que é coragem. Porque se ela não estivesse com medo, não precisaria de coragem. Eu admiro o que ela fez. – Jo apertou a mão dela. – Acho que eu gostaria da sua amiga. Fico feliz que tenha me contado sobre ela.

Katie desviou o olhar, sentindo-se completamente esgotada.

– Eu não deveria ter contado tudo isso.

Jo deu de ombros.

– Eu não me preocuparia muito. Uma coisa que você vai aprender sobre mim é que sou muito boa em guardar segredos. Principalmente quando se trata de pessoas que não conheço, certo?

Katie assentiu.

– Certo.

❊

Jo ficou com Katie por mais uma hora, mas dirigiu a conversa para assuntos mais amenos. Katie falou sobre o trabalho no Ivan's e alguns dos clientes que conhecia. Jo perguntou a melhor maneira de tirar a tinta de baixo das unhas. Já sem vinho para beber, a tontura de Katie começou a passar, deixando em seu lugar uma sensação de exaustão. Jo também começou a bocejar, e elas finalmente se levantaram da mesa. Jo ajudou Katie a limpar tudo, embora não houvesse muito que fazer além de lavar alguns pratos, e Katie a acompanhou até a porta.

Quando pisou na varanda, Jo parou.

– Acho que tivemos visita – disse ela.

– Do que você está falando?

– Tem uma bicicleta apoiada na sua árvore.

Além do brilho amarelo da luz da varanda, o mundo estava escuro e os contornos dos pinheiros distantes lembravam Katie a borda irregular de um buraco negro. Vaga-lumes imitavam as estrelas, brilhando e piscando, e Katie estreitou os olhos, percebendo que Jo estava certa.

– De quem é essa bicicleta? – perguntou Katie.

– Eu não sei.

– Você ouviu alguém chegar?

– Não. Mas acho que alguém deixou isso para você. Está vendo? – Ela apontou. – Não é um laço no guidom?

Uma bicicleta com cestinhas de metal de cada um dos lados da roda traseira e outra na frente. Havia uma corrente passada bem frouxa em volta do assento, com a chave no cadeado.

– Quem iria me trazer uma bicicleta?

– Como eu vou saber? Estou tão confusa quanto você.

Katie e Jo desceram da varanda. Embora as poças tivessem praticamente desaparecido, absorvidas pela terra, a grama ainda estava úmida e molhou as pontas do sapato de Katie enquanto ela caminhava. Ela tocou a bicicleta, então o laço, esfregando a fita entre os dedos como um vendedor de tapetes. Havia um cartão preso embaixo dela.

– É do Alex – disse, parecendo perplexa.

– Alex, o cara da loja, ou outro Alex?

– O cara da loja.

– O que diz?

Katie balançou a cabeça, tentando entender antes de ler o bilhete. *Achei que você poderia gostar.*

Jo deu um tapinha no bilhete.

– Acho que isso significa que ele está tão interessado em você quanto você nele.

– Eu não estou interessada nele!

– Claro que não. – Jo piscou. – Por que estaria?

8

Alex varria o chão perto dos refrigeradores quando Katie entrou na loja. Já imaginava que ela apareceria para falar com ele sobre a bicicleta logo pela manhã. Depois de apoiar o cabo da vassoura contra o vidro, ele enfiou de novo a camisa para dentro da calça e passou rapidamente a mão pelo cabelo. Kristen esperara por ela a manhã toda e já tinha se levantado antes que a porta se fechasse.

– Oi, Srta. Katie! – disse Kristen. – Você viu a bicicleta?
– Vi, sim. Obrigada – respondeu Katie. – É por isso que estou aqui.
– Nós trabalhamos muito nela.
– Vocês fizeram um ótimo trabalho – disse ela. – Seu pai está por aí?
– Ele está bem ali. – Ela apontou. – Já está vindo.

Alex viu Katie se virar na direção dele.

– Ei, Katie – disse ele.

Ela cruzou os braços quando ele se aproximou.

– Posso falar com você lá fora por um minuto?

Ele podia ouvir a frieza na voz dela e sabia que Katie estava fazendo o máximo para não demonstrar raiva na frente de Kristen.

– É claro – disse ele, estendendo a mão para a porta. Depois de abri-la, saiu atrás dela e se pegou admirando Kate enquanto a seguia até a bicicleta.

Ela se virou para encará-lo. Na cesta da frente, estava o guarda-chuva que tinha pegado emprestado no dia anterior. Então deu um tapinha no assento, o rosto muito sério.

– Posso perguntar por que isso?
– Você não gostou?
– Por que você comprou essa bicicleta para mim?
– Eu não comprei para você – disse ele.

Ela piscou.

– Mas seu bilhete...

Alex deu de ombros.

– Essa bicicleta só tem acumulado poeira no galpão nos últimos anos. Acredite em mim, a última coisa que eu faria seria comprar uma bicicleta para você.

Os olhos dela faiscaram.

– Essa não é a questão! Você fica me dando coisas e precisa parar com isso. Não quero nada de você. Não preciso de um guarda-chuva, vinho ou legumes. E eu não preciso de uma bicicleta!

– Então dê para alguém. – Ele deu de ombros. – Porque eu também não quero essa bicicleta.

Katie ficou em silêncio e Alex viu quando a confusão deu lugar à frustração, e notou quando finalmente ela desistiu. Por fim, Katie balançou a cabeça e se virou para sair. Antes que pudesse dar um passo, Alex limpou a garganta.

– Antes de ir embora, você poderia pelo menos fazer o favor de ouvir minha explicação?

Ela o fuzilou com o olhar por cima do ombro.

– Não importa.

– Pode não importar para você, mas importa para mim.

Seus olhos estavam fixos nos dele. Quando ela suspirou e baixou o olhar, ele fez sinal para o banco na frente da loja. A princípio ele colocara o banco lá, entre a máquina de gelo e o rack de botijões de gás, como uma brincadeira, sabendo que não seria utilizado. Quem iria querer sentar de frente para um estacionamento? Para sua surpresa, o banco ficava ocupado na maioria dos dias; e só estava vazio naquele momento porque ainda era muito cedo.

Katie hesitou antes de sentar, e Alex entrelaçou os dedos no colo.

– Eu não estava mentindo sobre o fato de que essa bicicleta vem acumulando poeira nos últimos anos. Era da minha esposa – disse Alex. – Ela a adorava e andava nela o tempo todo. Uma vez, foi de bicicleta a Wilmington. Quando chegou lá, estava tão cansada que eu tive que buscá-la, mesmo não tendo ninguém para cuidar da loja. Acabei tendo que fechar por algumas horas. – Ele fez uma pausa. – Foi a última vez que ela andou na bicicleta. Naquela noite, ela teve sua primeira convulsão e precisei levá-la correndo ao hospital. Depois disso, minha esposa ficou cada vez mais doente. Coloquei a bicicleta na garagem, mas toda vez que a vejo não consigo deixar de pensar naquela noite horrível. – Ele se endireitou. – Sei que eu já deveria ter me livrado dela, mas simplesmente não podia dá-la a alguém que só iria andar nela uma ou duas vezes e depois esquecê-la. Queria dá-la a alguém que a apreciaria tanto quanto minha esposa. Sei que seria a vontade dela. Se você a tivesse conhecido, entenderia. Você estaria me fazendo um favor.

Quando Katie falou, sua voz era suave:

– Não posso levar a bicicleta da sua esposa.

– Então você ainda quer devolvê-la?

Quando ela fez que sim, Alex se curvou para a frente, apoiando os cotovelos nos joelhos.

– Você e eu somos muito mais parecidos do que imagina. Em seu lugar, eu teria feito exatamente a mesma coisa. Você não quer sentir que deve nada a ninguém. Quer provar a si mesma que pode se virar sozinha, certo?

Ela abriu a boca para responder, mas não disse nada. Então, em meio ao silêncio, ele continuou:

– Eu era assim quando fiquei viúvo. As pessoas apareciam na loja e várias me diziam para ligar se eu precisasse de alguma coisa. A maioria sabia que eu não tinha família aqui e todos tinham boas intenções, mas nunca liguei para ninguém. Mesmo se eu quisesse alguma coisa, não saberia como pedir ou o que desejava. Eu estava no meu limite e, durante muito tempo, mal dava conta de tudo. De repente precisava cuidar de dois filhos pequenos, além da loja, e os meninos eram ainda mais novos e necessitavam de mais atenção do que agora. Então, um dia, Joyce veio me ver. – Alex olhou para Katie. – Você já conheceu a Joyce? Ela trabalha algumas tardes por semana, incluindo os domingos, uma senhorinha muito falante? Josh e Kristen a adoram.

– Não a conheço.

– Bem, ela apareceu uma tarde e simplesmente falou que ia cuidar das crianças para eu passar a semana seguinte na praia. Ela já havia arrumado um lugar para eu ficar e disse que não havia escolha porque, na opinião dela, eu estava à beira de um colapso nervoso.

Alex beliscou a ponta do nariz, tentando se conter ao se lembrar daqueles dias.

– A princípio, fiquei chateado. Afinal, eles são meus filhos, certo? E que tipo de pai eu era para fazer as pessoas pensarem que eu não aguentaria as responsabilidades de ser pai? Mas, diferente de qualquer outra pessoa, Joyce não me pediu para ligar se eu precisasse de alguma coisa. Ela sabia pelo que eu estava passando, então se adiantou e fez o que achava certo. Quando dei por mim, estava a caminho da praia. E Joyce tinha razão. Nos dois primeiros dias, eu ainda estava acabado. Mas depois saí para fazer longas caminhadas, li alguns livros, dormi até tarde e, quando voltei, percebi que não relaxava assim havia muito tempo...

Ele parou, sentindo o peso do olhar examinador dela.

– Não sei por que você está me contando isso.

Alex virou-se para ela.

– Nós dois sabemos que, se eu tivesse perguntado se queria a bicicleta, você teria dito que não. Então, como Joyce fez comigo, segui em frente e fiz o que achei ser o certo. Porque aprendi que não há problema em aceitar alguma ajuda de vez em quando. – Ele acenou a cabeça em direção à bicicleta. – Pode levar. Não tem nenhuma serventia para mim, e você tem que admitir que facilitaria muito para ir e voltar do trabalho.

Alguns segundos se passaram até ele ver os ombros dela relaxarem, e ela se virar na direção dele com um sorriso irônico.

– Você praticou esse discurso?

– É claro. – Ele tentou parecer envergonhado. – Você vai levar a bicicleta?

Katie hesitou.

– Uma bicicleta pode vir a calhar – finalmente admitiu ela. – Obrigada.

Por um longo tempo, nenhum deles disse nada. Enquanto olhava para ela, Alex notou mais uma vez como era bonita, embora tivesse a sensação de que ela não pensava assim. Isso só a deixava ainda mais atraente.

– Disponha – disse ele.

– Mas nada mais de presentes, está bem? Você já fez muito por mim.

– É justo. – Ele acenou em direção à bicicleta. – Dá para andar bem nela? Com as cestas, eu quero dizer?

– Ela está ótima. Por quê?

– Porque Kristen e Josh me ajudaram a colocá-las ontem. Um desses projetos para dias chuvosos, sabe? Kristen que escolheu. Só para você saber, ela também achou que você precisava de manoplas cintilantes para o guidom, mas falei que já estava bom assim.

– Eu não me importaria de ter manoplas cintilantes.

Ele riu.
– Vou contar para ela.
Katie hesitou.
– Você está fazendo um bom trabalho com seus filhos.
– Obrigado.
– Estou falando sério. E sei que não tem sido fácil.
– A vida é assim mesmo. Boa parte do tempo não é nada fácil. Só temos que tentar fazer o melhor possível com o que temos. Entende o que quero dizer?
– Sim – disse ela. – Acho que sim.
A porta da loja abriu. Quando Alex se curvou para a frente, viu Josh dando uma olhada no estacionamento à sua procura, Kristen logo atrás dele. Com cabelo e olhos castanhos, Josh lembrava a mãe. Seu cabelo estava todo bagunçado, e Alex sabia que ele tinha acabado de sair da cama.
– Aqui, meninos.
Josh coçou a cabeça enquanto arrastava os pés em direção a eles. Kristen sorriu, acenando para Katie.
– Ei, papai? – perguntou Josh.
– Sim?
– Queríamos perguntar se ainda vamos à praia hoje. Você prometeu nos levar.
– Vamos, sim.
– E vamos fazer churrasco?
– Claro.
– Legal – disse ele. Então esfregou o nariz. – Oi, Srta. Katie.
Katie acenou para Josh e Kristen.
– Você gostou da bicicleta? – perguntou Kristen.
– Sim. Muito obrigada.
– Tive que ajudar meu pai a consertá-la – informou Josh. – Ele não é muito bom com ferramentas.
Katie olhou para Alex com um sorriso.
– Ele não contou isso.
– Está tudo bem. Eu sabia o que fazer. Mas ele teve que me ajudar com a nova câmara de ar.
Kristen olhou fixamente para Katie.
– Você vai à praia com a gente?

Katie se endireitou.

– Acho que não.

– Por que não? – perguntou Kristen.

– Ela vai trabalhar – disse Alex.

– Na verdade, hoje eu não vou – retrucou ela. – Tenho algumas coisas para fazer em casa.

– Então você tem que vir! – gritou Kristen. – É muito divertido.

– Esse é um momento só de vocês – insistiu ela. – Eu não quero atrapalhar.

– Você não vai atrapalhar. E é mesmo muito divertido. Você pode me ver nadar. Por favor? – implorou Kristen.

Alex ficou quieto, sem querer pressionar mais. Imaginou que Katie diria não, mas, para sua surpresa, ela assentiu.

– Está bem – finalmente disse Katie.

9

Depois de voltar da loja, Katie parou a bicicleta atrás da cabana e entrou para se trocar. Ela não tinha um biquíni, mas não usaria um nem se tivesse. Por mais natural que fosse para uma adolescente andar por aí na frente de estranhos com o equivalente a uma calcinha e um sutiã, ela não ficaria confortável usando algo assim na frente de Alex em um passeio com seus filhos. Ou, francamente, mesmo sem as crianças.

Embora resistisse à ideia, tinha que admitir que ele a intrigava. Não em razão das coisas que fizera para ela, por mais comovente que fosse. Tinha mais a ver com o jeito triste como sorria às vezes, a expressão em seu rosto quando lhe contara sobre a esposa ou a maneira como tratava os filhos. Havia uma solidão dentro dele que não conseguia disfarçar, e ela sabia que, de alguma forma, esse sentimento era parecido com o seu.

Katie sabia que ele estava interessado nela. Já tinha bastante experiência para reconhecer quando homens a achavam atraente; o funcionário da mercearia falando demais, um estranho olhando em sua direção ou um garçom em um restaurante dando atenção demais à sua mesa. Com o tempo, aprendeu a fingir que não percebia; em outros casos, mostrava óbvio desdém, porque sabia o que aconteceria se não fizesse isso. Mais tarde. Quando chegasse em casa. Quando estivessem sozinhos.

Mas aquela vida já não existia mais, procurou se lembrar. Abriu as gavetas, pegou um short e a sandália que tinha comprado na Anna Jean's. Na noite anterior, tinha tomado vinho com uma amiga, e agora ia à praia com Alex e sua família. Eram acontecimentos comuns de uma vida comum. O conceito lhe parecia estranho, como se estivesse aprendendo os costumes de uma terra estrangeira, e isso a deixava estranhamente feliz... e temerosa ao mesmo tempo.

Assim que terminou de se vestir, ela viu o jipe de Alex chegando pela estrada de cascalho e respirou fundo enquanto ele parava o carro em frente à sua casa. *É agora ou nunca*, pensou consigo mesma quando saiu na varanda.

– Você precisa colocar o cinto de segurança, Srta. Katie – disse Kristen do banco de trás. – Meu pai não vai sair até você colocá-lo.

Alex olhou para ela, como se dissesse: "Está preparada para isso?" E ela abriu seu sorriso mais corajoso.

– Está bem – disse ele. – Vamos lá!

❂

Em menos de uma hora, eles chegaram à cidade costeira de Long Beach, com seus chalés altos de madeira e uma bela vista para o mar. Alex parou em um pequeno estacionamento perto das dunas; a grama alta balançava com a brisa constante. Katie saiu do carro e olhou para o oceano, respirando profundamente.

As crianças saíram e logo pegaram o caminho entre as dunas.

– Vou ver como está a água, pai! – gritou Josh, segurando a máscara e o snorkel.

– Eu também! – acrescentou Kristen, indo atrás dele.

Alex estava ocupado descarregando as coisas do jipe.

– Esperem aí – gritou ele. – Não quero ninguém com pressa.

Josh suspirou, a impaciência óbvia enquanto se apoiava ora num pé, ora no outro. Alex começou a pegar a caixa térmica.

– Precisa de ajuda? – perguntou Katie.

Ele balançou a cabeça.

– Posso cuidar disso. Mas você se importaria de passar protetor solar nas crianças e ficar de olho neles por alguns minutos? Os dois estão muito animados.

– Claro – disse ela, virando-se para Kristen e Josh. – Vocês dois já estão prontos?

Alex passou os minutos seguintes tirando as coisas do carro e montando acampamento perto da mesa de piquenique mais perto da duna, onde a maré alta não chegaria. Embora houvesse algumas famílias, aquela parte da praia era praticamente só deles. Katie havia descalçado a sandália e estava de pé, perto da água, enquanto as crianças brincavam no raso. Ela estava de braços cruzados e, mesmo a distância, Alex notava uma rara expressão de felicidade em seu rosto.

Ele pendurou algumas toalhas no ombro enquanto se aproximava.

– É difícil acreditar que caiu uma tempestade ontem, não é?

Katie virou-se ao som da voz dele.

– Tinha me esquecido do quanto sentia falta do mar.

– Há quanto tempo não vai à praia?

– Muito tempo – respondeu ela, ouvindo o ritmo constante das ondas que rolavam suavemente para a areia.

Josh corria para dentro e para fora d'água, enquanto Kristen se agachava, em busca de conchas bonitas.

– Deve ser difícil criá-los sozinho – observou Katie.

Alex hesitou, pensativo. Quando falou, sua voz era suave:

– Na maioria das vezes, não é tão ruim. Nossa vida meio que entrou no ritmo, sabe? – Ele chutou de leve a areia, fazendo um pequeno buraco aos seus pés. – Quando minha esposa e eu conversávamos sobre ter um terceiro filho, ela me alertava que uma terceira criança significaria passar de "defesa individual" para "defesa por zona". Ela costumava brincar que não tinha certeza se eu estava preparado. Mas aqui estou, praticando a defesa por zona todos os dias... – Então parou, balançando a cabeça. – Desculpe. Eu não deveria ter dito isso.

– Ter dito o quê?

– Parece que toda vez que converso com você, acabo falando da minha esposa.

Pela primeira vez, ela se virou para ele.

– Por que você não deveria falar sobre sua esposa?

Alex empurrou uma pilha de areia para a frente e para trás com o pé, tapando o buraco que tinha feito.

– Porque não quero que você pense que não sei falar de outra coisa. Que tudo o que faço é viver no passado.

– Você a amava muito, não é?

– Sim – respondeu ele.

– E ela era uma parte muito importante da sua vida e também mãe de seus filhos, certo?

– Sim.

– Então não há problema em falar. Ela é parte de quem você é.

Alex abriu um sorriso agradecido, mas não conseguiu pensar em nada para dizer. Katie pareceu ler sua mente e falou com voz gentil:

– Como é que vocês se conheceram?

– A gente se conheceu em um bar, dá para imaginar? Ela havia saído com algumas amigas para comemorar o aniversário de alguém. O lugar estava quente e lotado, com pouca luz e música alta, e ela... se destacava em meio às outras. Quero dizer, as amigas dela estavam um pouco descontroladas e era óbvio que todas se divertiam muito, mas ela continuava serena e calma.

– Aposto que era bonita também.

– Ah, sim, claro – disse ele. – Então, engolindo em seco para controlar meu nervosismo, me aproximei e comecei a usar todo o meu charme.

Quando ele parou, percebeu o sorriso brincando nos cantos dos lábios dela.

– E? – perguntou Katie.

– Levei três horas só para conseguir descobrir seu nome e telefone.

Ela riu.

– E, deixe-me adivinhar, você ligou no dia seguinte, certo? E a chamou para sair?

– Como você sabe?

– Você parece ser desse tipo.

– Você fala como alguém que já foi paquerada várias vezes.

Ela deu de ombros, deixando no ar.

– E então o que houve?

– Por que você quer ouvir isso?

– Não sei – admitiu ela. – Mas eu quero.

Ele a observou.

– Está bem – finalmente disse ele. – Então, como você adivinhou, eu a chamei para almoçar e passamos o resto da tarde conversando. Naquele fim de semana, eu disse a ela que iríamos nos casar um dia.

– Você está brincando.

– Sei que parece loucura. Acredite em mim, ela também achou. Mas eu... sabia. Ela era inteligente e gentil, e nós tínhamos muito em comum e queríamos as mesmas coisas na vida. Ela ria muito e me fazia rir também... Eu tirei a sorte grande.

As ondas continuavam seu vaivém com a brisa do oceano, molhando os tornozelos de Katie.

– Ela provavelmente também se achava uma pessoa de sorte.
– Mas isso só porque eu conseguia enganá-la.
– Duvido muito.
– Você duvida porque consigo enganar você também.
Ela riu.
– Acho que não.
– Você só diz isso porque somos amigos.
– Você nos considera amigos?
– Sim – disse ele, olhando fixamente nos olhos de Katie. – Você não?
Pela expressão no rosto dela, Alex notou que a ideia a surpreendeu, mas, antes que pudesse responder, Kristen se aproximou deles, patinhando água, com a mão cheia de conchinhas.
– Srta. Katie! – gritou ela. – Achei umas conchas lindas!
Katie se curvou para olhar.
– Pode me mostrar?
Kristen abriu a mão, derramando-as nas de Katie antes de se virar em direção a Alex.
– Papai, podemos começar a fazer o churrasco? Estou morrendo de fome.
– Claro, querida. – Ele deu alguns passos na areia, observando o filho mergulhando. Quando Josh voltou à superfície, Alex colocou as mãos em volta da boca para chamá-lo. – Ei, Josh? – gritou. – Vou acender a churrasqueira. Não quer sair um pouco?
– Agora? – gritou Josh de volta.
– Só um pouquinho.
Mesmo a distância, ele viu os ombros do filho caírem. Katie também devia ter notado, porque falou logo:
– Posso ficar aqui se você quiser – assegurou ela.
– Tem certeza?
– Sim. Kristen está me mostrando as conchas.
Ele assentiu e virou para Josh.
– A Srta. Katie vai vigiar você, está bem? Portanto, não vá muito longe!
– Pode deixar! – disse ele, sorrindo.

10

Um pouco mais tarde, Katie levou uma trêmula Kristen e um animado Josh de volta ao cobertor que Alex abrira mais cedo. A churrasqueira tinha sido montada, e o carvão já estava aceso.

Alex abriu a última das cadeiras de praia sobre o cobertor e viu os três se aproximarem.

– Como estava a água, crianças?

– Ótima! – respondeu Josh, com o cabelo agora seco, mas despenteado. – Quando sai o almoço?

Alex verificou as brasas.

– Daqui a uns vinte minutos.

– Kristen e eu podemos voltar para a água?

– Vocês acabaram de sair da água. Por que não descansam alguns minutos?

– A gente não quer nadar. Vamos construir castelos de areia – disse ele.

Alex notou que Kristen batia os dentes.

– Tem certeza de que quer fazer isso? Está roxinha de frio.

Kristen assentiu fervorosamente.

– Eu estou bem – disse ela, tremendo. – Não dá para vir à praia e não construir castelos de areia.

– Está bem. Mas é melhor os dois colocarem uma camisa. E fiquem onde eu possa vê-los.

– Eu sei, pai. – Josh suspirou. – Não sou mais um bebê.

Alex vasculhou uma bolsa e ajudou Josh e Kristen a vestirem suas camisas. Depois, Josh pegou uma sacola cheia de brinquedos plásticos e pás e saiu correndo, parando a poucos passos da água. Kristen chegou logo depois.

– Quer que eu fique lá? – perguntou Katie.

Ele balançou a cabeça.

– Não, eles vão ficar bem. Estão acostumados a fazer isso. Quando estou cozinhando, quero dizer. Eles sabem que devem ficar fora d'água.

Então Alex foi até a caixa térmica, agachou-se e abriu a tampa.

– Você também está com fome? – perguntou.

– Um pouco – disse ela antes de perceber que não tinha comido nada desde os queijos e o vinho da noite anterior. E então logo ouviu o estômago roncar e cruzou os braços sobre a barriga.

– Que bom, porque eu estou faminto. – Enquanto Alex procurava algo no cooler, Katie notou os músculos fortes de seu braço. – Estava pensando em salsichas para Josh, um hambúrguer para Kristen, e bifes para você e para mim. – Ele tirou a carne e então se curvou sobre a churrasqueira, soprando as brasas.

– Posso ajudar com alguma coisa?

– Você pode colocar a toalha na mesa? Está na caixa térmica.

– Claro – disse Katie. Ela tirou um dos sacos de gelo do cooler e ficou espantada. – Tem comida suficiente para meia dúzia de famílias aqui – disse ela.

– Sim. Meu lema sempre foi trazer mais coisas do que o necessário, já que nunca sei exatamente o que eles vão querer. Você não imagina quantas vezes viemos até aqui e eu me esqueci de alguma coisa e tive que colocar as crianças de volta no carro e correr para a loja. Quis evitar isso hoje.

Ela desdobrou a toalha plástica e, seguindo as instruções de Alex, prendeu as pontas com pesos de papel.

– E agora? Quer que eu coloque tudo na mesa?

– Temos alguns minutos. Não sei quanto a você, mas preciso de uma cerveja – disse ele. Então enfiou a mão no cooler e tirou uma garrafa. – Você quer?

– Vou tomar um refrigerante – disse ela.

– Coca Diet? – perguntou ele, procurando de novo.

– Sim, por favor.

Quando ele lhe entregou a lata, Katie sentiu os dedos dele roçarem nos seus. Ele apontou para as cadeiras.

– Quer sentar?

Ela hesitou antes de sentar ao lado dele. Quando Alex arrumara as cadeiras, tinha deixado espaço suficiente entre elas para que não se esbarrassem acidentalmente. Ele abriu sua cerveja e tomou um gole.

– Não há nada melhor do que uma cerveja gelada em um dia quente na praia.

Ela sorriu, um pouco sem jeito por estar sozinha com ele.

– Vou acreditar em você.

– Você não gosta de cerveja?

Sua mente correu para o pai e as latas vazias que normalmente cobriam o chão perto da cadeira onde se sentava.

– Não muito – admitiu ela.

– Só vinho, então?

Ela levou um instante para lembrar que ele lhe dera uma garrafa.

– Tomei um pouco de vinho na noite passada, aliás. Com minha vizinha.

– Ah, é? Que bom.

Ela procurou pensar num assunto seguro.

– Você disse que era de Spokane?

Ele esticou as pernas.

– Nascido e criado. Morei na mesma casa até ir para a faculdade. – Então olhou para ela meio de lado. – Universidade de Washington, aliás.

– Seus pais ainda vivem lá?

– Sim.

– Deve ser difícil para eles visitarem os netos.

– Seria mesmo.

Algo em seu tom chamou a atenção dela.

– Seria?

– Eles não fariam muitas visitas, mesmo se morassem por perto. Viram as crianças apenas duas vezes: quando Kristen nasceu e no funeral. – Alex balançou a cabeça. – Não me peça para explicar, mas meus pais não demonstram preocupação com eles, e não fazem nada além de mandarem cartões em seus aniversários e presentes no Natal. Eles preferem viajar ou o que quer que façam.

– Hã?

– A primeira vez que eles me visitaram na faculdade foi no dia da formatura e, embora eu nadasse bem o suficiente para conseguir uma bolsa de estudos integral, eles me viram competir apenas duas vezes. Mesmo que eu morasse do outro lado da rua, duvido que iriam querer ver as crianças. Essa é uma das razões pelas quais acabei ficando por aqui. Não faria muita diferença.

– E os outros avós?

Ele raspou a unha na etiqueta de sua garrafa de cerveja.

– A coisa é um pouco mais complicada. Eles têm outras duas filhas que se mudaram para a Flórida e, depois que me venderam a loja, também foram para lá. Eles aparecem uma ou duas vezes por ano para nos visitar e ficam alguns dias, mas ainda é difícil para eles. Também não ficam na casa. Há muitas lembranças da Carly naquele lugar.

– Em outras palavras, você está basicamente sozinho.

– É exatamente o oposto – disse ele, apontando para as crianças. – Tenho eles.

– Mas deve ser difícil às vezes. Cuidar da loja, criar seus filhos.

– Não é tão ruim. Desde que eu acorde às seis da manhã e só vá dormir lá para meia-noite, é fácil cuidar de tudo.

Ela riu com vontade.

– Você acha que as brasas estão boas?

– Vou dar uma olhada – disse ele. Depois de colocar a garrafa na areia, ele se levantou e foi até a churrasqueira. As brasas estavam no ponto e o calor subia em ondas oscilantes. – Sua noção de tempo é impecável.

Alex colocou os bifes e o hambúrguer na churrasqueira enquanto Katie ia até a caixa térmica e começava a levar uma infinidade de coisas para a mesa: potes de salada de batata, salada de repolho, picles, uma salada de vagem, frutas fatiadas, dois sacos de batatas fritas, fatias de queijo e condimentos variados.

Ela balançou a cabeça quando começou a organizar tudo, pensando que Alex havia esquecido que seus filhos ainda eram pequenos. Havia mais comida ali do que tinha em sua casa durante todo o tempo em que morava em Southport.

Alex virou os bifes e o hambúrguer algumas vezes, e depois colocou as salsichas na churrasqueira. Enquanto fazia isso, notou seu olhar correr em direção às pernas de Katie, que se movia ao redor da mesa, arrumando as coisas, e pensou mais uma vez como ela era atraente.

Ela pareceu perceber que ele estava olhando.

– O que foi? – perguntou Katie.

– Nada – disse ele.

– Você estava pensando em alguma coisa.

Alex suspirou.

– Estou feliz que você tenha vindo – finalmente disse ele. – Porque estou me divertindo muito.

❂

Enquanto Alex cuidava da churrasqueira, os dois conversavam de maneira descontraída. Ele lhe deu uma visão geral de como era cuidar de um armazém. Contou a ela como seus sogros tinham aberto o negócio e falou com carinho sobre alguns dos clientes de costume, pessoas que poderiam ser descritas como excêntricas, e Katie silenciosamente se perguntou se ela teria sido incluída nessa descrição se ele tivesse levado outra pessoa à praia.

Não que isso importasse. Quanto mais Alex falava, mais ela percebia que ele era o tipo de homem que tentava ver o que cada pessoa tinha de melhor, o tipo de homem que não reclamava à toa. Ela tentou imaginar como ele devia ser quando jovem, mas não conseguiu, e aos poucos direcionou a conversa nesse sentido.

Alex contou como tinha sido crescer em Spokane, e os fins de semana longos e preguiçosos que passava andando de bicicleta pela Centennial Trail com os amigos. Assim que descobriu a natação, o esporte rapidamente se tornou sua obsessão. Ele nadava de quatro a cinco horas por dia e já pensava nas Olimpíadas, mas o rompimento de um músculo em seu segundo ano de faculdade pôs fim a esse sonho. Ele lhe contou sobre as festas de fraternidade de que participara e as amizades que fizera, e admitiu que a maioria desses amigos fora, aos poucos, se distanciando. Enquanto falava, Katie notou que ele não parecia florear seu passado ou minimizar a importância do que tinha vivido, nem parecia excessivamente preocupado com o que os outros pensavam dele.

Katie podia ver os traços do atleta de elite que ele já havia sido, observando a maneira fluida e graciosa com que se movia, e o sorriso fácil, como se estivesse acostumado a ter vitórias e derrotas. Quando parava de falar, ela temia que pudesse perguntar algo sobre seu passado, mas ele parecia sentir que isso a deixaria desconfortável.

Quando a comida ficou pronta, chamou os filhos, que vieram correndo. Eles estavam cobertos de areia, e Alex fez os dois esperarem um pouco afastados enquanto os limpava. Ao observá-lo, Katie sabia que ele era melhor como pai do que pensava. *Um homem bom,* pensou ela. De todas as formas que eram importantes.

Quando as crianças chegaram à mesa, a conversa mudou. Ela ouviu os dois falarem sobre o castelo de areia que fizeram e um dos programas do Disney Channel de que gostavam. Quando perguntaram sobre os *s'mores* que deveriam comer depois – marshmallows, barras de chocolate e biscoitos que eram aquecidos até o recheio derreter –, ficou claro que Alex tinha criado tradições divertidas e especiais para os filhos. Ele era diferente dos homens que conhecera no passado, diferente de qualquer um que já vira e, à medida que a conversa se desenrolava, quaisquer vestígios do nervosismo que ela sentia começaram a desaparecer.

A comida era deliciosa, uma mudança muito bem-vinda em sua recente dieta austera. O céu permanecia claro, a imensidão azul quebrada apenas por alguma ave marinha que passava voando. A brisa soprava suave o bastante para mantê-los frescos, e o ritmo constante das ondas contribuía para aquela sensação de calma.

Quando terminaram de comer, Josh e Kristen ajudaram a limpar a mesa. Alguns itens que não estragariam – os picles e as batatas fritas – foram deixados. As crianças queriam brincar de body-board. Então Alex passou novamente o protetor nos filhos, tirou a camisa e foi atrás deles para a água.

Katie levou a cadeira até a beira d'água e passou a hora seguinte observando Alex ajudar os filhos na arrebentação, colocando um e depois o outro em posição para pegar as ondas. As crianças gritavam de alegria, claramente se divertindo muito. Ela ficava encantada em ver como Alex era capaz de fazer com que cada um deles se sentisse o centro das atenções. Havia uma ternura na forma como os tratava, uma paciência que ela não esperara. À medida que a tarde avançava e as nuvens se aproximavam, ela se pegou sorrindo ao pensar que, pela primeira vez em muitos anos, sentia-se completamente relaxada. E não era só isso, ela sabia que estava se divertindo tanto quanto as crianças.

11

Depois que saíram da água, Kristen disse que estava com frio e Alex a levou até o banheiro para ajudá-la a vestir roupas secas. Katie ficou com Josh no cobertor, admirando a forma como a luz do sol ondulava na água enquanto ele fazia pequenos montinhos de areia.

– Ei, você quer me ajudar a empinar minha pipa? – perguntou Josh de repente.

– Acho que nunca empinei uma pipa antes...

– É fácil – insistiu ele, revirando a pilha de brinquedos que Alex trouxera até encontrar uma pequena pipa. – Vamos.

Ele saiu em disparada pela praia, e Katie correu um pouco até diminuir o ritmo para passadas rápidas. Quando o alcançou, ele já estava começando a desenrolar a linha e lhe entregou a pipa.

– É só segurar acima da cabeça, está bem?

Ela assentiu enquanto Josh recuava lentamente e soltava a linha, mostrando que tinha experiência.

– Está pronta? – gritou ele quando finalmente parou. – Quando eu sair correndo e gritar, é só soltar!

– Estou! – gritou ela de volta.

Josh começou a correr. Quando Katie sentiu a tensão na pipa e o ouviu gritar, soltou imediatamente. Ela não tinha certeza se a brisa era forte o suficiente, mas a pipa disparou para o céu em poucos segundos. Josh parou e se virou. Enquanto Katie caminhava até Josh, ele soltou um pouco mais de linha.

Ao chegar ao seu lado, ela protegeu os olhos do sol, enquanto observava a pipa subir. Dava para ver o famoso símbolo preto e amarelo do Batman mesmo a distância.

– Sou muito bom em empinar pipas – comentou ele, olhando para o brinquedo no alto. – Como você nunca empinou uma?

– Eu não sei. Só não foi uma coisa que fiz quando era criança.
– Você deveria ter feito. É divertido.

Josh continuou olhando para cima, seu rosto uma máscara de concentração. Pela primeira vez, Katie percebeu como Josh e Kristen eram parecidos.

– Você gosta da escola? Está no jardim de infância, certo?
– É legal. Gosto mais do recreio. A gente corre e faz outras coisas.

É claro, pensou ela. Desde que tinham chegado à praia, ele praticamente não havia parado um segundo.

– Você gosta da sua professora?
– Ela é muito legal. Parece o meu pai. Ela não grita, sabe?
– Seu pai não grita?
– Não – disse ele com grande convicção.
– O que ele faz quando fica irritado?
– Ele não fica irritado.

Katie observou Josh, tentando ver se ele falava sério até perceber que sim.

– Você tem muitos amigos? – perguntou ele.
– Não muitos. Por quê?
– Porque meu pai diz que você é amiga dele. É por isso que ele trouxe você à praia.
– Quando foi que ele disse isso?
– Quando estávamos no mar.
– O que mais ele disse?
– Ele perguntou se ficamos chateados por você ter vindo.
– E vocês ficaram?
– Por que a gente ficaria? – Ele deu de ombros. – Todo mundo precisa de amigos, e a praia é divertida.

Não havia o que discutir.

– Você está certo – disse ela.
– Minha mãe costumava vir aqui com a gente, sabe?
– Ela vinha?
– Sim, mas ela morreu.
– Eu sei. E sinto muito. Deve ser difícil. Vocês devem sentir muita falta dela.

Ele fez que sim e, por um instante, parecia ao mesmo tempo mais velho e mais novo do que era.

– Meu pai fica triste às vezes. Ele acha que não sei, mas eu percebo.
– Eu ficaria triste também.
Ele ficou em silêncio enquanto pensava na resposta dela.
– Obrigado por me ajudar com a pipa – disse ele.

※

– Vocês dois pareciam estar se divertindo bastante – observou Alex.
Depois que Kristen trocou de roupa, Alex a ajudou a colocar sua pipa no ar e correu para ficar com Katie na areia compacta perto da água. Katie podia sentir seu cabelo esvoaçando ligeiramente com a brisa.
– Ele é um doce. E mais falante do que pensei.
Enquanto Alex observava seus filhos empinarem as pipas, Katie teve a sensação de que os olhos dele não perdiam nada.
– Então é isso que você faz nos fins de semana depois de sair da loja. Passa um tempo com seus filhos?
– Sempre – disse ele. – Acho que é importante.
– Mesmo que seus pais pensassem de forma diferente?
Ele hesitou.
– Essa seria uma resposta fácil, não é? Dizer que me senti deixado de lado e prometi a mim mesmo que seria diferente. Parece uma boa resposta, mas não sei se é exatamente isso. A verdade é que fico com eles porque eu gosto. Gosto deles. Eu gosto de vê-los crescer e quero fazer parte disso.
Enquanto respondia, Katie se viu lembrando sua própria infância, tentando sem sucesso imaginar um de seus pais compartilhando os mesmos sentimentos de Alex.
– Por que você entrou para o Exército depois que saiu da escola?
– Na época, achei que era a coisa certa a fazer. Estava pronto para um novo desafio e queria tentar algo diferente. Além disso, me deu uma desculpa para sair de Washington. Fora algumas competições de natação aqui e ali, eu nunca tinha saído do estado.
– Você participou de algum...?
Quando ela se interrompeu, ele terminou a frase:
– Combate? Não! Eu me formei em direito criminal na faculdade e acabei na Divisão de Investigação Criminal.
– O que é isso?

Quando Alex lhe explicou, ela se virou em direção a ele.
– É como a polícia?
Ele assentiu.
– Eu era detetive.
Katie não disse nada. Em vez disso, virou-se abruptamente, o rosto se fechando como um portão batendo.
– Eu disse algo errado? – perguntou ele.
Ela balançou a cabeça, sem responder. Alex olhou para Katie, querendo saber o que estava acontecendo. Suas suspeitas a respeito do passado dela voltaram imediatamente.
– O que está acontecendo, Katie?
– Nada – insistiu ela.
Mas, assim que acabou de falar, Alex já sabia que não dizia a verdade. Em outro lugar e outra época, ele teria feito logo outra pergunta, mas naquele momento decidiu deixar o assunto morrer.
– Não temos que falar sobre isso – disse ele calmamente. – Além disso, essa não é mais a minha realidade. Acredite quando digo que estou muito mais feliz cuidando de uma loja.
Katie fez que sim, mas ele sentiu que ainda estava ansiosa. Alex podia ver que ela precisava de espaço, mesmo que não soubesse direito por quê. Então acenou por cima do ombro com o polegar.
– Esqueci de colocar mais carvão na churrasqueira. Se as crianças não comerem a sobremesa, não vão parar de falar nisso. Volto logo, está bem?
– Claro – respondeu ela, fingindo indiferença.
Quando ele saiu, Katie suspirou aliviada, sentindo como se tivesse escapado. *Ele era policial*, pensou consigo mesma e tentou se convencer de que não importava. Mesmo assim, teve que respirar com calma por quase um minuto até voltar a se sentir no controle da situação. Kristen e Josh estavam nos mesmos lugares, embora a menina tivesse se abaixado para examinar outra concha, ignorando sua pipa que voava.
Katie ouviu Alex se aproximando atrás dela.
– Falei que não ia demorar – disse ele calmamente. – Depois de comer os *s'mores*, estava pensando em encerrar o passeio. Eu adoraria ficar até o sol se pôr, mas Josh tem aula amanhã.
– Quando você quiser, para mim está ótimo – rebateu ela, cruzando os braços.

Ao notar os ombros rígidos de Katie e a maneira tensa como tinha falado, ele franziu a testa.

– Não sei o que eu falei que chateou você, mas sinto muito. Apenas saiba que estou aqui se quiser conversar.

Katie assentiu sem responder e, embora Alex esperasse por mais, ela continuou calada.

– Vai ser assim com a gente? – perguntou ele.

– O que você quer dizer?

– De repente sinto que estou pisando em ovos, mas não sei por quê.

– Eu contaria a você, mas não posso – respondeu ela. Sua voz era quase inaudível com o barulho das ondas.

– Você pode pelo menos me dizer o que eu disse? Ou o que fiz?

Ela virou-se para ele.

– Você não disse nem fez nada de errado. Mas agora não posso falar mais do que isso, tudo bem?

Ele a observou.

– Tudo bem – disse ele. – Desde que você ainda esteja se divertindo.

Ela precisou de algum esforço, mas finalmente conseguiu abrir um sorriso.

– Não tenho um dia bom como este há muito tempo. Um fim de semana, na verdade.

– Você ainda está irritada por causa da bicicleta, não é? – perguntou Alex, estreitando os olhos e fingindo dúvida. Apesar da tensão que sentia, ela riu.

– Claro. Vou levar um bom tempo para me recuperar disso – disse ela, fingindo estar chateada.

Ele voltou o olhar para o horizonte, parecendo aliviado.

– Posso perguntar uma coisa? – disse Katie, ficando séria novamente. – Você não tem que responder se não quiser.

– Qualquer coisa – disse ele.

– O que aconteceu com sua esposa? Você disse que ela teve uma convulsão, mas não me falou por que ela estava doente.

Ele suspirou, como se soubesse o tempo todo que ela ia perguntar, mas ainda precisasse se preparar para responder.

– Ela teve um tumor no cérebro – começou ele lentamente. – Ou, mais precisamente, três tipos diferentes de tumores cerebrais. Eu não sabia na época, mas descobri que é bastante comum. O que crescia lentamente era do tipo mais comum; era do tamanho de um ovo e os cirurgiões conseguiram tirar a maior parte dele. Mas os outros não eram tão simples. Eram do tipo que se espalha. Não havia como removê-los sem tirar parte do cérebro. E também eram bastante agressivos. Quando os médicos saíram da cirurgia e me falaram que tinham feito todo o possível, eu sabia o que queriam dizer.

– Não posso imaginar ouvir algo assim.

Ela olhou para a areia.

– Admito que tive dificuldade em acreditar. Foi tão... inesperado. Quer dizer, uma semana antes, éramos uma família normal. De repente, ela estava morrendo e não havia nada que eu pudesse fazer para impedir.

Perto dali, Kristen e Josh ainda estavam concentrados em suas pipas, mas Katie sabia que Alex mal podia vê-los.

– Após a cirurgia, ela levou algumas semanas para conseguir se levantar e eu queria acreditar que as coisas estavam bem. Mas, depois disso, a cada semana eu notava pequenas mudanças. O lado esquerdo do corpo dela começou a ficar mais fraco. Ela tirava cochilos cada vez mais longos. Foi difícil, mas a pior parte para mim foi quando ela começou a afastar as crianças, como se não quisesse que eles se lembrassem dela doente. – Ele fez uma pausa antes de finalmente balançar a cabeça. – Sinto muito. Eu não deveria ter contado isso. Ela era uma ótima mãe. Quero dizer, veja como eles estão se saindo bem.

– Acho que o pai deles tem algo a ver com isso também.

– Eu tento. Mas metade do tempo não pareço saber o que estou fazendo. É como se estivesse fingindo.

– Acho que todos os pais se sentem assim.

Ele virou-se para ela.

– Os seus sentiam isso?

Ela hesitou.

– Acho que meus pais fizeram o melhor que podiam.

Não era exatamente um elogio, e sim a verdade.

– Vocês são próximos?

– Eles morreram em um acidente de carro quando eu tinha 19 anos.

Alex olhou para ela.

– Sinto muito.

– Foi difícil – disse Katie.

– Você tem irmãos?

– Não – respondeu ela. Então se virou em direção à água. – Sou só eu.

※

Poucos minutos depois, Alex ajudou as crianças a enrolar as linhas de suas pipas a fim de voltarem para a área de piquenique. A churrasqueira ainda não estava quente e Alex aproveitou o tempo para lavar as pranchas de body-board e tirar a areia das toalhas antes de pegar o que precisava para os *s'mores*.

Kristen e Josh ajudaram a arrumar a maior parte de suas coisas e Katie guardou o resto da comida no cooler enquanto Alex começava a levar as coisas para o jipe. Agora só restavam um cobertor e quatro cadeiras. As crianças as arrumaram em um círculo enquanto Alex distribuía longos espetos e o saco de marshmallows. Em sua empolgação, Josh rasgou o saco, derramando alguns no cobertor.

Katie imitou as crianças, colocando três marshmallows no espeto, e eles ficaram ali, perto da churrasqueira, enquanto as bolinhas açucaradas douravam até ganhar um tom de marrom. Katie aproximou muito o dela do calor e dois marshmallows pegaram fogo, mas Alex rapidamente soprou-os até apagar.

Quando os marshmallows ficaram prontos, Alex ajudou as crianças a terminarem o doce: chocolate em cima do biscoito, depois o marshmallow e outro biscoito. Era grudento e doce, e a melhor coisa que Katie se lembrava de já ter comido.

Ela notou como Alex, sentado entre os filhos, lutava com seu *s'more* esfarelento, fazendo a maior bagunça. Quando ele usou os dedos para limpar a boca, só piorou as coisas. As crianças acharam graça, e Katie também não pôde deixar de rir, e se sentiu invadida por uma súbita e inesperada onda de esperança. Apesar da tragédia pela qual todos eles tinham passado, aquela era uma família feliz; era isso que uma família amorosa fazia quando todos estavam juntos. Para eles, não era nada além de um dia normal em um fim de semana normal. Para ela, entretanto, havia algo de revelador em descobrir que momentos maravilhosos como aquele existiam.

Talvez, algum dia, ela pudesse viver dias parecidos.

12

— Então o que aconteceu?

Jo estava sentada à sua frente na mesa, a cozinha iluminada apenas pela luz acima do fogão. Depois que Katie voltara, ela aparecera com manchas de tinta no cabelo. Katie preparava o café e havia duas xícaras na mesa.

— Nada, na verdade. Depois de comermos os doces, andamos pela praia uma última vez, então entramos no carro e voltamos para casa.

— Ele a levou até a porta?

— Sim.

— Você o convidou para entrar?

— Ele tinha que levar as crianças para casa.

— Você lhe deu um beijo de boa-noite?

— Claro que não.

— Por que não?

— Você não estava ouvindo? Ele ia levar os filhos à praia e me convidou. Não era um encontro.

Jo levantou a xícara de café.

— Parece um encontro.

— Foi um dia em família.

Jo pensou a respeito.

— Parece que vocês dois conversaram bastante.

Katie se recostou na cadeira.

— Acho que você queria que fosse um encontro.

— Por que eu iria querer isso?

— Não faço ideia. Mas, desde que nos conhecemos, em todas as conversas, você fala dele. É como se você estivesse tentando, sei lá, fazer com que eu o note.

Jo agitou o café na xícara antes de colocá-la de volta na mesa.

– E você notou?

Katie ergueu as mãos.

– Entende o que quero dizer?

Jo riu antes de balançar a cabeça.

– Está bem. Que tal isto? – Ela hesitou, então prosseguiu. – Já conheci muitas pessoas e, ao longo do tempo, desenvolvi instintos em que aprendi a confiar. Como nós duas sabemos, Alex é um ótimo cara e senti o mesmo quando a conheci. Fora isso, não fiz nada além de provocá-la. Não arrastei você até a loja nem apresentei os dois. Nem estava por perto quando ele chamou você para ir à praia, um convite que você aceitou prontamente.

– Kristen me pediu para ir...

– Eu sei. Você me contou – disse Jo, arqueando uma sobrancelha. – E tenho certeza de que ela foi a única razão para você ir.

Katie fez uma careta.

– Você vive distorcendo as coisas.

Jo riu de novo.

– Alguma vez já pensou que é porque estou com inveja? Não por você ter saído com Alex, mas por ter ido à praia em um dia perfeito, enquanto eu estava presa dentro de casa pintando... pelo segundo dia consecutivo? Nunca mais quero ver um rolo de tinta na minha frente. Meus braços e ombros estão muito *doloridos*.

Katie se levantou da mesa e foi até o balcão. Encheu novamente sua xícara de café e ergueu o bule.

– Quer mais?

– Não, obrigada. Preciso dormir esta noite e com muita cafeína não ia dar certo. Acho que vou pedir comida chinesa. Você quer?

– Não estou com fome – disse Katie. – Comi muito hoje.

– Impossível. Mas vejo que pegou uma cor. Você fica bem assim, mesmo que isso vá lhe trazer algumas rugas mais tarde.

Katie bufou.

– Muito obrigada.

– Para que servem os amigos? – Jo levantou e espreguiçou-se como um felino. – Me diverti muito ontem à noite. Embora deva admitir que paguei por isso hoje de manhã.

– Foi mesmo divertido – concordou Katie.

Jo deu alguns passos antes de se virar.

– Ah, esqueci de perguntar. Vai ficar com a bicicleta?
– Vou – disse Katie.
Jo pensou um pouco.
– Boa escolha.
– O que quer dizer com isso?
– Eu não acho que deva devolvê-la. Você obviamente precisa da bicicleta e ele quer que fique com ela. E por que não? – Ela deu de ombros. – Seu problema é que às vezes você fica querendo achar coisa onde não existe.
– Como faço com minha amiga manipuladora?
– Você acha mesmo que sou manipuladora?
Katie pensou a respeito.
– Talvez um pouco.
Jo sorriu.
– Então, qual é a sua programação esta semana? Vai trabalhar muito?
Katie assentiu.
– Seis noites e três dias.
Jo fez uma careta.
– Ugh.
– Está tudo bem. Preciso do dinheiro e estou acostumada.
– E, é claro, teve um ótimo fim de semana.
Katie fez uma pausa.
– É – disse ela. – Eu tive.

13

Os dias se passaram sem nenhuma novidade, tornando-os mais longos para Alex. Ele não falava com Katie desde que a deixara em casa na noite de domingo. Não era totalmente de estranhar, já que sabia que ela ia trabalhar muito naquela semana. No entanto, mais de uma vez se pegou saindo da loja e olhando para a estrada, sentindo-se ligeiramente decepcionado quando não a via.

Foi o suficiente para acabar com a ilusão de que ele a encantara. Ficou surpreso com o entusiasmo quase adolescente que sentia com a perspectiva de vê-la novamente, mesmo que ela não se sentisse assim. Imaginou-a na praia, o cabelo castanho voando com a brisa, suas feições delicadamente magras, e olhos que pareciam mudar de cor toda vez que olhava para eles. Katie relaxara pouco a pouco à medida que o dia passara, e ele tivera a sensação de que ir à praia de alguma forma suavizara a resistência dela.

Alex se perguntava não apenas sobre o passado dela, mas também sobre todas as outras coisas que ainda não sabia a seu respeito. Tentou imaginar de que tipo de música ela gostava, qual a primeira coisa em que pensava ao acordar de manhã ou se já tinha ido a algum jogo de beisebol. Ela dormia de costas ou de lado? Se pudesse escolher, preferiria chuveiro ou banheira? Quanto mais pensava, mais curioso ficava.

Ele queria que ela lhe contasse os detalhes de seu passado, não porque tinha a ilusão de que pudesse salvá-la, mas porque falar sobre o passado significava abrir a porta para o futuro. Significava que poderiam ter uma conversa de verdade.

Na quinta, cogitou aparecer na casa dela. Chegara até a pegar as chaves do carro uma vez, mas acabara desistindo porque não tinha ideia do que dizer quando chegasse lá. Nem podia prever como Katie reagiria. Será que ela iria sorrir? Ficaria nervosa? Será que o convidaria para entrar ou pediria para que ele fosse embora?

Era complicado. Ela era uma mulher misteriosa.

❀

Não demorou muito para Katie admitir que a bicicleta era um presente que cairia do céu. Não só ela conseguia passar em casa entre seus turnos, como sentiu pela primeira vez que podia começar a explorar a cidade. Na terça, foi a algumas lojas de antiguidades, apreciou as aquarelas de paisagens marinhas em uma galeria de arte local e pedalou pelos bairros, maravilhando-se com as varandas grandes e os pórticos que decoravam as casas históricas, perto do mar. Na quarta, foi à biblioteca e passou algumas horas examinando as prateleiras, lendo orelhas de livros e enchendo as cestinhas da bicicleta com os romances que chamavam sua atenção.

À noite, porém, enquanto lia em sua cama, às vezes se pegava pensando em Alex. E percebeu que ele lembrava o pai de sua amiga Callie, de Altoona. Callie morava em sua rua quando Katie estava no segundo ano do ensino médio e, embora não se conhecessem muito bem – Callie era alguns anos mais nova –, Katie se lembrava de vê-lo de sua varanda nas manhãs de sábado. Como um relógio, o pai de Callie abria a garagem, assobiando, enquanto empurrava o cortador de grama. Ele tinha orgulho de seu quintal – provavelmente o mais bem-cuidado da vizinhança – e ela o via passar o cortador por todo o gramado com precisão militar. Ele parava de vez em quando para tirar um galho caído do caminho e, nesses momentos, enxugava o rosto com um lenço que guardava no bolso de trás. Quando terminava o serviço, apoiava-se no capô do Ford na entrada da sua garagem, tomando um copo de limonada que a esposa sempre lhe trazia. Às vezes, ela se apoiava no carro ao lado dele, e Katie sorria ao vê-lo dar tapinhas nos quadris da esposa quando queria a atenção dela.

Havia um jeito feliz na maneira como ele tomava sua bebida e tocava a esposa, como se estivesse satisfeito com a vida que levava. Parecia que todos os seus sonhos, de alguma forma, haviam se realizado. Diversas vezes, enquanto o observava, Katie se perguntava como sua vida teria sido se tivesse nascido naquela família.

Alex tinha aquele mesmo ar de satisfação quando seus filhos estavam por perto. De alguma forma, ele não só havia conseguido superar a tragédia de perder a esposa, como tivera força o bastante para ajudar seus filhos a superarem a perda. Quando mencionara a esposa, Katie esperara notar um pouco de amargura, mas não foi o que aconteceu. Havia tristeza, é claro, e a solidão estava estampada em seu rosto, mas, ao mesmo tempo, ele contara a Katie sobre sua esposa sem fazê-la sentir como se estivesse comparando as duas. Alex parecia aceitá-la e, embora não soubesse direito quando tinha acontecido, ela percebeu que estava atraída por ele.

Ainda assim, seus sentimentos eram bastante complicados. Desde Atlantic City que ela não baixava a guarda o suficiente para deixar alguém se aproximar tanto, e aquilo acabara se tornando um pesadelo. Por mais que tivesse tentado permanecer indiferente, parecia que toda vez que via Alex algo acontecia para aproximá-los. Às vezes, por acidente, como quando Josh caíra no rio e ela ficara com Kristen, outras parecia quase predestinado. Como a tempestade que desabara ou Kristen implorando para ela ir à praia. Até aquele momento, tivera o bom senso de contar pouco a seu respeito, mas essa era a questão. Quanto mais tempo passava com Alex, sua impressão de que ele sabia muito mais do que deixava transparecer aumentava, e isso a assustava. Isso a fazia se sentir vulnerável e essa era parte da razão pela qual evitara ir à loja durante toda a semana. Ela precisava de tempo para refletir sobre o que iria fazer a seguir.

Infelizmente, ela passara muito tempo pensando na maneira como as linhas finas nos cantos dos olhos dele se enrugavam quando sorria ou o jeito gracioso como saíra do mar. Pensara na forma como Kristen procurava a mão dele e na confiança absoluta que via naquele gesto simples. Mais cedo, Jo comentara como Alex era um bom homem, o tipo que faria sempre a coisa certa. Apesar de Katie não poder afirmar que o conhecia bem, seus instintos lhe diziam que ele era alguém em quem podia confiar. Que independentemente do que ela contasse, ele a apoiaria. Que guardaria seus segredos e nunca usaria o que sabia para magoá-la.

Era irracional, ilógico e ia contra tudo o que prometera a si mesma quando se mudara para lá, mas Katie queria que ele a conhecesse. Queria que ele a compreendesse, nem que fosse porque tinha a estranha sensação de que Alex era o tipo de homem por quem poderia se apaixonar.

14

Caça à borboleta.

A ideia surgiu logo ao acordar na manhã de sábado, antes mesmo de ele descer para abrir a loja. Por mais estranho que parecesse, enquanto pensava no que fazer com as crianças naquele dia, lembrou-se de um projeto que tinha feito no sexto ano. O professor havia pedido que os alunos fizessem uma coleção de insetos. Lembrou-se, então, de correr por um gramado na hora do recreio, perseguindo de tudo, desde zangões até gafanhotos. Ele tinha certeza de que Josh e Kristen iriam gostar disso e, sentindo-se orgulhoso por pensar em algo tão interessante e original para uma tarde de fim de semana, deu uma olhada nas redes de pesca que tinha na loja, escolhendo três que eram do tamanho certo.

Quando contou a eles na hora do almoço, Josh e Kristen não ficaram nada entusiasmados com a ideia.

– Eu não quero machucar nenhuma borboleta – protestou Kristen. – Gosto de borboletas.

– A gente não precisa machucá-las. Podemos deixá-las irem embora.

– Então por que vamos pegá-las primeiro?

– Porque é divertido.

– Isso não parece divertido. Parece maldade.

Alex abriu a boca para responder, mas não sabia direito o que dizer. Josh deu outra mordida em seu queijo quente.

– Já está muito calor, pai – ressaltou Josh, falando enquanto mastigava.

– Não tem problema. Depois podemos nadar no riacho. E mastigue com a boca fechada.

Josh engoliu.

– Por que não nadamos no riacho agora?

– Porque vamos caçar borboleta.

– Podemos ver um filme em vez disso?

– É! – disse Kristen. – Vamos ver um filme.

Ser pai pode ser exasperante às vezes, pensou Alex.

– O dia está lindo e não vamos passá-lo presos dentro de algum lugar. Vamos caçar borboletas. Vocês vão gostar, tenho certeza.

Depois do almoço, Alex levou-os a um campo nos arredores da cidade, coberto de flores silvestres. Entregou aos dois suas redes e mandou que saíssem por ali, e viu Josh meio que arrastar a rede pelo caminho enquanto Kristen a segurava junto ao corpo, como fazia com suas bonecas.

Alex, então, decidiu fazer alguma coisa e correu na frente deles, sua rede a postos. Mais à frente, esvoaçando entre as flores silvestres, viu dezenas de borboletas. Quando chegou perto o suficiente, ele balançou a rede, capturando uma. Então agachou e mexeu cuidadosamente na rede, ajeitando-a para que os dois vissem o laranja e o marrom da borboleta.

– Uau! – gritou ele, tentando soar tão entusiasmado quanto podia. – Peguei uma!

Quando viu, Josh e Kristen espiavam por cima do seu ombro.

– Tenha cuidado com ela, papai! – gritou Kristen.

– Vou ter, querida. Olha como as cores são lindas.

Eles se aproximaram ainda mais.

– Legal! – gritou Josh e, um instante depois, saiu correndo, agitando a rede, empolgado.

Kristen continuou observando a borboleta.

– De que tipo ela é?

– É da família dos hesperiídeos – disse Alex. – Mas não sei exatamente de que tipo.

– Acho que ela está assustada – comentou Kristen.

– Tenho certeza de que está bem. Mas vou soltá-la, certo?

Ela assentiu enquanto Alex cuidadosamente virava a rede para fora. Já solta, a borboleta se agarrou à rede antes de sair voando. Os olhos de Kristen se arregalaram de admiração.

– Você pode me ajudar a pegar uma? – perguntou ela.

– Eu adoraria.

Eles passaram pouco mais de uma hora correndo entre as flores. Pegaram cerca de oito tipos diferentes de borboletas, incluindo uma da família dos ninfalídeos, embora a maioria fosse de hesperiídeos como a primeira.

Quando terminaram, as crianças tinham os rostos vermelhos e brilhantes de suor, então Alex os levou para tomar sorvete antes de irem ao riacho atrás da casa. Os três saltaram da doca juntos – Josh e Kristen de coletes salva-vidas – e boiaram rio abaixo na água que corria lentamente. Era um dia como os que Alex tivera em sua infância. Quando saíram da água, ele estava feliz em pensar que, tirando o dia na praia, aquele era o melhor fim de semana que tinham havia algum tempo.

Mas também fora cansativo. Mais tarde, depois que tomaram banho, as crianças queriam assistir a alguma coisa na TV, e Alex colocou *A incrível jornada*, um filme antigo que já tinham visto uma dezena de vezes, mas estavam sempre dispostos a assistir de novo. Da cozinha, podia vê-los no sofá, completamente imóveis, olhando para o filme com aquele torpor típico de crianças exaustas.

Alex limpou o balcão e colocou os pratos sujos no lava-louça. Botou a roupa na máquina de lavar, arrumou a sala e limpou bem o banheiro das crianças antes de finalmente se sentar um pouco ao lado deles no sofá. Josh aninhado de um lado, Kristen do outro. Quando o filme terminou, Alex podia sentir suas próprias pálpebras pesando. Depois de trabalhar na loja, brincar com as crianças e limpar a casa, era ótimo poder simplesmente relaxar por um tempo.

O som da voz de Josh o despertou.

– Ei, pai?

– Hã?

– O que tem para o jantar? Estou morrendo de fome.

✶

Do balcão, Katie olhou para o deque, acompanhando Alex e as crianças seguirem a recepcionista até uma mesa perto da cerca. Kristen sorriu e acenou assim que viu Katie, e hesitou apenas um segundo antes de correr por entre as mesas em sua direção. Katie se abaixou enquanto a menina abria os braços em volta dela.

– A gente queria fazer uma surpresa! – disse Kristen.

– Vocês conseguiram. O que estão fazendo aqui?

– Meu pai não estava a fim de cozinhar esta noite.

– Não estava?

– Ele disse que estava muito cansado.

– A história não para aí – anunciou Alex. – Confie em mim.

Katie não o ouvira se aproximar, e se levantou.

– Ah, oi – disse ela, corando contra sua vontade.

– Como você está? – perguntou Alex.

– Bem. – Ela assentiu, sentindo-se um pouco nervosa. – Ocupada, como pode ver.

– Parece que sim. Tivemos que esperar até conseguirem uma mesa na área que você serve.

– Tem sido assim o dia todo.

– Bem, não vamos prendê-la. Venha, Kristen. Vamos para a mesa. Vemos você em alguns minutos ou quando puder.

– Tchau, Srta. Katie. – Kristen acenou novamente.

Katie acompanhou com o olhar enquanto caminhavam até a mesa, estranhamente animada com aquela visita. Viu Alex abrir o cardápio e se curvar para ajudar Kristen com o dela. Por um instante, desejou estar ali sentada com eles.

Ela ajeitou a camisa e olhou para seu reflexo no bule de café de aço inoxidável. Não dava para ver muita coisa, só uma imagem borrada, mas foi o suficiente para fazê-la correr a mão pelo cabelo. Então, depois de dar uma olhada rápida para ver se sua camisa não estava manchada – não que pudesse fazer alguma coisa, é claro, mas queria saber ainda assim –, foi até a mesa deles.

– Ei, crianças – disse ela. – Ouvi dizer que seu pai não quis cozinhar para vocês.

Kristen riu, mas Josh simplesmente fez que sim.

– Ele disse que estava cansado.

– Foi o que eu ouvi – comentou ela.

Alex revirou os olhos.

– Denunciado pelos próprios filhos. Não posso acreditar nisso.

– Eu nunca denunciaria você, papai – disse Kristen com ar sério.

– Obrigado, querida.

Katie sorriu.

– Vocês estão com sede? Querem alguma bebida?

Os três pediram chá gelado, além de uma cesta de bolinhos de chuva. Kristen trouxe as bebidas para a mesa e, enquanto se afastava, sentiu que

Alex olhava para ela. Lutou contra a vontade de espiar por cima do ombro, embora quisesse muito fazer isso.

Nos minutos seguintes, anotou pedidos, recolheu os pratos das outras mesas, serviu algumas refeições e finalmente voltou com a cesta de bolinhos.

– Tenham cuidado – disse ela. – Ainda estão quentes.

– Eles ficam mais gostosos assim – retrucou Josh, esticando a mão para a cesta. Kristen também pegou um.

– Fomos caçar borboleta hoje – comentou ela.

– Foram?

– Sim. Mas não as machucamos. Nós as soltamos depois.

– Parece divertido. Vocês gostaram?

– Foi incrível! – exclamou Josh. – Eu peguei, tipo, umas cem! E depois fomos nadar.

– Que dia maravilhoso – disse Katie sinceramente. – Não admira que seu pai esteja cansado.

– Mas eu não estou – falaram Josh e Kristen, quase ao mesmo tempo.

– Talvez não – interveio Alex –, mas ainda assim vão para a cama cedo. Porque seu pobre e velho pai precisa dormir.

Katie balançou a cabeça.

– Não seja tão duro consigo mesmo – disse ela. – Você não é pobre.

Ele levou um instante para perceber que ela estava brincando, e então riu. E a risada saiu alto o bastante para as pessoas da mesa ao lado notarem.

– Venho aqui relaxar e desfrutar meu jantar, e acabo sendo provocado pela garçonete.

– A vida é dura.

– Quando eu voltar aqui, você vai me dizer para escolher uma salada porque estou engordando.

– Bem, eu não ia falar nada – disse ela, olhando para a barriga dele.

Alex riu novamente e, quando olhou para ela, Katie viu um brilho de apreciação em seu olhar, lembrando-a de que ele a achava atraente.

– Estamos prontos para pedir agora – disse ele.

– O que vão querer?

Alex fez o pedido e Katie anotou o que queriam. Então olhou fixamente para ele por um instante antes de deixar a mesa e passar o pedido para a cozinha. Katie continuou a atender suas mesas, mas sempre encontrava desculpas para passar pela de Alex. Serviu mais água e chá gelado para as crianças, tirou a cesta quando eles terminaram de comer os bolinhos e levou outro garfo para Josh depois que o dele caiu no chão. A conversa fluía fácil com Alex e as crianças, e ela desfrutava cada momento, até finalmente servir o jantar deles.

Mais tarde, quando terminaram, ela limpou a mesa e deixou a conta. Àquela altura, o sol já estava se pondo, Kristen começava a bocejar e o restaurante estava ainda mais movimentado. Katie só teve tempo de se despedir enquanto as crianças desciam as escadas, mas, quando Alex hesitou, ela teve a sensação de que ele ia chamá-la para sair. Ela não sabia direito como lidaria com isso, mas, antes que ele dissesse qualquer coisa, um de seus clientes entornou uma cerveja. O cliente levantou rapidamente da mesa, esbarrando nela, e mais dois copos viraram. Alex deu um passo atrás, percebendo que o momento já tinha passado e ela precisava trabalhar.

– Vejo você em breve – disse ele, acenando enquanto saía atrás dos filhos.

No dia seguinte, Katie abriu a porta da loja meia hora depois de o armazém começar a funcionar.

– Você já chegou – disse Alex, surpreso.

– Acordei cedo e decidi fazer compras.

– O movimento do restaurante diminuiu na noite passada?

– Por sorte, sim. Mas estamos sem alguns funcionários esta semana. Um foi para o casamento da irmã e outro está doente. Tem sido uma loucura.

– Eu vi. Mas a comida estava ótima, ainda que o serviço tenha sido um pouco lento.

Quando ela o fuzilou com o olhar, ele riu.

– Só estou rebatendo sua provocação da noite passada. – Ele balançou a cabeça. – Me chamando de velho. Só para você saber, fiquei grisalho antes dos 30.

– Já vi que toquei num ponto sensível – observou ela com um tom zombeteiro. – Mas confie em mim. Fica bem em você. Dá certo ar de respeitabilidade.

– Isso é bom ou ruim?

Ela sorriu, sem dar uma resposta, antes de pegar uma cesta. Então ouviu Alex limpar a garganta.

– Você vai trabalhar muito semana que vem?
– Nem tanto.
– E no próximo fim de semana?
Ela pensou um pouco.
– Estou de folga no sábado. Por quê?
Ele transferiu o peso de um pé para o outro antes de olhar nos olhos dela.
– Porque eu estava pensando se poderia levá-la para jantar. Só nós dois. Sem as crianças.
Katie sabia que haviam chegado a uma encruzilhada, uma que mudaria as coisas entre os dois. Ao mesmo tempo, essa era a razão para ela ter ido tão cedo até a loja. Queria saber se havia se enganado sobre o que vira no rosto dele na noite anterior, porque era a primeira vez que tinha certeza de que queria que ele a convidasse para sair.
Porém, com seu silêncio, ele interpretou mal o que ela estava pensando.
– Desculpe.
– Sim – disse ela, olhando nos olhos dele. – Eu adoraria jantar. Mas com uma condição.
– Qual é?
– Você já fez tanto por mim que prefiro fazer algo por você dessa vez. Que tal eu preparar o jantar em vez disso? Na minha casa.
Ele sorriu, aliviado.
– Parece perfeito.

15

No sábado, Katie acordou mais tarde do que o normal. Tinha passado os últimos dias fazendo compras e decorando a casa: uma nova cortina de renda para a janela da sala de estar, alguns quadros baratos para as paredes, alguns pequenos tapetes, e jogos americanos e copos de verdade para o jantar. Na sexta, trabalhara até depois da meia-noite, afofando suas novas almofadas e dando uma última limpeza na casa. Apesar de o sol passar pelas frestas da janela, iluminando sua cama, ela só acordou quando ouviu o barulho de alguém martelando. Ao verificar o relógio, viu que já passava das nove.

Katie levantou da cama cambaleando de sono, bocejou e foi até a cozinha para ligar a cafeteira antes de sair para a varanda, estreitando os olhos na claridade da manhã. Jo estava na varanda da frente, o martelo pronto para outra batida, quando viu Katie.

Jo baixou o martelo.

– Eu não acordei você, não é?

– Acordou, mas tudo bem. Eu tinha que levantar mesmo. O que você está fazendo?

– Estou tentando impedir que a veneziana caia. Quando cheguei em casa ontem à noite, ela estava toda torta e eu tinha certeza de que ia se soltar no meio da noite. E pensar que o barulho me acordaria a qualquer momento me deixou sem conseguir dormir durante horas.

– Você precisa de ajuda?

– Não, já vou terminar.

– Que tal um café?

– Vou adorar. Chego aí em alguns minutos.

Katie foi até seu quarto, tirou o pijama e colocou um short e uma camisa. Escovou os dentes e penteou o cabelo. Pela janela, viu Jo andando em direção à casa e abriu a porta.

Katie serviu duas xícaras de café e entregou uma a Jo, assim que ela entrou na cozinha.

– Sua casa está ficando linda! Adorei os tapetes e os quadros.

Katie deu de ombros, modestamente.

– Sim, bem... Estou começando a achar que vou ficar um bom tempo aqui em Southport. Então imaginei que devia transformar esta casa em algo mais permanente.

– É realmente incrível. Parece que você finalmente está criando raízes.

– E como está a sua casa?

– Está melhorando. Levo você lá quando estiver pronta.

– Por onde esteve? Não tenho visto você.

Jo acenou a mão como se não fosse importante.

– Estive fora da cidade alguns dias a trabalho, depois fui visitar alguém na semana passada, e desde então estive trabalhando. Sabe como é.

– Tenho trabalhado muito também, pegando uma centena de turnos ultimamente.

– Você trabalha hoje à noite?

Katie tomou um gole de café.

– Não. Vou receber alguém para jantar.

Os olhos de Jo iluminaram.

– Posso adivinhar quem é?

– Você já sabe – disse Katie, tentando controlar o rubor que subia pelo seu pescoço.

– Eu sabia! – disse ela. – Que ótimo. Já decidiu o que vai vestir?

– Ainda não.

– Bem, não importa o que escolher, vai estar linda, tenho certeza. E você vai cozinhar?

– Acredite ou não, sou uma ótima cozinheira.

– O que vai fazer?

Quando Katie lhe contou, Jo ergueu as sobrancelhas.

– Parece delicioso – disse Jo. – Isso é ótimo. Estou feliz por você. Por vocês dois, na verdade. Você está animada?

– É só um jantar...

– Vou entender isso como um sim. – Ela piscou. – É uma pena eu não poder ficar para espiá-los. Vou sair da cidade por uns dias.

– Ah – disse Katie. – É realmente uma pena você não estar por aqui.

Jo riu.

– Sarcasmo não combina com você. Mas, só para o seu conhecimento, não vai escapar dessa. Assim que eu voltar, vou querer ouvir todos os detalhes.

– É só um jantar – repetiu Katie.

– O que significa que você não terá nenhum problema em me contar tudo depois.

– Acho que você precisa de outro hobby.

– Provavelmente – concordou Jo. – Mas, por ora, estou me divertindo muito vivendo indiretamente através de você já que minha vida amorosa é quase inexistente. Uma garota precisa sonhar, sabe?

✦

A primeira parada de Katie foi no cabeleireiro. Lá, uma jovem chamada Brittany cortou e penteou o cabelo dela, conversando durante todo o processo. Do outro lado da rua ficava a única loja de roupas femininas de Southport, e Katie parou lá em seguida. Embora já tivesse passado pela loja de bicicleta, nunca tinha entrado. Era uma dessas lojas em que nunca imaginara querer ou precisar entrar, mas, quando começou a procurar, ficou agradavelmente surpresa não só pela seleção de roupas, mas também pelos preços em promoção.

Foi uma experiência diferente fazer compras sozinha em uma loja como aquela. Enquanto experimentava roupas no provador, sentiu-se mais despreocupada. Comprou algumas peças, incluindo uma blusa bege justa com apliques de contas e detalhes bordados que acentuavam suas formas. Também encontrou uma linda saia de verão estampada que combinava perfeitamente com a blusa. A saia era um pouco longa demais, mas ela podia consertar isso. Depois de pagar, seguiu até a única loja de sapatos da cidade e comprou uma sandália. Embora normalmente ficasse nervosa com as compras, as gorjetas vinham sendo boas nos últimos dias e ela acabara decidindo esbanjar um pouco. Dentro do razoável, é claro.

De lá, passou primeiro na farmácia para comprar algumas coisas e então finalmente atravessou a cidade de bicicleta até o mercado. Ela fez as compras com calma, feliz em examinar tranquilamente as mercadorias pelos corredores, e sentindo que as velhas e perturbadoras lembranças não mais a assombravam.

Quando terminou, voltou para casa e começou os preparativos para o jantar. Ela ia fazer um camarão recheado com carne de siri, cozidos em molho scampi. Teve que lembrar alguns detalhes da receita, mas estava confiante de que não tinha se esquecido de nada. Como acompanhamento, decidiu-se por pimentões recheados e pão de milho. Como entrada, um enroladinho de queijo brie e bacon, coberto com molho de framboesa.

Já fazia um bom tempo que não preparava uma refeição tão elaborada, mas sempre gostara de recortar receitas de revistas, mesmo quando ainda era criança. O gosto por cozinhar era uma das únicas coisas que tinha em comum com a mãe.

Ela passou o resto da tarde contra o tempo. Fez a massa do pão e a colocou no forno, depois preparou os ingredientes para os pimentões recheados. Em seguida, colocou-os na geladeira junto com o enroladinho de brie e bacon. Quando o pão de milho ficou pronto, ela o pôs no balcão para esfriar e começou a preparar o molho de framboesa. Esse não dava muito trabalho – açúcar, framboesas e água. Quando terminou, a cozinha cheirava divinamente. O molho também foi para a geladeira. Todo o resto podia esperar até mais tarde.

Em seu quarto, ela encurtou a saia, deixando-a um pouco acima do joelho. Em seguida, deu uma última volta pela casa para ver se estava tudo no lugar. Por fim, começou a se preparar para a noite.

Quando entrou no chuveiro, pensou em Alex. Visualizou seu sorriso fácil e a maneira graciosa como se movia. Com a lembrança, sentiu um leve ruborizar. Mesmo sem querer, se perguntou se ele estaria tomando banho naquela hora também. Havia algo de erótico nessa ideia, a promessa de algo novo e excitante. Será apenas um jantar entre dois amigos, ela repetia para si mesma, mas sabia que não estava sendo completamente honesta.

Sentia-se atraída por ele mais do que queria admitir e, ao sair do chuveiro, concluiu que precisava ser cuidadosa. Ele era o tipo de homem por quem sabia que poderia se apaixonar, e essa ideia a assustava. Ela não estava pronta para isso. Ainda não.

No entanto, uma voz dentro dela sussurrava que talvez ela estivesse.

Depois de se enxugar, passou uma loção hidratante na pele, vestiu a roupa nova, calçou a sandália e começou a se maquiar. Ela não precisava de muita coisa: só batom, rímel e um pouco de sombra nos olhos. Escovou o cabelo e, em seguida, colocou um par de brincos grandes que comprara por impulso. Quando terminou, afastou-se do espelho para olhar melhor.

É isso, pensou, *estou pronta*. Virou-se para um lado, depois para o outro, puxando a blusa, antes de finalmente sorrir. Não se sentia bonita assim havia muito tempo.

Embora o sol brilhasse no poente, a casa ainda estava abafada e ela abriu a janela da cozinha. A brisa foi o suficiente para refrescá-la enquanto colocava a mesa. No início da semana, antes de sair da loja, Alex lhe perguntara se poderia levar uma garrafa de vinho e Katie separara duas taças. No centro da mesa, colocou uma vela e, ao se afastar, ouviu o barulho de um motor se aproximando. Alex tinha chegado bem na hora.

Ela respirou fundo, tentando se acalmar. Então, depois de atravessar a sala e abrir a porta, saiu para a varanda. Vestindo uma calça jeans e uma camisa azul com as mangas dobradas até os cotovelos, Alex estava curvado junto à porta do motorista, obviamente tentando pegar alguma coisa. Seu cabelo ainda estava um pouco úmido perto da gola.

Alex pegou duas garrafas de vinho e se virou. Ao vê-la, pareceu congelar, incrédulo. Katie estava cercada pelos últimos raios do sol poente, perfeitamente radiante. Por um momento, ele não conseguiu fazer nada além de olhar fixamente para ela.

Ele estava claramente admirado, e Katie se entregou àquela sensação, desejando que durasse para sempre.

– Como vai?

O som de sua voz foi suficiente para fazê-lo despertar, mas Alex continuou a olhar para ela. Ele sabia que deveria dizer algo espirituoso, algo encantador para quebrar a tensão, mas em vez disso se pegou pensando: *Estou em apuros. Sérios apuros.*

Ele não sabia direito quando tinha acontecido. Ou mesmo quando tinha começado. Podia ter sido na manhã em que vira Kristen abraçando Katie depois de Josh ter caído no rio, na tarde chuvosa em que a levara para casa ou até mesmo no dia que passaram na praia. Tudo que sabia com certeza era que ali, naquele momento, estava se apaixonando perdidamente por aquela mulher, e só podia rezar para que ela se sentisse da mesma maneira.

Algum tempo depois, Alex finalmente conseguiu limpar a garganta.

– Bem – disse ele. – Estou bem.

16

O céu do início da noite parecia um prisma de cores quando Katie levou Alex pela pequena sala de estar em direção à cozinha.

– Não sei quanto a você, mas eu adoraria tomar uma taça de vinho – disse ela.

– Boa ideia – concordou ele. – Eu não sabia o que iríamos comer, por isso trouxe um Sauvignon Blanc e um Zinfandel. Você tem alguma preferência?

– Vou deixar você escolher.

Na cozinha, ela se apoiou no balcão, uma perna cruzada sobre a outra, enquanto Alex girava o saca-rolhas para abrir a garrafa. Pela primeira vez, ele parecia mais nervoso do que ela. Com uma série de movimentos rápidos, ele abriu a garrafa de Sauvignon Blanc. Aproximando-se de Alex, Katie colocou as taças no balcão.

– Sei que eu deveria ter dito isso assim que cheguei, mas você está linda.

– Obrigada – disse ela.

Ele serviu um pouco de vinho e lhe entregou uma taça. Quando Katie a pegou, ele pôde sentir o cheiro da loção hidratante de coco que ela passara.

– Acho que você vai gostar do vinho. Pelo menos, espero que sim.

– Tenho certeza de que vou adorar. Saúde! – brindou, batendo com a taça na de Alex.

Katie tomou um gole, satisfeita com tudo: com a sua aparência e como se sentia, com o sabor do vinho, o aroma do molho de framboesa que ainda estava no ar, a forma como Alex a olhava, enquanto tentava disfarçar.

– Quer conversar um pouco na varanda? – sugeriu ela.

Ele fez que sim. Lá fora, cada um se sentou em uma das cadeiras de balanço. No ar que aos poucos ficava mais frio, os grilos começaram a estrilar, dando boas-vindas à noite que se aproximava.

Katie saboreava o vinho, apreciando o tom frutado que deixava em sua língua.

– Como Kristen e Josh estão hoje?

– Estão bem. – Alex deu de ombros. – Levei-os para ver um filme.

– Mas o dia está tão bonito, ótimo para fazer algo ao ar livre.

– Eu sei. Mas com o Memorial Day na segunda-feira, ainda podemos fazer algo nos próximos dias.

– A loja vai abrir no Memorial Day?

– É claro. É um dos dias mais movimentados do ano, já que todo mundo quer passar o feriado na água.

– Eu sentiria pena de você, mas também vou trabalhar.

– Talvez a gente apareça para perturbá-la novamente.

– Vocês não me perturbaram em nada. – Ela olhou para ele por cima da taça. – Bem, as crianças não me perturbaram, pelo menos. Pelo que me lembro, você reclamou da qualidade do serviço.

– Caras *velhos* como eu fazem isso – brincou ele.

Katie riu antes de balançar para trás na cadeira.

– Quando não estou trabalhando, gosto de me sentar aqui para ler. É tão tranquilo, sabe? Às vezes sinto como se fosse a única pessoa em um raio de quilômetros.

– Você é a única pessoa em um raio de quilômetros. Você mora no fim do mundo.

Ela deu um tapa de brincadeira no ombro dele.

– Ei. Eu gosto muito da minha casinha.

– E deveria mesmo. Está bem melhor do que eu pensava. É acolhedora.

– Ainda precisa melhorar – disse ela. – É um trabalho em progresso. E o melhor de tudo é que é minha, e ninguém vai me tirar isso.

Alex olhou para ela. Ela fitava o gramado além da estrada de cascalho.

– Você está bem? – perguntou Alex.

Ela levou algum tempo para responder.

– Só estava pensando que estou feliz que você esteja aqui. Você nem me conhece.

– Acho que a conheço bem o suficiente.

Katie não disse nada. Alex a viu baixar o olhar.

– Você acha que me conhece – sussurrou ela –, mas não é bem assim.

Alex sentiu que ela estava com medo de falar mais. Em meio ao silêncio, ele ouviu a varanda ranger enquanto balançava na cadeira para a frente e para trás.

– Que tal eu falar o que acho que sei e você me dizer se estou certo ou errado? Concorda?

Ela fez que sim, os lábios comprimidos. Quando Alex continuou, sua voz era suave:

– Acho que você é inteligente, charmosa e que tem um bom coração. Sei que, quando deseja, pode ficar mais bonita do que qualquer pessoa que já conheci. Você é independente, tem senso de humor e uma paciência surpreendente com crianças. Você está certa quando diz que não sei todos os detalhes do seu passado, mas não tenho como saber a menos que queira me contar. Todo mundo tem um passado, mas é apenas isso: passado. Você pode aprender com ele, mas não pode mudá-lo. Além disso, nunca conheci essa pessoa. A pessoa que eu conheço é a que eu quero conhecer ainda mais.

Enquanto ele falava, Katie abriu um rápido sorriso.

– Você faz parecer tão simples – disse ela.

– Pode ser.

Ela girou a taça de vinho, segurando pela haste, enquanto pensava nas palavras dele.

– Mas e se o passado não estiver no passado? E se ainda estiver acontecendo?

Alex continuou a olhar fixamente para ela.

– Você quer dizer... e se ele encontrar você?

Katie se encolheu.

– O que você disse?

– Você ouviu – retrucou Alex. Ele manteve a voz firme, algo que tinha aprendido na Divisão de Investigação Criminal. – Imagino que você tenha sido casada... e que talvez ele esteja tentando encontrá-la.

Katie congelou, arregalando os olhos. De repente ficou difícil respirar e ela pulou da cadeira, derramando o resto do vinho. Ela deu um passo para longe de Alex, olhando para ele e sentindo o sangue fugir de seu rosto.

– Como você sabe tanto sobre mim? Quem contou? – perguntou ela, a mente em disparada, tentando entender. Não havia como ele saber essas coisas. Não era possível. Ela não tinha contado a ninguém.

A não ser para Jo.

Perceber isso foi o suficiente para deixá-la sem fôlego e olhar para a casa ao lado. Sua vizinha a traíra, pensou. Sua *amiga* a traíra...

A mente de Alex funcionava tão rápido quanto a dela. Notou o medo em seu rosto, mas já vira isso antes. Muitas vezes. E sabia que era hora de parar com aqueles jogos se queriam levar sua história adiante.

– Ninguém me contou – garantiu ele. – Mas sua reação deixou bem claro que estou certo. Não é isso que importa. Se você quiser me contar sobre o seu passado, estou disposto a ouvir e ajudar de toda forma que puder, mas não vou perguntar nada. Se você não quiser me contar, está tudo bem também, porque, repito, eu não conheci essa pessoa. Você deve ter uma boa razão para manter isso em segredo, e isso significa que também não vou contar a ninguém. Independentemente do que aconteça ou não entre a gente. Vá em frente e invente uma história nova para sua vida se quiser. Vou confirmar palavra por palavra. Pode confiar em mim.

Katie olhou para Alex enquanto ele falava, confusa, assustada e irritada, mas absorvendo cada palavra.

– Mas... como?

– Aprendi a notar coisas que outras pessoas não percebem – continuou ele. – Houve um tempo na minha vida em que isso era tudo o que eu fazia. E você não é a primeira mulher que vejo nessa situação.

Katie continuava olhando para ele, os pensamentos a mil por hora.

– Quando você esteve no Exército – concluiu ela.

Alex fez que sim, olhando em seus olhos. Finalmente, ele se levantou da cadeira e deu um passo cauteloso em direção a ela.

– Posso servir mais uma taça de vinho?

Ainda abalada, ela não conseguiu responder, mas, quando ele estendeu a mão para a taça, Katie o deixou pegar. A porta da varanda se abriu com um rangido e se fechou quando ele passou, deixando-a sozinha.

Katie caminhou até o parapeito, os pensamentos confusos e caóticos. Ela lutava contra o instinto de fazer a mala e pegar sua lata de café cheia de dinheiro e deixar a cidade o mais rápido possível.

Mas e então? Se Alex tinha descoberto a verdade só de observá-la, era possível que outra pessoa descobrisse também. E talvez não tivessem a mesma reação que Alex.

Atrás dela, ouviu a porta ranger novamente. Alex saiu na varanda e colocou a taça na frente dela.

– Você já decidiu?

– Decidi o quê?

– Se vai fugir para algum lugar desconhecido assim que puder?

Ela virou-se para ele, o rosto em choque. Alex levantou as mãos abertas.

– No que mais você poderia estar pensando? Só estou curioso porque estou com um pouco de fome. E odiaria que você fosse embora antes de jantarmos.

Katie levou um momento para perceber que ele estava brincando e, embora não pensasse que seria possível, considerando os últimos minutos, ela se viu sorrindo de alívio.

– Vamos jantar – disse ela.

– E amanhã?

Em vez de responder, ela estendeu a mão para pegar o vinho.

– Quero saber como você descobriu.

– Não foi uma coisa isolada – disse Alex. Então falou algumas das coisas que tinha notado antes de, finalmente, balançar a cabeça. – A maioria das pessoas não teria juntado as peças.

Ela examinava o fundo de sua taça.

– Mas você juntou.

– Não pude evitar. Faz parte da minha natureza.

Katie pensou a respeito.

– Isso significa que você já sabe disso há algum tempo, então. Ou pelo menos desconfiava.

– Sim – admitiu ele.

– E é por isso que você nunca perguntava sobre o meu passado.

– Sim – respondeu ele de novo.

– E você ainda queria sair comigo?

Alex a olhou com ar sério.

– Quis sair com você desde o primeiro momento em que a vi. Só tive que esperar até você estar pronta.

Com os últimos raios de sol sumindo no horizonte, o crepúsculo chegou, tingindo o céu sem nuvens de um tom pálido de violeta. Eles estavam junto ao parapeito, e Alex observava a brisa que vinha do sul revirar delicadamente alguns fios do cabelo dela. A pele de Katie assumiu um brilho meio dourado; e ele via o peito dela subir e descer suavemente enquanto respirava. O olhar dela estava perdido a distância, a expressão indecifrável, e Alex sentiu um nó na garganta ao se perguntar no que ela estava pensando.

– Você não respondeu à minha pergunta – disse Alex.

Ela ficou em silêncio por um instante antes de finalmente abrir um tímido sorriso.

– Acho que vou ficar em Southport por um tempo se é isso que está perguntando – afirmou ela.

Ele sentiu seu perfume.

– Pode confiar em mim.

Katie se recostou nele, sentindo sua força quando ele deslizou o braço ao redor dela.

– Acho que vou precisar confiar, não é mesmo?

※

Eles voltaram à cozinha alguns minutos depois. Katie deixou sua taça de lado enquanto levava a entrada e os pimentões recheados ao forno. Ainda zonza pela avaliação perturbadoramente precisa que Alex fizera de seu passado, estava feliz em ter tarefas para se manter ocupada. Era difícil imaginar que ele *ainda* quisesse passar a noite com ela. E, mais importante, que ela quisesse passar a noite com ele. No fundo de seu coração, ela não tinha certeza se merecia ser feliz nem acreditava que merecia alguém que parecia... normal.

Esse era o segredo sujo do seu passado. Não o fato de ter sido agredida, mas achar que, de alguma forma, merecia o que passou por ter deixado aquilo acontecer. Aquilo a envergonhava, e havia momentos em que se sentia terrivelmente feia, como se as cicatrizes que tinham sido deixadas para trás fossem visíveis a todos.

Mas ali, naquele momento, isso importava menos do que no passado, porque de alguma forma desconfiava de que Alex compreendia a vergonha que sentia. E aceitava isso também.

Katie tirou da geladeira o molho de framboesa que tinha feito mais cedo e começou a passá-lo para uma panela para reaquecer. Não demorou muito e, depois de deixá-lo de lado, ela tirou o enroladinho de queijo brie e bacon do forno, cobriu com o molho e levou para a mesa. De repente, lembrou-se do vinho, pegando-o no balcão.

– Isto é só o começo – disse ela. – Os pimentões vão demorar um pouco.
Ele se inclinou em direção ao prato.
– O cheiro está incrível.
Alex tirou um pedaço de brie para seu prato e deu uma mordida.
– Uau! – disse ele.
Ela sorriu.
– Bom, não é?
– É delicioso. Onde você aprendeu a fazer isso?
– Tive um amigo chef. Ele me disse que isso impressionaria qualquer um.
Ele cortou outro pedaço com o garfo.
– Fico feliz que vá ficar em Southport – disse Alex. – Posso facilmente me imaginar comendo isso regularmente, mesmo que eu tenha que oferecer produtos da minha loja em troca.
– A receita não é complicada.
– Você não me viu cozinhar. Sou ótimo com comida de criança, mas, fora isso, não me atrevo a fazer quase nada.
Ele pegou a taça e tomou um gole de vinho.
– Acho que o queijo combinaria melhor com o tinto. Você se importa se eu abrir a outra garrafa?
– De jeito nenhum.
Ele caminhou até o balcão e abriu o Zinfandel enquanto Katie ia até o armário e pegava mais duas taças. Alex serviu o vinho e entregou uma taça a ela. Eles estavam tão perto que esbarraram um no outro e Alex teve que lutar contra o impulso de puxá-la para junto de seu corpo e envolvê-la com seus braços. Em vez disso, limpou a garganta.
– Queria dizer uma coisa, mas tenho medo de que me entenda mal.
Ela hesitou.
– Não vou gostar do que vai me falar?
– Só queria dizer como estava ansioso por esta noite. Quero dizer... fiquei pensando nisso a semana toda.
– Por que eu entenderia mal?
– Não sei. Porque isso me faz parecer desesperado?
Pela primeira vez naquela noite, ela riu com vontade.
– Não acho que você seja um cara desesperado. Tenho a sensação de que às vezes você fica um pouco sobrecarregado por causa da loja e das crianças, mas não é do tipo que me liga todos os dias.

– Só porque você não tem telefone. De qualquer forma, só queria que soubesse que isso significa muito para mim. Não tenho muita experiência em coisas assim.

– Jantares?

– Encontros. Já faz algum tempo.

Bem-vindo ao clube, pensou Katie. Mas aquilo a fez se sentir bem de qualquer maneira.

– Vamos – disse ela, apontando para o queijo. – Coma enquanto está quente.

Quando terminaram a entrada, Katie se levantou da mesa e foi até o forno. Primeiro deu uma olhada nos pimentões, depois lavou a panela que tinha usado. Então pegou os ingredientes para o molho scampi e começou a prepará-lo, refogando o camarão logo em seguida. Quando o camarão ficou pronto, o molho também já estava. Ela serviu um pimentão para cada um e depois o prato principal. Para finalizar, diminuiu as luzes e acendeu a vela que tinha colocado no centro da mesa. O aroma de manteiga e alho e a luz tremeluzente faziam a velha cozinha parecer quase nova com as promessas que pairavam no ar.

Eles comeram e conversaram enquanto, do lado de fora, as estrelas saíam de seus esconderijos. Alex elogiou a comida mais de uma vez, dizendo que nunca tinha provado nada tão bom. À medida que a vela queimava e a garrafa de vinho esvaziava, Katie foi revelando alguns detalhes sobre sua vida em Altoona. Embora não tivesse dito a Jo toda a verdade sobre seus pais, contou a Alex a versão nua e crua: as constantes mudanças, o alcoolismo dos pais, o fato de ter precisado se virar sozinha desde os 18 anos. Alex ficou em silêncio o tempo todo, ouvindo sem fazer nenhum julgamento. Mesmo assim, ela não sabia direito o que ele pensava sobre tudo aquilo. Quando finalmente ficou em silêncio, perguntou-se se tinha falado demais. Foi nesse momento que ele estendeu o braço e colocou a mão sobre a dela. Embora ela não conseguisse olhar nos olhos dele, deram-se as mãos por cima da mesa, nenhum dos dois disposto a soltar, como se fossem as únicas pessoas restantes no mundo.

– Acho que eu devia começar a limpar a cozinha – disse Katie por fim, rompendo o silêncio.

Ela se afastou da mesa e Alex ouviu sua cadeira arranhar o chão, sabendo que o encanto havia passado.

– Quero que você saiba que a noite foi maravilhosa – começou ele.

– Alex... eu...

Ele balançou a cabeça.

– Você não tem que dizer nada...

Katie não o deixou terminar.

– Eu quero falar, está bem? – Ela estava perto da mesa, os olhos brilhando com alguma emoção desconhecida. – Também achei a noite maravilhosa. Mas sei onde isso vai dar, e não quero que você se machuque. – Ela expirou, preparando-se para as palavras que vinham em seguida. – Não posso fazer promessas. Não posso dizer onde estarei amanhã, muito menos daqui a um ano. Quando fugi, achei que conseguiria deixar tudo para trás e começar de novo, sabe? Eu viveria minha vida e fingiria que nada daquilo tinha acontecido. Mas como posso fazer isso? Você acha que me conhece, mas nem eu sei quem sou.

Alex sentiu algo desmoronar dentro dele.

– Você está dizendo que não quer me ver de novo?

– Não. – Ela balançou a cabeça veementemente. – Estou dizendo tudo isso porque quero continuar vendo você e isso me assusta. No fundo do meu coração, sei que você merece alguém melhor. Alguém com quem seus filhos possam contar.

– Essas coisas não importam – insistiu Alex.

– Como pode dizer isso?

No silêncio que se seguiu, Alex podia ouvir o zumbido fraco da geladeira. Do outro lado da janela, a lua cintilava sobre as copas das árvores.

– Porque eu me conheço – finalmente disse ele, percebendo que estava apaixonado por ela. Ele adorava a Katie que conhecia e aquela que nunca tivera oportunidade de conhecer. Então se levantou da mesa, aproximando-se dela.

– Alex, isso não pode...

– Katie – sussurrou ele e, por um instante, nenhum dos dois se moveu.

Alex finalmente colocou a mão em seu quadril e puxou-a para mais perto. Katie soltou o ar, como se estivesse se libertando de um fardo antigo. Quando olhou para ele, descobriu que seus receios não faziam sentido. Ele a amaria independentemente do que ela lhe dissesse.

E ela percebeu que também o amava.

Com isso, encostou seu rosto no peito dele. Sentiu seus corpos se tocarem enquanto ele levava a mão ao cabelo dela. O toque dele era suave, diferente de tudo que já sentira antes. Encantada, ela observou Alex fechar os olhos. Ele inclinou a cabeça e seus rostos se aproximaram.

Quando seus lábios finalmente se tocaram, ela sentiu o gosto do vinho na língua dele. Katie se entregou, deixando que Alex beijasse seu rosto e seu pescoço, e ela se curvou para trás, deliciando-se com a sensação. Podia sentir a umidade dos lábios dele roçando contra sua pele, e passou os braços em volta do pescoço de Alex.

Aquela era a sensação de amar alguém de verdade e ser correspondida. Katie podia sentir as lágrimas se formando. Ela piscou, tentando detê-las, mas era impossível controlá-las. Ela o amava e o queria. Mais do que isso, queria que ele amasse a verdadeira Katie, com todos os seus defeitos e segredos. Queria que ele soubesse toda a verdade.

Eles se beijaram por um longo tempo na cozinha, os corpos pressionados um contra o outro, a mão de Alex correndo pelas costas e pelo cabelo dela. Katie estremeceu ao sentir sua barba por fazer. Quando ele passou o dedo pelo braço dela, Katie sentiu uma onda quente de calor correr pelo seu corpo.

– Quero muito ficar com você, mas não posso – sussurrou ela, esperando que ele não se chateasse.

– Está tudo bem – respondeu ele. – Não haveria como esta noite ser mais maravilhosa do que já está sendo.

– Mas você está decepcionado.

Ele tirou uma mecha de cabelo do rosto dela.

– Você nunca me decepcionaria – disse ele.

Katie engoliu em seco, tentando se livrar de seus temores.

– Preciso contar uma coisa sobre mim – sussurrou ela.

– Seja o que for, tenho certeza de que posso lidar com isso.

Ela encostou o corpo no dele novamente.

– Não posso ficar com você esta noite pela mesma razão que nunca poderia me casar com você. – Ela suspirou. – Eu ainda sou casada.

– Eu sei – sussurrou ele.

– E não se importa?

– Não é perfeito, mas, confie em mim, não sou perfeito também. Talvez seja melhor se levarmos tudo isso um dia de cada vez. E, quando estiver pronta, se algum dia estiver, eu estarei esperando. – Ele passou o dedo pelo rosto dela. – Eu amo você, Katie. Você pode não estar preparada para dizer essas palavras agora, e talvez nunca esteja, mas isso não muda o que sinto por você.

– Alex...

– Você não precisa falar nada – disse ele.

– Mas eu quero falar.

Ele não se preocupou em disfarçar a curiosidade.

– Quero contar uma coisa. Quero falar sobre mim.

17

Três dias antes de Katie deixar a Nova Inglaterra, o vento frio de início de janeiro fez os flocos de neve congelarem, e ela teve que baixar a cabeça enquanto caminhava até o salão de cabeleireiro. Seu longo cabelo louro voava com o vento e ela sentia as alfinetadas do gelo atingindo seu rosto. Usava sapatos de salto alto, não botas, e seus pés já estavam congelando. Atrás dela, Kevin estava no carro, observando-a atentamente. Embora não tivesse se virado, ela podia ouvir o carro andando devagar e imaginar os lábios de Kevin cerrados em uma tensa linha reta.

Já não se via mais por ali as multidões que tinham enchido as lojas durante o Natal. De um dos lados do salão ficava uma loja de artigos eletrônicos. Do outro, uma pet shop. Ambas vazias. Afinal, ninguém queria estar na rua em um dia como aquele. Katie abriu a porta com força em razão do vento, e teve que lutar para fechá-la. O ar gelado a seguiu para dentro do salão e os ombros de sua jaqueta estavam cobertos por uma fina camada de neve. Ela tirou as luvas e a jaqueta, deu tchau para Kevin e sorriu. Kevin gostava quando ela sorria para ele.

Katie estava marcada para as duas horas com uma mulher chamada Rachel. A maioria dos lugares já estava ocupado e ela não sabia bem onde se sentar. Era a sua primeira vez ali e estava desconfortável. Nenhuma das cabeleireiras parecia ter mais de 30 anos, e a maioria tinha cortes de cabelo arrojados em tons de vermelho e azul. Um instante depois, ela foi abordada por uma garota de 20 e poucos anos, bronzeada, com piercing e uma tatuagem no pescoço.

– Você é a minha cliente das duas horas? Vai pintar e cortar? – perguntou ela.

Katie assentiu.

– Meu nome é Rachel. Vem comigo.

Rachel olhou por cima do ombro.

– Está frio lá fora, não é? – disse Rachel. – Quase morri para chegar aqui. Eles nos fazem parar o carro do outro lado do estacionamento. Odeio isso, mas o que posso fazer?

– Está mesmo frio – concordou Katie.

Rachel a levou até uma cadeira de vinil roxo perto do canto. O piso era preto. *Um lugar para pessoas mais jovens*, pensou Katie. Solteiros que queriam se destacar. Não mulheres casadas com cabelo louro. Katie parecia inquieta enquanto Rachel colocava a capa nela. Então mexeu os dedos dos pés, tentando aquecê-los.

– Você é nova por aqui? – perguntou Rachel.

– Eu moro em Dorchester – disse ela.

– É meio afastado. Alguém me indicou?

Katie tinha passado pelo salão duas semanas antes, quando Kevin a levara para fazer compras, mas ela não disse isso. Simplesmente balançou a cabeça.

– Acho que tenho sorte de ter atendido o telefone, então. – Rachel sorriu. – De que cor você quer pintar?

Katie odiava se olhar no espelho, mas não tinha escolha. Precisava fazer aquilo. Presa no espelho à sua frente, havia uma fotografia de Rachel com alguém que Katie acreditava ser o namorado dela. O rapaz tinha mais piercings do que ela e cabelo moicano. Por baixo do avental, Katie apertou as mãos.

– Quero que pareça natural, então talvez algumas mechas mais escuras? E queria pintar as raízes também, para não destoarem muito.

Rachel assentiu olhando para o espelho.

– Você quer deixar o cabelo da mesma cor? Ou talvez mais escuro? Não estou falando das mechas, claro.

– Mais ou menos a mesma cor.

– Posso usar papel-alumínio?

– Pode – respondeu Katie.

– É tranquilo – disse Rachel. – Só me dê alguns minutos para preparar as coisas e já volto.

Katie assentiu. Ao seu lado, outra cabeleireira lavava o cabelo de uma cliente. Ouvia a água correr e o murmúrio das conversas nas outras cadeiras, além de uma música baixa que vinha dos alto-falantes.

Rachel voltou com o papel-alumínio e os produtos. Ela começou a misturar a tinta, verificando a consistência.

– Há quanto tempo você mora em Dorchester?

– Quatro anos.

– Onde você cresceu?

– Pensilvânia – respondeu Katie. – Eu morava em Atlantic City antes de me mudar para cá.

– Foi seu marido que trouxe você aqui?

– Sim.

– O carro dele é bonito. Vi quando você estava acenando. O que é? Um Mustang?

Katie fez que sim novamente, mas não respondeu. Rachel trabalhou algum tempo em silêncio, aplicando a tintura e envolvendo o cabelo com o papel-alumínio.

– Há quanto tempo está casada? – perguntou Rachel, enquanto passava a tinta e cobria com papel-alumínio uma mecha mais rebelde de cabelo.

– Quatro anos.

– Foi por isso que você se mudou para Dorchester?

– Sim.

Rachel continuou a tagarelar.

– Então, o que você faz?

Katie olhou para a frente, tentando não se ver no espelho. Desejando ser outra pessoa.

Ela poderia ficar ali por uma hora e meia antes de Kevin voltar e rezava para que ele não chegasse mais cedo.

– Eu não trabalho – respondeu Katie.

– Eu ficaria louca se não trabalhasse. Não que seja sempre fácil. O que você fazia antes de se casar?

– Eu era garçonete. Trabalhava servindo bebidas.

– Em um dos cassinos?

Katie assentiu.

– Foi lá que conheceu seu marido?

– Sim – disse Katie.

– O que ele está fazendo agora? Enquanto você pinta o cabelo?

Provavelmente está em algum bar, pensou Katie.

– Não sei.

– E por que você não veio sozinha de carro? Só estranhei porque, como falei antes, é meio longe da sua casa.

– Eu não dirijo. Meu marido me leva de carro quando preciso ir a algum lugar.

– Não sei o que eu faria sem meu carro. Quero dizer, é uma sucata, mas sempre me leva aonde eu preciso. Odiaria ter que depender de alguém assim.

Katie sentia um cheiro de perfume no ar. O aquecedor embaixo do balcão tinha começado a fazer barulho.

– Nunca tirei carteira.

Rachel deu de ombros enquanto envolvia outra mecha do cabelo de Katie com papel-alumínio.

– Não é difícil. Pratique um pouco, faça a prova e pronto.

Katie olhou para Rachel no espelho. A mulher parecia saber o que estava fazendo, mas ela era jovem e devia estar começando no trabalho, e Katie ainda preferia que ela fosse mais velha e mais experiente. O que era estranho, porque provavelmente ela era apenas alguns anos mais velha do que Rachel. Talvez pouca coisa. Mas Katie se sentia velha.

– Você tem filhos?

– Não.

Talvez a garota tivesse percebido que dissera algo errado, porque trabalhou em silêncio durante os minutos seguintes, o alumínio fazendo com que Katie parecesse ter antenas alienígenas, até finalmente levar Katie para outra cadeira. Rachel ligou um aparelho que emitia calor.

– Volto para dar uma olhada daqui a alguns minutos, está bem?

Rachel se afastou, em direção a outra cabeleireira. Elas conversavam, mas o zumbido das vozes pelo salão tornava impossível ouvi-las. Katie olhou o relógio. Kevin voltaria em menos de uma hora. O tempo estava passando rápido, muito rápido.

Rachel voltou e checou seu cabelo.

– Só um pouquinho mais – disse ela, e voltou a conversar com a colega, gesticulando com as mãos. Animada. Jovem e despreocupada. Feliz.

Mais alguns minutos se passaram. Katie tentava não olhar para o relógio. Finalmente, Rachel tirou o papel-alumínio e começou a lavar o cabelo de Katie. Rachel massageou o xampu em seu cabelo, enxaguou, depois colocou o condicionador e enxaguou de novo.

– Agora vamos cortar?

De volta à cadeira, Katie achou que seu cabelo tinha ficado bom, mas era difícil dizer enquanto estava molhado. Tinha que estar exatamente como havia planejado ou Kevin notaria. Rachel penteou o cabelo, desembaraçando-o. Katie ainda tinha quarenta minutos.

Rachel olhou para o reflexo de Katie no espelho.

– Quanto você quer cortar?

– Não muito – disse Katie. – Só o suficiente para dar uma ajeitada. Meu marido gosta dele comprido.

– Que tipo de corte você quer? Tenho um livro ali com algumas ideias se você quiser algo novo.

– Eu queria manter o mesmo corte.

– Pode deixar – disse Rachel.

Katie acompanhava cada movimento, enquanto Rachel passava seu cabelo pelos dedos e depois o cortava. Primeiro a parte de trás, então os lados. Por fim, a parte de cima. Rachel mascava um chiclete que tinha arrumado em algum lugar, a mandíbula movendo-se para cima e para baixo enquanto trabalhava.

– Está bom desse jeito?

– Sim. Acho que já está bom assim.

Rachel pegou o secador de cabelo e uma escova circular. Começou, então, a passar a escova lentamente pelo cabelo de Katie, o barulho do secador alto em seu ouvido.

– Com que frequência você cuida do cabelo? – perguntou Rachel, jogando conversa fora.

– Uma vez por mês – respondeu Katie. – Mas às vezes eu só corto.

– Seu cabelo é muito bonito.

– Obrigada.

Rachel continuou a trabalhar. Katie pediu que ela fizesse alguns cachos suaves e Rachel pegou o modelador. Demorou algum tempo para aquecer. Katie ainda tinha vinte minutos.

Rachel enrolou e escovou até finalmente ficar satisfeita e olhou para Katie pelo espelho.

– O que acha?

Katie examinou a cor e o penteado.

– Está perfeito – disse ela.

– Vou pegar um espelho para mostrar a parte de trás – disse Rachel.

Katie olhou para o reflexo duplo e assentiu.

– Maravilha, então acabamos – disse Rachel.

– Quanto eu devo?

Rachel respondeu e Katie pegou o dinheiro na bolsa, incluindo a gorjeta.

– Você poderia me dar um recibo?

– Claro – disse Rachel. – Venha comigo até a caixa.

A garota preparou o recibo. Kevin iria conferi-lo e pedir o troco quando entrasse no carro. Por isso, Katie pediu que Rachel incluísse a gorjeta no valor. Olhou para o relógio. Doze minutos.

Kevin ainda não tinha chegado e seu coração batia acelerado quando vestiu a jaqueta e as luvas. Em seguida, deixou o salão enquanto Rachel ainda falava com ela. Na loja ao lado, pediu ao vendedor um celular descartável e um cartão pré-pago. Sentiu-se fraca ao falar, sabendo que, depois disso, não havia como voltar atrás.

Ele pegou um sob o balcão e começou a registrar a compra enquanto explicava como o aparelho funcionava. Katie tinha dinheiro extra na bolsa, escondido em uma caixa de absorvente porque sabia que Kevin jamais olharia ali. Pegou o dinheiro, colocando as notas amassadas no balcão. O tempo passava e ela olhou para o estacionamento de novo. Começava a se sentir zonza e sua boca estava seca.

O vendedor levou uma eternidade para acertar tudo. Embora estivesse pagando em dinheiro, ele perguntou seu nome, endereço e código postal. Tudo isso sem a menor necessidade. Era ridículo. Ela só queria pagar e sair dali. Contou até dez e o funcionário ainda digitava. Na estrada, o sinal tinha ficado vermelho. Os carros estavam parados. Ela se perguntou se Kevin já esperava para entrar no estacionamento. E se a veria sair da loja. Era difícil respirar.

Ela tentou abrir a embalagem plástica, mas era impossível – forte como o aço. Era grande demais para sua pequena bolsa e grande demais para caber em seu bolso. Katie pediu ao vendedor uma tesoura e ele levou um minuto precioso para encontrar uma. Ela queria gritar e dizer para ele se apressar, porque Kevin estaria ali a qualquer minuto. Em vez disso, virou-se para a janela.

Quando abriu a embalagem do telefone, ela o enfiou no bolso da jaqueta, junto com o cartão pré-pago. O vendedor perguntou se ela queria uma sacola, mas ela saiu da loja sem responder. O telefone parecia chumbo, e a neve e o gelo dificultavam o equilíbrio.

Ela abriu a porta do salão e voltou para dentro. Tirou o casaco e as luvas e esperou perto da registradora. Trinta segundos depois, viu o carro de Kevin entrar no estacionamento, seguindo em direção ao salão.

Havia neve em sua jaqueta e ela rapidamente a limpou enquanto Rachel vinha até ela. Katie entrou em pânico ao pensar que Kevin poderia ter notado. Então se concentrou, procurando se controlar. Agir com naturalidade.

– Você esqueceu alguma coisa? – perguntou Rachel.

Katie soltou o ar.

– Eu ia esperar lá fora, mas está muito frio – explicou. – E então percebi que não peguei seu cartão.

O rosto de Rachel se iluminou.

– Ah, é mesmo. Espere um segundo – disse ela.

A moça caminhou até sua área de trabalho e pegou um cartão na gaveta. Katie sabia que Kevin a observava de dentro do carro, mas fingiu não perceber.

Rachel voltou com seu cartão de visitas e o entregou.

– Normalmente não trabalho domingos e segundas – disse ela.

Katie assentiu.

– Ligo quando precisar voltar.

Atrás dela, ouviu a porta se abrir. Kevin estava de pé na entrada. Ele não costumava entrar e o coração dela começou a bater com força. Vestiu a jaqueta de novo, tentando controlar o tremor das mãos. Então, virou-se e sorriu para ele.

18

A neve caía com mais força quando Kevin Tierney parou o carro na entrada da garagem. Havia sacolas de compras no banco de trás e Kevin pegou três delas antes de andar até a porta. Ele não dissera nada no caminho de volta do salão, e falara pouco com ela na mercearia. Em vez disso, só andara ao lado de Katie enquanto ela examinava as prateleiras em busca de promoções, tentando não pensar no celular em seu bolso. Não tinham muito dinheiro, e Kevin ficaria irritado se ela gastasse muito. A hipoteca levava quase metade do salário dele, e as contas de cartão de crédito, outra boa parte. Na maioria das vezes tinham que comer em casa, mas ele gostava de restaurantes. Kevin se recusava a comer sobras e era difícil fazer o dinheiro render. Katie precisava planejar as refeições com cuidado, e cortava cupons de desconto do jornal. Quando Kevin pagou as compras, ela lhe entregou o troco do salão e a nota. Ele contou o dinheiro, verificando se estava certo.

Em casa, ela esfregou os braços para se manter aquecida. A casa era velha e o ar frio penetrava pelas frestas das janelas e por baixo da porta da frente. O piso do banheiro era tão frio que fazia seus pés doerem, mas Kevin reclamava do custo do óleo do aquecedor e nunca a deixava ajustar o termostato. Quando ele estava no trabalho, Katie usava moletom e pantufas, mas, quando estava em casa, ele queria que ela parecesse sexy.

Kevin colocou as sacolas de compras na mesa da cozinha. Ela colocou suas sacolas ao lado das dele enquanto ele ia até o congelador e pegava uma garrafa de vodca e dois cubos de gelo. Depois de encher quase todo o copo, Kevin foi para a sala de estar, deixando-a sozinha. Ela ouviu o barulho da televisão ligar e depois a ESPN. O locutor falava sobre os Patriots, os *play-offs* e as chances de ganharem outro Super Bowl. No ano anterior, Kevin tinha ido a um jogo dos Patriots; ele era fã do time desde criança.

Katie tirou o casaco e enfiou a mão no bolso. Acreditava que tinha alguns minutos e esperava que isso fosse suficiente. Depois de dar uma espiada na sala de estar, correu até o armário embaixo da pia, onde havia uma caixa de esponjas. Colocou o celular no fundo da caixa e as esponjas por cima. Fechou o armário silenciosamente antes de pegar sua jaqueta, esperando que seu rosto não estivesse vermelho e rezando para que ele não a tivesse visto. Com um longo suspiro para se acalmar, colocou a jaqueta sobre o braço, levando-a pela sala em direção ao armário junto à entrada. A sala parecia nunca terminar à medida que a atravessava, mas ela tentou ignorar a sensação. Sabia que ele seria capaz de ver através dela, ler sua mente e saber o que havia feito, mas ele não desviou o olhar da televisão. Só quando ela estava de volta à cozinha foi que sua respiração começou a voltar ao normal.

Ela começou a tirar as compras das sacolas, ainda se sentindo atordoada, mas sabendo que devia agir normalmente. Kevin gostava de uma casa arrumada, principalmente a cozinha e os banheiros. Ela guardou o queijo e os ovos em seus compartimentos na geladeira. Tirou os legumes velhos da gaveta e limpou-a antes de guardar os novos. Separou algumas vagens e pegou uma dúzia de batatas em uma cesta no chão da despensa. Deixou um pepino no balcão, junto com uma alface e um tomate para a salada. O prato principal seria contrafilé marinado.

Tinha colocado a carne para marinar no dia anterior: vinho tinto, suco de laranja, suco de toranja, sal e pimenta. A acidez dos sucos amaciava a carne com um sabor especial. Estava em uma travessa na prateleira de baixo da geladeira.

Katie guardou o restante das compras, colocando o que era mais antigo na frente, depois dobrou as sacolas e guardou-as embaixo da pia. Pegou uma faca na gaveta; a tábua de carne ficava embaixo da torradeira e ela a colocou perto do fogão. Cortou as batatas ao meio, só o suficiente para eles dois. Untou uma assadeira, ligou o forno e temperou as batatas com salsa, pimenta, alho e sal. Elas iam para o forno antes dos bifes, depois teria que reaquecê-las. A carne precisava ser grelhada.

Kevin gostava que os ingredientes de suas saladas fossem muito bem picados, com pedaços de queijo azul, croûtons e molho italiano. Ela cortou o tomate ao meio e um quarto do pepino antes de envolver o restante em filme plástico e guardá-lo de volta na geladeira. Quando abriu a porta, notou Kevin na cozinha atrás dela, apoiado na ombreira da porta que dava para a sala de jantar. Ele tomou um grande gole, terminando sua vodca, e continuou a observá-la.

Kevin não sabia que ela havia saído do salão. Não sabia que ela havia comprado um celular. Ou teria dito algo. Teria feito alguma coisa.

– Vamos ter bife esta noite? – perguntou ele.

Ela fechou a porta da geladeira e continuou fazendo as coisas, tentando parecer ocupada e evitar seus temores.

– Sim – disse ela. – Acabei de ligar o forno, então ainda vai demorar alguns minutos. Tenho que colocar as batatas primeiro.

Kevin olhava fixamente para ela.

– Seu cabelo está bonito – disse ele.

– Obrigada. Ela fez um bom trabalho.

Katie voltou para a tábua de carne. Começou a cortar o tomate, e o primeiro pedaço saiu longo e fino.

– Não muito grande – disse ele, balançando a cabeça em sua direção.

– Eu sei – afirmou ela. Ela sorriu quando ele voltou ao congelador. Katie ouviu o tilintar dos cubos de gelo no copo dele.

– Sobre o que vocês falavam enquanto ela fazia seu cabelo?

– Nada de mais. Só o de sempre. Você sabe como as cabeleireiras são. Ficam jogando conversa fora.

Ele balançou o copo. Ela podia ouvir os cubos de gelo batendo contra o vidro.

– Você falou sobre mim?

– Não – respondeu ela.

Ela sabia que ele não teria gostado disso, e Kevin assentiu. Ele pegou a garrafa de vodca de novo e colocou-a ao lado de seu copo no balcão, antes de passar por trás dela. Ficou ali parado, olhando por cima do ombro dela enquanto Katie cortava os tomates. Pequenos pedaços, nenhum deles maior do que uma ervilha. Ela podia sentir a respiração dele em sua nuca e tentou não se encolher quando ele colocou as mãos em seus quadris.

Como sabia o que tinha que fazer, ela pousou a faca e se virou para ele, passando os braços em volta de seu pescoço. Ela lhe deu um beijo suave de língua, sabendo que era o que ele queria, e não percebeu o tapa até sentir o ardor em sua bochecha. Seu rosto queimava, quente e vermelho. Dolorido.

– Você me fez perder a tarde toda! – gritou para ela. Então agarrou os braços dela com força. Sua boca estava contorcida, os olhos já injetados.

Ela podia sentir o cheiro da bebida no hálito dele, e algumas gotas de saliva voaram em seu rosto. – Meu único dia de folga e você escolhe cortar o maldito cabelo no meio da cidade! E depois ainda quis fazer compras!

Ela se contorcia, tentando se afastar, e ele finalmente a soltou. Kevin balançou a cabeça, o músculo da mandíbula pulsando.

– Alguma hora você parou para pensar que eu poderia querer relaxar hoje? Só ficar um pouco à toa no meu único dia de folga?

– Sinto muito – disse ela, com a mão no rosto.

Katie não mencionou que tinha lhe perguntado duas vezes no início da semana se estaria tudo bem ou que era ele que a fazia mudar de salão porque não queria que ela fizesse amigos. Não queria que ninguém soubesse o que se passava entre eles.

– "Sinto muito" – disse Kevin, imitando a voz dela. Então olhou para Katie antes de balançar a cabeça novamente. – Santo Deus! Será que é tão difícil para você pensar em alguém além de si mesma?

Ele ameaçou agarrá-la e ela tentou correr. Já imaginava que ela faria isso, mas não havia para onde fugir. Kevin a acertou rápido e com força, seu punho um pistão. Katie engasgou, sua visão escureceu nos cantos. A sensação era a de ter sido perfurada por uma faca. Ela caiu no chão, os rins queimando, a dor descendo por suas pernas e subindo pela coluna. O mundo girava e, quando tentou se levantar, o movimento só fez piorar.

– Você é tão incrivelmente egoísta o tempo todo! – disse ele, assomando sobre ela.

Ela não disse nada. Não conseguia dizer nada. Não conseguia respirar. Mordeu o lábio para não gritar e se perguntou se haveria sangue em sua urina no dia seguinte. A dor era uma navalha, dilacerando seus nervos, mas ela não iria chorar porque isso só o deixaria mais irritado.

Ele continuou de pé ao lado dela, então soltou um suspiro enojado. Depois saiu da cozinha, levando o copo vazio e a garrafa de vodca.

Ela demorou quase um minuto para reunir forças para se levantar. Quando começou a cortar os tomates novamente, suas mãos tremiam. A cozinha estava fria e a dor nas costas era intensa, latejando a cada pulsação. Na semana anterior, ele dera um soco tão forte em seu estômago que ela passara a noite inteira vomitando. Katie caíra no chão e ele a agarrara pelo pulso para levantá-la. O hematoma em seu pulso tinha a forma de dedos. Marcas do inferno.

As lágrimas corriam pelo seu rosto e toda hora ela precisava deslocar seu peso de uma perna para a outra para tentar controlar a dor enquanto terminava de cortar os legumes em pequenos pedaços. A alface, também, cortada e picada. Do jeito que ele queria. Ela enxugou as lágrimas com as costas da mão e caminhou lentamente em direção à geladeira. Tirou um pacote de queijo azul e pegou os croûtons no armário.

Na sala de estar, ele aumentou o volume da televisão.

O forno estava pronto. Quando o calor atingiu seu rosto, ela percebeu que sua pele estava ardendo, mas duvidava que ele tivesse deixado alguma marca. Ele sabia exatamente com que força bater e se perguntava onde tinha aprendido isso, se era algo que todos os homens sabiam, se havia aulas secretas com instrutores que se especializavam em ensinar essas coisas. Ou se era só o Kevin.

A dor nas costas tinha finalmente começado a diminuir e estava apenas latejando. Ela podia respirar de novo. O vento soprava pelas frestas da janela e o céu estava cinza-escuro. A neve batia suavemente no vidro. Ela deu uma olhada na sala de estar, viu Kevin sentado no sofá, e apoiou-se no balcão. Tirou um dos sapatos e esfregou os dedos dos pés, tentando fazer o sangue fluir, tentando aquecê-los. Então fez o mesmo com o outro pé antes de calçar os sapatos.

Ela lavou e cortou a vagem e colocou um pouco de azeite na frigideira. Começaria a preparar as vagens quando os bifes fossem para a grelha. E tentou novamente não pensar sobre o telefone embaixo da pia.

Estava tirando a assadeira do forno quando Kevin voltou à cozinha. Ele segurava o copo, a bebida pela metade. Ele devia ter tomado quatro ou cinco doses. Ela não sabia dizer. Katie colocou a assadeira no fogão.

– Só um pouquinho mais – disse ela, seu tom neutro, fingindo que nada havia acontecido. Havia aprendido que, se demonstrasse estar irritada ou magoada, isso só o enfurecia. – Tenho que terminar a carne e logo o jantar estará pronto.

– Sinto muito – disse ele, cambaleando um pouco.

Ela sorriu.

– Eu sei. Está tudo bem. Essas semanas têm sido difíceis. Você tem trabalhado muito.

– Essa calça jeans é nova? – As palavras saíram arrastadas.

– Não – disse ela. – Só tem algum tempo que eu não uso.

– Fica bem em você.

– Obrigada – disse ela.

Ele deu um passo em direção a ela.

– Você é tão bonita. Sabe que eu te amo, não é mesmo?

– Eu sei.

– Não gosto de bater em você. É só que você não *pensa* às vezes.

Ela assentiu, desviando o olhar e tentando pensar em algo para fazer, porque precisava se manter ocupada. Lembrou-se de que tinha que pôr a mesa e foi até o armário perto da pia.

Ele se aproximou por trás dela enquanto Katie pegava os pratos e a virou na direção dele, puxando-a para perto. Ela inspirou antes de dar um suspiro de satisfação, porque sabia que ele queria que reagisse assim, que fizesse esses sons.

– Você devia dizer que me ama também – sussurrou ele.

Ele beijou o rosto dela e Katie passou os braços em volta dele. Podia senti-lo pressionado contra ela, e sabia o que ele queria.

– Eu amo você – disse ela.

A mão dele correu até o seu seio. Ela esperou que o apertasse, mas, em vez disso, ele acariciou-o suavemente. Mesmo contra sua vontade, seu mamilo começou a enrijecer. Ela odiava isso, mas não tinha como evitar. O hálito dele era quente e cheirava a bebida.

– Meu Deus, você é linda. Você sempre foi bonita, desde a primeira vez que a vi. – Ele pressionou o corpo com mais força contra Katie, e ela podia sentir seu desejo. – Vamos deixar os bifes para depois. O jantar pode esperar mais um pouco.

– Pensei que estivesse com fome – disse ela num tom de provocação.

– Estou com fome de outra coisa – sussurrou ele. Então desabotoou a camisa dela e a abriu, antes de deslizar a mão até o botão da sua calça jeans.

– Não aqui – disse ela, inclinando a cabeça para trás, e deixando que ele continuasse a beijá-la. – No quarto.

– Que tal a mesa? Ou no balcão?

– Por favor, querido – murmurou ela, a cabeça para trás enquanto ele beijava seu pescoço. – Isso não é muito romântico.

– Mas é sexy – disse ele.

– E se alguém nos vir pela janela?

– Você não sabe se divertir – disse ele.

– Por favor? – disse ela novamente. – Por mim? Você sabe como me deixa excitada na cama.

Kevin a beijou mais uma vez, as mãos correndo até seu sutiã, abrindo-o na frente. Ele não gostava de sutiãs que abriam nas costas. Ela sentiu o ar frio da cozinha em seus seios; viu a luxúria no rosto dele enquanto olhava para eles. Kevin passou a língua pelos lábios e, então, a levou para o quarto.

Quando chegaram lá, ele parecia enlouquecido, puxando seu jeans para baixo até os tornozelos. Ele apertou seus seios e ela mordeu o lábio para não gritar antes de caírem na cama. Ela arfava e gemia e dizia o nome dele, sabendo que era o que ele desejava, porque não queria que ficasse irritado, não queria levar um tapa, um soco ou um pontapé, porque não queria que ele soubesse do telefone. Seus rins ainda doíam muito e ela procurava disfarçar o choro, gemendo, falando as coisas que ele queria ouvir, excitando-o até seu corpo começar a se mover em espasmos. Quando terminou, ela se levantou da cama, vestiu a roupa e o beijou, então voltou para a cozinha e terminou de fazer o jantar.

Kevin voltou para a sala de estar e bebeu mais vodca antes de ir para a mesa. Contou a ela sobre o trabalho, e depois foi assistir à televisão de novo enquanto ela limpava a cozinha. Mais tarde, exigiu que ela se sentasse ao seu lado. Katie ficou com ele até a hora de irem deitar.

No quarto, ele começou a roncar em poucos minutos, alheio às lágrimas silenciosas da esposa, alheio ao ódio que sentia por ele e por si mesma. Sem saber do dinheiro que ela vinha escondendo por quase um ano ou da tinta de cabelo que colocara discretamente no carrinho da mercearia há um mês e escondera no armário, sem saber do celular escondido embaixo da pia da cozinha. Sem nem sonhar que, em poucos dias, se tudo acontecesse do jeito que esperava, ele nunca mais a veria ou a machucaria de novo.

19

Katie estava sentada ao lado de Alex na varanda, o céu acima deles era uma vastidão negra pontilhada de luz. Durante meses, ela vinha tentando bloquear algumas lembranças, procurando se concentrar apenas no medo que fora deixado para trás. Ela não queria se lembrar de Kevin, não queria pensar nele. Queria apagá-lo completamente de sua vida, fingir que aquele homem nunca havia existido. Mas ele sempre estaria lá.

Alex ficara em silêncio durante toda a história, a cadeira inclinada na direção dela. Katie falara em meio às lágrimas, contando tudo sem emoção, quase em transe, como se aquilo tivesse acontecido com outra pessoa. Quando Katie parou de falar, ele sentia o estômago embrulhado.

Ela não conseguia olhar para ele enquanto falava. Alex já ouvira versões daquela mesma história antes, mas dessa vez era diferente. Ela não era apenas uma vítima, era sua amiga, a mulher por quem se apaixonara, e ele prendeu uma mecha solta do cabelo de Katie atrás da orelha dela.

Ao seu toque, ela se encolheu um pouco, antes de relaxar. Ele a ouviu suspirar, cansada. Cansada de falar. Cansada do passado.

– Você fez a coisa certa em ir embora – disse ele. Seu tom era suave, compreensivo.

Ela levou um instante para responder.

– Eu sei.

– Você não teve culpa de nada.

Katie olhou para a escuridão.

– Tive sim – disse ela. – Eu o escolhi. Eu me casei com ele. Deixei que acontecesse uma vez, então de novo, e depois disso já era tarde demais. Eu ainda cozinhava e limpava a casa para ele. Eu dormia com Kevin sempre que ele queria, fazia o que ele quisesse. Eu o fazia acreditar que o *amava*.

– Você fez o que era preciso para sobreviver – disse ele, a voz firme.

Ela ficou em silêncio. Os gafanhotos estridulavam das árvores.

– Nunca pensei que algo assim poderia acontecer, sabe? Meu pai bebia muito, mas não era violento. Eu fui tão fraca... Não sei por que deixei que isso acontecesse.

A voz dele era calma.

– Porque houve uma época em que você o amava. Porque acreditou nele quando lhe prometeu que aquilo não aconteceria de novo. Ele é que ficou mais violento e dominador com o tempo, até finalmente você perceber que uma recuperação nunca iria acontecer.

Ao ouvir essas palavras, ela respirou fundo e baixou a cabeça, os ombros subindo e descendo. O som da angústia de Katie fez com que ele sentisse raiva pela vida que ela tivera e tristeza, porque ainda vivia isso. Ele queria abraçá-la, mas sabia que, naquele momento, devia fazer tudo o que ela quisesse. Katie estava frágil, tensa. Vulnerável.

Ela ainda levou alguns minutos até finalmente conseguir parar de chorar. Seus olhos estavam vermelhos e inchados.

– Sinto muito por ter que ouvir tudo isso – disse ela, a voz ainda embargada.

– Estou feliz que tenha contado.

– Só fiz isso porque você já sabia.

– Entendo.

– Mas você não precisava saber os detalhes sobre tudo que eu tinha de fazer.

– Está tudo bem.

– Eu o odeio – disse ela. – Mas me odeio também. É melhor eu ficar sozinha. Não sou quem você achava que eu era.

Katie estava prestes a chorar de novo quando ele se levantou e puxou sua mão, pedindo que ficasse de pé. Ela o fez, mas sem olhá-lo. Ele procurou controlar a raiva que sentia do marido dela e manteve sua voz suave.

– Ei – disse Alex, levantando o queixo dela com o dedo. Ela resistiu a princípio, depois cedeu. – Não há nada que você possa me contar que vá mudar o que sinto por você. Nada. Porque você não é assim. Nunca foi. Você é a mulher que eu conheço. A mulher que eu amo.

Ela o observou, querendo acreditar nele. Sabendo que, de alguma forma, ele dizia a verdade. Ainda assim...

– Mas...

– Sem "mas" – disse ele. – Você se vê como alguém que não conseguia fugir. Eu vejo a mulher corajosa que escapou. Você se vê como alguém que deveria se sentir envergonhada ou culpada por ter deixado aquilo acontecer. Eu vejo uma mulher bonita e gentil que deveria se sentir orgulhosa porque conseguiu impedir que aquilo voltasse a acontecer. Não são muitas mulheres que têm a força necessária para fazer o que você fez. É isso que eu vejo.

Ela sorriu.

– Acho que você precisa de óculos.

– Não deixe o cabelo grisalho enganá-la. Ainda enxergo muito bem. – Ele se inclinou em direção a ela, com o cuidado de ver se estava tudo bem antes de beijá-la. Foi um beijo rápido e suave. Carinhoso. – Só sinto muito que você tenha passado por tudo isso.

– Ainda estou passando.

– Acha que ele está atrás de você?

– Eu sei que ele está atrás de mim. E ele nunca vai parar. – Ela fez uma pausa. – Há algo de errado com ele. Ele é... louco.

Alex pensou a respeito.

– Sei que não devia perguntar, mas você já pensou em chamar a polícia?

Os ombros dela caíram um pouco.

– Sim – disse ela. – Eu liguei uma vez.

– E eles não fizeram nada?

– Eles foram até a minha casa e conversaram comigo. Me convenceram a não prestar queixa.

Alex ponderou aquilo.

– Isso não faz sentido.

– Fez muito sentido para mim. – Ela deu de ombros. – Kevin tinha me avisado que não adiantaria nada eu chamar a polícia.

– Como ele sabia?

Katie suspirou, pensando que era melhor lhe contar tudo.

– Porque ele é da polícia. Ele é detetive do Departamento de Polícia de Boston. E não me conhecia como Katie. – Seus olhos mostravam desespero. – Ele me chamava de Erin.

20

Centenas de quilômetros ao norte, Kevin Tierney estava no quintal de uma casa em Dorchester, usando bermuda e uma camisa havaiana que comprara quando Erin e ele foram a Oahu em sua lua de mel.

– Erin voltou para Manchester – disse ele.

Bill Robinson, seu capitão, virava hambúrgueres na churrasqueira.

– De novo?

– Eu não contei que a amiga dela está com câncer? Ela sente que precisa ficar lá para ajudá-la.

– O câncer é uma doença muito difícil – disse Bill. – Como Erin está lidando com isso?

– Bem, mas notei que está cansada. É difícil ficar indo de um lado para outro como ela tem feito.

– Posso imaginar – disse Bill. – Emily teve que fazer algo assim quando a irmã teve lúpus. Passou dois meses em Burlington no meio do inverno, só as duas confinadas em um apartamento minúsculo. Elas ficaram loucas. No fim, a irmã fez as malas da Em, colocou-as porta afora e disse que era melhor ficar sozinha. Não posso culpá-la, é claro.

Kevin tomou um gole de cerveja e sorriu, porque era o que se esperava dele. Emily era a esposa de Bill e os dois estavam casados há quase trinta anos. Bill gostava de dizer às pessoas que tinham sido os seis anos mais felizes de sua vida. Todo mundo no distrito já tinha ouvido essa piada umas cinquenta vezes nos últimos oito anos, e boa parte dessas pessoas estava ali naquele momento. Bill dava um churrasco em sua casa todos os anos, no Memorial Day, e praticamente todo mundo que não estava de serviço aparecia. Não só por obrigação, mas porque o irmão de Bill trabalhava em uma distribuidora de cerveja, e muitas delas acabavam indo parar ali. Maridos e esposas, namorados e namoradas, e as crianças se reuniam em grupos, alguns na cozinha, outros no pátio. Quatro detetives brincavam de lançamento de ferradura.

– Na próxima vez em que ela estiver na cidade – acrescentou Bill –, por que você não a traz para jantar? Emily tem perguntado por ela. A menos, é claro, que vocês prefiram compensar o tempo perdido.

Ele piscou e Kevin se perguntou se ele falava sério. Em dias como aquele, Bill gostava de fingir que era apenas mais um dos caras, e não o capitão. Mas ele era esperto. Inteligente. Mais um político do que um policial.

– Vou falar com ela.

– Quando ela foi?

– Hoje de manhã. A essa hora já está lá.

Os hambúrgueres chiavam na churrasqueira, a gordura que pingava fazia as chamas dançarem. Bill pressionou um dos hambúrgueres com a espátula, fazendo o sumo da carne sair e deixando-o mais seco. O homem não sabia nada de churrasco, pensou Kevin. Desse jeito, os hambúrgueres iam ficar parecendo pedra: secos, duros e sem sabor. Intragáveis.

– Ah, quanto ao caso de Ashley Henderson – disse Bill, mudando de assunto. – Acho que finalmente vamos conseguir indiciar o suspeito. Você fez um bom trabalho.

– Já não era sem tempo – disse Kevin. – Achei que já tivessem material suficiente há um bom tempo.

– Eu também. Mas não sou da promotoria. – Bill pressionou outro hambúrguer, arruinando-o. – Também queria falar com você sobre o Terry.

Terry Canton tinha sido parceiro de Kevin durante os últimos três anos, mas tivera um ataque cardíaco em dezembro e estava afastado desde então. Kevin vinha trabalhando sozinho.

– O que tem ele?

– Ele não vai voltar. Descobri esta manhã. Os médicos recomendaram que se aposentasse. Ele concordou com a ideia, já que contribuiu com vinte anos de carreira e sua pensão está esperando por ele.

– E o que isso significa?

Bill deu de ombros.

– Vamos arrumar um novo parceiro para você, mas vai demorar. O orçamento municipal está congelado. Talvez quando o novo for aprovado.

– Talvez ou provavelmente?

– Você vai ter um parceiro, mas provavelmente não até julho. Sinto muito por isso. Sei que significa mais trabalho para você, mas não há nada que eu possa fazer. Vou tentar ao máximo manter sua carga de trabalho sob controle.

– Eu agradeço.

Um grupo de crianças correu pelo pátio, os rostos sujos. Duas mulheres saíram da casa carregando tigelas de batatas fritas, provavelmente fofocando. Kevin detestava fofocas. Bill fez sinal com a espátula para a grade.

– Me passa aquela bandeja ali, por favor? Acho que estão quase prontos.

Kevin pegou a bandeja. Era a mesmo que tinha sido usada para trazer os hambúrgueres para a churrasqueira e ele notou manchas de gordura e pedaços de hambúrguer cru. Nojento. Erin teria trazido uma bandeja limpa. Kevin colocou a bandeja ao lado da churrasqueira.

– Preciso de outra cerveja – disse Kevin, erguendo a garrafa. – Você quer uma?

Bill balançou a cabeça e arruinou outro hambúrguer.

– Ainda tenho uma aqui. Mas obrigado.

Kevin foi até a casa, sentindo a gordura da bandeja nas pontas dos dedos. Impregnando-os.

– Ei! – gritou Bill atrás dele. Kevin virou.

– O cooler fica para lá, lembra? – Bill apontou para o canto da área da churrasqueira.

– Eu sei. Mas quero lavar as mãos antes do jantar.

– Então vai rápido. Quando eu servir os hambúrgueres, é cada um por si.

Kevin parou na porta de trás para limpar os pés no tapete antes de entrar. Na cozinha, deu a volta em um grupo de esposas tagarelas em direção à pia. Lavou as mãos duas vezes, usando sabão. Pela janela, viu Bill colocar a bandeja de salsichas e hambúrgueres na mesa de piquenique, perto dos pães, condimentos e tigelas de batatas fritas. Quase imediatamente as moscas sentiram o cheiro e desceram, zumbindo sobre a comida e pousando nos hambúrgueres. As pessoas não pareciam se importar e formaram uma fila meio bagunçada. Em vez disso, espantavam as moscas e enchiam seus pratos.

Hambúrgueres arruinados e uma nuvem de moscas.

Erin e ele teriam feito diferente. Ele não teria pressionado os hambúrgueres com a espátula. Erin teria colocado os condimentos, as batatas fritas e o picles na cozinha, para que as pessoas pudessem se servir lá dentro, onde tudo era limpo. Moscas eram bichos nojentos e os hambúrgueres, duros como pedras. Ele não ia comer nada porque só de pensar nisso já sentia náusea.

Ele esperou a bandeja de hambúrgueres esvaziar antes de voltar lá para fora. Então caminhou até a mesa, fingindo decepção.

– Eu avisei que a comida iria embora num minuto. – Bill sorriu. – Mas Emily tem outra bandeja na geladeira, então a segunda rodada não vai demorar muito. Pega uma cerveja para mim enquanto eu vou buscar?

– Claro – disse Kevin.

Quando os próximos hambúrgueres ficaram prontos, Kevin encheu um prato de comida e elogiou Bill, dizendo que pareciam fantásticos. Quando Bill não estava olhando, Kevin jogou a comida na lata de lixo de metal na lateral da casa.

Ele ficou no churrasco por algumas horas e conversou com Coffey e Ramirez. Eles eram detetives como ele, só que não se importavam com todas aquelas moscas. Kevin não queria ser o primeiro a sair, porque não queria ofender o capitão. Mas não gostava de Coffey nem de Ramirez. Às vezes, quando estava por perto, eles paravam de falar, e Kevin sabia que vinham falando dele pelas costas.

Kevin era um bom detetive e sabia disso. Todos sabiam. Ele trabalhou na Divisão de Homicídios e tinha uma boa experiência com testemunhas e suspeitos. Sabia quando fazer perguntas e quando ouvir; sabia quando as pessoas estavam mentindo e colocava assassinos atrás das grades porque a Bíblia dizia: "Não matarás." Estava fazendo a obra de Deus ao mandar os culpados para a cadeia.

Já em casa, Kevin atravessou a sala de estar e teve que se lembrar de não chamar por Erin. Se a esposa estivesse ali, a lareira não estaria cheia de pó e, as revistas teriam sido espalhadas na ponta da mesinha lateral e não haveria uma garrafa vazia de vodca no sofá. Se a esposa estivesse ali, as cortinas teriam sido abertas, permitindo que a luz do sol se estendesse pelas tábuas do piso. Se a esposa estivesse ali, os pratos teriam sido lavados e guardados, o jantar estaria à sua espera na mesa, e ela estaria sorrindo para ele, perguntando como tinha sido o seu dia. Mais tarde eles fariam amor.

No andar de cima, em seu quarto, ele parou junto à porta do armário. Ainda podia sentir o perfume que ela usava, o que ele lhe comprara no Natal. Ele a vira levantar a aba de uma amostra de perfume em um anúncio de uma de suas revistas e sorrir quando sentiu o cheiro. Quando ela foi para a cama, ele tirou a página da revista e enfiou em sua carteira para saber exatamente qual perfume comprar. Lembrou-se do jeito delicado com que ela passou um pouco atrás de cada orelha e nos pulsos quando ele a levara para sair na véspera do ano-novo, e de como ela ficara bonita com o vestido preto que usara. No restaurante, Kevin notara a forma como outros homens, até mesmo os acompanhados, olhavam na direção dela quando passava por eles a caminho da mesa. Mais tarde, quando voltaram para casa, eles fizeram amor comemorando a chegada do ano-novo.

O vestido ainda estava lá, pendurado no mesmo lugar, trazendo de volta essas lembranças. Na semana anterior, tirara o vestido do cabide, sentara na beirada da cama e chorara, enquanto o abraçava.

O som constante dos grilos do lado de fora não o acalmava. Aquele deveria ter sido um dia relaxante, mas ele estava cansado. Não queria ter ido ao churrasco, nem mentir sobre Erin. Não porque mentir o incomodava, mas porque era difícil continuar fingindo que Erin não o deixara. Ele inventara uma história e se mantinha fiel a ela: Erin ligava todas as noites, estivera em casa nos últimos dias, mas voltara a New Hampshire, a amiga passava por uma quimioterapia e precisava da ajuda dela.

Kevin sabia que não podia continuar mentindo para sempre, que em breve aquela desculpa de que ela estava ajudando uma amiga começaria a soar falsa e as pessoas perguntariam por que nunca mais viram Erin na igreja, no mercado ou até mesmo pela vizinhança, ou por quanto tempo ela continuaria ajudando a amiga. Falariam dele pelas costas. *Erin deve ter deixado o Kevin. Acho que o casamento deles não era tão perfeito quanto eu imaginava.* Pensar em tudo isso fez com que sentisse um aperto no estômago, lembrando-o que ele não havia comido.

Não havia muita coisa na geladeira. Erin nunca deixava faltar peru, presunto, mostarda de Dijon e pão de centeio fresco da padaria, mas sua única opção agora era reaquecer a carne com o molho adocicado que comprara no restaurante chinês alguns dias antes. Na prateleira de baixo, viu manchas de comida e sentiu vontade de chorar, porque isso o fez se lembrar dos gritos de Erin e do barulho que a cabeça dela fez quando bateu na beirada da mesa depois de ele tê-la empurrado com força, atirando-a do outro lado da cozinha. Naquele dia, ele a agredira porque havia manchas de comida na geladeira e agora se perguntava por que ficara tão furioso por uma coisa tão pequena.

Kevin foi até a cama e se deitou. Quando se deu conta, já era meia-noite e as ruas estavam silenciosas. Viu uma luz acesa na casa dos Feldmans em frente. Ele não gostava deles. Larry Feldman nunca acenava para ele se os dois estivessem em seus jardins, e Gladys entrava sempre que o via. Tinham cerca de 60 anos e eram do tipo que saem de casa para repreender uma criança que atravessasse seu gramado para recuperar um frisbee ou uma bola de beisebol. E, mesmo sendo judeus, decoravam sua casa com luzes de Natal, além da menorá que colocavam na janela nos feriados. Kevin não achava que fossem bons vizinhos.

Voltou para a cama, mas não conseguiu pegar no sono. De manhã, quando a luz do sol entrou no quarto, ele sabia que nada havia mudado. Apenas sua vida estava diferente. Seu irmão, Michael, e sua cunhada, Nadine, deviam estar arrumando as crianças para a escola antes de irem trabalhar. Sua mãe e seu pai provavelmente liam o *Globe* naquele momento, enquanto tomavam café da manhã. Crimes haviam sido cometidos, e haveria testemunhas na delegacia. Coffey e Ramirez estariam fofocando sobre ele.

Tomou banho. Seu café da manhã se resumiu a algumas torradas com vodca. Na delegacia, foi chamado para investigar um assassinato. Uma mulher de 20 e poucos anos, provavelmente uma prostituta, fora esfaqueada até a morte, seu corpo jogado em uma lixeira. Ele passou a manhã conversando com algumas testemunhas enquanto as provas eram recolhidas. Quando terminou as entrevistas, foi à delegacia para começar o relatório, enquanto a informação estava fresca em sua mente.

A delegacia estava movimentada. Fim de feriado prolongado. As pessoas tinham enlouquecido. Detetives falavam ao telefone, faziam anotações em suas mesas, conversavam com testemunhas e ouviam vítimas contarem o que tinham sofrido. Muito barulho. Agitação. Pessoas indo e vindo. Telefones tocando. Kevin caminhou em direção à sua mesa, uma das quatro no meio da sala. Pela porta aberta, Bill acenou, mas permaneceu em seu escritório. Ramirez e Coffey estavam em suas mesas, sentados de frente para ele.

– Você está bem? – perguntou Coffey. Tinha uns 40 e poucos anos, era gordo e calvo. – Sua cara está horrível.

– Não dormi bem – respondeu Kevin.

– Também não durmo bem sem a Janet. Quando a Erin volta?

Kevin manteve sua expressão neutra.

– No próximo fim de semana. Tenho alguns dias de folga para tirar e decidimos ir a Cape Cod.

– É mesmo? Minha mãe mora lá. Em que parte de Cape?

– Provincetown.

– É lá mesmo que ela mora. Vocês vão adorar. Vou lá o tempo todo. Onde vocês vão ficar?

Kevin ficou pensando por que Coffey fazia tantas perguntas.

– Não tenho certeza – finalmente disse ele. – Erin está cuidando de tudo.

Kevin foi até a cafeteira e serviu um pouco para ele, mesmo sem querer tomar nada. Ele teria que descobrir o nome de uma pensão e alguns restaurantes, para saber o que dizer caso Coffey perguntasse.

Seus dias seguiam a mesma rotina. Ele trabalhava, conversava com testemunhas e ia para casa. Seu emprego era estressante e ele queria relaxar no fim do dia, mas tudo estava diferente em casa e o trabalho não saía da sua cabeça. Chegara a acreditar que acabaria se acostumando em ver vítimas de assassinato, mas seus rostos pálidos e sem vida ficavam gravados em sua memória. Algumas vezes as vítimas o visitavam em seu sono.

Ele não gostava de ir para casa. Quando terminava o seu turno, não tinha mais uma linda esposa para cumprimentá-lo à porta. Erin tinha partido em janeiro. Agora sua casa estava suja e bagunçada, e ele precisava lavar a própria roupa. Ele não sabia como usar a máquina de lavar e, na primeira vez que tentou, colocou muito sabão e as roupas ficaram desbotadas. Não havia nenhuma comidinha caseira ou velas na mesa. Em vez disso, comprava congelados a caminho de casa e comia no sofá. Às vezes, ligava a televisão. Erin gostava de assistir ao canal de casa e jardim na TV a cabo, então às vezes ele o via. Quando fazia isso, o vazio que sentia por dentro era quase insuportável.

Depois do trabalho, já não se preocupava mais em guardar a arma na caixa que tinha no armário. Erin tinha medo de armas, mesmo antes de ele ter colocado a Glock em sua cabeça e ameaçado matá-la se ela fugisse. Erin gritara e chorara enquanto ele jurava que mataria qualquer homem com quem ela dormisse, qualquer um de quem gostasse. Ela fora tão burra e ele ficara tão irritado com ela por ter fugido, e exigia o nome do homem que a ajudara para que pudesse matá-lo. Mas Erin gritara, chorara e implorara por sua vida, e jurara que não havia nenhum homem, e ele acreditara nela porque ela era sua esposa.

Eles tinham feito seus votos diante de Deus e de suas famílias, e a Bíblia dizia: "Não cometerás adultério." Mesmo naquela época, ele não acreditara que Erin fora infiel. Nunca acreditara que havia outro homem envolvido. Quando moravam juntos, ele procurava garantir que nada disso pudesse acontecer. Ligava algumas vezes para casa ao longo do dia e nunca a deixava ir ao mercado, ao cabeleireiro ou à biblioteca sozinha. Erin não tinha carro, nem mesmo carteira de motorista, e ele passava pela casa sempre que estava por perto, só para ter certeza de que ela estava lá. Ela não fora embora porque queria cometer adultério. Fora embora porque estava cansada de levar socos e chutes e de ser jogada pela escada do porão, e ele sabia que não devia ter feito essas coisas. Sempre se sentia culpado e pedia desculpas, mas não adiantara.

Ela não devia ter fugido. Isso partia seu coração porque ele a amava mais do que a própria vida. Ele lhe comprara uma casa, uma geladeira, uma máquina de lavar, uma secadora e móveis novos. A casa costumava sempre estar limpa, mas agora a pia estava cheia de pratos e o cesto de roupa suja transbordava.

Ele sabia que deveria arrumar a casa, mas não tinha forças. Em vez disso, foi até a cozinha e pegou uma garrafa de vodca do congelador. Restavam quatro garrafas. Uma semana atrás, havia doze. Ele sabia que estava bebendo demais. Sabia que deveria comer melhor e parar de beber, mas tudo que queria fazer era pegar a garrafa, sentar no sofá e beber. Vodca era uma boa opção porque não deixava nenhum cheiro em seu hálito, e, de manhã, ninguém saberia que estava de ressaca.

Ele serviu um copo de vodca, tomou-o e serviu outro antes de andar pela casa vazia. Seu coração doía porque Erin não estava lá. Se ela aparecesse de repente, ele pediria desculpas por bater nela, eles resolveriam as coisas e fariam amor em seu quarto. Ele queria abraçá-la e sussurrar quanto a adorava, mas sabia que ela não ia voltar. Às vezes Erin o deixava muito irritado. Uma esposa não ia simplesmente embora assim. Uma esposa não abandonava um casamento. Ele queria bater nela, chutá-la e puxar seu cabelo por ser tão estúpida. Por ser tão absurdamente egoísta. Ele queria mostrar a ela que era inútil fugir.

Tomou um terceiro e um quarto copo de vodca.

Era tudo tão confuso. A casa estava uma bagunça. Havia uma caixa de pizza vazia no chão da sala de estar e o batente da porta do banheiro estava lascado e rachado. A porta já não fechava direito. Ele chutara a porta, depois que ela se trancou para fugir dele. Ele a segurou pelo cabelo enquanto a socava na cozinha, então ela correra para o banheiro e ele a perseguira pela casa e chutara com força a porta. Mas agora ele já não conseguia lembrar por que os dois brigaram.

Não se lembrava de muita coisa daquela noite. Não se lembrava de quebrar dois dos dedos dela, mesmo tendo ficado claro que fizera isso. Mas ele não a deixara ir ao hospital por uma semana, não até os hematomas em seu rosto poderem ser cobertos por maquiagem, e ela tivera que cozinhar e limpar com uma mão só. Ele lhe comprara flores, pedira desculpas, dissera que a amava e prometera que aquilo nunca mais aconteceria.

Depois que ela tirara o gesso, ele a levou para jantar no Petroni's, em Boston. Era caro e ele sorrira para ela do outro lado da mesa. Depois, eles tinham ido ao cinema e, no caminho de casa, ele se lembrava de pensar quanto a amava e como era um cara de sorte por ter alguém como Erin como esposa.

21

Alex tinha ficado com Katie até depois da meia-noite, ouvindo-a contar a história de sua antiga vida. Quando ela já estava cansada demais para continuar falando, ele passou os braços em volta dela e lhe deu um beijo de boa-noite. A caminho de casa, pensou que nunca tinha conhecido uma pessoa mais corajosa, forte ou inteligente.

Eles ficaram a maior parte das duas semanas seguintes juntos – ou o máximo que podiam, pelo menos. Entre o tempo que ele trabalhava na loja e os turnos dela no Ivan's, não passavam de algumas horas por dia, mas ele ansiava por ir à casa dela com uma empolgação que não sentia havia anos. Às vezes, Kristen e Josh iam com ele. Outras vezes, Joyce o espantava da loja, piscando o olho, e encorajando-o a sair para aproveitar um pouco.

Eles raramente se viam na casa de Alex. Quando isso acontecia, era apenas por pouco tempo. Em sua mente, ele queria acreditar que era por causa das crianças, que queria que as coisas fossem devagar, mas parte dele percebia que também tinha a ver com Carly. Embora amasse Katie – e ele tinha mais certeza disso a cada dia que passava –, não sabia se já estava pronto para isso. Katie parecia entender sua relutância e não demonstrava se importar, ainda mais porque era mais fácil ficarem sozinhos na casa dela.

Mesmo assim, ainda não haviam feito amor. Embora muitas vezes ele se pegasse imaginando como seria maravilhoso, principalmente naqueles instantes antes de dormir, ele compreendia que Katie não estava preparada. Os dois percebiam que isso representaria uma grande mudança em seu relacionamento. Por ora, bastava beijá-la, sentir seus braços em volta dele. Alex adorava o cheiro do xampu de jasmim no cabelo dela e a maneira como a mão dela se aninhava tão perfeitamente na sua; como cada toque era carregado de uma deliciosa expectativa, como se estivessem de alguma forma se guardando um para o outro. Ele não tinha dormido com ninguém desde que a esposa falecera, e agora sentia que, de alguma forma, vinha inconscientemente esperando por Katie.

Eles caminhavam à beira-mar e passavam pelas casas históricas, examinando a arquitetura. Em um fim de semana, ele a levou ao Orton Plantation Gardens, onde caminharam entre milhares de roseiras. Depois, foram almoçar em um pequeno bistrô de frente para o mar na praia de Caswell, onde se deram as mãos por cima da mesa, como adolescentes.

Desde o jantar na casa dela, Katie não havia falado de seu passado de novo, e ele não tocou mais no assunto. Alex sabia que ela ainda estava processando tudo em sua mente: quanto já tinha lhe contado e quanto ainda havia por contar, se podia ou não confiar nele, quanto importava o fato de ainda estar casada e o que aconteceria se Kevin, de alguma forma, a encontrasse ali. Quando ele percebia que ela estava remoendo essas questões, lembrava-a gentilmente que, independentemente do que acontecesse, seu segredo estaria sempre seguro com ele.

Ao observá-la, às vezes ele era tomado por uma fúria incontrolável com relação a Kevin Tierney. Os impulsos de homens como Kevin, que gostavam de agredir e torturar, eram tão estranhos para ele quanto a capacidade de respirar debaixo d'água ou voar. Mais do que qualquer coisa, ele queria vingança. Queria justiça. Queria que Kevin passasse pela angústia e pelo terror de Katie, os episódios intermináveis de dor física brutal. Durante seu tempo no Exército, havia matado um homem, um soldado viciado em metanfetaminas que ameaçou um refém com uma arma.

O homem era perigoso e estava fora de controle. Por isso, quando surgira a oportunidade, Alex puxou o gatilho sem hesitar. A morte dera ao seu trabalho um novo significado e o fizera refletir muito, mas, em seu coração, ele sabia que havia momentos em que a violência era necessária para salvar vidas. Se Kevin algum dia aparecesse, Alex sabia que protegeria Katie a qualquer preço. No Exército, lentamente chegara à conclusão de que havia pessoas que traziam coisas boas para o mundo e pessoas que viviam para destruir isso. Em sua mente, a decisão de proteger uma mulher inocente como Katie de um psicopata como Kevin era muito clara.

Na maioria dos dias, o fantasma da vida passada de Katie não atrapalhava e eles desfrutavam de uma intimidade descontraída, que crescia a cada dia que ficavam juntos. As tardes com as crianças eram particularmente especiais para ele. Katie tinha um jeito muito carinhoso com elas – quer fosse ajudando Kristen a alimentar os patos na lagoa ou jogando bola com Josh, ela sempre se entendia muito bem com eles. Era brincalhona, reconfortante, bagunceira ou tranquila, dependendo da situação. Nisso ela era muito parecida com Carly.

Nas últimas semanas de vida de Carly, Alex ficara de vigília ao lado de sua cama. Mesmo que ela dormisse a maior parte do tempo, ele tinha medo de perder aqueles momentos em que ela estava consciente, independentemente de quanto pudessem ser curtos. Nessa época, o lado esquerdo do corpo dela já estava quase paralisado, e ela sentia dificuldade para falar. Mas uma noite, durante um breve período de lucidez pouco antes do amanhecer, ela estendeu a mão para ele.

– Quero que você faça algo por mim – disse ela com esforço, passando a língua pelos lábios rachados para umedecê-los. Sua voz estava rouca por quase não usá-la mais.

– Qualquer coisa.

– Quero que você seja feliz...

E então ele viu o fantasma do antigo sorriso dela, o sorriso confiante e calmo que o cativara no primeiro encontro.

– Eu sou feliz.

Ela balançou de leve cabeça.

– Estou falando sobre o futuro. – Seus olhos brilhavam como brasas em seu rosto magro e abatido. – Nós dois sabemos do que estou falando.

– Eu não.

Ela ignorou sua resposta.

– Me casar com você... estar com você todos os dias e ter filhos com você... foi a melhor coisa que eu já fiz. Você é o melhor homem que já conheci.

Ele sentiu um nó na garganta.

– Eu me sinto da mesma maneira.

– Eu sei – disse ela. – E é por isso que é tão difícil para mim. Porque sei que eu falhei...

– Você não falhou – interrompeu ele.

O rosto de Carly estava triste.

– Eu amo você, Alex, e amo nossos filhos – sussurrou ela. – Parte meu coração pensar que você não será feliz novamente.

– Carly...

– Quero que você conheça outra mulher. – Ela respirou fundo, sua frágil caixa torácica subindo e descendo com o esforço. – Quero que ela seja inteligente e gentil. Quero que você se apaixone por ela, porque não deve passar o resto da sua vida sozinho.

Alex não conseguia falar, mal podia vê-la em meio às lágrimas.

– As crianças precisam de uma mãe. – Aos ouvidos dele, soava quase como um apelo. – Alguém que os ame tanto quanto eu, alguém que pense neles como seus próprios filhos.

– Por que você está falando essas coisas? – perguntou ele, a voz embargada.

– Porque tenho que acreditar que é possível – respondeu ela. Seus dedos magros agarraram o braço dele com uma intensidade desesperada. – É a única coisa que me resta.

Agora, ao ver Katie correndo atrás de Josh e Kristen no gramado em volta da lagoa dos patos, sentiu uma pontada de melancolia ao pensar que talvez Carly pudesse ter seu último desejo atendido.

❂

Katie gostava tanto dele que tinha medo. Sabia que ela estava andando em terreno perigoso. Contar a ele sobre o seu passado parecera a coisa certa a fazer naquele momento, e a libertara do peso esmagador de seus segredos. Mas, na manhã seguinte ao primeiro jantar dos dois, ela estava paralisada de ansiedade pelo que tinha feito. Afinal, Alex costumava ser detetive, o que significava que ele poderia dar um telefonema ou dois e Kevin acabaria sabendo. Ela não lhe contara que Kevin tinha uma habilidade quase assustadora de ligar informações aparentemente aleatórias; ela não mencionara que, quando um suspeito fugia, Kevin quase sempre sabia onde encontrá-lo. Só de pensar no que ela havia feito já sentia um embrulho no estômago.

Contudo, ao longo das semanas seguintes, seus medos diminuíram. Em vez de fazer mais perguntas, Alex agia como se suas revelações não tivessem qualquer influência sobre suas vidas em Southport. Os dias corriam tranquilamente, sem que fossem perturbados pelas sombras de seu passado. Ela não podia evitar: confiava nele. E quando se beijavam, o que acontecia com uma frequência surpreendente, havia momentos em que seus joelhos ficavam bambos e precisava se controlar para não pegar a mão dele e arrastá-lo para o quarto.

No sábado, duas semanas depois do primeiro encontro, estavam na varanda da frente de Katie, e Alex a abraçava, os lábios contra os dela. Josh e Kristen tinham ido a uma festa de fim de ano na piscina de um garoto da turma de Josh. Mais tarde, Alex e Katie planejavam levá-los à praia para um churrasco à noite. Mas estariam sozinhos pelas próximas horas.

Quando finalmente se afastaram, Katie suspirou.

– Você tem que parar de fazer isso.

– Fazer o quê?

– Você sabe exatamente o que está fazendo.

– Não posso evitar.

Eu também não, pensou Katie.

– Sabe o que eu gosto em você?

– Meu corpo?

– Sim. Isso também. – Ela riu. – Mas o que eu ia falar é que você me faz sentir especial.

– Porque você é especial.

– Estou falando sério – disse ela. – Mas isso me faz perguntar por que você nunca encontrou alguém. Desde que sua esposa faleceu, quero dizer.

– Eu não estava procurando – respondeu ele. – Mas, mesmo que houvesse outra pessoa, eu a teria dispensado para ficar com você.

– Isso não foi legal.

Ela cutucou as costelas dele.

– Mas é verdade. Acredite ou não, sou exigente.

– Sim – disse Katie –, muito exigente. Você só sai com mulheres que tenham tido algum trauma emocional.

– Você não é uma mulher traumatizada. Você é durona. É uma sobrevivente. Na verdade, isso é meio sexy.

– Acho que você só está tentando me agradar na esperança de que eu arranque suas roupas.

– Está funcionando?

– Você está chegando perto – admitiu ela, e o som da risada de Alex a fez lembrar novamente quanto ele a amava.

– Fico feliz que você tenha vindo parar aqui em Southport.

– A-hã.

Por um instante, ela pareceu desaparecer dentro de si mesma.
– O que foi?
Ele examinou o rosto dela, subitamente alerta. Ela balançou a cabeça.
– Foi por pouco... – Katie suspirou, abraçando o corpo ao se lembrar. – Eu quase não consegui.

22

A neve cobria os quintais de Dorchester, formando uma camada cintilante sobre o mundo do lado de fora de sua janela. O céu de janeiro, que no dia anterior estava cinzento, tinha dado lugar a um azul gélido e a temperatura estava abaixo de zero.

Era uma manhã de domingo, um dia depois de ela ter ido ao salão fazer o cabelo. Ela espiou o vaso à procura de sangue, certa de que teria saído um pouco na urina. Seus rins ainda latejavam e uma dor forte irradiava de sua escápula até a parte de trás de suas pernas. Isso a mantivera acordada por horas enquanto Kevin roncava ao seu lado, mas, felizmente, não tinha sido tão grave quanto poderia. Depois de fechar a porta do quarto, ela mancou até a cozinha, lembrando-se de que em apenas alguns dias tudo aquilo estaria acabado. Mas tinha que ser cuidadosa para não deixar Kevin desconfiado, precisava fazer as coisas direito. Se ignorasse a surra que levara na noite anterior, ele acharia estranho. Se exagerasse, ele desconfiaria. Após quatro anos de inferno, ela aprendera as regras.

Apesar de ser domingo, Kevin tinha que sair para trabalhar ao meio-dia. Ela sabia que ele levantaria logo. A casa estava fria e ela vestiu um moletom por cima do pijama; pelas manhãs, Kevin não se importava, porque geralmente estava com muita ressaca. Ela fez café e levou o leite e o açúcar para a mesa, junto com a manteiga e a geleia. Colocou os talheres dele na mesa e um copo de água gelada ao lado do garfo. Depois disso, pôs dois pães na torradeira e deixou três ovos em cima do balcão, onde poderia alcançá-los rapidamente. Por fim, jogou meia dúzia de fatias de bacon na frigideira. Elas chiavam no fogo quando Kevin finalmente entrou na cozinha. Ele se sentou à mesa vazia e tomou sua água enquanto ela lhe levava uma xícara de café.

– Eu apaguei completamente na noite passada – disse ele. – A que horas fomos para a cama?

– Acho que umas dez – respondeu ela. Então colocou o café ao lado do copo de água vazio. – Não era tarde. Você tem trabalhado muito e sei que anda cansado.

Os olhos dele estavam vermelhos.

– Sinto muito sobre a noite passada. Não quis fazer nada daquilo. Só tenho estado sob muita pressão ultimamente. Desde o ataque cardíaco do Terry, estou trabalhando por dois, e o caso Preston começa esta semana.

– Está tudo bem – disse ela. Ela ainda podia sentir o cheiro de álcool em seu hálito. – Seu café da manhã já vai ficar pronto.

Ela virou o bacon com um garfo e um pingo de gordura queimou seu braço, fazendo-a esquecer temporariamente a dor nas costas.

Quando o bacon ficou crocante, pôs quatro pedaços no prato de Kevin e dois no dela. Colocou a gordura em uma lata de sopa, limpou a frigideira com um papel toalha e untou-a novamente com óleo. Tinha que ser rápida, para o bacon não esfriar. Ligou a torradeira e quebrou os ovos. Ele gostava que o ovo fosse frito dos dois lados, com a gema intacta e meio líquida por dentro. Ela se tornara especialista nisso. Como a frigideira ainda estava quente, os ovos ficaram prontos rapidamente. Ela os virou uma vez antes de colocar dois no prato dele e um no dela. A torrada pulou e ela colocou as duas fatias no prato de Kevin.

Ela se sentou à sua frente na mesa, porque ele gostava que tomassem café da manhã juntos. Ele passou manteiga na torrada e acrescentou geleia de uva, antes de usar o garfo para cortar os ovos. A gema escorreu como sangue amarelo e ele usou a torrada para absorvê-la.

– O que você vai fazer hoje? – perguntou ele, enquanto cortava outro pedaço de ovo com o garfo.

– Eu ia limpar as janelas e lavar a roupa – respondeu ela.

– Os lençóis provavelmente também precisam ser lavados, não é? Depois de nos divertirmos noite passada – disse ele, levantando as sobrancelhas.

O cabelo dele estava bagunçado e havia um pedaço de ovo no canto de sua boca. Ela tentou não demonstrar sua repulsa. Em vez disso, mudou de assunto.

– Você acha que vai conseguir uma condenação no caso Preston? – perguntou ela.

Ele se recostou e deu de ombros antes de se curvar novamente sobre o prato.

– Isso é com a promotoria. Higgins é bom, mas nunca se sabe. Preston tem um advogado inescrupuloso e ele vai tentar distorcer os fatos.

– Tenho certeza de que vai dar tudo certo. Você é mais esperto do que ele.

– Veremos. Só odeio que seja em Marlborough. Higgins quer me preparar para o caso na terça à noite, depois que o tribunal encerrar o dia.

Erin já sabia de tudo isso e assentiu. O caso Preston havia sido amplamente divulgado e o julgamento estava previsto para começar na segunda em Marlborough, não em Boston. Lorraine Preston supostamente contratara um homem para matar o marido. Não só Douglass Preston era um bilionário gestor de fundos de investimento, como sua esposa era uma dama da sociedade, envolvida com instituições filantrópicas que iam desde museus de arte e a sinfônica até escolas de áreas carentes. A repercussão anterior ao julgamento tinha sido impressionante; já fazia semanas que não havia um dia em que não saísse um artigo ou dois na primeira página e um destaque no noticiário da noite. Muito dinheiro, sexo escabroso, drogas, traição, infidelidade, assassinato e um filho ilegítimo. Em razão de todo o alarde, o julgamento havia sido transferido para Marlborough. Kevin fora um dos vários detetives designados para a investigação e todos deviam depor na quarta. Como todo mundo, Erin vinha acompanhando o noticiário, mas de vez em quando perguntava alguma coisa a Kevin sobre o caso.

– Você sabe do que vai precisar depois do tribunal? – perguntou ela.

– Uma noite fora. Devíamos nos arrumar e sair para jantar. Você está de folga na sexta, não é mesmo?

– Acabamos de sair no ano-novo – resmungou Kevin, passando de novo a torrada pela gema em seu prato. Havia manchas de geleia em seus dedos.

– Se você não quiser sair, posso fazer um jantar especial aqui. O que você quiser. Podemos tomar vinho e talvez acender a lareira. E eu poderia vestir algo sexy. Poderia ser muito romântico. – Ele levantou os olhos enquanto ela continuava: – Topo o que você quiser – disse ela, fazendo charme –, e você precisa de um descanso. Não gosto quando trabalha tanto. É como se eles esperassem que você resolvesse todos os casos que existem por aí.

Ele bateu o garfo no prato, observando-a.

– Por que está tão carinhosa? O que houve?

Então ela procurou se concentrar em seguir o roteiro e se afastou da mesa.

– Deixa para lá. – Ela pegou seu prato e o garfo caiu, fazendo barulho, batendo na mesa e depois no chão. – Eu estava tentando apoiá-lo porque você vai ter que sair da cidade, mas se você não quer, tudo bem. Escolha o que quer fazer e depois me fale, está bem?

Ela andou zangada até a pia e abriu a torneira com força. Sabia que o havia surpreendido, e podia senti-lo oscilando entre a raiva e a confusão. Ela passou as mãos embaixo d'água, depois levou-as ao rosto. Então começou a inspirar rapidamente, escondendo o rosto e fazendo som de choro. Depois levantou e baixou um pouco os ombros, como se estivesse suspirando.

– Você está chorando? – perguntou Kevin. Ela ouviu a cadeira dele deslizar para trás. – Por que diabo está chorando?

Ela, então, fez de tudo para falar como se sua voz estivesse embargada.

– Não sei mais o que fazer. Não sei o que você quer. Sei como esse caso é grande e importante, sei que você está sob grande pressão...

Deixou que as últimas palavras saíssem meio sufocadas, ao perceber que ele se aproximava. Quando sentiu que ele a tocava, estremeceu.

– Ei, está tudo bem – disse ele a contragosto. – Você não precisa chorar.

Ela virou-se para ele, fechando os olhos e apoiando o rosto contra seu peito.

– Só que-quero fazer você feliz – gaguejou ela. E enxugou o rosto molhado na camisa dele.

– Pensaremos em alguma coisa, está bem? Vamos ter um ótimo fim de semana. Eu prometo. Para compensar a noite passada.

Ela passou os braços ao redor dele, puxando-o para perto e fungando. E respirou fundo com dificuldade mais uma vez.

– Sinto muito. Sei que você não precisava de uma esposa toda emotiva hoje. Já tem tanta coisa para resolver.

– Posso lidar com isso – disse ele.

Ele curvou a cabeça para beijá-la, os olhos ainda fechados. Quando Kevin pressionou o corpo contra o dela, Erin pôde sentir que ele ficava excitado. Ela sabia como sua vulnerabilidade mexia com ele.

– Temos um pouco de tempo antes de eu ir para o trabalho.

– Eu devia limpar a cozinha primeiro.

– Você pode fazer isso mais tarde – disse ele.

Minutos depois, enquanto Kevin se movia em cima dela, Erin fazia os sons que ele queria ouvir, enquanto olhava pela janela do quarto e pensava em outras coisas.

Ela havia aprendido a odiar o inverno, com o frio interminável e um quintal quase todo coberto de neve, porque não podia sair. Kevin não gostava que ela andasse pelo bairro, mas deixava que ela cuidasse do jardim por causa da cerca, que lhes dava certa privacidade. Na primavera, ela sempre plantava flores em vasos e legumes em um pequeno canteiro perto dos fundos da garagem, onde o sol batia com força, sem a sombra das árvores de bordo. No outono, ela vestia um suéter e lia livros da biblioteca enquanto as folhas caídas, marrons e secas, voavam pelo quintal.

Mas o inverno tornava a sua vida uma prisão fria, cinzenta e sombria. Infeliz. Ela passava a maior parte dos dias sem colocar o pé para fora porque nunca sabia quando Kevin apareceria de surpresa. Ela só sabia os nomes de um casal de vizinhos, os Feldmans, que moravam do outro lado da rua. Em seu primeiro ano de casamento, Kevin raramente batia nela, e às vezes ela saía para caminhar sem ele. Os Feldmans, um casal mais velho, gostavam de cuidar do jardim. No primeiro ano em que morara ali, muitas vezes tinha parado para conversar com eles. Kevin aos poucos tentou pôr fim a essa amizade. Agora ela só via os Feldmans quando sabia que Kevin estava ocupado no trabalho, quando sabia que ele não podia ligar. E verificava primeiro se nenhum dos outros vizinhos estavam olhando antes de correr até a porta deles. Sentia-se como uma espiã quando os visitava. Eles lhes mostravam fotos de suas filhas ao longo dos anos. Uma havia morrido e a outra tinha se mudado. Eles pareciam tão solitários quanto Erin. No verão, ela fazia tortas de mirtilo para eles e passava a tarde toda limpando a farinha do chão da cozinha para Kevin não descobrir.

Depois que Kevin foi trabalhar, ela limpou as janelas e colocou lençóis na cama. Passou aspirador, tirou a poeira e limpou a cozinha. Enquanto trabalhava, praticou falar com voz grave para que parecesse a de um homem. Tentava não pensar no celular que tinha colocado para carregar durante a noite e deixara embaixo da pia. Mesmo sabendo que ela nunca poderia ter uma chance melhor, estava apavorada em pensar que muita coisa ainda poderia dar errado.

Preparou o café da manhã de Kevin na segunda de manhã, como sempre fazia. Quatro fatias de bacon, ovos com a gema inteira, mas mole, e duas fatias de torrada. Ele estava mal-humorado e distraído, e leu o jornal sem falar muito com ela. Quando ele estava para sair, vestiu um casaco por cima do terno e ela disse que ia tomar um banho.

– Deve ser bom – grunhiu ele – acordar todos os dias sabendo que você pode fazer o que quiser na hora em que quiser.

– O que você vai querer jantar? – perguntou ela, fingindo não tê-lo ouvido.

Ele pensou sobre isso.

– Lasanha e pão de alho. E uma salada.

Quando Kevin saiu, ela ficou na janela olhando até seu carro chegar à esquina. Assim que ele virou, Erin pegou o telefone, zonza com a ideia do que estava por vir.

Quando ligou para a empresa de telefone, ela foi direcionada ao atendimento ao cliente. Cinco minutos se passaram, então seis. Kevin levaria vinte minutos para chegar ao trabalho, e sem dúvida ele iria ligar assim que chegasse. Ela ainda tinha tempo. Finalmente, um atendente falou e perguntou seu nome e endereço da fatura e, para fins de identificação, o nome de solteira da mãe de Kevin. A conta estava no nome de Kevin, e ela passou as informações, falando com voz grave, a voz que vinha praticando. Não parecia a voz de Kevin, talvez nem mesmo soasse masculina, mas o atendente parecia estressado e não percebeu.

– Posso ter um serviço de encaminhamento de chamada na minha linha? – perguntou ela.

– A um custo extra, sim. Com isso, você também terá os serviços de chamada em espera e correio de voz. É só…

– Que bom. Mas vocês poderiam ativar esse serviço ainda hoje?

– Sim – disse o atendente.

Ela ouviu o homem começar a digitar. Demorou um bom tempo até ele voltar a falar. Disse que o custo adicional apareceria na próxima fatura, que seria enviada na semana seguinte, mas que corresponderia a um valor mensal completo, mesmo ela ativando o serviço naquele dia. Depois de pedir mais algumas informações, o atendente garantiu que o serviço já estava ativado e que ela poderia usá-lo imediatamente. Ela desligou e olhou para o relógio. Toda a transação tinha levado dezoito minutos.

Kevin ligou da delegacia três minutos depois.

Assim que terminou de falar com o marido, ela ligou para um serviço de vans e fez uma reserva para o dia seguinte. Então finalmente ativou o celular. Ligou para um cinema local, que tinha uma gravação com a programação dos filmes, para se certificar de que o aparelho estava funcionando. Em seguida, ativou o serviço de encaminhamento de chamadas do telefone fixo, programando-o para que as chamadas recebidas fossem transferidas para o número do cinema. Como um teste, ela discou o número de casa em seu celular. Seu coração bateu forte quando o telefone fixo tocou. No segundo toque, o telefone parou e ela ouviu a gravação do cinema. Ela sentiu um alívio no peito e suas mãos tremiam quando desligou o celular e o guardou de volta na caixa de esponjas. Então reprogramou o telefone fixo para atender normalmente às chamadas.

Kevin ligou novamente quarenta minutos depois.

Ela ficou o resto da tarde meio atordoada, trabalhando sem parar para deixar a mente livre de preocupações. Passou duas camisas dele e pegou o porta-terno e a mala de viagem na garagem. Separou meias limpas e engraxou um par de sapatos pretos dele. Passou o removedor de pelos em seu terno e pegou três gravatas. Limpou o banheiro até o chão ficar brilhando e esfregou os rodapés com vinagre. Tirou o pó de cada peça dentro da cristaleira, e então começou a preparar a lasanha. Cozinhou a massa, fez um molho à bolonhesa e foi alternando tudo isso com queijo. Passou manteiga, alho e orégano em quatro fatias de pão fermentado naturalmente, e picou tudo o que precisava para a salada. Tomou um banho, vestiu uma roupa sensual e, às cinco horas, colocou a lasanha no forno.

Quando Kevin chegou em casa, o jantar estava pronto. Ele comeu a lasanha e falou sobre seu dia. Ao pedir mais um pedaço, ela se levantou da mesa e o serviu. Depois do jantar, ele tomou vodca enquanto assistiam a reprises de *Seinfeld*. Depois, os Celtics jogaram contra os Timberwolves e ela se sentou ao lado dele, a cabeça em seu ombro, assistindo ao jogo. Ele adormeceu em frente à televisão e ela foi para o quarto. Erin ficou deitada na cama, olhando para o teto, até ele finalmente acordar e cambalear até o quarto, desabando no colchão. Ele adormeceu em poucos segundos, um braço sobre o corpo dela, e seus roncos soavam como um aviso.

Na terça de manhã, ela preparou o café da manhã dele como sempre. Kevin, por sua vez, arrumou suas roupas e produtos de higiene pessoal; estava pronto para ir a Marlborough. Ele colocou suas coisas no carro, depois voltou até a porta da frente e a beijou.

– Estarei em casa amanhã à noite – disse ele.
– Vou sentir sua falta – disse ela, passando os braços pelo pescoço dele.
– Devo estar em casa por volta das oito.
– Vou fazer alguma coisa para quando chegar em casa – disse ela. – Que tal chili?
– Não precisa. Devo comer alguma coisa no caminho.
– Tem certeza? Quer mesmo comer só um lanche? Não faz bem para você.
– Penso nisso depois.
– Vou preparar alguma coisa de qualquer maneira – disse ela. – Caso mude de ideia.

Kevin a beijou.

– Ligarei mais tarde – disse ele, deslizando a mão pelo corpo dela. Acariciando-a.
– Eu sei – respondeu ela.

No banheiro, ela tirou a roupa, depois enrolou o tapete e colocou um saco de lixo na pia. Nua, olhou-se no espelho. Tocou as marcas em suas costelas e no pulso. Suas costelas sobressaíam na pele, e as olheiras deixavam seu rosto com uma aparência meio mórbida. Foi tomada por uma mistura de fúria e tristeza quando imaginou o momento em que Kevin voltaria para casa. Ele chamaria seu nome e iria até a cozinha. Procuraria por ela no quarto. Então checaria a garagem, a varanda dos fundos e o porão. *Onde está você? O que tem para jantar?*

Com a tesoura, começou a cortar descontroladamente seu cabelo. Dez centímetros de cabelo louro caíram no saco de lixo. Ela pegou outra mecha, usando os dedos para esticar os fios, e a cortou. Erin sentiu um aperto no peito.

– Eu odeio você! – sibilou ela, a voz trêmula. – Me agredindo o tempo todo! – Então cortou mais cabelo, os olhos transbordando de lágrimas de raiva. – Me bateu porque eu tive que fazer compras! – Mais um pedaço de cabelo foi embora. Erin tentou se acalmar e acertar as pontas. – Me fez roubar dinheiro da sua carteira e me chutou porque estava bêbado!

Ela tremia agora, e não conseguia controlar direito as mãos. Mechas desiguais de cabelo caíam aos seus pés.

– Me fez ter que me esconder de você! Me bate com tanta força que eu vomito!

Ela abriu a tesoura com força, fazendo barulho.

– Eu amava você! – Ela chorou. – Você me prometeu que não iria me bater de novo e eu acreditei! Eu queria acreditar em você!

Ela cortava e chorava. Quando o cabelo ficou todo com o mesmo comprimento, pegou a tinta de cabelo de seu esconderijo atrás da pia. Castanho-escuro. Entrou no chuveiro, virou a embalagem em cima da cabeça e começou a massagear a tinta no cabelo. Então se olhou no espelho e chorou descontroladamente enquanto esperava o tempo de ação do produto. Depois voltou ao chuveiro e lavou o cabelo, usando xampu e condicionador. De frente para o espelho, passou rímel nas sobrancelhas, escurecendo-as. Em seguida, passou bronzeador na pele para escurecê-la. Colocou uma calça jeans e um suéter e olhou seu reflexo.

Uma estranha de cabelo curto e escuro olhou para ela.

Ela limpou o banheiro meticulosamente, tomando cuidado para não deixar nenhum fio no boxe ou no chão. A maior parte do cabelo foi para o saco de lixo, junto com a caixa de tinta. Ela limpou a pia e o balcão e amarrou o saco. Por fim, colocou um colírio para disfarçar que andara chorando.

Agora tinha que correr. Arrumou suas coisas numa sacola de viagem. Três calças jeans, dois moletons, camisetas. Calcinhas e sutiãs. Meias. Escova e pasta de dente. Uma escova. Rímel para as sobrancelhas. As poucas joias que tinha. Queijo, biscoitos, nozes e passas. Um garfo e uma faca. Então foi até a varanda dos fundos e cavou o dinheiro escondido embaixo do vaso de flores. O celular na cozinha. E, finalmente, o documento de que precisava para começar uma nova vida, o documento que roubara de pessoas que confiaram nela. Erin se odiava por roubar e sabia que era errado, mas não tivera escolha e rezara a Deus pedindo perdão. Era tarde demais para voltar atrás agora.

Ela tinha ensaiado o que fazer umas mil vezes em sua cabeça, e se movia rápido. A maioria dos vizinhos estava trabalhando: ela já os observara alguns dias pela manhã e conhecia suas rotinas. Não queria que ninguém a visse sair, não queria que ninguém a reconhecesse.

Colocou um chapéu e uma jaqueta, além de um cachecol e luvas. Enfiou a sacola embaixo do suéter, amassando-a até deixá-la arredondada. Até parecer grávida. E, então, vestiu um sobretudo largo o bastante para cobrir a falsa barriga.

Olhou no espelho. Cabelo escuro e curto. Pele bronzeada. Grávida. Colocou os óculos de sol e, a caminho da porta, ligou o celular e programou o telefone fixo para fazer encaminhamento de chamadas. Saiu de casa pelo portão lateral. Andou entre sua casa e a dos vizinhos, seguindo a cerca, e colocou o saco de lixo na lata deles. Sabia que os dois trabalhavam e que não havia ninguém em casa. E o mesmo valia para a casa atrás da dela. Erin atravessou o quintal deles e passou pelo lado da casa, finalmente saindo na calçada gelada.

A neve caía. No dia seguinte, suas pegadas já teriam desaparecido.

Tinha que andar seis quarteirões, mas sabia que ia conseguir. Manteve a cabeça baixa e caminhou, tentando ignorar o vento cortante, sentindo-se atordoada, livre e apavorada, tudo ao mesmo tempo. Sabia que na noite seguinte Kevin andaria pela casa, chamando por ela, e não iria encontrá-la porque ela não estaria lá. Na noite seguinte, ele começaria sua caçada.

❊

Flocos de neve rodopiavam enquanto Katie continuava parada no cruzamento, em frente a um restaurante. Ao longe, viu a van azul dobrar a esquina e seu coração bateu forte no peito. Bem nessa hora, ouviu o celular tocar.

Ficou pálida. Carros zuniam passando por ela, os pneus fazendo muito barulho ao esmagarem a neve derretida. Ao longe, a van mudou de pista, dirigindo-se para seu lado da estrada. Katie tinha que atender; não havia escolha. Mas havia muito barulho na rua. Se atendesse, ele descobriria seu plano.

Seu celular tocou pela terceira vez. A van azul parou em um sinal vermelho. A um quarteirão de distância.

Ela se virou, entrando no restaurante, os sons abafados, mas ainda perceptíveis: uma sinfonia de pratos batendo e pessoas falando. Bem à sua frente ficava o balcão da recepcionista, onde um homem pedia uma mesa. Ela sentiu um embrulho no estômago. Colocou as mãos em volta do telefone para abafar o som e se virou para a janela, rezando para que ele não pudesse ouvir a agitação atrás dela. Suas pernas ficaram bambas quando ela apertou o botão e atendeu.

– Por que você demorou tanto para atender? – perguntou ele.

– Eu estava no chuveiro – disse ela. – O que houve?

– Parei uns dez minutos para descansar – disse ele. – Como você está?

– Estou bem – disse ela.

Ele hesitou.

– Sua voz está estranha – disse ele. – Tem algo errado com o telefone?

Lá na rua, a luz do sinal ficou verde. A van indicou que ia encostar. Ela rezou para que o carro esperasse. Atrás dela, as pessoas no restaurante tinham ficado surpreendentemente silenciosas.

– Não tenho certeza. Mas ouço você bem – disse ela. – Provavelmente o problema é no seu telefone. Como está a estrada?

– Melhor desde que saí da cidade. Mas ainda está congelada em alguns lugares.

– Isso não parece nada bom. Tenha cuidado.

– Vou ficar bem – disse ele.

– Eu sei – falou ela. A van estava parando junto ao meio-fio, o motorista esticando o pescoço, procurando para ela. – Odeio fazer isso, mas você pode me ligar daqui a alguns minutos? Ainda estou com condicionador no cabelo e queria enxaguá-lo.

– Está bem – resmungou ele. – Ligo daqui a pouco.

– Eu amo você – disse ela.

– Amo você também.

Ela o esperou desligar, saiu do restaurante e correu para a van.

No terminal de ônibus, comprou um bilhete para a Filadélfia, odiando a maneira como o homem que lhe vendeu a passagem ficou tentando puxar conversa.

Em vez de esperar no terminal, ela atravessou a rua para tomar café da manhã. O dinheiro para a van e a passagem de ônibus tinham levado mais da metade das economias que juntara durante o ano, mas estava com fome. Pediu panquecas, linguiça e leite. Alguém tinha deixado um jornal na mesa e ela se forçou a lê-lo. Kevin ligou para ela enquanto estava comendo e, quando ele disse mais uma vez que a sua voz estava estranha ao telefone, ela sugeriu que devia ser a tempestade.

Vinte minutos depois, Erin entrou no ônibus. Uma senhora de idade apontou para sua barriga enquanto ela andava pelo corredor.

– Falta quanto tempo? – perguntou a mulher.

– Mais um mês.

– É o primeiro?

– Sim – respondeu ela, mas sua boca estava tão seca que era difícil continuar falando.

Voltou a seguir pelo corredor e sentou em um banco mais para o fundo do ônibus. Do outro lado do corredor, viu um jovem casal adolescente, deitados um por cima do outro, os dois ouvindo música, enquanto balançavam a cabeça.

Ela olhou pela janela enquanto o ônibus se afastava da rodoviária, sentindo como se estivesse em um sonho. Na estrada, Boston começou a se distanciar, cinzenta e fria. A parte inferior de suas costas doía enquanto o ônibus seguia viagem, a quilômetros de casa. A neve continuava a cair.

Ela queria poder falar com alguém. Queria dizer a eles que estava fugindo porque o marido batia nela e que não podia chamar a polícia porque ele *era* da polícia. Queria dizer a eles que não tinha muito dinheiro e nunca poderia voltar a usar seu nome verdadeiro. E que, se fizesse isso, ele a encontraria, a levaria de volta para casa e bateria nela de novo, só que dessa vez poderia não parar. Queria dizer a eles que estava apavorada porque não sabia onde dormiria ou como iria fazer para comer quando o dinheiro acabasse.

Podia sentir o ar frio contra a janela enquanto o ônibus atravessava as cidades. O tráfego na rodovia tinha diminuído, mas depois as estradas ficaram cheias de novo. Ela não sabia o que fazer. Seu plano só chegava até o ônibus. Ela não tinha a quem pedir ajuda. Encontrava-se sozinha e não tinha nada, além das coisas que levava consigo.

A uma hora da Filadélfia, seu celular tocou de novo. Ela abafou o barulho envolvendo o celular com as mãos e falou com ele. Antes de desligar, ele prometeu ligar na hora em que fosse para a cama.

❀

Ela chegou à Filadélfia no fim da tarde. Fazia frio, mas não nevava. Os passageiros desceram do ônibus e ela ficou para trás, esperando todos saírem.

No banheiro, tirou a sacola de viagem, depois foi para a sala de espera e sentou em um banco. Seu estômago roncava. Assim, cortou um pedaço de queijo e comeu-o com biscoitos. Como sabia que precisava fazer aquela comida durar, guardou o resto, mesmo ainda estando com fome. Finalmente, depois de comprar um mapa da cidade, ela saiu.

O terminal não ficava localizado em uma parte ruim da cidade; ela viu o centro de convenções e o Trocadero Theater, o que a fez se sentir segura, mas isso também significava que não teria dinheiro para pagar um quarto de hotel naquela área. O mapa indicava que estava perto de Chinatown e, por falta de um plano melhor, foi naquela direção.

Três horas mais tarde, finalmente encontrou um lugar para dormir. O lugar era lúgubre, fedia a fumaça, e seu quarto mal tinha espaço para a pequena cama. Não havia nenhum abajur. Em vez disso, uma única lâmpada se projetava do teto, e o banheiro comum a todos ficava no fim do corredor. As paredes eram cinza e tinham manchas de água, e a janela tinha grades. Nos quartos ao lado do seu, podia ouvir pessoas falando em uma língua que não conseguia entender. Ainda assim, era tudo o que podia pagar. Tinha dinheiro suficiente para ficar três noites, quatro se conseguisse sobreviver com a pouca comida que havia trazido de casa.

Sentou na beirada da cama, tremendo, com medo daquele lugar, com medo do futuro, a mente confusa. Precisava fazer xixi, mas não queria sair do quarto. Tentou se convencer de que aquilo era apenas uma aventura e tudo ficaria bem. Por mais louco que parecesse, acabou se perguntando se tinha cometido um erro ao ir embora. Tentava não pensar em sua cozinha, seu quarto e em todas as coisas que havia deixado para trás. Sabia que poderia comprar uma passagem de volta para Boston e chegar em casa antes que Kevin percebesse que tinha ido embora. Não. Seu cabelo estava curto e escuro. Não tinha como explicar isso.

Lá fora, o sol estava se pondo, mas as luzes dos postes brilhavam através da janela suja. Ouviu o som de buzinas e olhou para fora. Na rua, algumas lojas ainda estavam abertas entre placas em chinês. Podia ouvir as conversas em meio à escuridão e havia sacos plásticos de lixo empilhados perto da rua. Ela estava em uma cidade estranha, uma cidade cheia de estranhos. *Não sou forte o suficiente*, pensou. Em três dias, não teria nenhum lugar para ficar, a menos que conseguisse um emprego. Se vendesse suas joias, podia conseguir pagar para ficar mais um dia, mas e depois?

Estava muito cansada e suas costas latejavam. Deitou na cama e adormeceu quase imediatamente. Kevin ligou mais tarde, o toque do telefone celular acordando-a. Ela precisou se controlar ao máximo para manter a voz firme, não deixar transparecer nada, mas sabia que havia entregado seu cansaço e que Kevin acreditava que ela estava na cama deles. Quando desligou, pegou no sono de novo em poucos minutos.

De manhã, pôde ouvir as pessoas andando pelo corredor, em direção ao banheiro. Duas mulheres chinesas estavam lavando as mãos. Havia mofo na argamassa e papel higiênico molhado no chão. A porta da cabine onde ficava a privada não fechava e ela teve que segurá-la com a mão.

No quarto, comeu queijo com biscoitos de café da manhã. Queria tomar banho, mas percebeu que tinha se esquecido de colocar xampu e sabonete na bolsa. Ela trocou de roupa, escovou os dentes e penteou o cabelo. Colocou tudo o que era seu de volta na sacola, pois não queria deixar nada no quarto, pendurou a alça no ombro e desceu a escada. O mesmo funcionário que tinha lhe dado a chave estava na recepção e ela se perguntou se alguma hora ele saía de lá. Katie pagou por outra noite e pediu para que ele deixasse seu quarto reservado.

Lá fora, o céu estava azul e as ruas, secas. A dor em suas costas quase tinha ido embora. Fazia frio, mas não tão frio quanto em Boston. Apesar de seus medos, ela se pegou sorrindo. Conseguira! Tinha escapado e Kevin estava a centenas de quilômetros de distância dela. Ainda nem sabia que ela tinha ido embora. Ele ainda ligaria mais algumas vezes, depois ela jogaria o celular fora e nunca mais falaria com ele.

Endireitou o corpo e respirou o ar frio. Era um dia novo, com infinitas possibilidades. Naquele dia, arrumaria um emprego, disse a si mesma. Naquele dia, ia começar a viver o resto de sua vida.

❖

Ela havia fugido duas vezes antes e queria pensar que tinha aprendido com seus erros. A primeira vez tinha sido pouco menos de um ano depois de se casar, quando Kevin a espancou porque a conta tinha chegado muito alta, já que ela ligara o termostato para aquecer a casa. Quando finalmente parara de bater nela, ele pegara as chaves e fora comprar mais bebida. Sem pensar, ela pegara sua jaqueta e saíra de casa, mancando pela estrada. Horas mais tarde, como caía granizo e ela não tinha para onde ir, ligara para o marido e ele fora buscá-la.

Na segunda vez, ela estava em Atlantic City. Tinha roubado dinheiro da sua carteira e comprado uma passagem de ônibus, mas ele a encontrara uma hora depois que chegara. Ele dirigira a toda a velocidade, sabendo que ela iria para o único lugar onde ainda podia encontrar algum amigo. Kevin a algemara no banco de trás do carro no caminho de volta. Ele parara uma vez, estacionando o carro ao lado de um prédio fechado de escritórios, e batera nela; o episódio da arma acontecera mais tarde naquela noite.

Depois disso, ele dificultara sua chance de fugir. Guardava o dinheiro trancado e começara a rastrear seu paradeiro obsessivamente. Ela sabia que ele faria de tudo para encontrá-la. Embora fosse louco, era persistente e seus instintos geralmente estavam certos. Kevin iria descobrir aonde havia ido. Ele iria à Filadélfia atrás dela. Katie tinha uma vantagem inicial, e isso era tudo, mas sem dinheiro extra para recomeçar em outro lugar, tudo o que podia fazer por enquanto era ficar atenta para ver se ele chegava. Não podia ficar muito tempo na Filadélfia.

Ela encontrou um emprego como garçonete em seu terceiro dia na cidade. Inventou um nome e um número de seguro social. Uma hora, checariam essas informações, mas ela já estaria longe até lá. Encontrou outro quarto para alugar do outro lado de Chinatown. Trabalhou durante duas semanas, juntou algum dinheiro das gorjetas, enquanto procurava outro emprego, e saiu de lá sem se preocupar em pegar o cheque do pagamento. Não havia razão para fazer isso; sem documentos, não conseguiria descontá-lo.

Trabalhou mais três semanas em uma pequena lanchonete, e acabou se mudando de Chinatown para um hotel decadente que alugava quartos por semana. Embora ficasse em uma parte mais pobre da cidade, o quarto era mais caro, porque tinha seu próprio chuveiro e banheiro. Para ter alguma privacidade e um lugar para deixar suas coisas, o valor a mais valia a pena. Ela juntara algumas centenas de dólares, mais do que tinha quando deixara Dorchester, mas não o suficiente para recomeçar. Mais uma vez, foi embora antes de pegar seu pagamento, sem voltar nem para se demitir. Arrumou trabalho em outra lanchonete alguns dias depois. No novo trabalho, disse ao gerente que seu nome era Erica.

A constante mudança de emprego e moradia a mantinham alerta. Apenas quatro dias depois de ter começado no novo emprego, dobrou a esquina e viu um carro suspeito. Ela parou.

Até hoje ela não sabia direito como o notara, fora o fato de estar tão brilhante que refletia a luz da manhã. Quando olhou para o carro, ela percebeu um movimento no banco do motorista. O motor não estava ligado e ela achou estranho que alguém estivesse sentado em um carro sem o aquecimento ligado numa manhã fria. As únicas pessoas que sabia que faziam isso eram aquelas que estavam à espera de alguém.

Ou à procura de alguém.

Kevin.

Ela sabia que era ele, sabia com uma certeza que a surpreendeu, e dobrou outra vez a esquina, voltando por onde viera e rezando para que ele não tivesse olhado pelo espelho retrovisor. Assim que o carro ficou fora de vista, ela começou a correr de volta para o hotel, o coração aos pulos. Ela não corria tão rápido havia anos, mas toda a caminhada que vinha fazendo deixara suas pernas mais fortes. Um quarteirão. Dois. Três. Ela olhava constantemente por cima do ombro, mas Kevin não a seguia.

Não importava. Ele sabia que ela estava ali. Sabia onde trabalhava. E saberia se ela não aparecesse. Em poucas horas, descobriria onde estava hospedada.

Em seu quarto, jogou suas coisas na sacola e saiu em questão de minutos. Seguiu em direção à rodoviária. Mas levaria uma eternidade. Uma hora, talvez mais, para caminhar até lá. Ela não tinha tempo. Aquele seria o primeiro lugar aonde ele iria quando percebesse que ela não estava lá. Então voltou para o hotel e pediu ao recepcionista para chamar um táxi. O carro chegou em dez minutos. Os dez minutos mais longos de sua vida.

Na rodoviária, consultou freneticamente os horários e decidiu pegar um ônibus para Nova York. Estava programado para sair em meia hora. Ela se escondeu no banheiro feminino até a hora de embarcar. Não demorou muito para chegar à cidade. Mais uma vez, ela deu uma olhada nos horários e comprou uma passagem que a levaria até Omaha.

À noite, desceu do ônibus em algum lugar em Ohio. Dormiu na rodoviária e, na manhã seguinte, caminhou até uma parada de caminhões. Lá, conheceu um homem que faria uma entrega em Wilmington, Carolina do Norte.

Alguns dias mais tarde, depois de vender suas joias, ela chegou a Southport e descobriu a cabana. Depois de pagar o primeiro mês de aluguel, não tinha dinheiro nem para comprar comida.

23

Em meados de junho, Katie viu uma figura familiar parada perto da saída quando saiu do Ivan's depois de uma noite agitada.

– Ei, você.

Jo acenou de baixo do poste onde Katie tinha prendido sua bicicleta.

– O que está fazendo aqui? – perguntou Katie, correndo para abraçar a amiga. Ela nunca encontrara Jo na cidade antes, e vê-la em outro cenário de alguma forma lhe pareceu estranho.

– Vim ver você. Por onde andou?

– Eu poderia fazer a mesma pergunta.

– Tenho estado perto o bastante para saber que você tem saído com Alex há algumas semanas. – Jo piscou. – Mas, como amiga, não quis incomodar. Imaginei que vocês precisavam de algum tempo sozinhos.

Katie ficou vermelha.

– Como sabia que eu estava aqui?

– Não sabia. Mas as luzes da sua casa não estavam acesas, então resolvi arriscar. – Jo deu de ombros. – Quer tomar um drinque antes de ir para casa? – Quando ela notou a hesitação de Katie, continuou: – Eu sei que é tarde. Um drinque só, eu prometo. Depois deixo você em paz.

– Um drinque – concordou Katie.

Poucos minutos depois, elas entraram em um dos locais mais frequentados da cidade, um pub revestido de madeira escura marcada por décadas de uso, e com um grande espelho atrás do bar. O lugar estava tranquilo naquela noite; apenas algumas mesas estavam ocupadas e elas duas se sentaram a uma mesa de canto no fundo. Como não parecia haver garçons, Katie pediu duas taças de vinho no bar e levou-as para a mesa.

– Obrigada – disse Jo, pegando a taça. – A próxima é por minha conta. – Ela se recostou. – Então, você e Alex, hein?

– Era sobre isso que você queria falar comigo? – perguntou Katie.

– Bem, como minha vida amorosa é uma tristeza, tenho que me contentar com a sua. As coisas parecem estar indo bem, não é? Ele esteve na sua casa... o quê? Duas ou três vezes na semana passada? E a mesma coisa na semana anterior?

Mais que isso, pensou Katie.

– Algo assim.

Jo girou sua taça de vinho.

– É...

– É o quê?

– Se eu a conhecesse melhor, pensaria que está ficando sério.

Ela ergueu uma sobrancelha.

– Ainda estamos nos conhecendo – disse Katie, sem ter certeza de aonde Jo queria chegar com aquilo.

– É assim que todo relacionamento começa. Ele gosta de você, você gosta dele. E as coisas seguem daí.

– Foi por isso que veio? – Katie tentou não parecer irritada. – Para ouvir todos os detalhes?

– Nem *todos*. Só os mais interessantes.

Katie revirou os olhos.

– Que tal falarmos sobre sua vida amorosa em vez disso?

– Por quê? Está a fim de ficar deprimida?

– Quando foi a última vez que você saiu em um encontro?

– Um encontro legal? Ou um encontro qualquer?

– Um encontro legal.

Jo hesitou.

– Uns dois anos atrás.

– O que aconteceu?

Jo mergulhou um dedo em seu vinho, em seguida o passou pela borda da taça, emitindo um som suave. Finalmente, levantou os olhos.

– É difícil encontrar um cara legal – disse ela melancolicamente. – Nem todo mundo tem sorte como você.

Katie não conseguiu imaginar nada para dizer à vizinha. Em vez disso, tocou a mão de Jo.

– O que realmente está acontecendo? – perguntou ela gentilmente. – Por que você queria falar comigo?

Jo olhou em volta para o bar quase vazio como se estivesse tentando buscar inspiração.

– Você algum dia parou para pensar no que tudo isso significa? Se é só isso mesmo que vemos ou se há algo maior? Ou se você estava destinada a algo melhor?

– Acho que isso acontece com todo mundo – respondeu Katie, a curiosidade aumentando.

– Quando era menina, costumava fingir que era uma princesa. Uma princesa boa, quero dizer. Alguém que sempre faz a coisa certa e tem o poder de melhorar a vida das pessoas, para que vivam felizes para sempre.

Katie assentiu. Lembrava-se de fazer a mesma coisa, mas ainda não sabia direito aonde Jo queria chegar, então ficou quieta.

– Acho que é por isso que faço o que eu faço. Quando comecei, só queria ajudar. Via pessoas enfrentando a perda de alguém que amavam, pais, filhos, amigos, e meu coração se enchia de compaixão. Eu tentava de tudo para melhorar as coisas para eles. Mas, à medida que o tempo passava, percebi que eu só conseguia ajudar até certo ponto. No fim das contas, as pessoas que estão sofrendo precisam *querer* seguir em frente. O primeiro passo, aquela fagulha motivadora, tem que vir de dentro delas. E, quando acontece, abre a porta para o inesperado.

Katie respirou fundo, tentando entender as divagações de Jo.

– Eu não sei o que você está tentando me dizer.

Jo balançou sua taça de vinho, observando o pequeno redemoinho em seu copo. Pela primeira vez, falou com um tom muito sério.

– Estou falando sobre você e Alex.

Katie não conseguiu esconder sua surpresa.

– Alex e eu?

– Sim. – Ela assentiu com a cabeça. – Ele contou que perdeu a esposa, certo? E como foi difícil para ele, ou melhor, para toda a família passar por isso?

Katie olhava para ela por cima da mesa, de repente desconfortável.

– Sim...

– Então cuide bem deles – disse Jo, o tom de voz grave. – De todos eles. Tente não magoá-los.

No silêncio constrangedor que se seguiu, Katie se lembrou da primeira conversa que tiveram sobre Alex.

Vocês dois costumavam...?
Sim, mas não da maneira que está pensando.

Na época, imaginara que Jo e Alex tinham tido alguma coisa juntos, mas agora... Ela ficou impressionada pela obviedade da conclusão. A psicóloga que Alex havia mencionado, que tinha conversado com as crianças e o aconselhado após a morte de Carly... devia ter sido Jo.

– Foi você que cuidou de Alex e das crianças, não é? Depois que Carly morreu, quero dizer.

– Prefiro não revelar – respondeu Jo. Seu tom era calmo e controlado. Como o de uma psicóloga. – Só posso dizer que eles significam muito para mim. E, se você não encara com seriedade um possível futuro com eles, acho que devia terminar tudo agora. Antes que seja tarde.

Katie sentiu o rosto corar; parecia inadequado – presunçoso, até – Jo falar assim com ela.

– Não sei se essas coisas são da sua conta – disse ela, a voz firme.

Jo reconheceu com um aceno relutante.

– Você está certa. Estou cruzando alguns limites importantes aqui. Mas acho que eles sofreram o suficiente. A última coisa que desejo é que eles se apeguem a alguém que não tem intenção de ficar em Southport. Talvez eu esteja preocupada demais que o passado nem sempre fique no passado e que você decida ir embora, independentemente de quanta tristeza deixe para trás.

Katie estava sem palavras. Aquela conversa era tão inesperada, tão desconfortável, e as palavras de Jo definitivamente tinham tumultuado suas emoções.

Tendo notado ou não o desconforto de Katie, Jo pressionou de qualquer maneira.

– O amor não significa nada se não estiver disposta a se entregar – disse ela –, e você tem que pensar não só no que quer, mas também no que ele quer. Não só agora, mas no futuro. – Ela continuou a olhar para Katie do outro lado da mesa, os olhos castanhos inabaláveis. – Você está pronta para ser a esposa de Alex e a mãe de seus filhos? Porque é isso que Alex quer. Talvez não agora, mas com certeza mais para frente. Se não estiver disposta a se entregar, se só vai brincar com os sentimentos dele e dos filhos, então não é a pessoa de que ele precisa.

Antes que Katie pudesse dizer qualquer coisa, Jo se levantou da mesa enquanto continuava:

– Pode ter sido errado da minha parte dizer tudo isso, e talvez deixemos de ser amigas, mas eu não me sentiria bem comigo mesma se não falasse. Como já comentei uma vez, ele é um homem bom... um homem raro. Ele ama profundamente e nunca deixa de amar. – Ela deixou Katie absorver aquelas palavras antes de suavizar a expressão. – Acho que você também é assim, mas queria lembrá-la que, se você se importa com ele, então deve estar disposta a se entregar. Independentemente do que o futuro possa trazer. Independentemente de quanto possa estar assustada.

Com isso, ela se virou e saiu do bar, deixando Katie sentada, em um silêncio estupefato. Só quando se levantou foi que percebeu que Jo não tinha tocado no vinho.

24

Kevin Tierney não foi a Provincetown no fim de semana que dissera a Coffey e Ramirez. Em vez disso, ficou em casa com as cortinas fechadas, pensando em como chegara perto de encontrá-la na Filadélfia.

Ele não teria descoberto o paradeiro dela se não fosse por Erin ter cometido o erro de ir para a rodoviária. Ele sabia que era a única opção de transporte que poderia escolher. As passagens eram baratas e não era preciso documento. Embora não soubesse bem quanto ela havia roubado dele, sabia que não podia ter sido muito. Desde que se casaram, ele controlava o dinheiro. Ele sempre a fazia guardar as notas e lhe entregar todo o troco, mas, depois que ela fugira pela segunda vez, ele também começara a trancar sua carteira no estojo das armas quando ia dormir. Às vezes, porém, ele adormecia no sofá e podia imaginá-la pegando a carteira em seu bolso e roubando o dinheiro. Imaginava a maneira como ela silenciosamente ria dele ao fazer isso, e como, pela manhã, preparava seu café, fingindo não ter feito nada de errado. Ela sorria e o beijava, mas por dentro estava rindo. Rindo *dele*. Tinha roubado dele e ele sabia que isso era errado, porque a Bíblia dizia: "Não furtarás."

Na escuridão, ele mordia os lábios, lembrando-se da esperança inicial de que ela pudesse voltar. Estava nevando e ela não podia ir muito longe. A primeira vez que ela fugira também tinha sido em uma noite muito fria. Algumas horas depois, ela lhe pedira para buscá-la porque não tinha lugar para ir. Quando chegara em casa, pedira desculpas pelo que tinha feito e ele lhe preparara uma xícara de chocolate quente enquanto ela tremia, sentada no sofá.

Ele lhe trouxera um cobertor e vira quando Erin se cobrira, tentando se aquecer. Sorriram um para o outro, mas, quando ela parara de tremer, ele atravessara a sala e batera nela até Erin chorar. Quando ele se levantara para trabalhar de manhã, ela havia limpado o chocolate quente derramado no chão. Mas ainda restara uma mancha no tapete que ela não conseguira tirar. Ao vê-la, ele sentia raiva.

Em janeiro, na noite em que percebeu que ela havia sumido, Kevin tomou dois copos de vodca enquanto esperava que ela voltasse, mas o telefone não tocou e a porta da frente continuou fechada. Ela não tinha saído havia muito tempo. Tinha falado com ela havia menos de uma hora e ela lhe garantira que estava fazendo o jantar. Mas não havia jantar no fogão. Nenhum sinal dela dentro de casa, no porão ou na garagem. Ele foi à varanda e procurou pegadas na neve, mas era óbvio que ela não tinha saído pela porta da frente. Só que a neve no quintal parecia igualmente intocada, então ela também não tinha saído por ali. Era como se ela tivesse flutuado para longe ou desaparecido no ar. O que significava que tinha que estar ali... só que não estava.

Outras duas vodcas e havia se passado mais meia hora. A essa altura, ele já estava com raiva e fez um buraco na porta do quarto. Bateu furioso às portas dos vizinhos, perguntando se tinham visto Erin sair, mas nenhum deles sabia de nada. Ele entrou no carro e dirigiu pelas ruas do bairro, à procura de algum sinal da esposa, tentando descobrir como ela conseguira sair de casa sem deixar nenhuma pista. Ele imaginou que Erin tivesse umas duas horas de vantagem, e ela estava andando. Com aquele tempo, não poderia ter ido muito longe. A menos que alguém tivesse ido buscá-la. Alguém de quem ela gostasse. Um homem.

Ele bateu no volante, o rosto contorcido de fúria. A seis quarteirões de distância ficava o distrito comercial. Ele foi até as lojas, mostrando uma fotografia que tinha na carteira e perguntando se alguém a vira. Ninguém. Ele explicou que ela poderia estar com um homem, mas ainda assim as pessoas balançaram a cabeça. Os homens a quem perguntara tinha sido categóricos: "Uma bela loura desse jeito? Com certeza, eu teria notado, principalmente em uma noite como essa."

Ele passou por toda estrada num raio de 8 quilômetros de sua casa duas ou três vezes antes de finalmente voltar. Eram três horas da manhã, e a casa estava vazia. Depois de tomar outra vodca, ele chorou até dormir.

Quando acordou, estava furioso de novo. Com um martelo, esmagou os vasos de flores que Erin tinha no quintal. Então, respirando com dificuldade, ligou para o trabalho para dizer que estava doente, foi para o sofá e tentou descobrir como ela havia escapado. Alguém devia ter ido buscá-la; alguém devia tê-la levado de carro a algum lugar. Alguém que ela conhecia. Um amigo de Atlantic City? Altoona? Era possível, imaginava Kevin, só que ele verificava a conta de telefone todo mês. Ela nunca fazia chamadas de longa distância. Alguém dali? Mas quem? Ela nunca ia a lugar algum, nunca falava com ninguém. Ele não permitia.

Ele foi até a cozinha e já colocava outra bebida no copo, quando ouviu o telefone tocar. Correu para atender, esperando que fosse Erin. No entanto, o telefone tocou apenas uma vez e, quando ele atendeu, ouviu um tom de discagem. Olhou para o aparelho, tentando entender antes de desligar o telefone.

Como ela havia fugido? Ele estava deixando de notar alguma coisa. Como ela chegou à estrada sem deixar pegadas? Ele olhou pela janela, tentando juntar a sequência dos acontecimentos. Alguma coisa não se encaixava. Ele se afastou da janela e se viu concentrado no telefone. Foi então que percebeu. Discou o número da casa e ouviu o aparelho tocar uma vez. Quando atendeu o telefone fixo, ele ouviu um tom de discagem. Erin havia encaminhado as chamadas para um telefone celular. O que significava que ela não estava ali quando ele ligara na noite anterior. O que também explicava a má recepção que ele tinha notado ao longo dos últimos dois dias. E, é claro, a ausência de pegadas na neve. Ela fora embora na terça de manhã.

❂

Na rodoviária, ela cometera um erro. Devia ter comprado as passagens com uma mulher, já que Erin é bonita e os homens sempre se lembram de mulheres bonitas. Não importava se seu cabelo era comprido e louro ou curto e escuro. Nem se ela fingira estar grávida.

Ele foi até a rodoviária. Mostrou seu distintivo e levou uma fotografia dela. Nas duas primeiras vezes que fora até lá, nenhum dos bilheteiros a reconhecera. Na terceira vez, porém, um deles hesitou e disse que poderia ter sido ela, só que seu cabelo era curto e castanho e estava grávida. Mas ele não lembrava para onde ela fora. Ao voltar para casa, Kevin encontrou uma foto dela no computador e usou o Photoshop para mudar o cabelo de louro para castanho, e depois o encurtou. Na sexta, ligou mais uma vez para o trabalho dizendo que estava doente. "É ela", o vendedor confirmou e Kevin sentiu um novo ânimo.

Ela achava que era mais inteligente do que ele, mas era burra e descuidada. Tinha cometido um erro. Ele tirou alguns dias de férias na semana seguinte e continuou a andar pela rodoviária, mostrando a nova fotografia aos motoristas. Kevin chegava de manhã e saía de lá tarde. Havia duas garrafas de vodca no carro. Ele colocava a bebida em um copo de isopor e tomava com um canudo.

No sábado, onze dias depois que ela o deixara, ele encontrou o motorista. Ela pegara o ônibus para a Filadélfia. Ele lembrava porque ela era bonita, estava grávida e não tinha nenhuma bagagem.

❋

Filadélfia. Ela já podia ter saído de lá para algum lugar desconhecido, mas era a única pista que possuía. Além disso, Erin não tinha muito dinheiro.

Então arrumou a mala, entrou no carro e foi para a Filadélfia. Parou na rodoviária e tentou pensar como ela. Ele era um bom detetive e sabia que poderia encontrá-la. Aprendera que as pessoas eram previsíveis.

O ônibus chegara poucos minutos antes das quatro horas, e ele ficou parado na rodoviária, olhando de um lado para outro. Ela estivera ali dias antes, pensou ele, e se perguntou o que ela faria em uma cidade estranha, sem dinheiro nem amigos. Moedas e notas de um dólar não durariam muito, principalmente depois de comprar uma passagem de ônibus.

Na época, estava frio e devia ter escurecido rápido. Ela não iria querer andar para longe e precisaria de um lugar para ficar. Um lugar que aceitasse dinheiro. Mas onde? Não ali, naquela área. Era caro demais. Para onde então? Ela não iria querer se perder ou andar na direção errada, o que significava que provavelmente teria procurado em uma lista telefônica. Ele voltou ao terminal e consultou a lista na parte de hotéis. Páginas e mais páginas. Ela devia ter escolhido algum, mas e depois? Teria que caminhar até lá. Ou seja, precisaria de um mapa.

Ele foi até a loja de conveniência da rodoviária e comprou um mapa. Mostrou a foto ao funcionário, mas ele balançou a cabeça. Não trabalhara na terça. Mas Kevin sentia que estava no caminho certo. Sabia que era isso que ela havia feito. Ele desdobrou o mapa e localizou a rodoviária. Ficava bem perto de Chinatown, e ele imaginou que ela devia ter seguido naquela direção.

Voltou ao carro e dirigiu pelas ruas de Chinatown, enquanto bebia sua vodca. Começou a sondar nas lojas mais próximas à rodoviária, mostrando a foto dela. Ninguém sabia de nada, mas ele tinha a sensação de que alguns deles estavam mentindo. Encontrou quartos baratos, lugares para onde ele nunca a teria levado, lugares sujos com lençóis encardidos, gerenciados por homens que não falavam muito bem a sua língua e só aceitavam dinheiro. Ele dava a entender que ela corria perigo se não a encontrasse. Encontrou o primeiro lugar em que ela havia ficado, mas o proprietário não sabia para onde ela fora depois. Kevin colocou uma arma na cabeça do homem, que até chorou, mas não tinha mais nem uma informação para confessar.

Kevin teve que voltar ao trabalho na segunda, furioso por Erin tê-lo enganado. No fim de semana seguinte, estava de volta à Filadélfia. E no fim de semana depois disso. Ele expandiu sua busca, mas o problema era que havia muitos lugares e ele era só uma pessoa e nem todo mundo confiava em um policial de fora.

Mas ele foi paciente e diligente, e continuou voltando lá, além de tirar mais alguns dias de férias. Outro fim de semana se passou. Foi aos bares, restaurantes e lanchonetes. Falaria com cada pessoa da cidade se precisasse. Finalmente, uma semana depois do Dia dos Namorados, conheceu uma garçonete chamada Tracy que informou que Erin estava trabalhando em uma lanchonete, mas que dera o nome de Erica. Ela estava escalada para trabalhar no dia seguinte. A garçonete confiou em Kevin porque era um detetive, e até mesmo flertou com ele, dando seu número de telefone antes de ele ir embora.

Ele alugou um carro e esperou a um quarteirão da lanchonete na manhã seguinte, bem cedo. Os empregados entravam por uma porta no beco. Sentado no carro, ele tomava sua vodca no copo de isopor, atento. Depois de algum tempo, viu o proprietário, Tracy e outra mulher entrarem no beco. Mas Erin não apareceu, também não foi no dia seguinte, e ninguém sabia onde ela morava. Ela nunca voltou para pegar seu pagamento.

Algumas horas mais tarde, descobriu onde ela morava. Dava para ir a pé até a lanchonete, um hotel horroroso. O proprietário, que só aceitava dinheiro, não sabia de nada, só que Erin havia saído do hotel no dia anterior. Kevin revistou seu quarto, mas não encontrou nada. Quando finalmente correu para a rodoviária, havia apenas mulheres vendendo passagens e nenhuma delas se lembrava dela. Ônibus haviam partido para norte, sul, leste e oeste nas duas últimas horas.

Ela tinha desaparecido. No carro, Kevin gritou e bateu os punhos no volante até ficarem machucados e inchados.

❂

Ao longo dos meses desde que Erin fora embora, Kevin sentia a dor em seu peito crescer, cada vez mais pérfida e devastadora, espalhando-se como um câncer. Ele voltara à Filadélfia e interrogara os motoristas da rodoviária ao longo das semanas seguintes, mas não conseguira muita coisa. Acabara descobrindo que ela fora para Nova York, mas, depois disso, a pista esfriara. Eram muitos ônibus, muitos motoristas, muitos passageiros; muitos dias haviam se passado. E havia opções demais. Ela poderia estar em qualquer lugar. Kevin tinha acessos de fúria e quebrava coisas. Chorava até dormir. Fora tomado pelo desespero e às vezes sentia que estava enlouquecendo.

Não era justo. Ele a amara desde a primeira vez que se viram, em Atlantic City. E eles tinham sido felizes, não tinham? Logo no início do casamento, Erin costumava cantar sozinha enquanto se maquiava. Ele a levava à biblioteca e ela pegava uns oito ou dez livros. Às vezes, ela lia algumas passagens e ele ouvia sua voz, observava o jeito como sua amada se apoiava no balcão. Ela era a mulher mais bonita do mundo.

Ele tinha sido um bom marido. Comprara a casa que ela quisera, e as cortinas e os móveis que escolhera, mesmo que ele mal tivesse como pagar. Depois que se casaram, muitas vezes comprava flores na rua a caminho de casa. Erin as colocava em um vaso na mesa junto com algumas velas, e os dois tinham jantares românticos. Às vezes, acabavam fazendo amor na cozinha, as costas dela pressionadas contra o balcão.

Ele também nunca a fez trabalhar, e ela não sabia a vida boa que tinha. Ela não entendia os sacrifícios que ele fazia. Era mimada e egoísta. Só tinha que limpar a casa e fazer a comida, e depois podia passar o resto do dia lendo livros estúpidos que pegava na biblioteca, assistindo à televisão ou tirando uma soneca, sem nunca ter que se preocupar com uma conta ou com o pagamento da hipoteca, ou com pessoas que falavam dele pelas costas.

Nunca tinha que ver os rostos de pessoas assassinadas. Ele não falava sobre o assunto porque a amava, mas isso não tinha feito nenhuma diferença. Ele nunca lhe contara sobre crianças que foram queimadas com ferros ou atiradas de telhados, ou mulheres esfaqueadas no beco e jogadas em lixeiras. Ele nunca mencionara que às vezes tinha que limpar o sangue dos sapatos antes de entrar no carro e que, quando olhava nos olhos dos assassinos, sabia que estava cara a cara com o próprio mal, porque a Bíblia dizia: "Se alguém derramar o sangue do homem, pelo homem se derramará o seu; porque Deus fez o homem segundo a sua imagem."

Eles se amavam. Erin tinha que voltar para casa. Ela poderia ter sua vida feliz de volta e ele não iria bater nela, socá-la ou chutá-la porque sempre fora um bom marido. No dia em que lhe pedira em casamento, ela o lembrara da noite em que se conheceram em frente ao cassino. Ele impedira homens perigosos de machucá-la naquela noite. Na manhã seguinte, caminharam pelo calçadão e ele a levara para tomar café. Ela aceitou se casar com ele. Ela o amava. Ele a fazia se sentir segura.

Esta fora a palavra que ela usara: *segura*.

25

A terceira semana de junho foi uma série de gloriosos dias de verão. A temperatura subia ao longo da tarde, trazendo com ela umidade suficiente para deixar o ar mais pesado e desfocar o horizonte. Nuvens pesadas se formavam então como mágica, e violentas trovoadas traziam chuvas torrenciais. Mas o aguaceiro não durava muito tempo, deixando para trás apenas folhas molhadas e uma camada espessa de nevoeiro.

Katie continuou a pegar longos turnos à noite no restaurante. Ela se sentia sempre muito cansada quando voltava de bicicleta para casa e, pela manhã, suas pernas e seus pés ficavam frequentemente doloridos. Ela colocava metade do dinheiro que ganhava com gorjetas na lata de café, que estava quase cheia. Tinha mais dinheiro do que imaginara que conseguiria guardar, mais do que suficiente para fugir se precisasse. No entanto, pela primeira vez, ela se perguntava se precisava continuar juntando.

Enquanto enrolava para terminar de tomar o café, olhou pela janela para a casa de Jo. Não falava com ela desde o dia em que tinham saído. Na noite anterior, após o trabalho, vira luzes acesas na cozinha e na sala de Jo. No início daquela manhã, ouvira o motor do carro dela e o barulho de terra e cascalho triturados quando saiu.

Ela não sabia o que dizer a Jo, ou mesmo se queria dizer alguma coisa. Não conseguia nem se decidir se estava zangada com ela. Jo se importava com Alex e as crianças; preocupava-se com eles. Era difícil encontrar maldade no que ela fizera.

Ela sabia que Alex iria até sua casa mais tarde. Suas visitas tinham se tornado uma espécie de rotina. Quando estavam juntos, era constantemente lembrada de todas as razões pelas quais tinha se apaixonado por ele. Ele aceitava seus silêncios ocasionais e variações de humor, e a tratava com uma gentileza que a surpreendia e a emocionava. Mas, desde sua conversa com Jo, ela se perguntava se estava sendo injusta com ele. O que aconteceria, afinal, se Kevin aparecesse? Como Alex e as crianças reagiriam se ela desaparecesse para nunca mais voltar? Estava disposta a deixar todos para trás e nunca mais falar com eles?

Ela odiava as perguntas que Jo tinha levantado, porque não estava pronta para enfrentá-las. *Você não tem ideia do que eu passei. Você não faz ideia de como é o meu marido.* Mas até mesmo ela sabia que isso era uma forma de fugir do problema.

Deixou a louça do café na pia e caminhou pela casa, pensando como sua vida tinha mudado nos últimos meses. Não possuía quase nada, mas sentia como se tivesse mais coisas do que nunca. Sentia-se amada pela primeira vez em anos. Nunca tivera filhos, mas se via pensando em Kristen e Josh, e preocupando-se com eles. Sabia que não podia prever o futuro. Ainda assim, foi tomada pela súbita certeza de que deixar aquela nova vida para trás era inconcebível.

O que Jo dissera uma vez para ela? *Só digo às pessoas o que elas já sabem, mas têm medo de admitir para si mesmas.*

E, ao pensar naquelas palavras, soube exatamente o que devia fazer.

❁

– É claro – disse Alex a ela, depois que contou seu pedido. Podia ver que estava surpreso, mas ele também parecia animado. – Quando você quer começar?

– Que tal hoje? – sugeriu ela. – Se tiver tempo.

Ele olhou em volta da loja. Só havia uma pessoa comendo na área da churrasqueira, e Roger estava apoiado no balcão, conversando com ele.

– Ei, Roger? Você acha que poderia cuidar da caixa por uma hora?

– Sem problema, chefe – disse Roger. E ficou onde estava.

Alex sabia que ele não iria para perto da caixa, a menos que fosse necessário. Mas em uma manhã de dia de semana, após a agitação inicial, ele não esperava muitas pessoas na loja, por isso Alex não se importava. Então saiu de trás da máquina registradora.

– Está pronta?

– Na verdade, não. – Ela abraçou o corpo nervosamente. – Mas é algo que eu preciso aprender.

Eles deixaram a loja, caminhando em direção ao jipe de Alex. Ao subir no carro, pôde sentir que ele olhava para ela.

– Por que a pressa repentina em aprender a dirigir? A bicicleta não serve mais? – brincou ele.

– A bicicleta é tudo de que eu preciso – disse ela. – Mas quero tirar minha carteira de motorista.

Ele pegou as chaves do carro e depois parou. Virou-se para ela e Katie viu em seu olhar o investigador que já fora um dia. Alex estava alerta e ela notou sua cautela.

– Aprender a dirigir é só uma parte. Para tirar a carteira, o estado exige seus documentos. Certidão de nascimento, cartão de seguro social, coisas desse tipo.

– Eu sei – disse ela.

Alex escolheu suas palavras com cuidado.

– Informações como essa podem ser rastreadas – ressaltou ele. – Se você tirar sua carteira de motorista, poderão conseguir rastreá-la.

– Já tenho outro número de seguro social – disse ela. – Se Kevin soubesse disso, já teria me achado. Se vou ficar em Southport, é algo que preciso fazer.

Ele balançou a cabeça.

– Katie...

Ela se inclinou e beijou seu rosto.

– Está tudo bem – disse ela. – Meu nome não é Katie, lembra?

Alex passou o dedo pela curva do rosto dela.

– Para mim, você sempre será Katie.

Ela sorriu.

– Eu tenho um segredo – disse ela. – Meu cabelo não é naturalmente castanho. Na verdade, eu sou loura.

Ele se recostou, processando a nova informação.

– Tem certeza de que quer me contar isso?

– Imaginei que você acabaria descobrindo, de qualquer maneira. E quem sabe? Talvez eu volte a ser loura um dia.

– O que deu em você de repente? Querendo aprender a dirigir, dando informações de graça?

– Você me disse que eu poderia confiar em você. – Ela deu de ombros. – Acredito em você.

– Só isso?
– Sim – disse ela. – Sinto que posso lhe contar qualquer coisa.
Alex observou as mãos deles, entrelaçadas no divisor de assento.
– Então vou direto ao assunto. Tem certeza de que seus documentos vão servir? Não podem ser cópias. Devem ser originais.
– Eu sei – disse ela.
Ele sabia que não devia perguntar mais nada. Pegou as chaves, mas não ligou o carro.
– O que foi? – perguntou ela.
– Já que você quer aprender a dirigir, podemos começar agora. – Então abriu a porta e saiu. – Vamos colocar você atrás do volante.
Eles trocaram de lugar. Assim que Katie estava ao volante, Alex explicou o básico: pedais de acelerador e freio, como engatar a marcha, setas, faróis, limpadores de para-brisa e indicadores no painel. Era sempre melhor começar pelo começo.
– Está pronta? – perguntou ele.
– Acho que sim – disse ela, concentrando-se.
– Como o câmbio é automático, você só usa um pé. Ou pisa no acelerador ou no freio. Certo?
– Certo – respondeu ela.
– Agora aperte o freio e ligue o carro. Quando estiver pronta, mantenha o pé no freio, enquanto engata a ré. Não use o acelerador, e solte lentamente o freio. Então vire o volante para sair da vaga, mantendo o pé de leve no freio.
Ela fez exatamente o que ele dizia e saiu com o carro da vaga cuidadosamente, antes que ele lhe explicasse como sair do estacionamento. Pela primeira vez, ela fez uma pausa.
– Você tem certeza de que eu deveria dirigir na estrada?
– Se tivesse muito trânsito, eu diria que não. Se você tivesse 16 anos, eu diria que não. Mas acho que você consegue, e estou aqui para ajudar. Está pronta? Você vai virar à direita, e vamos seguir direto até a próxima curva. Então vamos virar à direita novamente. Quero que você sinta o carro.
Passaram a hora seguinte dirigindo por algumas estradas rurais. Como a maioria dos motoristas de primeira viagem, ela teve dificuldade em controlar o carro nas curvas, às vezes entrava muito no acostamento e demorou um pouco para aprender a estacionar, mas, fora isso, se saiu melhor do

que qualquer um deles esperava. Quando estavam perto de terminar, Alex a fez parar em uma das ruas do centro.

– Aonde vamos?

Ele apontou para um pequeno café.

– Imaginei que você pudesse querer comemorar. Você foi bem.

– Eu não sei – disse ela. – Não sinto como se eu soubesse o que estava fazendo.

– Isso vem com a prática – disse ele. – Quanto mais você dirigir, mais natural fica.

– Posso dirigir amanhã? – perguntou ela.

– É claro – disse ele. – Mas podemos treinar de manhã? Agora que Josh terminou as aulas, Kristen e ele vão participar de um acampamento infantil na parte da manhã, durante algumas semanas. Eles chegam em casa por volta do meio-dia.

– Pela manhã está ótimo – disse ela. – Você acha mesmo que fui bem?

– Você provavelmente poderia passar no teste prático com mais alguns dias de treino. É claro que você deve passar no teste teórico também, mas para isso só precisa estudar um pouco.

Ela estendeu os braços e lhe deu um abraço espontâneo.

– Obrigada por me ajudar.

– Fico feliz. Mesmo que você não tenha um carro, é algo que devia saber. Por que você não...?

– Aprendeu a dirigir quando era mais nova? – Ela deu de ombros. – Quando eu era mais nova, tínhamos apenas um carro e meu pai geralmente o usava. Mesmo se eu tirasse a carteira, não conseguiria dirigi-lo, então nunca me pareceu tão importante. Depois que me mudei, não tinha dinheiro para comprar um, então continuei não me preocupando com isso. E então, quando me casei, Kevin não queria que eu tivesse um. E aqui estou eu. Uma ciclista de 27 anos.

– Você tem 27 anos?

– Você já sabia disso.

– Na verdade, não.

– E?

– Achei que tivesse mais de 30.

Ela deu um soco de leve no braço de Alex.

– Só por causa disso, vou fazer você me comprar um croissant também.

– É justo. E, como você está disposta a se abrir, eu gostaria de ouvir a história sobre como você finalmente fugiu.

Ela hesitou apenas um pouco.

– Está bem – disse ela.

❈

Em uma pequena mesa do lado de fora do café, Katie contou como tinha fugido: as ligações encaminhadas, a viagem para a Filadélfia, as constantes mudanças de emprego e os hotéis vagabundos, até a eventual viagem para Southport. Ao contrário da primeira vez, agora conseguira descrever suas experiências com calma, como se estivesse falando de outra pessoa. Quando terminou, ele balançou a cabeça.

– O que foi?

– Só estava tentando imaginar como você deve ter se sentido depois daquela última ligação feita pelo Kevin. Quando ele ainda achava que você estava em casa. Aposto que você ficou aliviada.

– Fiquei. Mas também estava apavorada. Nessa época, eu ainda não tinha um emprego e não sabia o que ia fazer.

– Mas você conseguiu.

– Sim, eu consegui. – O olhar dela estava focado em algum ponto distante. – Não era o tipo de vida que eu tinha imaginado para mim.

O tom de Alex era gentil.

– Não tenho certeza se a vida de alguém é exatamente do jeito que a pessoa imaginava. Tudo o que podemos fazer é tentar aproveitar da melhor forma possível. Mesmo quando parece impossível.

Katie sabia que ele estava falando tanto dele mesmo quanto dela, e durante um bom tempo nenhum dos dois disse nada.

– Eu amo você – finalmente sussurrou Alex.

Ela se inclinou para a frente e tocou o rosto dele.

– E eu amo você.

26

No final de junho, os jardins em Dorchester, que tinham estado radiantes durante a primavera, começaram a murchar, as flores ficando marrons e se curvando em direção à terra. A umidade aumentava e os becos no centro de Boston cheiravam a comida podre, urina e decomposição. Kevin disse a Coffey e Ramirez que Erin e ele iam passar o fim de semana em casa, assistindo a filmes e cuidando do jardim. Coffey perguntara sobre Provincetown e Kevin mentira, falando sobre a pousada em que haviam ficado e alguns dos restaurantes a que tinham ido. Coffey dissera que já fora a todos aqueles lugares e perguntara se Kevin tinha pedido os bolinhos de siri em um deles. Kevin respondeu que não, mas que pediria na próxima vez.

Erin tinha ido embora, mas Kevin ainda procurava por ela em todos os lugares. Ele não podia evitar. Quando dirigia pelas ruas de Boston e via o brilho de cabelo dourado roçar os ombros de uma mulher, sentia seu coração saltar pela boca. E procurava então o nariz delicado, os olhos verdes e a forma graciosa como ela andava. Às vezes, ficava parado em frente à padaria, fingindo esperar por ela.

Ele deveria ter conseguido encontrá-la, mesmo Erin tendo escapado dele na Filadélfia. As pessoas deixavam rastros. Documentos deixavam rastros. Na Filadélfia, ela usara um nome falso e um falso número de seguro social, mas isso não poderia durar para sempre, a menos que ela estivesse disposta a continuar morando em hotéis baratos e mudando de emprego a cada semana. Até então, porém, ela não tinha usado seu verdadeiro número do seguro social. Um policial de outro distrito, que tinha alguns contatos importantes, verificara para ele, e esse oficial era o único que sabia que Erin havia ido embora, mas ficara de boca fechada porque Kevin sabia que ele estava tendo um caso com sua babá menor de idade.

Kevin se sentia sujo sempre que precisava falar com ele porque o cara era um pervertido e devia ir para a prisão, já que a Bíblia dizia: "Mas a impudicícia e toda sorte de impurezas ou cobiça nem sequer se nomeiem entre vós." Mas, naquele momento, Kevin precisava dele para encontrar Erin e trazê-la para casa. Marido e mulher deviam ficar juntos porque faziam seus votos diante de Deus e da família.

Ele sabia que a encontraria em março; tinha certeza de que ela apareceria em abril. Acreditava mesmo que o nome dela viria à tona em maio, mas a casa continuava vazia. Agora já era junho e seus pensamentos estavam quase sempre dispersos. Tudo o que conseguia fazer era se deixar levar pela maré. Era difícil se concentrar, a vodca não parecia ajudar muito e ele tivera que mentir para Coffey e Ramirez e sair de perto enquanto os dois fofocavam.

De uma coisa ele tinha certeza: ela já não estava mais fugindo de um lado para outro. Não ia ficar mudando de hotel em hotel ou de emprego em emprego para sempre. Ela não era assim. Erin gostava de ter coisas bonitas ao seu redor. O que significava que devia estar usando a identidade de outra pessoa. A menos que estivesse disposta a continuar sempre fugindo, ela precisava de uma certidão de nascimento verdadeira e um número de seguro social. Nos dias de hoje, contratantes exigiam documentos. Onde e como ela teria conseguido outra identidade?

A forma mais comum era encontrar alguém da mesma idade que tivesse morrido recentemente e então assumir a identidade do falecido. A primeira parte era plausível, porque Erin ia sempre à biblioteca. Ele podia imaginá-la examinando as microfichas com os obituários, à procura de um nome para roubar. Ela devia ter tramado e planejado na biblioteca enquanto fingia olhar as estantes de livros. Ele fora gentil e ela lhe pagara com traição. Enfurecia-o pensar na forma como devia rir enquanto fazia isso. Imaginar essas coisas o deixava tão irritado, que ele pegou um martelo e quebrou a louça que tinham ganhado de casamento. Depois de extravasar a raiva, conseguiu se concentrar no que precisava fazer. Ao longo de março e abril, Kevin passou horas na biblioteca assim como ela devia ter feito, tentando descobrir sua nova identidade. Mesmo que ela tivesse encontrado um nome, como teria conseguido o documento? Onde estava agora? E por que ela não tinha voltado para casa?

Essas eram as perguntas que o atormentavam, e às vezes era tudo tão confuso que ele não conseguia parar de chorar. Queria que Erin voltasse para casa e odiava ficar sozinho. Mas, outras vezes, lembrar que ela o havia deixado fazia-o pensar em como ela era egoísta e tudo o que queria era matá-la.

❂

Julho chegou. Com ele, um ar quente e abafado como o sopro de um dragão. O céu brilhava como uma miragem. O fim de semana de férias passou e outra semana começou. O ar-condicionado tinha quebrado em casa e Kevin não chamara a assistência técnica. Sentia dor de cabeça todo dia de manhã, quando ia trabalhar. Através de tentativa e erro, Kevin concluiu que a vodca funcionava melhor do que o Tylenol, mas a dor estava sempre lá, pulsando em sua têmpora.

Ele deixara de ir à biblioteca. Coffey e Ramirez perguntaram sobre sua esposa de novo. Deram-lhe um novo parceiro, chamado Todd Vannerty, que tinha acabado de ser promovido. Ele não se importava em deixar Kevin fazer a maior parte das perguntas quando conversavam com as testemunhas e as vítimas.

Kevin explicou que, quase sempre, a vítima conhecia o assassino. Mas nem sempre de uma maneira óbvia. No final de sua primeira semana juntos, foram chamados em um apartamento a menos de três quarteirões da delegacia, onde encontraram um menino de 10 anos que tinha morrido com um tiro. O atirador era um emigrante recém-chegado da Grécia, que comemorava uma vitória da seleção grega de futebol e disparara sua arma em direção ao chão. A bala atravessara o teto do apartamento abaixo dele e matara o menino bem quando ele comia um pedaço de pizza. A bala entrou pelo alto da cabeça dele, e o garoto caiu de cara na pizza. Havia queijo e molho de tomate em sua testa. Sua mãe gritara e chorara por duas horas e tentara atacar o grego quando ele fora levado algemado escada abaixo. Ela acabou caindo da escada e eles tiveram que chamar uma ambulância.

Kevin e Todd foram até um bar depois do trabalho e Todd tentou fingir que poderia esquecer o que vira, mas bebeu três cervejas em menos de quinze minutos. Disse a Kevin que não passara na primeira prova que fizera para detetive, só na segunda. Kevin tomava vodca, mas, como estava com Todd, pediu ao barman para acrescentar um pouco de suco de oxicoco.

Era um bar frequentado por policiais. Preços baixos, luzes fracas e mulheres que gostavam de um homem de uniforme. O barman deixava as pessoas fumarem, mesmo sendo contra a lei, já que quase todos os fumantes eram policiais. Todd não era casado e já tinha ido lá muitas vezes. Kevin nunca fora lá antes e não tinha certeza se gostava do lugar, mas também não queria ir para casa.

Todd foi ao banheiro e, quando voltou, inclinou-se em direção a Kevin.

– Acho que aquelas duas no canto do bar estão de olho na gente.

Kevin virou. As mulheres pareciam ter em torno de 30 anos. A morena percebeu que ele estava olhando antes de virar de volta para a amiga ruiva.

– Que pena que você é casado, não é? Elas são bonitas.

Acabadas, pensou Kevin. Não eram como Erin, que tinha pele clara e cheirava a limão e hortelã e ao perfume que ele comprara para ela no Natal.

– Vá lá conversar com elas se você quiser – disse Kevin.

– Acho que eu vou.

Todd pediu outra cerveja e caminhou até o fim do bar e sorriu. Ele provavelmente disse algo estúpido, mas foi o suficiente para fazer as mulheres rirem. Kevin pediu uma vodca dupla, sem suco de oxicoco, e viu o reflexo deles no espelho atrás do bar. Pelo espelho, notou que a morena o estudava. Ele não desviou o olhar. Dez minutos depois, ela foi até lá e se sentou no banquinho em que Todd estivera antes.

– Não está se sentindo muito sociável hoje? – perguntou a morena.

– Não sou bom em jogar conversa fora.

A morena pareceu pensar a respeito.

– Meu nome é Amber – disse ela.

– Kevin – respondeu, sem saber o que dizer. Tomou um gole, mas a bebida parecia água.

A morena se inclinou em direção a ele. Cheirava a almíscar, e não a limão e hortelã.

– Todd disse que vocês dois trabalham com homicídios.

– É verdade.

– E é difícil?

– Às vezes – disse Kevin. Ele terminou a bebida e levantou o copo. O barman trouxe outro. – O que você faz?

– Sou a gerente da confeitaria do meu irmão.

– Parece interessante.

Ela abriu um sorriso cínico.

– Não, não parece. E não é, mas paga as contas. Nunca vi você aqui antes.

– Todd me trouxe.

Ela assentiu na direção de Todd.

– Ah, sim. Eu já o vi por aqui. Dá em cima de qualquer uma que use saia e respire. E eu acho que a parte de respirar é opcional. Minha amiga adora vir aqui, mas normalmente não suporto este lugar.

Kevin assentiu e mudou de posição no banco. Ele se perguntava se Coffey e Ramirez costumavam ir àquele bar.

– Estou aborrecendo você? – perguntou ela. – Posso deixar você sozinho se quiser.

– Você não está me aborrecendo.

Ela jogou o cabelo e Kevin pensou que era mais bonita do que ele havia pensado antes.

– Gostaria de me pagar uma bebida? – sugeriu ela.

– O que você quer beber?

– Um cosmopolitan – disse ela, e Kevin fez sinal para o barman.

O cosmopolitan chegou.

– Não sou muito bom nisso – admitiu Kevin.

– Não é bom em quê?

– Nisso.

– Só estamos conversando – disse ela. – E você está se saindo muito bem.

– Eu sou casado.

Ela sorriu.

– Eu sei. Vi sua aliança.

– Isso a incomoda?

– Como disse, estamos apenas conversando.

Ela correu um dedo pela borda do copo, e ele percebeu a umidade se concentrar em sua pele.

– Sua esposa sabe que você está aqui? – perguntou ela.

– Minha esposa está fora da cidade – disse ele. – A amiga está doente, e ela está ajudando.

– E então você pensou que seria bom ir a alguns bares? Conhecer algumas mulheres?

– Eu não sou assim – disse Kevin com firmeza. – Eu amo minha esposa.

– E deveria. Afinal de contas, você se casou com ela.

Ele queria outra vodca dupla, mas preferia não pedir na frente dela, porque já tinha feito isso antes. Mas então, como se estivesse lendo a mente dele, Amber fez sinal para o barman e ele trouxe outra dose. Kevin tomou um gole grande, ainda achando que tinha gosto de água.

– Você se importa de eu ter pedido? – perguntou ela.

– Não.

Ela olhou para ele com ar sensual.

– Eu não diria à sua esposa que estive aqui se eu fosse você.

– Por que não? – perguntou ele.

– Porque você é bonito demais para um lugar como este. Nunca se sabe quem daria em cima de você.

– Você está dando em cima de mim?

Ela levou um instante para responder:

– Você ficaria ofendido se eu dissesse que sim?

Ele girou o copo lentamente no bar.

– Não – disse ele. – Eu não ficaria ofendido.

✤

Depois de beber e flertar por mais duas horas, Kevin acabou aceitando ir para o apartamento dela. Amber entendeu que ele queria ser discreto e lhe deu seu endereço. Depois que Amber e sua amiga foram embora, Kevin ficou no bar com Todd por outra meia hora antes de dizer ao parceiro que tinha que ir para casa.

Enquanto ele dirigia, o mundo parecia meio borrado. Seus pensamentos estavam confusos e ele sabia que não conseguia se manter direito na pista, mas era um bom policial. Mesmo que fosse parado, não seria preso. Policiais não prendem outros policiais. Além disso, o que eram algumas doses de bebida?

Amber morava em um apartamento a poucos quarteirões do bar. Quando ela abriu a porta, não estava usando nada por baixo do lençol que tinha enrolado em volta do corpo. Ele a beijou e a levou para o quarto e sentiu os dedos dela desabotoando sua camisa. Kevin a deitou na cama, tirou a roupa e apagou a luz, porque não queria ser lembrado de que estava traindo a esposa. Adultério era pecado e, agora que estava ali, não queria transar com ela, mas andara bebendo, o mundo parecia desfocado, ela não usava nada além de um lençol e era tudo tão confuso.

Ela não era como Erin. Seu corpo era diferente. Seu cheiro era sensual, quase animalesco, e suas mãos se moviam muito. Tudo com Amber era novo e ele não gostava, mas não conseguia parar. Ele a ouviu gritar seu nome e dizer coisas sujas, e queria dizer a ela para calar a boca para poder pensar em Erin, mas era difícil se concentrar.

Ele apertou os braços dela e a ouviu arfar, dizendo:

– Não tão forte.

Ele afrouxou as mãos, mas depois apertou seus braços novamente porque queria. Dessa vez, ela não disse nada. Ele pensava em Erin, onde ela estava, se estava bem e lembrou-se de quanto sentia falta dela.

Ele não devia ter batido em Erin porque ela era doce, amável e gentil. Não merecia levar socos nem pontapés. Era culpa dele Erin ter ido embora. Kevin a afastara, mesmo a amando. Ele não conseguira encontrá-la e agora estava ali com uma mulher chamada Amber que não sabia o que fazer com as mãos e emitia ruídos estranhos.

Quando terminaram, ele não queria ficar. Então levantou da cama e começou a se vestir. Ela acendeu o abajur e sentou. Ver Amber ali só fez com que se lembrasse de que ela não era Erin. A Bíblia dizia: "O que adultera com uma mulher está fora de si; só mesmo quem quer arruinar-se é que pratica tal coisa."

Ele tinha que se afastar de Amber. Não sabia por que fora até ali e, quando olhou para ela, sentiu um nó no estômago.

– Você está bem? – perguntou ela.

– Eu não devia ter vindo.

– É um pouco tarde agora – disse ela.

– Tenho que ir.

– Assim, sem mais nem menos?

– Eu sou casado – disse ele novamente.

– Eu sei. – Ela abriu um sorriso cansado. – Está tudo bem.

– Não, não está – disse ele e, depois de se vestir, deixou o apartamento dela, desceu correndo a escada e entrou no carro.

Ele dirigiu rápido. A culpa que sentia agiu como um energizante para seus sentidos. Quando chegou, viu uma luz acesa na casa dos Feldmans, e sabia que eles iriam dar uma olhada pela janela quando subisse com o carro na calçada. Os Feldmans eram maus vizinhos. Nunca acenavam para ele e sempre diziam para as crianças ficarem longe de seu gramado. Eles notariam o que tinha feito, porque eram pessoas más. Quem é farinha do mesmo saco sempre se reconhece.

Quando entrou, precisava de um drinque, mas só de pensar em vodca já ficou enjoado. Sua mente estava acelerada. Tinha traído sua mulher, e a Bíblia dizia: "O seu opróbrio nunca se apagará." Ele havia desrespeitado um dos mandamentos de Deus e os votos que fizera a Erin. Amber sabia, Todd sabia, os Feldmans sabiam e eles contariam a alguém que contaria a alguém e Erin descobriria o que ele tinha feito.

Ele andava de um lado para outro da sala de estar, a respiração acelerada porque sabia que não teria como explicar isso a Erin de uma maneira que ela pudesse entender. Ela nunca o perdoaria. Ficaria com raiva e o olharia com ar de decepção. Ele era um pecador e ela nunca confiaria nele novamente. Kevin estremeceu, sentindo-se enjoado. Tinha dormido com outra mulher. A Bíblia dizia: "Fazei, pois, morrer a vossa natureza terrena: prostituição, impureza, paixão lasciva, desejo maligno." Ele queria parar de pensar. Queria beber, mas não podia e tinha a sensação de que Erin iria aparecer de repente em sua porta.

A casa estava suja e bagunçada. Ele andava de um lado para outro na sala freneticamente. A sujeira e a traição estavam ligadas. Trair era algo sujo, e Erin iria descobrir que ele a traíra porque a casa estava suja. De repente, ele parou de andar de um lado para outro, foi depressa até a cozinha e encontrou um saco de lixo embaixo da pia. Na sala de estar, ele caiu de joelhos e rastejou para todo lado, enchendo-o de embalagens vazias de comida para viagem, revistas, utensílios plásticos, garrafas vazias de vodca e caixas de pizza.

Já passava bastante da meia-noite e ele não tinha que trabalhar na parte da manhã, então ficou acordado limpando a casa, lavando a louça e passando o aspirador que havia comprado para Erin. Pôs as roupas sujas na máquina de lavar, depois na secadora, e dobrou-as. O sol apareceu, e ele tirou as almofadas do sofá e passou o aspirador até tirar todas as migalhas. Enquanto trabalhava, olhava pela janela. Em sua mente, tinha certeza de que Erin chegaria a qualquer minuto. Esfregou o banheiro, limpou as manchas de comida da geladeira e do piso.

A aurora deu lugar à manhã, que também foi passando. Ele lavou os lençóis, abriu as cortinas e tirou o pó da moldura com a foto de seu casamento. Aparou a grama e esvaziou o aparelho na lata de lixo. Quando terminou, foi às compras e trouxe peru, presunto, mostarda de Dijon e pão de centeio fresco da padaria. Comprou flores e colocou-as na mesa, ao lado de algumas velas. Quando terminou, respirava com dificuldade. Encheu um copo grande de vodca gelada, sentou-se à mesa da cozinha e esperou por Erin. Ele estava feliz por ter limpado a casa, porque assim Erin nunca saberia o que fizera e eles teriam o tipo de casamento com que sempre sonhara. Eles confiariam um no outro e seriam felizes. E ele iria amá-la para sempre e nunca a trairia de novo.

Afinal, por que faria algo tão repugnante assim?

27

Katie tirou sua carteira de motorista na segunda semana de julho. Nos dias que antecederam à prova, Alex a levara para treinar várias vezes e, apesar de algum nervosismo, ela passara com uma pontuação quase perfeita. O documento chegou pelo correio em poucos dias. Quando Katie abriu o envelope, sentiu-se meio zonza. Havia uma fotografia dela ao lado de um nome que nunca imaginara ter, mas, de acordo com o estado da Carolina do Norte, ela era tão real quanto qualquer outro morador de lá.

Naquela noite, Alex a levou para jantar em Wilmington. Mais tarde, os dois caminharam pelas ruas do centro de mãos dadas, dando uma olhada nas lojas. De vez em quando, Katie via Alex olhar para ela com um ar engraçado.

– O que foi? – finalmente perguntou ela.

– Eu só estava pensando que você não parece se chamar Erin. Você parece mesmo se chamar Katie.

– Ainda bem – disse ela. – Esse é o meu nome e tenho uma carteira de motorista para provar isso.

– Sei que tem – disse ele. – Agora você só precisa de um carro.

– Por que eu preciso de um carro? – Ela deu de ombros. – É uma cidade pequena e tenho uma bicicleta. Quando está chovendo, tem um cara que está sempre disposto a me levar aonde eu preciso ir. É quase como ter um motorista particular.

– É mesmo?

– A-hã. E tenho certeza de que, se eu pedisse, ele até me emprestaria seu carro. Ele está na palma da minha mão.

Alex levantou uma sobrancelha.

– Não me parece ser um homem lá muito firme e decidido.

– Ele é ótimo – brincou ela. – Parecia um pouco desesperado no início, com todas as mercadorias grátis que me deu, mas acabei me acostumando com isso.

– Você tem um coração de ouro.

– Claro – disse ela. – Sou basicamente uma em um milhão.

Ele riu.

– Estou começando a pensar que você está finalmente saindo de sua concha e agora é que estou vendo a verdadeira Katie.

Ela deu alguns passos em silêncio.

– Você sabe quem eu sou de verdade – disse ela, parando para olhar para ele. – Mais do que qualquer outra pessoa.

– Eu sei – disse ele, puxando-a em direção a ele. – E é por isso que eu acho que, de alguma forma, tínhamos mesmo que ficar juntos.

✽

Embora a loja estivesse cheia como sempre, Alex tirou férias. Eram suas primeiras havia algum tempo, e ele passou a maioria das tardes com Katie e as crianças, saboreando os preguiçosos dias de verão de uma forma que não fazia desde a infância. Ele pescou com Josh e construiu casas de bonecas com Kristen; levou Katie a um festival de jazz em Myrtle Beach. Quando os vaga-lumes apareceram aos montes, pegou dezenas deles com redes e os colocou em um pote de vidro; mais tarde, na mesma noite, observaram o brilho estranho com uma mistura de admiração e fascínio até Alex finalmente abrir a tampa para soltá-los.

Andavam de bicicleta e iam ao cinema. Quando Katie não estava trabalhando à noite, Alex gostava de acender a churrasqueira. As crianças comiam e depois nadavam no riacho até quase escurecer. Depois de tomarem banho e irem para a cama, Alex se sentava com Katie no pequeno cais nos fundos, suas pernas balançando sobre a água, enquanto a lua cruzava o céu lentamente. Eles tomavam vinho e conversavam sobre assuntos triviais. Alex gostava cada vez mais daqueles momentos tranquilos que passavam juntos.

Kristen, em particular, adorava ficar com Katie. Quando os quatro estavam andando juntos, a menina costumava pegar a mão de Katie; quando caía no parquinho, começara a correr em direção a Katie. Embora enternecesse o coração de Alex ver essas coisas, ele também sentia uma pontada de tristeza, ao se lembrar de que nunca poderia ser tudo aquilo de que sua filha precisava, independentemente de quanto tentasse.

Ainda assim, quando Kristen foi correndo até ele perguntar se Katie podia levá-la para fazer compras, Alex não pôde dizer não. Embora Alex fizesse questão de levá-la, uma ou duas vezes por ano, geralmente via aquilo mais como um dever de pai do que uma oportunidade para se divertir. Já Katie pareceu adorar a ideia. Depois de dar algum dinheiro a ela, Alex lhe entregou as chaves do jipe e acenou do estacionamento quando elas saíram.

Embora a presença de Katie deixasse Kristen muito feliz, os sentimentos de Josh não eram tão claros. No dia anterior, Alex o buscara de uma festa na piscina na casa de um amigo e ele não trocara nenhuma palavra com Katie ou Alex pelo resto da noite. Mais cedo, na praia, também ficara calado.

Alex sabia que algo o incomodava e sugeriu que pegassem as varas de pescar, quando o sol estava se pondo. Sombras se estendiam pela água enegrecida e o riacho estava tranquilo, um espelho escuro que refletia as nuvens que passavam lentamente. Eles pescaram por cerca de uma hora, enquanto o céu ficava violeta, as iscas fazendo ondulações circulares ao entrarem na água. Josh permaneceu quieto. Em outras ocasiões, o quadro podia ter parecido tranquilo, mas agora Alex tinha a incômoda sensação de que havia algo errado. Bem quando já pensava em perguntar a Josh o que estava acontecendo, o filho girou um pouco o corpo em sua direção.

– Pai?
– Oi?
– Você pensa na mamãe?
– O tempo todo – disse ele.
Josh assentiu.
– Eu penso nela também.
– É normal. Ela o amava muito. No que você pensa?
– Lembro quando ela fez biscoito para nós. Ela me deixou colocar a cobertura.
– Me lembro disso. Você tinha cobertura rosa pelo rosto todo. Ela tirou uma foto. Ainda está lá na geladeira.
– Acho que é por isso que eu me lembro. – Josh apoiou a vara no colo.
– Você sente falta dela?

– É claro que sinto. Eu a amava muito – disse Alex, olhando nos olhos do filho. – O que está acontecendo, Josh?

– Ontem, na festa... – Josh esfregou o nariz, hesitante.

– O que houve?

– A maioria das mães ficou lá o tempo todo. Conversando e fazendo outras coisas.

– Eu teria ficado se você quisesse.

Josh baixou os olhos. Em meio ao silêncio, de repente, Alex entendeu o que ele não tinha dito.

– Era para eu ficar também, não era? – Seu tom era mais uma afirmação do que uma pergunta. – Mas você não quis me falar porque eu teria sido o único pai lá, certo?

Josh assentiu, parecendo se sentir culpado.

– Não quero que você fique bravo comigo.

Alex passou o braço em volta do filho.

– Não estou bravo – disse ele.

– Tem certeza?

– Absoluta. Eu não poderia ficar bravo com você por causa disso.

– Você acha que a mamãe teria ido? Se ela ainda estivesse aqui?

– É claro que teria ido. Ela não perderia por nada.

Do outro lado do riacho, uma tainha saltou e as pequenas ondulações começaram a se mover em direção a eles.

– O que você faz quando sai com a Srta. Katie? – perguntou Josh.

Alex mudou um pouco de posição.

– É parecido com o que fizemos na praia hoje. Comemos, conversamos e às vezes damos uma volta.

– Você tem passado muito tempo com ela ultimamente.

– Sim.

Josh pensou um pouco a respeito.

– Sobre o que vocês falam?

– Coisas do dia a dia. – Alex inclinou a cabeça. – E conversamos sobre você e sua irmã também.

– O que vocês falam?

– Falamos sobre quanto é divertido passar o tempo com vocês dois, ou como estão indo bem na escola, ou como você mantém seu quarto limpo.

– Você vai contar a ela que eu não falei que você devia ficar na festa?
– Você quer que eu conte?
– Não – disse ele.
– Então não vou dizer nada.
– Promete? Porque eu não quero que ela fique chateada comigo.

Alex levantou os dedos.

– Palavra de escoteiro. Mas, só para você saber, ela não ficaria chateada com você. Ela acha você um ótimo garoto.

Josh se endireitou e começou a recolher a linha.

– Que bom – disse ele. – Porque eu também acho que ela é muito legal.

❋

A conversa com Josh fez Alex perder o sono naquela noite. Ele se pegou olhando para o retrato de Carly em seu quarto enquanto bebia a terceira cerveja da noite.

Kristen e Katie tinham voltado para casa cheias de energia e entusiasmo, mostrando-lhe as roupas que haviam comprado. Surpreendentemente, Katie lhe devolvera quase metade do dinheiro, dizendo apenas que ela era muito boa em encontrar coisas em promoção. Alex se sentou no sofá enquanto Kristen desfilava para ele e logo em seguida desaparecia em seu quarto antes de voltar vestindo algo diferente. Até mesmo Josh, que normalmente não teria se importado nem um pouco, deixou seu Nintendo DS de lado e, quando Kristen saiu da sala, aproximou-se de Katie.

– Você poderia me levar para fazer compras também? – perguntou ele, a voz quase um sussurro. – Porque eu preciso de umas camisetas novas.

Mais tarde, Alex pediu comida chinesa e eles se sentaram em torno da mesa, comendo e rindo. Em determinado momento durante o jantar, Katie tirou uma pulseira de couro da bolsa e mostrou para Josh.

– Quase me esqueci. Comprei uma coisinha para você também. O que acha?

A surpresa dele deu lugar à alegria enquanto colocava a pulseira, e Alex percebeu como os olhos de Josh se voltavam toda hora em direção a Katie pelo resto da noite.

Ironicamente, eram em ocasiões como àquela que ele sentia mais falta de Carly. Mesmo que ela nunca tivesse vivido noites como aquela em família – as crianças eram muito pequenas quando ela morreu –, era fácil imaginá-la sentada à mesa. Talvez fosse por isso que ele ainda não conseguia dormir muito tempo depois de Katie ir para casa.

À noite, ele jogou as cobertas para o lado, foi até o armário e abriu o cofre que tinha instalado alguns anos antes. Ali ele guardava importantes documentos financeiros e de seguro, ao lado de lembranças preciosas de seu casamento. Eram coisas que Carly guardava com carinho: fotos de sua lua de mel, um trevo de quatro folhas que tinham encontrado durante as férias em Vancouver, o buquê de peônias e copos-de-leite que ela usara no casamento, imagens de ultrassom de Josh e Kristen, junto com as roupas que usaram no dia em que saíram da maternidade. Negativos de fotografias e fitas antigas, registros de seus anos juntos. Tudo ali estava carregado de significado e lembranças, e, desde a morte de Carly, Alex não colocara mais nada no cofre, fora as cartas que a esposa escrevera. Uma era endereçada a ele. Mas a segunda não trazia nenhum nome e continuava fechada. Afinal, promessa é promessa.

Alex pegou a carta que já tinha lido uma centena de vezes, deixando a outra no cofre. Ele não sabia sobre as cartas até Carly entregar os envelopes, uma semana antes de sua morte. A essa altura, ela estava acamada e só conseguia ingerir líquidos. Tinha perdido muito peso. Ele ficava sentado ao lado dela, em silêncio, durante as poucas horas que ela passava acordada. Normalmente, voltava a cair no sono em poucos minutos, e Alex olhava para ela, com medo de sair e perturbar o descanso dela. No dia em que ela lhe entregou os envelopes, ele viu que estavam enfiados embaixo dos cobertores, aparecendo como que por mágica. Só mais tarde ele iria saber que Carly as escrevera dois meses antes.

Mais uma vez, ele abriu a carta. Pelos amassados, dava para ver que fora lida muitas vezes. Tinha sido escrito em papel amarelo pautado. Ao levar a carta perto do nariz, ainda podia sentir o cheiro da loção que ela usava. Lembrou-se de como ficara surpreso com a maneira como os olhos dela imploravam sua compreensão.

– Você quer que eu leia esta primeiro? – lembrava-se de ter perguntado. Então apontara para a carta com seu nome e ela balançara ligeiramente a cabeça. Ela relaxara quando ele tirara a carta do envelope, afundando a cabeça no travesseiro.

Meu querido Alex,

Há sonhos que nos visitam e nos deixam com uma sensação de satisfação ao acordarmos. Há sonhos que fazem a vida valer a pena. Você, meu querido marido, é esse sonho, e me entristece ter que colocar em palavras o que sinto por você.

Estou escrevendo esta carta agora, enquanto ainda posso, mas não sei bem como explicar o que quero dizer. Não sou uma escritora e as palavras parecem inadequadas no momento. Como descrever quanto amo você? Será que é possível descrever um amor assim? Eu não sei, mas sentada aqui com a caneta na mão, sei que preciso tentar.

Sei que você gosta de contar a história de como banquei a difícil de conquistar, mas quando penso na noite em que nos conhecemos, percebo que tínhamos sido feitos um para o outro. Lembro-me claramente da sensação exata da sua mão na minha, e cada detalhe da tarde nublada na praia quando você se ajoelhou e me pediu em casamento. Até você aparecer, eu não sabia o que estava perdendo. Nunca soube que um toque podia ser tão significativo ou uma expressão tão eloquente; nunca soube que um beijo poderia literalmente me deixar sem ar. Você é, e sempre foi, tudo o que sempre quis em um marido. Você é gentil, forte, carinhoso e inteligente; você levanta meu ânimo e é melhor como pai do que imagina. Você tem um talento todo especial com crianças, um jeito de fazer com que confiem em você, e não consigo explicar a alegria que sinto ao vê-lo com eles nos braços quando adormecem com a cabeça em seu ombro.

Minha vida é infinitamente melhor por você fazer parte dela. E é isso que torna tudo tão difícil; é por isso que não consigo encontrar as palavras que preciso dizer. Me assusta saber que tudo isso vai acabar em breve. Mas não estou com medo apenas por mim – sinto medo também por você e pelos nossos filhos. Parte meu coração saber que vou lhes trazer tanta dor, mas não sei o que posso fazer, a não ser lembrá-lo das razões pelas quais me apaixonei por você em primeiro lugar e expressar minha tristeza por magoar você e nossos filhos lindos. Me dói pensar que seu amor por mim também será a fonte de tanta angústia.

Acredito que, da mesma forma que o amor pode machucar, o amor também pode curar... e é por isso que fiz outra carta.

Por favor, não a leia. Não escrevi para você nem para nossas famí-

lias, nem mesmo para nossos amigos. Duvido que qualquer um de nós tenha conhecido a pessoa para quem, um dia, você vai dar essa carta. Entenda, a outra carta é para quem irá curá-lo, a pessoa que fará você se sentir inteiro novamente.

Sei que você não consegue acreditar nisso agora. Pode levar meses, pode levar anos, mas um dia você vai dar essa carta a alguém. Confie em seus instintos, assim como eu confiei na noite em que você foi falar comigo pela primeira vez. Você vai saber quando e onde fazer isso. E quando o fizer, acredite em mim quando digo que em algum lugar, de alguma forma, estarei sorrindo para vocês.

Com amor,
Carly

Depois de ler a carta de novo, Alex colocou-a de volta no envelope e devolveu-a ao cofre. Pela janela, viu o céu enluarado cheio de nuvens, brilhando com uma estranha incandescência. Ele olhou para cima, pensando em Carly e em Katie. Carly lhe dissera para confiar em seus instintos; Carly lhe dissera que ele saberia o que fazer com a carta.

E Carly, percebeu ele de repente, estava absolutamente certa, pelo menos em parte, de qualquer maneira. Ele sabia que queria entregar a carta a Katie. Só não tinha certeza se ela estava pronta para recebê-la.

28

— Ei, Kevin. – Bill acenou para ele. – Pode vir ao meu escritório um minuto?

Kevin estava perto de sua mesa, e Coffey e Ramirez o seguiram com os olhos. Seu novo parceiro, Todd, já estava sentado e abriu um sorriso discreto.

Sua cabeça latejava e ele não queria falar com Bill logo pela manhã, mas não estava preocupado em ser demitido. Ele era bom com testemunhas e vítimas, sabia quando os criminosos estavam mentindo, fazia várias prisões e os culpados normalmente eram condenados.

Bill fez sinal para ele se sentar na cadeira. Embora não quisesse, Kevin obedeceu. Sentia sua têmpora doer como se estivesse sendo apunhalado com um lápis e, por um instante, os dois não fizeram nada além de se encararem. Depois de um tempo, Bill finalmente se levantou e fechou a porta, antes de sentar na beirada da mesa.

– Como está, Kevin?

– Estou bem – respondeu. Queria fechar os olhos para diminuir a dor, mas podia ver que Bill o observava. – O que foi?

Bill cruzou os braços.

– Chamei-o aqui para lhe dizer que recebemos uma queixa contra você.

– Que tipo de queixa?

– Isso é sério, Kevin. A Corregedoria está envolvida. A partir de agora, você está suspenso e terá que aguardar uma investigação.

As palavras soaram confusas e não faziam nenhum sentido, não a princípio, pelo menos, mas, quando se concentrou, pôde ver a expressão de Bill e desejou não ter acordado com dor de cabeça e não precisar tomar tanta vodca.

– Do que está falando?

Bill levantou algumas folhas de sua mesa.

– O assassinato de Gates – disse ele. – O menino que foi baleado pelo chão? No início deste mês?

– Eu me lembro – disse Kevin. – Ele tinha molho de pizza na testa.

– Perdão?

Kevin piscou.

– O garoto. Foi assim que o encontramos. Foi horrível. Todd ficou bastante abalado.

Bill franziu a testa.

– Foi chamada uma ambulância – disse ele.

Kevin inspirou e expirou. Concentrando-se.

– A ambulância foi chamada por causa da mãe do menino – disse Kevin. – Ela estava chateada, obviamente, e foi atrás do grego que tinha disparado a bala. Eles lutaram e ela caiu da escada. Chamamos a ambulância imediatamente... e, até onde eu sei, ela foi levada para o hospital.

Bill continuou a olhar para ele antes de colocar as folhas de lado.

– Você falou com ela antes, certo?

– Eu tentei... mas ela estava bastante histérica. Tentei acalmá-la, mas ela ficou louca. O que mais posso dizer? Está tudo no relatório.

Bill pegou os papéis em sua mesa de novo.

– Vi o que você escreveu. Mas a mulher está dizendo que você lhe pediu para empurrar o transgressor escada abaixo.

– O quê?

Bill leu o que estava escrito em um de seus papéis.

– Ela diz que você falava sobre Deus e mencionou, abre aspas: "O homem era um pecador e merecia ser punido porque a Bíblia dizia: 'Não matarás.'" Ela falou que você também disse que o cara provavelmente sairia em liberdade condicional, mesmo tendo matado o filho dela, e que ela deveria fazer justiça com as próprias mãos. Porque os malfeitores merecem ser punidos. Foi isso que aconteceu?

Kevin podia sentir o sangue subir para o seu rosto.

– Isso é ridículo – disse ele. – Você sabe que ela está mentindo, certo?

Ele esperava que Bill fosse concordar imediatamente com ele e que a Corregedoria iria limpar sua barra. Mas não foi bem assim. Em vez disso, seu chefe se inclinou para a frente.

– O que exatamente você disse a ela? Palavra por palavra.

– Eu não *disse* nada. Perguntei o que tinha acontecido, ela me contou, eu vi o buraco no teto, subi as escadas e prendi o vizinho depois que ele admitiu ter disparado a arma. Eu o algemei e comecei a descer com ele. Então, quando dei por mim, ela se jogou em cima dele.

Bill ficou em silêncio, o olhar fixo em Kevin.

– Você nunca falou nada com ela sobre pecado?

– Não.

Ele levantou o papel que estava lendo.

– Você nunca disse: "Minha é a vingança, eu retribuirei, diz o Senhor"?

– Não.

– Nada disso soa familiar?

Kevin sentiu a raiva crescer dentro dele, mas procurou se controlar.

– Nada. É mentira. Você sabe como as pessoas são. Ela provavelmente quer processar a cidade e receber uma boa indenização.

O músculo da mandíbula de Bill parecia tenso e ele levou um bom tempo para falar de novo.

– Você andou bebendo antes de falar com a mulher?

– Não sei por que você está dizendo isso. Não, eu não faço isso. Não faria isso. Você sabe que estou limpo. Sou um bom detetive. – Kevin estendeu as mãos, quase cego em razão da dor latejante em sua cabeça. – Vamos lá, Bill. Trabalhamos juntos há anos.

– É por isso que estou conversando com você em vez de demiti-lo. Porque, nos últimos meses, você não tem sido você mesmo. E tenho ouvido rumores.

– Que rumores?

– De que você vem trabalhar bêbado.

– Não é verdade.

– Então, se eu pedir um teste de bafômetro agora, não vai acusar nada, certo?

Kevin podia sentir o coração martelando em seu peito. Ele sabia como mentir e era bom nisso, mas tinha que manter a voz firme.

– Na noite passada, fiquei acordado até tarde com um amigo e andamos bebendo. Ainda pode haver um pouco de álcool no meu sistema, mas não estou bêbado e não bebi antes de vir trabalhar hoje. Nem naquele dia. Nem em qualquer dia, aliás.

Bill olhou para ele.

– O que aconteceu com a Erin?

– Eu já lhe disse. Ela está ajudando uma amiga em Manchester. Fomos a Cape Cod há algumas semanas.

– Você contou a Coffey que foi a um restaurante em Provincetown com Erin, mas esse restaurante fechou há seis meses e não há nenhum registro de que você tenha se hospedado na pousada que falou. E ninguém vê a Erin ou tem notícia dela há meses.

Kevin sentiu o sangue fluir para sua cabeça, piorando aquela sensação de latejamento.

– Você andou me investigando?

– Você tem bebido no trabalho e mentido para mim.

– Eu não...

– Pare de mentir para mim! – gritou o capitão. – Posso sentir seu hálito daqui! A partir de agora, você está suspenso de suas funções. Você deveria falar com o seu representante no sindicato antes de conversar com a Corregedoria. Deixe sua arma e seu distintivo na minha mesa e vá para casa.

– Por quanto tempo? – conseguiu perguntar Kevin.

– Neste momento, a suspensão é a menor das suas preocupações.

– Só para você saber, eu não disse nada àquela mulher.

– Todos ouviram o que você falou! – gritou Bill. – Seu parceiro, o médico-legista, os investigadores que cuidaram da cena do crime, o namorado da mulher. – Ele fez uma pausa, tentando visivelmente recuperar a calma. – Todo mundo ouviu você falar.

De repente, Kevin sentiu como se tivesse perdido o controle de tudo e sabia que a culpa era toda de Erin.

29

Agosto chegou e, embora Alex e Katie estivessem adorando os dias quentes e preguiçosos de verão que passavam juntos, as crianças começavam a ficar entediadas. Para quebrar a rotina, Alex levou Katie e os filhos para assistir aos macacos de rodeio em Wilmington.

Katie não podia acreditar, mas era exatamente o que o nome informava: macacos em trajes de vaqueiro montavam cachorros e pastoreavam carneiros por quase uma hora antes de um show de fogos de artifício. Quando estava saindo, Katie virou-se para ele com um sorriso no rosto.

– Isso deve ser a coisa mais louca que eu já vi – disse ela, balançando a cabeça.

– E você provavelmente achava que a cultura aqui do Sul era mais pobre.

Ela riu.

– De onde as pessoas tiram essas ideias?

– Eu não sei. Mas foi bom eu ter ouvido falar do show. Eles só vão ficar na cidade por alguns dias. – Então correu os olhos pelo estacionamento, procurando seu carro.

– Sim, é difícil imaginar como minha vida não seria completa se eu nunca tivesse visto macacos cavalgando cachorros.

– As crianças gostaram! – protestou Alex.

– As crianças adoraram – concordou Katie. – Mas não sei se os macacos gostaram. Eles não pareciam tão felizes para mim.

Alex estreitou os olhos em direção a ela.

– Não tenho certeza se eu seria capaz de dizer se um macaco está feliz ou não.

– É exatamente disso que estou falando – disse ela.

– Ei, não é minha culpa que ainda falta um mês para as aulas começarem. Já estou ficando sem ideias de coisas novas para as crianças fazerem.

– Elas não precisam fazer algo especial todos os dias.

– Eu sei. E elas não fazem. Mas também não quero que fiquem assistindo à televisão o tempo todo.

– Seus filhos não assistem a muita televisão.

– Isso é porque eu levo os dois para verem os macacos de rodeio.

– E semana que vem?

– Isso é fácil. O parque vai estar na cidade. Um daqueles itinerantes.

Ela sorriu.

– Esses brinquedos sempre me deixam enjoada.

– E as crianças adoram mesmo assim. Por sinal, você vai trabalhar no próximo sábado?

– Não tenho certeza. Por quê?

– Porque queria que você fosse ao parque com a gente.

– Você quer que eu fique enjoada?

– Você não precisa andar nos brinquedos se não quiser. Mas eu queria lhe pedir um favor.

– O que é?

– Você poderia dar uma olhada nas crianças mais tarde no sábado? A filha da Joyce vai chegar ao aeroporto de Raleigh, e ela perguntou se eu poderia levá-la até o aeroporto para buscá-la. Joyce não gosta de dirigir à noite.

– Eu adoraria cuidar deles.

– Teria que ser na minha casa, para eles irem dormir num horário razoável.

Katie olhou para Alex.

– Na sua casa? Nunca fico muito por lá.

– É, bem...

Ele não sabia o que dizer em seguida e ela sorriu.

– Não tem problema – disse ela. – Parece divertido. A gente pode ver um filme e comer pipoca.

Alex andou alguns passos em silêncio antes de perguntar:

– Você algum dia quer ter filhos?

Katie hesitou.

– Não tenho certeza – finalmente disse ela. – Ainda não pensei bem nisso.

– Nunca?

Ela balançou a cabeça.

– Em Atlantic City, eu era nova demais. Quando estava com Kevin, eu não podia suportar essa ideia, e minha cabeça tem andado ocupada com outras coisas nos últimos meses.

– Mas e se você pensasse nisso? – insistiu ele.

– Ainda não sei. Acho que dependeria de um monte de coisas.

– Como o quê?

– Como ser casada, para começar. E, como você sabe, não posso me casar.

– Erin não pode se casar – disse ele. – Mas Katie provavelmente poderia. Ela tem uma carteira de motorista, lembra?

Katie deu alguns passos em silêncio.

– Mesmo que pudesse se casar, ela só faria isso se conhecesse o cara certo.

Ele riu e passou o braço em volta dela.

– Sei que o trabalho no Ivan's era tudo de que você precisava quando aceitou o emprego, mas você já pensou em fazer outra coisa?

– Como o quê?

– Eu não sei. Voltar para a faculdade, se formar, encontrar um trabalho de que realmente goste.

– O que faz você pensar que eu não gosto de servir mesas?

– Nada. – Ele deu de ombros. – Só fiquei curioso de saber o que poderia interessá-la.

Katie pensou um pouco.

– Na minha infância, como toda outra garota que conheci, eu adorava animais e pensava que seria veterinária. Mas não acho que voltaria a estudar por causa disso. Levaria muito tempo.

– Existem outras formas de se trabalhar com animais. Você poderia treinar macacos de rodeio, por exemplo.

– Acho que não. Ainda não tenho certeza se os macacos gostaram daquilo.

– Você ficou mesmo tocada com esses macacos, não é?

– Quem não ficaria? Quero dizer, quem diabo teve essa ideia afinal?

– Corrija-me se eu estiver errado, mas acho que ouvi você rir.

– Eu não queria fazer vocês se sentirem mal.

Ele riu novamente, puxando-a ainda para mais perto. À frente deles,

Josh e Kristen já estavam encostados no jipe. Ela sabia que provavelmente iriam pegar no sono antes de chegarem a Southport.

– Mas você ainda não respondeu à minha pergunta – disse Alex. – Sobre o que quer fazer.

– Talvez meus sonhos não sejam tão complicados. Talvez eu ache que um emprego é apenas um emprego.

– O que isso quer dizer?

– Talvez eu não queira ser definida pelo que faço. Talvez eu prefira ser definida por quem eu sou.

Alex pensou no que ela respondeu.

– Tudo bem – disse ele. – Então, quem você quer ser?

– Você realmente quer saber?

– Eu não teria perguntado se não quisesse.

Ela parou e olhou nos olhos dele.

– Eu gostaria de ser esposa e mãe – finalmente respondeu Katie.

Alex franziu a testa.

– Mas pensei que você tivesse dito que não tinha certeza se queria ter filhos.

Ela inclinou a cabeça, parecendo mais bonita do que nunca.

– E o que isso tem a ver?

❈

As crianças dormiram antes de chegarem à rodovia. Não era uma longa viagem de volta, talvez meia hora, mas Alex e Katie não queriam arriscar acordar as crianças com sua conversa. Em vez disso, contentaram em se dar as mãos em silêncio enquanto viajavam de volta a Southport.

Quando Alex parou o carro em frente à casa dela, Katie viu Jo sentada nos degraus de sua varanda, como se estivesse esperando. Na escuridão, não tinha certeza se Alex a notara e, nesse momento, Kristen se agitou no banco e ele virou para ver se ela havia acordado. Katie se inclinou e lhe deu um beijo.

– Acho que devo falar com ela – sussurrou Katie.

– Quem? Kristen?

– Minha vizinha. – Katie sorriu, apontando por cima do ombro. – Ou melhor, acho que ela quer falar comigo.

– Ah. – Ele fez que sim. – Está bem. – Ele olhou para a varanda de Jo e de volta. – Eu me diverti muito esta noite.

– Eu também.

Alex beijou Katie antes de ela abrir a porta. Quando ele saiu com o carro, ela seguiu em direção à casa da amiga. Jo sorriu e Katie relaxou um pouco. Elas não conversavam desde aquela noite no bar. Quando ela se aproximou, Jo foi até a cerca da varanda.

– Para começar, quero pedir desculpas pela maneira como falei com você – disse ela sem preâmbulos. – Agi mal. Eu estava errada e isso não vai acontecer de novo.

Katie subiu a escada da varanda e sentou, e acenou para Jo se sentar ao seu lado no degrau de cima.

– Está tudo bem – disse ela. – Não fiquei chateada.

– Ainda me sinto muito mal por isso – retrucou Jo, com óbvio remorso. – Não sei o que deu em mim.

– Eu sei – disse Katie. – Está na cara. Você se preocupa com eles. E quer protegê-los.

– Ainda assim, não devia ter falado com você daquele jeito. Foi por isso que não estive por aqui. Fiquei envergonhada e achava que você nunca iria me perdoar.

Katie tocou em seu braço.

– Agradeço o pedido de desculpas, mas não é necessário. Na verdade, você me fez perceber algumas coisas importantes.

– É mesmo?

Katie assentiu.

– E, só para você saber, acho que vou ficar em Southport por um tempo.

– Vi você dirigindo outro dia.

– É difícil de acreditar, não é? Eu ainda não me sinto confortável ao volante.

– Mas daqui a pouco vai – disse ela. – E é melhor do que a bicicleta.

– Eu ainda ando de bicicleta todos os dias – falou ela. – Não tenho como comprar um carro.

– Eu diria que você pode usar o meu, mas o calhambeque já está de novo na oficina. Aquela coisa vive dando problema. Acho que prefiro uma bicicleta.

– Cuidado com o que você deseja.

– Agora você está falando igual a mim de novo. – Jo balançou a cabeça em direção à estrada. – Estou feliz por você e Alex. E as crianças. Você faz bem a eles, sabia?

– Como pode ter tanta certeza?

– Porque posso ver a forma como ele olha para você. E como você olha para todos eles.

– Temos passado muito tempo juntos – disse Katie.

Jo balançou a cabeça.

– É mais do que isso. Vocês dois parecem apaixonados. – Ela se ajeitou um pouco no degrau sob o olhar envergonhado de Katie. – Está bem, eu admito. Sei que você me viu, mas vamos apenas dizer que já notei a maneira como vocês dois se beijam quando estão se despedindo.

– Você fica nos espionando? – Katie fingiu ficar indignada.

– É claro. – Jo bufou. – O que mais eu poderia fazer para me ocupar? Não acontece nada de interessante por aqui. – Ela parou um pouco de falar, então perguntou: – Você o ama, não é?

Katie assentiu.

– E amo as crianças também.

– Estou tão feliz. – Jo juntou as mãos, como se estivesse rezando.

Katie fez uma pausa.

– Você conheceu a esposa dele?

– Conheci – disse Jo.

Katie olhou para a estrada.

– Como ela era? Quero dizer, Alex já falou dela e acho que consigo imaginar…

Jo não deixou Katie terminar.

– Baseado no que vi, ela era muito parecida com você. E falo isso de um jeito bom. Ela amava Alex e as crianças. Eles eram as coisas mais importantes da sua vida. E isso é tudo que você precisa saber sobre ela.

– Você acha que ela teria gostado de mim?

– Sim – disse Jo. – Tenho certeza de que ela teria adorado você.

30

Estavam em agosto, e Boston sofria com o calor sufocante.

Kevin se lembrava vagamente de ver a ambulância em frente à casa dos Feldmans, mas não dera muita atenção a isso. Só agora percebia que Gladys Feldman falecera e havia carros estacionados dos dois lados da rua. Kevin tinha sido suspenso por duas semanas e não gostava de carros estacionados em frente à sua casa, mas as pessoas tinham vindo à cidade para o funeral e ele estava cansado demais para pedir que tirassem os carros.

Ele raramente tomava banho desde que tinha sido suspenso. Ficou sentado na varanda, bebendo direto da garrafa e observando as pessoas entrarem e saírem da casa dos Feldmans. Ele sabia que o funeral era no fim da tarde e as pessoas estavam na casa dos vizinhos porque iriam juntas ao enterro. As pessoas se agrupavam como bandos de gansos sempre que havia um funeral.

Não vinha conversando com Bill, Coffey, Ramirez, Todd, Amber, nem mesmo com seus pais. Não havia caixas de pizza no chão da sala e nenhuma sobra de comida chinesa na geladeira porque não sentia fome. Bastava a vodca, e ele bebeu até a casa dos Feldmans parecer um borrão. Do outro lado da rua, viu uma mulher sair da casa deles para fumar um cigarro. Ela usava um vestido preto e Kevin se perguntou se ela sabia que os Feldmans gritavam com as crianças do bairro.

Ele observava a mulher porque não queria assistir ao canal de casa e jardim na TV. Erin via esse canal, mas ela fora embora para a Filadélfia, passara a se chamar Erica, depois desaparecera e ele fora suspenso do trabalho. Mas antes disso costumava ser um bom detetive.

A mulher de preto terminou seu cigarro, deixou-o cair na grama e pisou em cima. Deu uma olhada na rua e o notou ali, sentado na varanda. Ela hesitou antes de atravessar a rua em direção a ele. Kevin não a conhecia; nunca a tinha visto antes.

Ele não sabia o que ela queria, mas ele colocou a garrafa no chão e desceu os degraus da varanda. Ela parou na calçada em frente.

– Você é Kevin Tierney? – perguntou a mulher.

– Sim – respondeu ele e sua voz soou estranha, porque ele não falava há dias.

– Sou Karen Feldman – disse ela. – Meus pais moram do outro lado da rua. Larry e Gladys Feldman? – Ela fez uma pausa, mas Kevin não falou nada e ela continuou: – Eu estava pensando se Erin planeja ir ao funeral.

Ele olhou para ela.

– Erin?

– Sim. Minha mãe e meu pai adoravam quando ela aparecia para visitá-los. Ela costumava fazer torta para eles e às vezes ajudava meus pais a limparem a casa, principalmente quando minha mãe começou a ficar doente. Câncer de pulmão. Foi horrível. – Ela balançou a cabeça. – Erin está em casa? Eu esperava conhecê-la. O funeral começa às duas.

– Não, ela não está. Foi ajudar uma amiga doente em Manchester – disse ele.

– Ah... sim, tudo bem, então. Que pena. Lamento tê-lo incomodado.

A mente de Kevin começou a clarear e ele percebeu que ela estava prestes a ir embora.

– Sinto muito pela sua perda, aliás. Contei a Erin e ela está triste por não poder estar aqui. Você recebeu as flores?

– Ah, provavelmente. Não verifiquei. A casa funerária está cheia delas.

– Tudo bem. Só queria que Erin pudesse estar aqui.

– Eu também. Sempre quis conhecê-la. Minha mãe disse que ela a fazia lembrar de Katie.

– Katie?

– Minha irmã caçula. Ela faleceu há seis anos.

– Sinto muito.

– Eu também. Todos nós sentimos falta dela... minha mãe principalmente. É por isso que ela se dava tão bem com Erin. Elas até se pareciam. Mesma idade e tudo. – Se Karen notou a expressão vazia de Kevin, não demonstrou. – Minha mãe costumava mostrar a Erin o álbum de recortes que tinha feito com recordações da Katie... Ela sempre foi tão paciente com a minha mãe. Sua mulher é um doce. Você é um homem de sorte.

Kevin forçou um sorriso.

– Sim, eu sei.

Ele era um bom detetive, mas às vezes as respostas dependiam de pura sorte. Uma nova evidência que surgia, uma testemunha desconhecida que se apresentava, uma câmera de segurança que registrava a placa de um carro. Neste caso, a pista tinha vindo de uma mulher de preto chamada Karen Feldman, que atravessou a rua em uma manhã em que ele andava bebendo e lhe falou sobre sua irmã morta.

Embora sua cabeça ainda estivesse doendo, ele jogou a vodca no ralo e pensou em Erin e nos Feldmans. Erin conhecia e visitava o casal, mesmo que nunca tivesse comentado isso. Quando ele se queixava de que os considerava maus vizinhos, ela nunca dissera uma palavra.

Erin tinha um segredo.

Sua mente estava mais clara do que nunca nos últimos dias. Kevin entrou no chuveiro, tomou banho e vestiu um terno preto. Fez dois sanduíches de presunto e peru com mostarda de Dijon e os comeu. A rua estava cheia de carros e ele observava as pessoas entrando e saindo da casa. Karen saiu, fumando outro cigarro. Enquanto esperava, colocou um pequeno bloco de papel e uma caneta no bolso.

À tarde, as pessoas começaram a seguir para os carros em direção ao enterro. Levou quinze minutos para todos saírem, e então ele viu Karen ajudar Larry Feldman a ir até o carro. Karen sentou no banco do motorista e saiu.

Ele esperou mais dez minutos, para garantir que todos tinham ido embora antes de finalmente sair de casa. Cruzou seu gramado, parou um pouco na rua e foi até a casa dos Feldmans. Ele não se apressou nem tentou se esconder. Vários vizinhos tinham ido ao funeral. Aqueles que ficaram em suas casas simplesmente se lembrariam de um cara de luto usando um terno preto. Chegou à porta da frente e viu que estava trancada. Deu a volta e foi até os fundos. Lá, encontrou uma porta destrancada.

A casa estava silenciosa. Kevin esperou alguns segundos para ver se escutava o som de vozes ou passos. Nada. Havia copos plásticos na bancada e pratos de comida na mesa. Ele andou pela casa. Tinha tempo, mas não sabia quanto. Decidiu começar pela sala de estar. Abriu e fechou portas de armário, preocupando-se em deixar tudo do jeito que estava antes. Procurou na cozinha e no quarto e, finalmente, foi ao escritório. Havia livros nas prateleiras, uma poltrona reclinável e uma televisão. No canto, viu um pequeno arquivo.

Rapidamente, abriu e examinou as identificações das pastas. Encontrou uma em que estava escrito KATIE. Havia um artigo de jornal – ela havia se afogado quando uma camada de gelo se partiu em um lago local – e fotos dela tiradas na escola. Em sua foto de formatura, ela se parecia muito com Erin. No fundo da pasta, havia um envelope. Kevin abriu e encontrou um antigo boletim. Na frente do envelope havia um número de seguro social, que anotou no bloco que havia levado. A certidão de nascimento era uma cópia, e estava gasta e marcada, como se alguém a tivesse amassado e, depois, tentado alisá-la.

Ele já tinha o que precisava, então foi embora. Assim que chegou em casa, ligou para o policial da outra delegacia, aquele que estava dormindo com a babá. No dia seguinte, recebeu a informação que queria: Katie Feldman tinha tirado recentemente uma carteira de motorista, com um endereço de Southport, Carolina do Norte.

Kevin desligou o telefone sem dizer uma palavra, sabendo que a encontrara.

Erin.

31

Vestígios de uma tempestade tropical chegaram a Southport, e a chuva caiu por quase toda a tarde e a noite. Katie trabalhou no turno do almoço, mas o restaurante não encheu muito em razão do tempo, e Ivan a liberou mais cedo. Ela havia pegado o jipe emprestado e, depois de passar uma hora na biblioteca, deixara o carro na loja. Quando Alex a levou para casa, ela o convidou para voltar mais tarde com as crianças para jantar.

Ela ficou inquieta o resto da tarde. Queria acreditar que tinha algo a ver com o tempo, mas, enquanto estava de pé junto à janela da cozinha, vendo os galhos das árvores lá fora se curvarem com o vento e a chuva cair torrencialmente, sabia que tinha mais a ver com a apreensiva sensação de que tudo parecia quase perfeito demais em sua vida. Seu relacionamento com Alex e as tardes que passavam com as crianças preenchiam um vazio que nem sabia que existia, mas aprendera havia muito tempo que nada que é bom dura para sempre. A alegria era tão efêmera quanto uma estrela cadente que cruza o céu à noite, prestes a sumir a qualquer momento.

Mais cedo naquele dia, na biblioteca, tinha lido o *Boston Globe* on-line em um dos computadores e deparara com o obituário de Gladys Feldman. Antes de fugir, ela já sabia que Gladys estava doente e de seu diagnóstico terminal de câncer. Embora verificasse os obituários de Boston regularmente, a concisa descrição da vida e dos parentes de Gladys a atingiu com uma força inesperada.

Ela não queria pegar o documento do arquivo dos Feldmans, nem mesmo tinha pensado nessa possibilidade até Gladys lhe mostrar uma foto de formatura de Katie. Ela vira a certidão de nascimento e o cartão de seguro social junto à foto e reconheceu a oportunidade. Então, quando voltou à casa deles, pediu licença para ir ao banheiro e foi até o arquivo. Mais tarde, enquanto comia torta de mirtilo com eles na cozinha, os documentos pareciam pesar em seus bolsos. Uma semana depois, após fazer uma cópia da certidão de nascimento na biblioteca e dobrá-la e amassá-la para parecer antiga, colocou o documento no arquivo. Ela teria feito o mesmo com o cartão de seguro social, mas não conseguira uma cópia boa o suficiente e esperava que, se eles dessem pela falta do cartão, imaginassem que tinha se perdido ou extraviado.

Kevin nunca saberia o que tinha feito. Ele não gostava dos Feldmans e o sentimento era mútuo. Ela desconfiava de que o casal sabia que ele batia nela. Podia ver isso em seus olhos quando a viam atravessar a rua depressa para visitá-los, na forma como fingiam nunca perceber os hematomas em seus braços, na maneira como seus rostos se tensionavam sempre que mencionava o marido. Katie queria pensar que eles não se importariam com o que tinha feito, que eles gostariam que pegasse o documento, porque sabiam que ela precisava dele e queriam que escapasse.

Eles eram as únicas pessoas de Dorchester de quem sentia falta e se perguntou como Larry devia estar. Eles eram seus amigos quando ela não tinha mais ninguém. Queria chorar com ele, conversar sobre Gladys e lhe dizer que, graças a eles, sua vida era melhor agora. Queria contar que tinha conhecido um homem que a amava, e que estava feliz pela primeira vez em anos.

Mas não faria nenhuma dessas coisas. Em vez disso, foi até a varanda e, com os olhos turvos de lágrimas, ficou vendo a tempestade arrancar as folhas das árvores.

❈

– Esteve tão quieta esta noite – disse Alex. – Está tudo bem?

Ela tinha feito caçarola de atum para o jantar e Alex a ajudava a lavar os pratos. As crianças estavam na sala de estar, jogando video game. Ela podia ouvir os bipes e zumbidos, por cima do barulho da torneira.

– Uma amiga minha faleceu – disse ela. Ela lhe entregou um prato para secar. – Sabia que estava para acontecer, mas ainda é triste.

– Sinto muito. – Ele entendia que não devia pedir mais detalhes. Em vez disso, esperou para ver se ela diria mais alguma coisa, mas ela lavou outro copo e mudou de assunto.

– Quanto tempo você acha que a tempestade vai durar? – perguntou ela.

– Não muito. Por quê?

– Só estava pensando se o parque amanhã estará aberto. Ou se o voo vai ser cancelado.

Alex olhou pela janela.

– Acho que tudo vai dar certo. A tempestade já está passando. Tenho certeza de que já estamos no finalzinho dela.

– Bem a tempo do fim de semana – comentou Katie.

– É claro. A natureza não ousaria interferir nos planos bem definidos da organização do parque. Ou da Joyce, aliás.

Ela sorriu.

– Quanto tempo você deve levar para pegar a filha da Joyce?

– Provavelmente quatro ou cinco horas. Raleigh não é exatamente perto daqui.

– Por que ela não pegou um voo para Wilmington? Ou alugou um carro?

– Eu não sei. Não perguntei, mas acredito que queira economizar.

– Você está fazendo uma coisa boa. Ajudando Joyce assim.

Ele deu de ombros, para dizer que não era nada de mais.

– Você vai se divertir amanhã.

– No parque ou com as crianças?

– As duas coisas. E, se você me pedir com jeitinho, até compro um sorvete frito para você.

– Sorvete frito? Parece nojento.

– Na verdade, é uma delícia.

– As comidas são todas fritas por aqui?

– Se pode ser frito, acredite em mim, alguém vai dar um jeito. No ano passado, havia um lugar servindo manteiga frita.

Ela fez uma careta como se fosse vomitar.

– Você está brincando.

– Não. Sei que parece horrível, mas as pessoas faziam fila para comprar. Era o mesmo que entrar na fila para ter um ataque cardíaco.

Ela lavou e enxaguou os últimos copos, então passou para ele.

– Você acha que as crianças gostaram do jantar? Kristen não comeu muito.

– Kristen nunca come muito. Eu gostei. Achei delicioso.

Ela balançou a cabeça.

– Quem se preocupa com as crianças, não é mesmo? Desde que você esteja feliz?

– Me desculpe. No fundo, sou um narcisista.

Ela passou a esponja com sabão em um prato e o enxaguou.

– Estou ansiosa para passar algum tempo na casa.

– Por quê?

– Porque estamos sempre aqui, e não lá. Não me entenda mal. Sei que era a coisa certa a fazer por causa das crianças. – *E por causa da Carly*, pensou ela também, mas não chegou a falar. – Vai me dar a chance de ver como você vive.

Alex pegou o prato.

– Você já esteve lá antes.

– Sim, mas não por mais do que alguns minutos, e só na cozinha ou na sala de estar. Nem deu tempo de espiar seu quarto ou seu armário de remédios.

– Você não faria isso. – Alex fingiu indignação.

– Talvez, se eu tivesse uma oportunidade.

Ele secou o prato e guardou no armário.

– Sinta-se livre para passar o tempo que quiser no meu quarto.

Ela riu.

– Isso é bem papo de homem mesmo.

– Só estou dizendo que não me importaria. E pode espiar à vontade o armário de remédios também. Não tenho segredos.

– Isso é o que você diz – brincou ela. – Você está falando com alguém cheia de segredos.

– Mas que não esconde nada de mim.

– Não – concordou ela, com o rosto sério. – Não escondo nada de você.

Ela lavou mais dois pratos e entregou a ele, sentindo-se tomada por uma onda de satisfação com aquele momento, enquanto o observava secar e guardar a louça.

Alex limpou a garganta.

– Posso perguntar uma coisa? – disse ele. – Não quero que me interprete mal, mas estou curioso.

– O quê?

Ele passou o pano de prato nos braços, enxugando uma gota aqui outra ali, ganhando tempo.

– Queria saber se você pensou melhor no que falei semana passada. No estacionamento, depois de ver os macacos de rodeio?

– Você falou um monte de coisas – disse ela com cautela.

– Não lembra? Você me disse que Erin não poderia se casar, mas eu falei que Katie provavelmente poderia.

Katie ficou tensa, menos pela lembrança do que pelo tom sério de Alex. Sabia exatamente aonde chegariam com isso.

– Eu lembro – disse ela com uma leveza forçada. – Acho que eu falei que teria que encontrar o cara certo.

Ao ouvir o que Katie disse, os lábios dele se contraíram, como se estivesse pensando se deveria continuar.

– Só queria saber se você pensou sobre isso. Sobre nos casarmos um dia.

A água ainda estava quente quando ela começou a lavar os talheres.

– Você teria que me pedir primeiro.

– Mas e se eu pedisse?

Ela pegou um garfo e o esfregou.

– Acho que eu diria que amo você.

– Você diria que sim?

Ela fez uma pausa.

– Não quero me casar de novo.

– Você não quer ou acha que não pode?

– Qual é a diferença? – A expressão no rosto dela continuava teimosa, decidida. – Você sabe que ainda sou casada. Bigamia é ilegal.

– Você não é mais a Erin. Você é a Katie. Como você mesma disse, sua carteira de motorista prova isso.

– Mas não sou a Katie também! – disparou ela antes de se virar para ele. – Você não entende? Roubei esse nome de pessoas de quem eu gostava! Pessoas que confiaram em mim. – Ela olhou para ele, sentindo a mesma tensão do começo do dia, lembrando-se com viva intensidade da bondade e da piedade de Gladys, de sua fuga e dos anos de pesadelo com Kevin. – Por que você não pode ser feliz com as coisas do jeito que estão? Por que me pressiona tanto para que eu seja a pessoa que você quer em vez de quem eu sou?

Ele se encolheu.

– Eu amo você do jeito que é.

– Mas está colocando uma condição para isso!

– Não estou!

– Está, sim! – insistiu ela. Sabia que estava levantando a voz, mas não parecia conseguir evitar. – Você tem uma ideia pronta do que quer na vida e está tentando me fazer encaixar nela!

– Não é verdade – protestou Alex. – Só fiz uma pergunta.

– Mas você queria uma resposta específica! Queria a resposta *certa* e, se eu não aceitasse, ia tentar me convencer do contrário. Ia dizer que eu deveria fazer o que você quer! Que devo fazer tudo que você quiser!

Pela primeira vez, Alex estreitou os olhos em direção a ela.

– Não faça isso – disse ele.

– Fazer o quê? Dizer a verdade? Falar como eu me sinto? Por quê? O que você vai fazer? Bater em mim? Vá em frente.

Alex se afastou como se ela tivesse lhe dado um tapa. Ela sabia que suas palavras tinham atingido o alvo, mas, em vez de ficar com raiva, Alex colocou o pano de prato no balcão e deu um passo para trás.

– Eu não sei o que está acontecendo, mas sinto muito por ter tocado no assunto. Não quis colocá-la contra a parede ou convencê-la de nada. Só estava tentando conversar.

Alex parou de falar, esperando que Katie dissesse alguma coisa, mas ela permaneceu em silêncio. Então, ele balançou a cabeça e começou a sair da cozinha.

– Obrigado pelo jantar – sussurrou ele.

Na sala de estar, ela o ouviu dizer aos filhos que estava ficando tarde e depois a porta da frente abriu com um rangido. Ele fechou a porta suavemente e a casa ficou em silêncio, deixando-a sozinha com seus pensamentos.

32

Kevin estava tendo dificuldades para ficar entre as marcações da faixa na estrada. Ele pretendia manter a mente alerta, mas começou a sentir a cabeça latejar e o estômago ficar embrulhado, então parou em uma loja de bebidas e comprou uma garrafa de vodca. A bebida entorpeceu a dor. Ele só conseguia pensar em Erin e no fato de ela ter mudado seu nome para Katie.

A interestadual era um borrão. Os faróis, fortes luzes brancas que feriam seus olhos, aumentavam de intensidade à medida que se aproximavam, vindo da direção oposta. Um após o outro. Milhares. Pessoas indo a diversos lugares, fazendo diversas coisas. Kevin dirigia para a Carolina do Norte para encontrar a esposa. Saiu de Massachusetts, atravessou Rhode Island e Connecticut. Nova York e Nova Jersey. A lua surgiu, furiosa e alaranjada, e cruzou o céu escuro. As estrelas brilhavam.

O vento quente soprava pela janela aberta. Kevin mantinha o volante firme, seus pensamentos um quebra-cabeça de peças que não se encaixavam. Aquela vadia o abandonara, deixando-o ali para apodrecer, e acreditava que era mais inteligente do que ele. Mas ele a encontrara. Ele sabia onde Erin morava, sabia onde ela estava escondida. O endereço dela estava escrito em um pedaço de papel no banco ao seu lado, preso pela Glock que ele tinha trazido de casa.

No banco de trás, havia uma sacola com roupas, algemas e fita adesiva. Quando saiu da cidade, parou em um caixa eletrônico e tirou algumas centenas de dólares. Ele queria esmagar o rosto de Erin com os punhos assim que a encontrasse, reduzindo-o a uma massa feia e ensanguentada. Queria beijá-la, abraçá-la e implorar para ela voltar para casa. Encheu o tanque perto da Filadélfia e se lembrou de como a rastreara até lá.

Ela o fizera de bobo, levando uma vida secreta. Visitava os Feldmans, cozinhava e limpava para eles enquanto planejava, tramava e mentia. Sobre o que mais ela mentira? Um homem? Talvez não na época, mas já devia haver um homem àquela altura. Que a beijava e a acariciava. Tirava a roupa dela. E ria dele. Eles provavelmente estavam juntos na cama naquele momento, rindo pelas costas dele. *Mostrei a ele, não foi? Kevin nem desconfiava.*

Pensar naquilo o deixava louco. Furioso. Kevin já estava na estrada por horas, mas continuava dirigindo. Tomou um gole de vodca e piscou rapidamente para clarear a visão. Ele não dirigia rápido demais, não queria ser parado por nenhum policial. Não com uma arma no banco do lado. Erin tinha medo de armas e sempre lhe pedia para guardar a sua quando estava em casa.

Mas não era o suficiente. Ele podia lhe comprar uma casa, móveis e roupas bonitas e levá-la à biblioteca e ao salão de cabeleireiro, mas ainda não era o suficiente. Quem poderia entender isso? Era tão difícil assim limpar a casa e fazer o jantar? Ele nunca quis bater nela, só fazia isso quando não tinha escolha. Quando ela agia de maneira idiota, descuidada ou egoísta. Ela é que era culpada.

O motor zumbia, o ruído constante em seus ouvidos. Erin tinha carteira de motorista e agora era garçonete em um restaurante chamado Ivan's. Antes de sair, ele passou algum tempo na internet e fez algumas ligações. Não tinha sido difícil encontrá-la, porque a cidade era pequena. Ele levou menos de vinte minutos para descobrir onde trabalhava. Tudo que precisou fazer foi discar o número e perguntar se Katie estava lá. Na quarta ligação, alguém disse que sim. Ele desligou sem falar nada. Ela achava que poderia se esconder para sempre, mas ele era um bom detetive e a encontrara. *Estou chegando. Sei onde você mora e onde trabalha. Você não vai fugir de novo.*

Ele passou por outdoors e algumas saídas na estrada, e a chuva começou a cair em Delaware. Fechou a janela e sentiu o vento começar a empurrar o carro de lado. Um caminhão à sua frente guinava um pouco, as rodas da carreta cruzando a faixa. Ele ligou os limpadores e o para-brisa clareou. Mas a chuva começou a cair ainda mais forte. Ele se curvou sobre o volante, estreitando os olhos em direção às esferas nebulosas dos faróis que vinham em sentido contrário. Sua respiração começou a embaçar o vidro e ele ligou o desembaçador. Dirigiria a noite toda e encontraria Erin no dia seguinte. Então a levaria para casa e eles recomeçariam. Marido e mulher, vivendo juntos, do jeito que deveria ser. Felizes.

Eles costumavam ser felizes. No início do casamento, visitavam algumas casas à venda nos fins de semana. Ela estava animada para comprar uma e ele a ouvia falar com os corretores de imóveis, a voz vibrando como música nas casas vazias. Ela passava pelos cômodos e ele sabia que estava imaginando onde colocar os móveis.

Quando encontraram a casa em Dorchester, ele sabia que ela havia gostado pela maneira como seus olhos brilharam. Naquela noite, enquanto estavam deitados na cama, Erin traçou pequenos círculos em seu peito, implorando que fizesse uma oferta. Ele faria qualquer coisa que ela quisesse, porque a amava.

Menos ter filhos. Ela dissera que queria ter filhos, queria começar uma família. No primeiro ano de casamento, falava sobre isso o tempo todo. Ele tentava ignorá-la, sem querer lhe dizer que não gostaria que ela ficasse gorda e inchada, que as mulheres grávidas eram feias, que não queria ouvi-la choramingar sobre como estava cansada ou como seus pés estavam inchados.

Não queria ouvir um bebê fazendo barulho e chorando quando chegasse do trabalho, não queria brinquedos espalhados pela casa. Não queria que ela ficasse desmazelada e pelancuda, nem ouvi-la perguntar se ele achava que seu traseiro estava ficando grande. Ele se casou com ela porque queria uma esposa, não uma mãe. Mas ela continuava falando nisso, batendo na mesma tecla dia após dia até que ele finalmente lhe deu um tapa e mandou que ela calasse a boca. Depois disso, Erin nunca mais tocou no assunto, mas agora ele se perguntava se devia ter dado a ela o que queria. Ela não teria ido embora se tivesse um filho, não teria nem conseguido fugir, para começo de conversa.

Eles teriam um filho, decidiu Kevin, e morariam em Dorchester. Ele trabalharia como detetive. À noite, voltaria para casa para sua linda esposa e, quando as pessoas os vissem no supermercado, ficariam admiradas e diriam: "Eles representam uma família tipicamente americana."

Será que o cabelo dela estava louro novamente? Esperava que estivesse longo e louro e que pudesse correr os dedos por ele. Erin gostava quando ele fazia isso, sempre sussurrando em seu ouvido, dizendo coisas que ele gostava de ouvir, excitando-o. Mas não tinha sido real, não se ela já planejava deixá-lo, não se ela não tinha voltado.

Ela mentira para ele, mentira o tempo todo. Por semanas. Meses, até.

Enquanto roubava dos Feldmans, comprava um celular, pegava dinheiro da sua carteira. E agora outro homem dividia sua cama. Corria os dedos pelo cabelo dela, ouvia seus gemidos, sentia suas mãos nele. Kevin mordeu o lábio e sentiu gosto de sangue, odiando-a, querendo chutá-la e socá-la, querendo jogá-la escada abaixo. Tomou outro gole da garrafa ao seu lado, tirando o gosto metálico da boca.

Ela o enganara porque era bonita. Tudo nela era bonito. Seus seios, seus lábios... No cassino, em Atlantic City, quando ele a conhecera, achara que ela era a mulher mais bonita que já tinha visto, e em seus quatro anos de casamento, nada havia mudado. Erin sabia que ele a desejava, e usava isso a seu favor. Vestia roupas sensuais. Ia ao salão cuidar do cabelo. Usava lingeries de renda. Isso o fazia baixar a guarda e pensar que ela o amava.

Mas ela não o amava. Nem sequer se preocupava com ele. Não se importava com a louça e os vasos de flores quebrados, não se importava que ele tivesse sido suspenso do trabalho, não se importava que tivesse ido dormir chorando durante meses. Não ligava para o fato de sua vida estar desmoronando. Tudo o que importava era o que ela queria. Agora estava rindo dele. Rindo havia meses e pensando apenas em si mesma. Ele a amava e odiava, não conseguia entender. Sentiu as lágrimas começarem a se formar, e piscou para contê-las.

Delaware. Maryland. Os arredores de Washington D.C. Virgínia. Horas perdidas para a noite interminável. A chuva, que era forte no início, gradualmente se dissipava. Ele parou perto de Richmond de madrugada e tomou café da manhã. Dois ovos, quatro pedaços de bacon, torradas de trigo. Bebeu três xícaras de café. Colocou mais gasolina no carro e voltou para a interestadual. Entrou na Carolina do Norte sob um céu azul. Havia insetos mortos no para-brisa, e suas costas começavam a doer. Teve que usar óculos de sol para não precisar estreitar os olhos com a claridade, e o bigode começava a coçar.

Estou chegando, Erin, pensou ele.

33

Katie acordou exausta. Rolara de um lado para outro por horas durante a noite, repetindo em sua mente as coisas horríveis que dissera a Alex. Não sabia o que tinha acontecido com ela. Sim, estava chateada por causa dos Feldmans, mas não conseguia se lembrar de jeito nenhum de como a discussão havia começado. Ou melhor: lembrava, mas não fazia sentido. Ela sabia que ele não a estava pressionando ou tentando forçá-la a fazer algo para o qual não estava pronta. Sabia que Alex não era nem remotamente parecido com Kevin, mas o que dissera a ele?

O que você vai fazer? Bater em mim? Vá em frente.

Por que ela dissera algo assim?

Ela finalmente cochilou depois das duas horas, quando o vento e a chuva começaram a diminuir. Ao amanhecer, o céu estava claro e ela podia ouvir o canto dos pássaros nas árvores. Da varanda, notou as consequências da tempestade: galhos quebrados pela frente da casa, e um tapete de pinhas cobria o quintal e a calçada. O ar já estava denso com a umidade. Aquele dia seria muito abafado, talvez o mais quente do verão até então. Ela pensou em falar com Alex para não deixar as crianças ao sol por muito tempo antes de perceber que ele poderia não querer que ela ficasse com eles. Que talvez ainda estivesse irritado com ela.

Talvez? Com certeza. E magoado também. Ele nem tinha deixado as crianças se despedirem na noite anterior.

Ela sentou na escada e virou em direção à casa de Jo, perguntando-se se ela já estaria de pé. Era cedo, provavelmente muito cedo para bater à sua porta. Katie não sabia o que dizer a Jo ou de que adiantaria. Não contaria o que dissera a Alex – aquela era uma lembrança que preferia apagar por completo –, mas talvez a amiga pudesse ajudá-la a compreender a ansiedade que estava sentindo. Na noite anterior, pela primeira vez em semanas, deixou a luz acesa.

Sua intuição lhe dizia que algo estava errado, mas não conseguia saber o que era, fora seus pensamentos ficarem sempre voltando para os Feldmans. Para Gladys. Para as inevitáveis mudanças na casa. O que aconteceria se alguém percebesse que os documentos de Katie tinham sumido? Só de pensar já se sentia enjoada.

– Vai ficar tudo bem – ouviu alguém dizer de repente.

Ao se virar, viu Jo de pé mais ao lado, usando tênis de corrida, as bochechas coradas, marcas de suor na camisa.

– De onde você veio?

– Saí para correr – disse Jo. – Estava tentando evitar o calor, mas não funcionou. Está tão abafado que eu mal podia respirar. Pensei que fosse morrer de insolação. Mesmo assim, acho que estou melhor do que você. Estou achando você muito triste. – Jo apontou para a escada, e Katie chegou para o lado para ela se sentar.

– Alex e eu brigamos ontem à noite.

– O que houve?

– Eu disse algo terrível para ele.

– Você pediu desculpas?

– Não – respondeu Katie. – Ele saiu antes de eu conseguir pedir. Eu devia ter pedido, mas não pedi. E agora...

– O quê? Você acha que é tarde demais? – Ela apertou o joelho de Katie. – Nunca é tarde demais para fazer a coisa certa. Vá até lá e fale com ele.

Katie hesitou, claramente ansiosa.

– E se ele não me perdoar?

– Então ele não é quem você achava que fosse.

Katie levantou os joelhos, apoiando o queixo neles. Jo afastou a camisa da pele, tentando se abanar antes de prosseguir.

– Ele vai perdoá-la. Você sabe disso, não sabe? Você pode ter ferido seus sentimentos, mas ele é um bom homem. – Ela sorriu. – Além disso, todo casal precisa discutir de vez em quando. Só para provar que a relação é forte o bastante para sobreviver a isso.

– Parece a psicóloga falando.

– Sim, mas é a verdade. Relacionamentos de longo prazo, aqueles que importam, são aqueles que suportam os altos e os baixos. Você ainda está pensando em um relacionamento duradouro, não está?

– Sim. – Katie assentiu. – Estou. E você está certa. Obrigada.

Jo deu um tapinha na perna de Katie e piscou, enquanto se levantava da escada.

– Para que servem os amigos, certo?

Katie olhou para cima.

– Quer um café? Eu ia fazer um agora.

– Hoje não. Está muito quente. Estou precisando é de um copo de água gelada e uma ducha fria. Sinto que estou derretendo.

– Você vai ao parque hoje?

– Talvez. Ainda não decidi. Se eu for, tentarei encontrá-la – prometeu Jo. – Agora converse com Alex antes que você mude de ideia.

✹

Katie ficou sentada nos degraus por mais alguns minutos antes de entrar. Tomou banho e preparou uma xícara de café, mas Jo tinha razão: estava quente demais para tomar café. Em vez disso, colocou uma bermuda e uma sandália, foi até os fundos da casa e pegou sua bicicleta.

Apesar da chuva recente, a estrada de cascalho já estava secando e ela conseguiu pedalar sem se cansar muito. Que bom. Não fazia ideia de como Jo tinha conseguido correr com aquele calor. Normalmente, havia esquilos ou pássaros, mas, quando entrou na estrada principal, não viu nenhum movimento.

Na estrada, o tráfego era leve. Alguns carros passaram zunindo e deixando fumaça em seu rastro. Katie continuou pedalando e, ao dobrar uma curva, viu a loja. Já havia meia dúzia de carros parados em frente. Clientes habituais que iam até lá comer pãezinhos.

A conversa com Jo tinha ajudado. Ela ainda estava ansiosa, mas tinha menos a ver com os Feldmans ou com outras lembranças perturbadoras do que com o que ia dizer a Alex. Ou melhor, o que ele ia dizer a ela em resposta.

Ela parou em frente à loja. Dois homens mais velhos se abanavam nos bancos, e ela passou por eles em direção à porta. Atrás da registradora, Joyce estava atendendo um cliente e sorriu.

– Bom dia, Katie – disse ela.

Katie deu uma espiada rápida na loja.

– Alex está por aqui?

– Ele está lá em cima com as crianças. Você sabe o caminho, certo? A escada lá atrás?

Katie saiu da loja e deu a volta, em direção aos fundos do prédio. Na doca, havia uma fila de barcos esperando para abastecer.

Ela hesitou antes de finalmente bater à porta. Então ouviu o som de passos se aproximando. Quando a porta abriu, Alex surgiu à sua frente.

Katie abriu um sorriso hesitante.

– Oi – disse ela.

Ele balançou a cabeça, a expressão indecifrável. Katie limpou a garganta.

– Queria dizer que sinto muito pelo que disse. Eu estava errada.

A expressão de Alex continuou neutra.

– Tudo bem – disse ele.

Por um instante, nenhum dos dois disse nada, e Katie de repente desejou não ter ido até lá.

– Eu posso ir embora. Só preciso saber se você ainda precisa de mim para olhar as crianças hoje à noite.

Mais uma vez, ele não disse nada. Em meio ao silêncio, Katie balançou a cabeça. Quando ela se virou para sair, ouviu Alex dar um passo em sua direção.

– Katie... – disse ele. Então deu uma olhada nas crianças por cima do ombro antes de fechar a porta. – O que você falou ontem à noite...

– Não queria dizer aquilo – explicou ela, a voz suave. – Não sei o que deu em mim. Estava chateada com outra coisa e descontei em você.

– Eu admito... aquilo me incomodou. Não tanto por você ter falado, mas por ter achado que eu seria capaz... daquilo.

– Não acho – disse Katie. – Nunca pensaria isso de você.

Alex parecia absorver suas palavras, mas Katie sabia que ele tinha mais a dizer.

– Quero que saiba que valorizo o que temos agora e, mais do que tudo, que se sinta confortável. Como for melhor para você. Sinto muito por fazê--la achar que eu estava colocando você contra a parede. Não era minha intenção.

– Sim, era. – Ela abriu um sorriso astucioso. – Um pouco, pelo menos. Mas está tudo bem. Quero dizer, quem sabe o que o futuro nos reserva, certo? Como hoje à noite, por exemplo.

– Por quê? O que acontecerá hoje à noite?

Ela se apoiou no batente da porta.

– Bem, depois que as crianças dormirem e, dependendo da hora que você chegar, pode ser tarde demais para eu voltar para casa. Você pode me encontrar na sua cama...

Quando ele percebeu que ela não estava brincando, levou a mão ao queixo fingindo refletir.

– É um dilema.

– Por outro lado, talvez o tráfego esteja leve e você chegue cedo o suficiente para me levar para casa.

– Geralmente tomo muito cuidado ao dirigir. Como regra geral, não gosto de correr.

Ela se inclinou e sussurrou no ouvido dele:

– Você é tão bonzinho.

– Eu tento – murmurou ele de volta, antes que seus lábios se encontrassem. Quando se afastou, notou meia dúzia de donos de barcos olhando para eles. Alex não se importou. – Quanto tempo você levou para ensaiar esse discurso?

– Eu não ensaiei. Saiu naturalmente.

Ele ainda podia sentir o beijo.

– Já tomou café da manhã? – disse ele.

– Não.

– Gostaria de comer cereal comigo e com as crianças? Antes de irmos para o parque?

– Parece delicioso.

34

A Carolina do Norte era feia, uma faixa de asfalto entre monótonas fileiras de pinheiros e colinas. Ao longo da estrada, havia trailers, fazendas e celeiros caindo aos pedaços e cheios de ervas daninhas. Kevin saiu de uma interestadual e pegou outra, virando em direção a Wilmington, e bebeu mais um pouco por puro tédio.

À medida que passava pela paisagem imutável, pensava em Erin. Esperava que ela estivesse em casa quando ele chegasse, mas, mesmo que estivesse no trabalho, seria apenas uma questão de tempo até ela voltar.

A interestadual passava por um monte de cidades desinteressantes com nomes nada marcantes. Ele chegou a Wilmington às dez horas. Dirigiu pela cidade, entrou em uma pequena estrada rural e seguiu para o sul, com o sol batendo forte na janela do motorista. Colocou a arma no colo, depois de volta no banco, e continuou dirigindo.

Finalmente ele chegou à cidade onde Erin estava morando: Southport.

Passou lentamente pela cidade, dando a volta em uma feira comemorativa, e consultando de vez em quando as instruções que imprimira antes de viajar. Pegou uma camisa na sacola e jogou-a sobre a arma para escondê-la.

Era uma cidade pequena, com casas bonitas e bem conservadas. Algumas eram tipicamente sulinas, com amplas varandas, magnólias e bandeiras americanas tremulando nos postes, outras o faziam lembrar as casas na Nova Inglaterra. Havia mansões à beira-mar. Dava para ver a luz do sol brilhando na água entre as casas, e estava quente feito o inferno. Como uma sauna.

Minutos depois, ele encontrou a estrada onde ela morava. À esquerda, mais à frente, havia um armazém e ele parou para comprar gasolina e uma lata de Red Bull. Ficou esperando na fila atrás de um homem que comprava carvão e fluido de isqueiro. Então deu o dinheiro à senhora que estava na caixa. Ela sorriu, agradeceu pela compra e comentou que nunca o vira por ali antes. Kevin respondeu que estava na cidade para a feira comemorativa.

Quando voltou à estrada, o coração dele disparou. Não faltava muito agora. Dobrou uma curva e diminuiu a velocidade. A distância, viu uma estrada de cascalho. As orientações que trouxera indicavam que deveria virar, mas ele parou o carro. Se Erin estivesse em casa, reconheceria o veículo imediatamente.

Deu meia-volta, procurando um lugar afastado para estacionar. Não havia muitas opções. O estacionamento do armazém, talvez, mas será que ninguém iria notar se ele parasse lá? Passou pelo armazém novamente, examinando a área. As árvores dos dois lados da estrada poderiam lhe dar cobertura? Não queria correr o risco de que alguém desconfiasse de um carro abandonado entre as árvores.

A cafeína o deixava agitado e ele trocou para vodca para se acalmar. Não conseguia, de jeito nenhum, encontrar um lugar para esconder o carro. Que diabo de lugar era aquele? Kevin deu a volta de novo, já ficando com raiva. Ele devia ter alugado um carro. Agora não conseguia encontrar uma maneira de chegar perto o suficiente sem que ela notasse.

O armazém era a única opção. Ele entrou de volta no estacionamento, parando junto à lateral do prédio. Ficava a, pelo menos, 1,5 quilômetro da casa, mas ele não sabia mais o que fazer. Pensou um pouco antes de desligar o motor. Quando abriu a porta, o calor o envolveu. Ele esvaziou a bolsa, jogando as roupas no banco de trás. Deixou nela apenas a arma, as cordas, as algemas e a fita adesiva – além de uma garrafa reserva de vodca. Jogou a bolsa por cima do ombro e olhou em volta. Ninguém o observava. Imaginou que poderia deixar o carro ali por talvez uma ou duas horas antes de alguém desconfiar.

Deixou o estacionamento e, enquanto caminhava pelo acostamento da estrada, sentiu que sua cabeça começava a doer. O calor era absurdo. Caminhando pela estrada, não viu Erin. Apenas motoristas de passagem.

Entrou na estrada de cascalho. Esburacada e poeirenta, não parecia levar a lugar algum. No entanto, após uma boa caminhada, viu duas pequenas casas a cerca de um quilômetro de distância. Sentiu seu coração acelerar. Erin morava em uma delas. Ele foi para um dos lados da estrada, escondendo-se junto às árvores e procurando ficar fora de vista. Esperava encontrar alguma sombra, mas o sol estava alto e o calor permanecia constante. Sua camisa estava ensopada. O suor escorria pelo seu rosto. Sua cabeça latejava e ele parou para beber um pouco, direto da garrafa.

De longe, nenhuma das cabanas parecia ocupada. Mas que diabo, nenhuma das duas parecia habitável. Não se pareciam em nada com sua casa em Dorchester, com as venezianas, mísulas e a porta da frente vermelha. Na casa mais próxima a ele, a pintura estava descascando e as tábuas apodreciam nos cantos. Ao seguir adiante, observou as janelas, à procura de sinais de movimento. Nada.

Kevin não sabia qual casa era a dela. Parou para observá-las de perto. As duas estavam em más condições, mas uma parecia praticamente abandonada. Ele, então, seguiu para a que estava melhor, afastando-se da janela.

Levara trinta minutos da loja até ali. Quando surpreendesse Erin, sabia que ela ia tentar fugir. Ela não ia querer voltar com ele. Ele a amarraria, taparia sua boca com a fita e depois buscaria o carro. Quando voltasse, iria colocá-la no porta-malas até estarem bem longe daquela cidade.

Ele se encostou na lateral da casa, procurando sempre ficar longe da janela. Tentou ouvir se havia algum movimento lá dentro, o som de portas se abrindo, água corrente ou louça batendo uma na outra, mas não escutou nada.

Sua cabeça ainda doía e ele estava com sede. O calor era intenso e sua camisa estava molhada. Respirava rápido demais, mas estava tão perto de Erin agora. Novamente pensou em como ela o havia deixado e não se importara por ele ter chorado. Ela rira pelas suas costas. Ela e o cara, seja lá quem fosse. Kevin sabia que devia haver um homem. Erin não teria conseguido se virar sozinha.

Ele deu uma espiada na parte de trás da casa e não viu nada. Aproximou-se um pouco mais, observando. À frente, havia uma pequena janela e ele arriscou dar uma olhada lá dentro. Nenhuma luz estava acesa, mas o cômodo estava limpo e arrumado, com um pano de prato pendurado na pia da cozinha. Assim como Erin costumava fazer. Ele se aproximou silenciosamente da porta e girou a maçaneta. Destrancada.

Prendendo a respiração, ele abriu a porta e entrou, atento a qualquer barulho. Atravessou a cozinha e a sala de estar, espiando o quarto e o banheiro. Então xingou em voz alta ao perceber que ela não estava em casa.

Isso, é claro, se estivesse mesmo na casa certa. No quarto, deu uma olhada na cômoda e abriu a gaveta de cima. Encontrou uma pilha de calcinhas e as revirou, procurou senti-las entre o polegar e o indicador, mas já fazia tanto tempo que ele não tinha certeza se poderia lembrar se aquelas eram as que Erin tinha em casa. Não reconheceu as outras roupas, mas eram do tamanho dela.

Reconheceu o xampu e condicionador, a marca da pasta de dente. Na cozinha, revirou as gavetas, abrindo-as uma por uma, até encontrar uma conta. Estava em nome de Katie Feldman. Apoiou-se no armário, olhando para aquele nome com uma sensação de conquista.

O único problema era que ela não estava ali. Kevin sabia que não podia deixar o carro na loja por muito tempo. Além disso, sentia-se cansado demais. Ele queria dormir, precisava dormir. Tinha dirigido a noite inteira e sua cabeça latejava. Instintivamente, caminhou de volta para o quarto dela. A cama estava arrumada. Quando puxou a colcha, pôde sentir o cheiro dela nos lençóis. Ele se arrastou para a cama, respirando fundo, inspirando o perfume dela. Sentiu as lágrimas inundarem seus olhos ao perceber quanto sentia falta dela e a amava, e pensar que eles poderiam ter sido felizes se ela não tivesse sido tão egoísta.

Kevin não conseguia ficar acordado e disse a si mesmo que ia dormir só um pouquinho. Não muito. Só o suficiente para sua mente estar alerta quando ele voltasse à noite, de forma que não cometesse nenhum erro. E então Erin e ele poderiam ser marido e mulher outra vez.

35

Alex, Katie e as crianças foram de bicicleta para o parque porque estacionar no centro era quase impossível. Tentar chegar em casa, quando os carros começassem a sair, seria ainda pior.

Havia barraquinhas de artesanato dos dois lados da rua, e dava para sentir no ar o cheiro forte de cachorro-quente e hambúrguer, pipoca e algodão-doce. No palco principal, uma banda local tocava "Little Deuce Coupe", dos Beach Boys. Havia corridas de saco e uma faixa anunciava um concurso para ver quem comia mais melancia. Havia jogos de azar também: acertar balões com dardos, anéis em torno de garrafas, marcar três cestas de basquete para ganhar um bicho de pelúcia. A roda-gigante na ponta do parque se erguia acima de tudo isso, atraindo as famílias.

Alex ficou na fila para comprar os ingressos, enquanto Katie vinha atrás com as crianças, indo em direção aos carrinhos bate-bate e à xícara-maluca. Havia filas longas, pais segurando as crianças pelas mãos e adolescentes andando em grupos. Por todo lado se ouvia o barulho de geradores e alguns ruídos metálicos enquanto os brinquedos giravam e giravam.

Era possível ver o cavalo mais alto do mundo por 1 dólar. Outro dólar pagava o ingresso para a tenda ao lado, que abrigava o menor cavalo. Pôneis andavam em círculos, amarrados a uma roda, cansados e cheios de calor, a cabeça baixa.

As crianças estavam ansiosas e queriam andar em tudo. Alex gastou uma pequena fortuna em bilhetes, que iam embora rapidamente, porque a maioria dos brinquedos exigia três ou quatro. O custo cumulativo era absurdo, e Alex tentava fazer os ingressos durarem, insistindo para que fizessem outras coisas também.

Eles viram um homem fazer malabarismos com pinos de boliche e torceram por um cachorro que sabia andar na corda bamba. Almoçaram pizza em um dos restaurantes locais, comendo do lado de dentro para fugir do calor, e ouviram uma banda country tocar algumas músicas. Depois, viram pessoas correndo de jet ski no rio Cape Fear antes de voltarem aos brinquedos. Kristen quis algodão-doce e Josh fez uma tatuagem temporária.

Assim, as horas se passaram em uma mistura de calor e prazeres de cidade pequena.

※

Kevin acordou duas horas depois, o corpo molhado de suor, o estômago doendo de cólica. Seus sonhos induzidos pelo calor tinham sido muito vivos e cheios de detalhes, e era difícil se lembrar de onde estava. Parecia que sua cabeça ia se partir ao meio. Ele cambaleou do quarto até a cozinha, matando sua sede direto na torneira. Ele estava tonto e fraco e se sentia mais cansado do que antes de dormir.

Mas não podia ficar. Foi até o quarto e arrumou a cama de novo para ela não saber que tinha estado lá. Já ia sair quando se lembrou da caçarola de atum que tinha visto na geladeira ao revistar a cozinha. Ele estava faminto e se lembrou de que ela não preparava seu jantar havia meses.

Devia estar fazendo uns quarenta graus naquela cabana abafada. Por isso, ficou por um bom tempo em frente ao ar fresco que saía da geladeira. Pegou a caçarola de atum e vasculhou as gavetas até encontrar um garfo. Tirou o filme plástico que cobria a panela, comeu um pouco, e depois mais. Comer não aliviou a dor em sua cabeça, mas seu estômago melhorou e a cólica diminuiu. Ele poderia ter comido toda a caçarola, mas se forçou a encher só mais um garfo antes de colocá-la de volta na geladeira. Ela não podia saber que ele tinha estado ali.

Kevin lavou o garfo e colocou-o de volta na gaveta. Endireitou o pano de prato e checou a cama novamente, para ter certeza de que estava da maneira como a encontrara. Satisfeito, saiu de casa e seguiu pela estrada de cascalho em direção à loja.

O teto do carro estava pelando ao toque e o interior do veículo parecia um forno. Não havia ninguém no estacionamento. Estava quente demais para alguém ficar na rua. Sufocante, sem nem uma nuvem ou uma leve brisa. Quem em nome de Deus iria querer morar em um lugar como aquele?

No armazém, comprou uma garrafa d'água e bebeu parado junto ao refrigerador. A atendente lhe perguntou se tinha gostado do parque. Ele respondeu à velha intrometida que sim.

De volta ao carro, bebeu mais vodca, sem se importar que agora estava da temperatura de uma xícara de café. Desde que fizesse a dor ir embora. Estava quente demais para pensar e ele já poderia estar no caminho de volta para Dorchester se Erin estivesse em casa. Talvez, depois que a levasse de volta, e Bill percebesse como eram felizes juntos, o chefe o deixasse voltar ao trabalho. Ele era um bom detetive e Bill precisava dele.

Enquanto bebia, o latejar em suas têmporas diminuiu, mas ele começou a ver tudo dobrado. Precisava manter a mente alerta, mas a dor e o calor o deixavam mal e ele não sabia o que fazer.

Ele ligou o carro e virou na estrada principal, voltando para o centro de Southport. Muitas ruas estavam fechadas e ele deu inúmeras voltas antes de encontrar um local para estacionar. Sem nenhuma sombra num raio de quilômetros. Ele sentia que ia vomitar.

Pensava em Erin e onde ela poderia estar. No Ivan's? No parque? Devia ter ligado para perguntar se ela estava trabalhando naquele dia, devia ter parado em um hotel na noite anterior. Não havia razão para se apressar. Ficava irritado só de pensar que ela provavelmente estava rindo disso também. Rindo sem parar do pobre Kevin Tierney enquanto o traía com outro homem.

Ele trocou de camisa, enfiou a arma no cós da calça jeans e seguiu em direção à beira-mar. Sabia que era onde ficava o Ivan's, porque procurara pelo local no computador. Sabia que estaria correndo um risco se fosse até lá, mas precisava encontrá-la, precisava ter certeza de que ela ainda era real. Ele fora à casa dela e sentira seu cheiro, mas não tinha sido o suficiente.

Havia muita gente por toda parte. As ruas pareciam uma feira agropecuária, sem os porcos, cavalos e vacas. Ele comprou um cachorro-quente e tentou comê-lo, mas seu estômago rejeitou a comida e ele jogou a maior parte fora. Passou por entre as pessoas até ver o litoral ao longe, e depois o Ivan's. Avançava devagar pela multidão. Sua boca estava seca quando chegou à porta do restaurante.

O Ivan's estava lotado, e havia uma fila de pessoas esperando do lado de fora por uma mesa. Ele deveria ter colocado o boné e os óculos escuros, mas não tinha pensado direito. Sabia que ela o reconheceria na mesma hora, mas foi até a porta de qualquer maneira e entrou.

Viu as garçonetes, mas nenhuma delas era Erin. A recepcionista era jovem e agitada e tentava pensar onde colocar o próximo grupo de clientes. Havia muito barulho – pessoas falando, garfos batendo nos pratos, copos nas bacias para serem lavados. Barulho e agitação e aquela maldita dor em sua cabeça que não passava. Seu estômago queimava.

– Erin está trabalhando hoje? – perguntou ele à recepcionista, alto para ser ouvido acima de todo aquele ruído.

Ela piscou para ele, confusa.

– Quem?

– Katie – disse ele. – Katie Feldman.

– Não – respondeu alto a recepcionista. – Ela está de folga. Amanhã ela trabalha. – Então acenou a cabeça em direção às janelas. – Ela provavelmente está lá fora em algum lugar, junto com todos os outros. Acho que a vi passar por aqui mais cedo.

Kevin virou-se e saiu, esbarrando nas pessoas. Ignorando tudo aquilo. Lá fora, parou em uma barraquinha que vendia algumas coisas na calçada. Comprou um boné de beisebol e um par de óculos escuros baratos. E então voltou a andar.

❂

A roda-gigante girava sem parar. Alex e Josh em um banco, Kristen e Katie em outro, o vento quente em seus rostos. Katie passou o braço pelos ombros de Kristen, sabendo que, apesar do sorriso da menina, ela estava nervosa com a altura. Quando a cadeira chegava ao alto, revelando uma visão panorâmica da cidade, Katie percebia que, embora não estivesse exatamente feliz com a altura, estava mais preocupada com a própria roda-gigante. A coisa toda parecia estar presa por grampos de cabelo e arame, mesmo que supostamente tivesse passado por uma inspeção mais cedo naquele dia.

Ela se perguntou se Alex havia falado a verdade sobre a inspeção ou se ele a ouvira dizer em voz alta que talvez fosse perigoso. Era tarde demais para se preocupar com isso agora. Em vez disso, preferiu se concentrar em observar a multidão lá embaixo. O parque ficava ainda mais cheio à medida que a tarde avançava. Fora os passeios de barco, não havia muito que se fazer em Southport. Era uma cidade pequena e sossegada, e ela imaginava que um evento como aquele provavelmente era o que havia de mais importante no ano.

A roda-gigante diminuiu a velocidade e parou, deixando-os presos no alto enquanto os primeiros passageiros desciam e outros entravam. O brinquedo girou mais um pouco, e ela examinou a multidão mais de perto. Kristen parecia mais relaxada e fazia o mesmo.

Ela reconheceu algumas pessoas tomando raspadinha. Seus olhos começaram a correr de grupo em grupo e, por algum motivo, ela se lembrou que costumava fazer a mesma coisa quando começou a trabalhar no Ivan's. Quando ainda estava preocupada de que Kevin pudesse aparecer.

※

Kevin passou pelas barraquinhas que se enfileiravam dos dois lados da rua, andando sem rumo e tentando pensar como Erin. Ele devia ter perguntado à recepcionista se tinha visto Erin com um homem, já que ela não iria ao parque sozinha. Era difícil tentar lembrar que o cabelo dela poderia estar castanho e curto. Ele devia ter feito o pedófilo da delegacia lhe arrumar uma cópia da foto da carteira de motorista de Katie, mas não estava raciocinando direito na ocasião.

Podia sentir a arma na cintura, pressionando contra a sua pele. Era desconfortável e beliscava sua barriga, e sentia muito calor com aquele boné de beisebol. Sua cabeça parecia que ia explodir.

Ele passava pelos grupos de pessoas, filas que se formavam. Artesanato. Pinhas decoradas, vitrais emoldurados, sinos dos ventos. Brinquedos antigos esculpidos em madeira. As pessoas se empanturravam: pretzels e sorvete, nachos, bolinhos de canela. Ele viu alguns bebês em carrinhos e lembrou novamente que Erin queria ter um filho. Não importava se seria menina ou menino, mas ele preferia um menino porque as meninas eram egoístas e não apreciariam a vida que ele lhes daria. Garotas eram assim.

As pessoas falavam e sussurravam ao seu redor e ele achou que algumas olhavam para ele, como Coffey e Ramirez faziam. Ele as ignorou, concentrado em sua busca. Famílias. Adolescentes de braços dados. Um cara com um sombreiro. Alguns funcionários do parque parados perto de um poste, fumando. Magros e tatuados, com dentes podres. Provavelmente usuários de drogas, com uma longa ficha criminal. Os caras lhe provocaram uma sensação ruim. Kevin era um bom detetive, sabia analisar as pessoas e não confiava neles, mas não fizeram nada quando ele passou.

Kevin desviava pela esquerda e pela direita, atravessando a multidão de maneira decidida, enquanto observava os rostos das pessoas. Ele parou quando um casal acima do peso passou gingando por ele, comendo salsicha empanada, os rostos vermelhos e manchados. Ele odiava pessoas gordas, achava que eram fracas e não tinham disciplina, pessoas que se queixavam de pressão arterial, diabetes e problemas cardíacos e reclamavam do preço dos remédios, mas não conseguiam reunir forças para fechar a boca. Erin sempre fora magra, mas seus seios eram fartos e agora ela estava ali com outro homem que os acariciava à noite. Pensar naquilo o deixou fervendo de raiva. Ele a odiava. Mas também a queria. E a amava. Era difícil entender o que sentia. Tinha bebido muito e estava tão quente. Por que ela havia se mudado para um lugar infernal como aquele?

Caminhou entre os brinquedos e notou a roda-gigante à frente. Ele se aproximou, dando um encontrão em um homem de camisa regata, cujos resmungos indignados ignorou. Deu uma olhada nas cadeiras do brinquedo, seu olhar atento a cada rosto. Erin não estava lá, nem na fila.

Ele seguiu em frente, andando entre as pessoas gordas em meio ao calor, procurando a silhueta magra de Erin e o homem que tocava os seios dela à noite. A cada passo, ele pensava em sua Glock.

※

O chapéu-mexicano, que girava com força no sentido horário, fizera grande sucesso com as crianças. Tinham andado duas vezes nele pela manhã e, depois da roda-gigante, Kristen e Josh imploraram para andar mais uma vez. Só restavam alguns poucos bilhetes e Alex concordou, explicando que, depois daquele brinquedo, teriam que voltar para casa. Ele queria ter tempo de tomar banho, comer e quem sabe relaxar um pouco antes de dirigir até Raleigh.

Apesar de seus esforços, não conseguia parar de pensar no comentário sugestivo de Katie mais cedo. Ela pareceu perceber a direção de seus pensamentos, porque a pegara olhando para ele algumas vezes, um sorriso provocante no canto dos lábios.

Agora ela estava ao seu lado, sorrindo para as crianças. Ele chegou mais perto, passando o braço em volta dela, e sentiu Katie se encostar nele. Alex não falou nada, pois não havia necessidade de palavras.

Para Alex, não havia melhor sensação no mundo.

✻

Erin não estava na xícara-maluca, no labirinto de espelhos ou na casa mal-assombrada. Ele observava da fila da bilheteria e tinha a vantagem, porque sabia que ela estava ali. Mas às vezes as pessoas davam sorte e coisas estranhas aconteciam. Lembrou-se de Karen Feldman e do dia em que ela lhe revelara o segredo de Erin.

Kevin desejou não ter deixado sua vodca no carro. Não parecia haver um bar à vista. Ele não vira nem uma barraquinha vendendo cerveja. Apesar de não gostar muito da bebida, teria comprado uma se não tivesse escolha. O cheiro de comida o deixava enjoado e com fome ao mesmo tempo, e ele podia sentir o suor encharcando sua camisa nas costas e nas axilas.

Passou pelos jogos de azar, comandados por trambiqueiros. Desperdício de dinheiro porque os jogos eram manipulados, mas havia idiotas aos montes em volta deles. Observava os rostos das pessoas. Nada de Erin.

Então andou até os outros brinquedos. Havia crianças nos carrinhos bate-bate, as pessoas inquietas na fila. O chapéu-mexicano ficava perto dali, e ele seguiu naquela direção, contornando um grupo de pessoas, e tentando ver melhor.

✻

Os balanços do chapéu-mexicano começavam a desacelerar, mas Kristen e Josh ainda sorriam entusiasmados. Alex estava certo em encerrar o dia por ali; o calor deixara Katie esgotada e seria bom se refrescar um pouco. Se havia uma coisa ruim com relação à sua casa – bem, na verdade havia mais de uma coisa ruim –, era o fato de não ter ar-condicionado. Ela já se acostumara a deixar as janelas abertas à noite, mas não ajudava muito.

O brinquedo parou, e Josh soltou a trava e desceu. Kristen demorou um pouco mais para conseguir entender como a trava funcionava, mas logo depois as duas crianças corriam de volta para Katie e seu pai.

✻

Kevin viu o brinquedo parar e um bando de crianças descer de suas cadeiras, mas não eram elas que roubavam sua atenção. Em vez disso, concentrou-se nos adultos aglomerados em volta.

Ele continuou andando, seus olhos se movendo de uma mulher para outra. Loura ou morena, não importava. Ele procurava a figura esguia de Erin. De onde estava, não podia ver os rostos das pessoas à sua frente, então mudou de lugar. Em poucos segundos, quando as crianças chegassem à saída, todos iriam se espalhar novamente.

Caminhou rápido. Uma família parou na frente dele, bilhetes na mão, discutindo, confusos, para decidir aonde ir em seguida. Idiotas. Desviou deles, esforçando-se para ver os rostos perto dos balanços.

E viu apenas uma mulher magra. Uma morena de cabelo curto, de pé ao lado de um homem com cabelo grisalho, o braço em volta da cintura dela.

Ela era inconfundível. As mesmas pernas longas, o mesmo rosto, os mesmos braços fortes.

Erin.

36

Alex e Katie se deram as mãos enquanto caminhavam em direção ao Ivan's com as crianças. Tinham deixado suas bicicletas perto da porta dos fundos. Ao saírem, Alex comprou garrafas d'água para Josh e Kristen tomarem antes de seguirem para casa.

– E aí, gostaram? – perguntou Alex, curvando-se para destrancar as bicicletas.

– Muito, papai – respondeu Kristen, o rosto vermelho com o calor.

Josh limpou a boca no braço.

– Podemos voltar amanhã?

– Talvez – disse Alex, esquivando-se.

– Por favor? Quero andar no chapéu-mexicano de novo.

Depois de abrir as trancas, Alex pendurou as correntes no ombro.

– Vamos ver – disse ele.

O telhado do restaurante proporcionava uma agradável sombra, mas ainda estava quente. Depois de ver como o restaurante estava cheio, Katie ficou feliz por ter tirado o dia de folga, mesmo que tivesse que trabalhar em dois turnos no dia seguinte e na segunda. Valia a pena. O dia tinha sido ótimo, e ela teria a chance de relaxar e assistir a um filme com as crianças enquanto Alex estivesse fora. E depois, quando ele voltasse...

– O que foi? – perguntou Alex.

– Nada.

– Você estava me olhando como se fosse me devorar.

– Só estava com a cabeça longe – disse ela, piscando. – Acho que é o calor.

– A-hã. – Ele balançou a cabeça. – Se eu não a conhecesse melhor...

– Eu gostaria de lembrá-lo que temos alguns jovens ouvidos atentos no momento, então é melhor tomar cuidado com o que fala.

Ela o beijou antes de bater de leve em seu peito. Nenhum deles notou o homem com boné de beisebol e óculos escuros que os observava do deque do restaurante vizinho.

Kevin ficou zonzo ao ver Erin e o homem de cabelo grisalho se beijarem, a maneira como ela flertava com ele. Ele a viu se abaixar e sorrir para a garotinha. E depois bagunçar o cabelo do menino. E viu quando o homem de cabelo grisalho bateu de leve no traseiro dela quando as crianças não estavam prestando atenção. E Erin – sua esposa – entrando no jogo. Gostando. Encorajando-o. Traindo-o com sua nova família, como se Kevin e o casamento deles nunca tivessem existido.

Eles subiram nas bicicletas e começaram a pedalar, dando a volta no prédio, e afastando-se de Kevin. Erin andava ao lado do homem de cabelo grisalho. Ela estava de short e sandália, mostrando o corpo, querendo que os outros a achassem sexy.

Kevin os seguiu. O cabelo dela era louro, longo e esvoaçante... mas então ele piscou, e estava castanho e curto de novo. Ela fingia não ser Erin e andava de bicicleta com sua nova família, beijava outro homem e sorria, sem se preocupar com nada. Aquilo não era real, ele dizia para si mesmo. Era apenas um sonho. Um pesadelo. Barcos atracados ondulavam na água enquanto eles passavam.

Kevin dobrou a esquina. Eles estavam de bicicleta e ele, a pé, mas andavam devagar para a menina acompanhá-los. Estava perto o suficiente para ouvir Erin rir. Kevin estendeu a mão para a Glock na cintura e pegou a arma, depois enfiou-a por baixo da camisa, mantendo-a pressionada contra a sua pele. Tirou o boné de beisebol e o usou para esconder a arma das pessoas à sua volta.

Erin mentira, enganara e tramara. Fugira para arrumar um amante. Conversando e rindo pelas suas costas. Sussurrando para o homem grisalho, dizendo coisas sujas, as mãos do cara em seus seios, a respiração dela ficando acelerada. Fingindo que não era casada, ignorando tudo o que ele tinha feito por ela, todos os sacrifícios que fizera, que tivera que raspar o sangue de seus sapatos, que Coffey e Ramirez sempre fofocavam sobre ele e as moscas pousando nos hambúrgueres. Tudo porque ela fugira e ele tivera que ir ao churrasco sozinho. Não podia dizer ao capitão Bill que ele não era um dos caras.

E lá estava ela, pedalando tranquilamente, o cabelo curto e pintado, bonita como sempre, sem nunca pensar no marido. Sem nunca se preocupar com ele. Deixando para trás o casamento para ter uma vida com o homem de cabelo grisalho. Batendo de leve em seu peito e beijando-o com uma expressão sonhadora no rosto. Feliz e serena. Indo a parques, andando de bicicleta. Provavelmente cantava sozinha no chuveiro enquanto ele chorava e se lembrava do perfume que comprara para ela de Natal. Nada disso importava, porque Erin era egoísta e achava que podia jogar fora assim um casamento, como uma caixa de pizza vazia.

Inconscientemente, ele acelerou o passo. As multidões o atrasavam. Ele sabia que poderia erguer a arma e matá-la naquele instante. Seu dedo correu até o gatilho e destravou a arma porque a Bíblia dizia: "Digno de honra entre todos seja o matrimônio, bem como o leito sem mácula." Mas isso significava que precisava matar o homem de cabelo grisalho também. Poderia matá-lo na frente dela. Tudo o que tinha a fazer era puxar o gatilho, mas acertar alvos em movimento a certa distância com uma Glock era quase impossível, e havia pessoas por toda parte, que veriam a arma e gritariam. Então ele tirou o dedo do gatilho.

– Para de virar sua bicicleta para cima da sua irmã! – disse o homem grisalho, lá na frente, a voz quase perdida na distância.

Mas as palavras dele se tornavam coisas sujas que sussurrava para Erin. Podia sentir a raiva crescendo dentro dele. De repente, as crianças dobraram a esquina e foram seguidas por Erin e o homem grisalho.

Kevin parou, ofegante e se sentindo mal. Quando Erin virou a esquina, seu rosto se iluminara com o sol forte e ele voltou a pensar em como ela era linda. Ela sempre o fazia lembrar uma flor delicada, bonita e refinada, e ele recordou que a salvara de ser estuprada por bandidos depois de ter saído do cassino e como ela costumava lhe dizer que ele a fazia se sentir segura.

Aos poucos, começou a ouvir vozes de pessoas passando por ele. Jogando conversa fora, andando sem pressa, mas aquilo o despertou. Ele começou a correr, tentando alcançar o lugar em que eles tinham virado, sentindo como se fosse vomitar a cada passo sob o sol escaldante. A palma da mão que segurava a arma estava suada e escorregadia. Ele chegou à esquina e olhou para a rua.

Ninguém à vista, mas, dois quarteirões acima, havia barricadas bloqueando a estrada para a feira comemorativa. Eles deviam ter virado na rua anterior. Ele imaginava que tinham virado à direita, a única maneira de sair do centro da cidade.

Ele tinha duas opções: persegui-los e arriscar ser visto ou correr de volta para o carro e tentar segui-los dessa maneira. Tentou pensar como Erin e imaginou que iriam para a casa onde o homem grisalho morava. A casa de Erin era muito pequena, muito quente para os quatro. Erin preferia uma casa bonita, com móveis caros, porque acreditava que merecia uma vida assim.

Ele precisava escolher com cuidado. Segui-los a pé ou de carro. Ficou parado, tentando pensar, mas estava muito quente, tudo era confuso, sua cabeça latejava e só conseguia pensar que Erin estava dormindo com um homem grisalho.

Ela provavelmente usava lingeries de renda e dançava para ele, sussurrava palavras para excitá-lo. Implorava a ele para lhe dar prazer, para poder morar na casa dele, cheia de coisas bonitas. Ela se tornara uma prostituta, vendendo sua alma em troca de luxos. Vendendo-se por pérolas e caviar. Provavelmente dormia em uma mansão agora, depois que o homem grisalho a levava para jantares elegantes.

Ele se sentiu mal, imaginando isso tudo. Magoado e traído. A fúria ajudou seus pensamentos a clarearem e ele percebeu que estava parado enquanto eles se afastavam cada vez mais. Seu carro estava a alguns quarteirões de distância, e Kevin começou a correr. No parque, passava pelas pessoas descontroladamente, enquanto ignorava seus gritos e protestos.

– Sai da frente, sai da frente! – gritava ele, e algumas pessoas saíam e outras eram empurradas para o lado.

Então chegou a um lugar mais vazio, mas respirava com dificuldade e teve que parar para vomitar perto de um hidrante. Alguns adolescentes riram dele e o desejo de atirar neles foi grande. Em vez disso, limpou a boca e simplesmente apontou a arma para os garotos, que se calaram com medo.

Cambaleou para a frente, sentindo pontadas na cabeça. Pontada e dor, pontada e dor, pontada e dor. Erin provavelmente estava sussurrando para o cara grisalho as coisas sensuais que fariam na cama. Contando a ele sobre Kevin, rindo e sussurrando: *Kevin nunca conseguiu me dar prazer assim.*

Levou uma eternidade para chegar ao seu carro. E, àquela altura, o sol o torrava como um pão. O vapor subia em nuvens e o volante estava pelando ao toque. Que inferno aquilo ali. Erin tinha escolhido morar num inferno.

Ele ligou o carro e abriu as janelas, dando a volta em direção ao parque e buzinando para as pessoas na rua.

Mais desvios. Barricadas. Ele queria explodir aquilo tudo, mandar tudo pelos ares, mas, mesmo ali, havia policiais. Policiais estúpidos, gordos e preguiçosos. Nenhum deles era um bom detetive, mas tinham armas e distintivos. Kevin seguiu pelas ruas secundárias, tentando se concentrar em localizar Erin. Erin e seu amante. Dois adúlteros, e a Bíblia dizia: "Qualquer que olhar para uma mulher com intenção impura, no coração, já adulterou com ela."

Havia pessoas por toda parte. Atravessando a rua negligentemente. Fazendo-o parar. Ele se inclinou sobre o volante, tentando ver pelo para-brisa, e encontrou-os, pequenas figuras a distância. Estavam um pouco depois de outra barricada, seguindo para a estrada que levava à casa dela. Havia um policial parado na esquina, outro idiota sem noção.

Ele avançou, mas teve que parar quando um homem apareceu de repente na frente do carro, batendo no capô. Um caipira com cabelo arrepiado em cima e comprido atrás, camisa cheia de caveiras, tatuagens. Esposa gorda e crianças de aparência ensebada. Fracassados, todos eles.

– Olhe por onde anda! – gritou o caipira.

Kevin atirou mentalmente em todos eles, mas obrigou-se a não reagir porque o policial na esquina estava de olho nele. Ele dobrou a esquina, acelerando e cruzando o lugar. Virou à esquerda e acelerou novamente. Virou à esquerda outra vez. Mais barricadas à frente. Kevin deu meia-volta, entrou à direita, e dobrou à esquerda no quarteirão seguinte.

Mais barricadas. Ele estava preso em um labirinto, como um rato de laboratório. A cidade conspirava contra ele, enquanto Erin fugia. Deu marcha a ré e voltou um pouco. Encontrou a estrada novamente e virou, em seguida correu direto para o próximo cruzamento. Tinha que estar perto agora. Virou à esquerda de novo e viu carros mais à frente, seguindo na direção que queria. Entrou na rua, forçando a barra para se enfiar entre duas caminhonetes.

Queria acelerar, mas não podia. Havia uma fila de caminhonetes e outros carros à sua frente, alguns com bandeiras confederadas nos adesivos de para-choque, outros com suporte para armas no teto. Caipiras. As pessoas na estrada não deixavam os veículos seguirem em frente, andando como se não soubessem que aqueles carros existiam. Elas passavam andando por ele, mais rápido do que seu carro. Pessoas gordas, que ainda comiam. E que provavelmente tinham passado o dia todo comendo e agora atrasavam o tráfego, enquanto Erin se afastava cada vez mais.

Seu carro andava mais um pouco e parava novamente. Andava e parava. De novo e de novo. Ele sentia vontade de gritar, queria bater no volante, mas havia pessoas por toda parte. Se não tomasse cuidado, alguém diria alguma coisa, e algum policial tonto iria investigar e ver suas placas de fora do estado e provavelmente prendê-lo na hora, simplesmente por não ser dali.

Continuou andando e parando, andando e parando, avançando poucos centímetros, até chegar à esquina. *O tráfego deve diminuir agora*, pensou, mas isso não aconteceu. Mais à frente, Erin e o cara de cabelo grisalho tinham desaparecido. Só via uma longa fila de carros e caminhonetes, em uma estrada que levava a lugar nenhum e a qualquer lugar ao mesmo tempo.

37

―❀―

Havia uma dúzia de carros estacionados em frente à loja, quando Katie subiu a escada que levava para a casa de Alex. Josh e Kristen haviam reclamado que estavam com as pernas cansadas a maior parte do caminho. Alex lembrou-os o tempo todo de que estavam chegando. Quando viu que não estava funcionando, respondeu que também estava cansado e não queria ouvir mais nada.

As reclamações terminaram quando chegaram à loja. Alex deixou que pegassem picolés e Gatorade antes de subir, e a rajada de ar que soprou quando abriram a porta foi incrivelmente refrescante. Alex levou Katie até a cozinha e ela o viu molhar o rosto e o pescoço na pia. Na sala de estar, as crianças já estavam esparramadas no sofá, com a televisão ligada.

– Me desculpe – disse ele. – Dez minutos atrás, eu pensei que fosse morrer.

– Não precisa se desculpar.

Ele pegou dois copos no armário e colocou algumas pedras de gelo antes de enchê-los com água.

– Está uma sauna lá fora – acrescentou Alex, entregando-lhe um copo.

– Não consigo acreditar que ainda ficou tanta gente no parque – disse ela, bebendo um pouco.

– Sempre me perguntei por que não mudam a data para maio ou outubro. Se bem que as pessoas acabam indo de qualquer jeito.

Ela deu uma olhada no relógio na parede.

– A que horas você tem que sair?

– Daqui a uma hora mais ou menos. Mas devo estar de volta antes das onze.

Cinco horas, pensou ela.

– O que você quer que eu faça para as crianças jantarem?

– Eles gostam de macarrão. Kristen gosta de macarrão na manteiga, Josh prefere com molho marinara. Tenho um vidro na geladeira. Mas eles se encheram de besteira o dia todo, então talvez não comam muito.

– A que horas eles costumam ir para cama?

– Não tem um horário certo. É sempre antes das dez, mas às vezes dormem cedo, tipo oito horas. Você decide quando sentir que está na hora.

Ela segurava o copo de água gelada junto ao rosto e deu uma olhada na cozinha. Não tinha passado muito tempo na casa dele. Agora que estava ali, notava que ainda havia alguns toques femininos. Pequenas coisas: o detalhe da costura vermelha nas cortinas, a louça bem à mostra no armário, versículos da Bíblia em azulejos pintados perto do fogão. A casa estava cheia de evidências de sua vida com outra mulher, mas, para sua surpresa, aquilo não a incomodava.

– Vou tomar um banho rapidinho – disse Alex. – Tudo bem se eu deixar você sozinha por alguns minutos?

– Claro – disse ela. – Posso bisbilhotar sua cozinha e pensar no jantar.

– O macarrão está naquele armário ali – disse ele, apontando. – Se quiser, posso levá-la em casa para você tomar um banho e trocar de roupa. Ou você pode tomar banho aqui. O que preferir.

Ela fez uma pose sensual.

– Isso é um convite?

Os olhos dele se arregalaram e depois correram para as crianças.

– Eu estava brincando. – Ela riu. – Tomo banho depois que você sair.

– Quer ir pegar uma muda de roupa primeiro? Se não quiser, pode usar um dos meus moletons e uma camisa... a calça vai ficar grande demais em você, mas pode ajustar o cordão.

De alguma forma, a ideia de usar roupas dele lhe pareceu extremamente sexy.

– Está ótimo – assegurou ela. – Não sou exigente. E só vou ficar vendo filmes com as crianças, lembra?

Alex esvaziou o copo e o colocou na pia. Então se inclinou para beijá-la, antes de ir para o quarto. Quando ele saiu, Katie foi até a janela da cozinha. Observou a estrada lá fora, sentindo uma estranha ansiedade tomar conta dela. Sentira a mesma coisa mais cedo naquele dia e achara que era consequência da briga que tivera com Alex, mas agora se via pensando nos Feldmans de novo. E em Kevin.

Pensara nele quando estava na roda-gigante. Enquanto observava a multidão, procurava Kevin. Por alguma razão inexplicável, achava que ele podia estar por ali. Acreditava que ele estava lá.

Mas isso era só sua paranoia voltando. Não havia como ele saber onde ela estava ou qual era sua nova identidade. Era impossível. Ele nunca a ligaria à filha dos Feldmans; nem falava com eles. Mas por que havia sentido o dia todo que alguém a seguia, até mesmo quando saíram do parque?

Ela não era sensitiva, não acreditava nessas coisas. Mas acreditava no poder que o subconsciente tinha de juntar as peças que o consciente não percebia. Parada ali na cozinha de Alex, as peças ainda pareciam embaralhadas, sem forma e nenhum tipo de ordem. Depois de ver uns dez carros passarem na estrada em frente, ela finalmente resolveu se afastar. Provavelmente eram só seus antigos medos surgindo do nada de novo.

Ela balançou a cabeça e pensou em Alex no chuveiro. A ideia de se juntar a ele ali fez uma onda de calor percorrer o seu corpo. No entanto... não era assim tão simples, mesmo se as crianças não estivessem por perto. Mesmo que Alex pensasse nela como Katie, Erin ainda era casada com Kevin. Ela queria ser outra mulher, uma que pudesse simplesmente se entregar ao homem que amava sem hesitação. Afinal de contas, fora Kevin que violara todas as regras do casamento quando levantara a mão para ela pela primeira vez. Quando Deus olhasse dentro de seu coração, tinha certeza de que concordaria que o que ela estava fazendo não era pecado. Não é mesmo?

Katie suspirou. Alex... Ela não conseguia parar de pensar nele. Não conseguia parar de pensar no que aconteceria *mais tarde*. Ele a amava e ela queria, mais do que tudo, lhe mostrar que sentia o mesmo. Queria sentir o corpo dele contra o seu, queria tudo que ele pudesse lhe dar pelo tempo que quisesse. Para sempre.

Katie se forçou a parar de pensar neles dois juntos, parar de sonhar com o que estava por vir. Balançou a cabeça para esvaziar os pensamentos e foi para a sala de estar, onde se sentou no sofá ao lado de Josh. Eles estavam vendo um programa do Disney Channel que ela não reconheceu. Depois de um tempo, olhou para o relógio, e notou que só tinham se passado dez minutos. Parecia uma hora.

Alex saiu do chuveiro, fez um sanduíche e se sentou ao lado dela no sofá enquanto comia. Estava com um cheiro bom de sabonete e seu cabelo ainda estava molhado nas pontas, que se grudavam à sua pele de um jeito que a fazia querer passar seus lábios naquele lugar. As crianças, com os olhos grudados à tela, ainda os ignoravam, mesmo depois que ele pousou o prato na mesinha lateral e começou a correr o dedo lentamente para cima e para baixo da coxa dela.

– Você está linda – sussurrou ele em seu ouvido.

– Estou horrível – rebateu ela, tentando ignorar o fogo que subia pela sua coxa. – Ainda nem tomei banho.

Quando estava na hora de Alex sair, ele beijou as crianças na sala de estar. Ela o acompanhou até a porta e, quando ele lhe deu um beijo de despedida, deslizou a mão para baixo, passando da cintura, os lábios suaves contra os dela. Obviamente apaixonado, obviamente cheio de desejo, cuidando para que ela soubesse disso. Ele estava deixando Katie maluca, e parecia estar gostando.

– Vejo você daqui a pouco – disse ele, afastando-se.

– Dirija com cuidado – sussurrou ela. – As crianças vão ficar bem.

Ela ouviu seus passos descendo os degraus do lado de fora, apoiou-se contra a porta e deu um lento e longo suspiro. *Meu Deus*, pensou. Com ou sem seus votos, com ou sem culpa, ela concluiu que, mesmo se *ele* não estivesse no clima, ela definitivamente estava.

Deu uma olhada no relógio de novo, certa de que aquelas seriam as cinco horas mais longas da sua vida.

38

— Droga! – Kevin não parava de dizer. – Droga!

Ele dirigia havia horas. Tinha parado para comprar quatro garrafas de vodca numa loja e já tinha tomado metade de uma delas. Estava vendo tudo dobrado enquanto dirigia, a menos que estreitasse os olhos, mantendo um deles fechado.

Procurava bicicletas. Quatro, incluindo uma com cestas. Era o mesmo que procurar um tipo específico de plâncton no oceano. Seguiu por uma estrada e depois por outra, enquanto a tarde dava lugar ao anoitecer. Ele sabia onde ela morava, sabia que acabaria encontrando-a em casa. Ela estaria com o cara grisalho rindo dele.

Ele xingava dentro do carro, batendo no volante. Destravou e travou de novo a Glock, imaginando Erin beijando o cara, o braço dele em volta da cintura dela. E lembrou-se de como ela parecia feliz, pensando que tinha enganado o marido. E que o traía. Gemia e sussurrava embaixo do amante enquanto ele arfava em cima dela.

Kevin mal conseguia enxergar alguma coisa, e lutava contra a visão turva mantendo apenas um olho aberto. Um carro vinha atrás dele pelas ruas do bairro, colado em sua traseira por um tempo, depois piscando os faróis. Kevin desacelerou e encostou um pouco, a mão na arma. Detestava pessoas rudes, dessas que se achavam as donas da rua.

O anoitecer transformava as ruas em labirintos sombrios, tornando difícil ver os contornos finos das bicicletas. Quando passou pela estrada de cascalho pela segunda vez, decidiu num impulso ir à casa dela novamente. Parou o carro onde não seria visto da cabana e saiu. Um falcão circulava no alto e as cigarras cantavam, mas, fora isso, o lugar parecia deserto. Andou em direção à casa, mas já podia ver de longe que não havia nenhuma bicicleta parada lá. Nenhuma luz acesa também. Por outro lado, ainda não estava completamente escuro, então ele caminhou sem fazer barulho até a porta de trás. Destrancada, assim como antes.

Ela não estava, todas as janelas continuavam fechadas. Ele saiu pela porta dos fundos, olhando para a casa vizinha. Um lixo. Provavelmente deserta. Ótimo. Mas o fato de Erin não estar ali significava que ela estava com o cara grisalho, tinha ido à casa dele. E mentia, fingindo que não era casada. Esquecendo-se da casa que Kevin comprara para ela.

Sua cabeça latejava em sintonia com as batidas do seu coração, uma faca entrando e saindo. Facada. Facada. Facada. Era difícil se concentrar enquanto fechava a porta. Ela morava numa sauna, suando com um cara grisalho. Eles estavam suando juntos agora, em algum lugar, contorcendo-se nos lençóis, os corpos entrelaçados. Coffey e Ramirez estavam rindo disso, divertindo-se à sua custa.

Eu bem queria transar com ela também, dizia Coffey a Ramirez. *Você não sabe?*, respondia Ramirez. *Ela transou com metade da delegacia enquanto Kevin trabalhava. Todo mundo sabe disso.* Bill acenava, então, de seu escritório, com os papéis de suspensão na mão. *Transei com ela também, toda terça-feira durante um ano. Ela é selvagem na cama. Adora dizer coisas sujas.*

Kevin chegou aos tropeços ao carro, o dedo na arma. Desgraçados, todos eles. Odiava aqueles caras, e se imaginou entrando na delegacia e descarregando a Glock, esvaziando o pente, dando uma lição neles. Dando uma lição em todos eles. Em Erin também.

Ele parou e se curvou, vomitando ao lado da estrada. O estômago doía como se um roedor o arranhasse por dentro. Vomitou novamente, e depois, quando não havia mais o que colocar para fora, continuou com ânsia. O mundo girava enquanto ele tentava se levantar. O carro estava perto e ele cambaleou até lá. Pegou a vodca, bebeu e tentou pensar como Erin, mas agora estava no churrasco com um hambúrguer coberto de moscas e todos apontavam para ele e riam.

Voltou para o carro. A vadia tinha que estar em algum lugar. Ela ia ver o cara grisalho morrer. Veria todos eles morrerem. Arderem no inferno. Arderem por toda a eternidade. Com cuidado, entrou e ligou o motor. Bateu numa árvore enquanto manobrava e então, xingando, arrancou pelo cascalho, fazendo algumas pedras rolarem.

A noite chegaria logo. Erin tinha ido naquela direção. E crianças pequenas não aguentavam ir muito longe. Uns 5 ou 6 quilômetros, talvez 7. Ele tinha passado por todas as estradas, olhado para todas as casas. Nada de bicicletas. Podiam estar numa garagem ou paradas em quintais com cerca. Ele ia esperar, Erin tinha que voltar para casa algum dia. Naquela noite. No dia seguinte. Na noite seguinte. Ele enfiaria a arma em sua boca, apontaria para os seios dela. *Me fala quem ele é*, Kevin diria. *Só quero conversar com ele*. Kevin encontraria o cara grisalho e lhe mostraria o que acontece com homens que dormem com as mulheres dos outros.

Ele sentia como se não dormisse e comesse havia semanas. Não conseguia entender por que estava escuro. Não se lembrava exatamente quando chegara ali. Lembrava-se de ter visto Erin, lembrava-se de tentar segui-la e dirigir por ali, mas não sabia direito onde se encontrava.

Uma loja surgiu à direita, parecendo uma casa com uma varanda na frente. GASOLINA E LANCHONETE, dizia a placa. Ele se lembrava de ter visto aquilo mais cedo, mas não sabia dizer havia quanto tempo. Diminuiu o carro involuntariamente. Precisava de comida, precisava dormir. Precisava encontrar um lugar para passar a noite. Sentiu o estômago revirar. Pegou a garrafa e virou na boca, sentindo a vodca queimar sua garganta, acalmando-o. Mas assim que baixou a garrafa seu estômago revirou novamente.

Ele entrou no estacionamento, lutando para não vomitar a bebida, salivando. Correndo contra o tempo. Derrapou até parar ao lado da loja e desceu do carro. Então foi depressa até a frente e vomitou na escuridão. Seu corpo tremia, suas pernas estavam bambas. Parecia que ia colocar o estômago para fora. O fígado. Tudo. De alguma forma, não largara a garrafa e ainda a segurava. Ele respirava com dificuldade e bebia, usando a vodca para enxaguar a boca, engolindo-a. E acabou com outra garrafa.

E lá, como uma imagem saída de um sonho, nas sombras escuras atrás da casa, ele viu quatro bicicletas estacionadas lado a lado.

39

Katie colocou as crianças para tomarem banho. Depois de se certificar de que elas vestiram o pijama, ela tomou seu banho, demorando-se sob o jato de água e desfrutando da maravilhosa sensação de tirar o suor do corpo depois de um dia inteiro sob o sol.

Preparou o macarrão das crianças e, depois do jantar, deram uma olhada nos DVDs, tentando encontrar um que os dois quisessem assistir. Acabaram escolhendo *Procurando Nemo*. Ela se sentou entre Josh e Kristen no sofá, os dois esticando as pequenas mãos automaticamente para pegar a pipoca da tigela em seu colo. Katie usava uma confortável calça de moletom que Alex separara para ela e uma camiseta velha dos Carolina Panthers, com as pernas dobradas sob o corpo enquanto assistiam ao filme, completamente à vontade pela primeira vez naquele dia.

Lá fora, o céu parecia um show de fogos de artifício, exibindo cores vibrantes que se desvaneciam em tons pastéis antes de finalmente dar lugar ao cinza-azulado e, então, ao azul-violeta. As estrelas brilhavam enquanto as últimas ondas de calor subiam da terra.

Kristen começara a bocejar à medida que o filme avançava, mas, toda vez que Dory aparecia na tela, ela conseguia dizer:

– Ela é meu personagem preferido, mas não me lembro por quê!

Do outro lado de Katie, Josh lutava para ficar acordado.

Quando o filme terminou, Josh ergueu a cabeça, deixando-a cair depois no sofá. Ele era muito grande para ela levá-lo no colo, então Katie cutucou seu ombro, dizendo que era hora de dormir. Ele gemeu e resmungou antes de sentar. Então bocejou e se levantou e, com Katie ao seu lado, cambaleou até o quarto. Josh se arrastou para a cama sem reclamar e ela lhe deu um beijo de boa-noite. Sem saber se ele precisava de alguma luz noturna, deixou a luz do corredor acesa e encostou um pouco a porta.

Kristen foi a próxima. Katie deitou ao lado dela por alguns minutos e ficou olhando para o teto, sentindo o calor do dia começando a cobrar seu preço. A menina adormeceu em poucos minutos, e Katie teve que se forçar a ficar acordada antes de sair do quarto na ponta dos pés.

Depois disso, limpou o que sobrara do jantar e esvaziou a tigela de pipoca. Ao olhar em volta da sala, notou evidências das crianças em todos os lugares: uma pilha de quebra-cabeças em uma estante, um cesto de brinquedos no canto, sofás de couro confortáveis que eram gloriosamente à prova de manchas. Então observou as quinquilharias espalhadas por ali: um relógio antigo que precisava que lhe dessem corda diariamente, uma coleção antiga de enciclopédias em uma estante perto da cadeira reclinável, um vaso de cristal na mesa perto do peitoril da janela. Nas paredes havia fotografias arquitetônicas em preto e branco, antigos celeiros usados na produção de tabaco. Era uma imagem típica do Sul do país, e ela se lembrava de ter visto muitas dessas cenas rústicas em sua jornada pela Carolina do Norte.

Também havia sinais da vida caótica que Alex levava: uma mancha vermelha na passadeira em frente ao sofá, marcas no piso de madeira, poeira nos rodapés. Mas, enquanto examinava a casa, não pôde deixar de sorrir, porque essas coisas também pareciam refletir quem Alex era. Um pai viúvo, fazendo o seu melhor para criar dois filhos e manter a casa arrumada, ainda que não exatamente perfeita. A casa era um retrato de sua vida, e ela gostava da sensação tranquila e confortável que passava.

Ela apagou as luzes e desabou no sofá. Pegou o controle remoto e zapeou pelos canais, tentando encontrar algo interessante, mas que não exigisse muita concentração. Ia dar dez horas, ela notou. Ainda faltava uma hora. Deitou no sofá e começou a assistir a um programa no Discovery Channel sobre vulcões. Notou um brilho na tela e se esticou para apagar o abajur na mesinha lateral, escurecendo o ambiente. Depois se recostou de novo. Melhor.

Ela assistiu por mais alguns minutos, sem perceber que, toda vez que piscava, seus olhos ficavam fechados um pouco mais. Sua respiração desacelerou e ela começou a afundar nas almofadas. Imagens corriam por sua mente, desconexas no início, lembranças dos brinquedos do parque, a vista da roda-gigante. Pessoas reunidas aleatoriamente em grupos, novas e velhas, adolescentes e casais. Famílias. E, em algum lugar a distância, um homem com um boné de beisebol e óculos escuros, circulando entre a multidão, movendo-se com firmeza, antes que ela o perdesse de vista. Algumas coisas ela havia reconhecido: o andar, o maxilar proeminente, a maneira como balançava os braços.

Estava adormecendo agora, relaxando e lembrando, as imagens eram apenas um borrão, e o som da televisão sumia aos poucos. A sala parecia ficar mais escura, mais silenciosa. Entregou-se ainda mais ao sono, sua mente voltando de novo à visão da roda-gigante. E, é claro, ao homem que vira, um homem que se movia como um caçador no meio do mato à procura da caça.

40

―❈―

Kevin olhou para as janelas no alto, já na metade de sua terceira garrafa de vodca. Ninguém prestava muita atenção nele. Estava parado na doca nos fundos da casa; tinha trocado de roupa e colocara uma camisa preta de mangas longas e uma calça jeans escura. Só dava para ver o seu rosto, mas Kevin se escondeu à sombra de um cipreste, atrás do tronco. Atento às luzes, atento a Erin.

Não aconteceu nada durante um bom tempo. Ele bebeu até esvaziar todo o conteúdo daquela garrafa. Pessoas entravam na loja a todo instante, muitas vezes usando seus cartões de crédito para comprar gasolina. Havia muito movimento, mesmo ali, no meio do nada. Kevin foi para a lateral da loja, e ficou olhando para as janelas. Reconheceu o brilho azul cintilante da televisão. Os quatro, assistindo à TV, agindo como uma família feliz. Ou talvez as crianças já estivessem na cama, cansadas do parque, cansadas do passeio de bicicleta. Talvez os dois estivessem aconchegados no sofá, aos beijos e abraços enquanto Meg Ryan ou Julia Roberts se apaixonava por alguém na tela.

Ele estava cansado e seu estômago não parava de revirar. Já podia ter subido a escada, aberto a porta com um chute, matado os dois uma meia dúzia de vezes. Ele queria acabar logo com isso, mas havia pessoas na loja e carros no estacionamento. Kevin empurrara o seu até um lugar debaixo de uma árvore nos fundos da loja, fora da vista dos veículos que passavam. Queria apontar a Glock e puxar o gatilho, queria vê-los morrer, mas também queria deitar e dormir, porque nunca estivera mais cansado na vida, e, quando acordasse, queria encontrar Erin ao seu lado e acreditar que ela nunca o havia deixado.

Mais tarde, ele a viu sorrir na janela. Sabia que estava pensando no cara grisalho. Pensando em sexo, e a Bíblia dizia: "Havendo-se entregado à prostituição como aqueles, seguindo após outra carne, são postas para exemplo do fogo eterno, sofrendo punição."

Ele era um anjo do Senhor. Erin havia pecado e a Bíblia apontava que ela "será atormentada no fogo e no enxofre diante dos santos anjos e do Cordeiro".

Na Bíblia, sempre havia fogo porque purificava e condenava. O fogo era a arma dos anjos. Ele terminou a garrafa de vodca e chutou-a para baixo dos arbustos. Um carro parou junto às bombas de gasolina e um homem saiu. Passou seu cartão de crédito na bomba e começou a abastecer. A placa perto da bomba informava às pessoas de que era proibido fumar, porque a gasolina era inflamável. Dentro da loja, havia fluido de isqueiro para uso com carvão vegetal. Lembrou-se do homem na fila à sua frente mais cedo, segurando uma lata de fluido.

Fogo.

Alex se mexeu no banco e ajustou as mãos no volante, tentando ficar mais confortável. Joyce e sua filha estavam no banco de trás e não tinham parado de falar desde que entraram no carro.

O relógio no painel mostrava que as crianças já deviam estar na cama. Na viagem de volta, ele tinha tomado uma garrafa d'água, mas ainda estava com sede e se perguntava se devia parar para comprar outra. Ele tinha certeza de que nem Joyce nem sua filha se importariam, mas ele não queria parar. Só queria chegar em casa.

Enquanto dirigia, sentiu sua mente divagar. Pensou em Josh e Kristen, em Katie, e se lembrou de algumas coisas que vivera com Carly. Tentou imaginar o que sua esposa acharia de Katie e se iria querer que ele desse a carta a ela. Lembrou-se do dia em que vira Katie ajudando Kristen com sua boneca, e de como ela estava bonita no dia em que fizera aquele jantar para ele. Só de pensar que ela estava em sua casa à sua espera fazia com que ele quisesse pisar no acelerador.

Do outro lado da rodovia, pontos distantes de luz surgiam no horizonte, lentamente se separando e ficando cada vez maiores, faróis de carros que se aproximavam. Um relâmpago crepitou ao sul, fazendo o céu brilhar. Mais à direita havia uma casa de fazenda, luzes acesas no andar de baixo. Ultrapassou um caminhão com placa da Virgínia, tentando se livrar do cansaço que sentia. Viu, então, a placa que indicava quantos quilômetros faltavam para Wilmington e suspirou. Ainda tinha bastante chão pela frente.

❁

As pálpebras de Katie se agitavam enquanto ela sonhava, seu subconsciente fazendo hora extra. Um detalhe aqui, outro ali, fragmentos que tentavam se encaixar.

O sonho acabou. Poucos minutos depois, ela levantou os joelhos e virou de lado, quase acordando. Sua respiração começou a desacelerar.

❁

Às dez horas, o estacionamento estava quase vazio. Kevin deu a volta até a frente da loja, estreitando os olhos em direção à luz que vinha da entrada. Abriu a porta e ouviu um sino tocar. Havia um homem de avental branco atrás da registradora. Kevin o reconheceu vagamente, com aquele ROGER estampado do lado direito, mas não se lembrou de onde.

Kevin passou pela caixa, tentando não dizer as palavras com voz arrastada.

– Fiquei sem gasolina na estrada.

– Os galões de gasolina ficam lá atrás – respondeu Roger sem levantar os olhos. Quando finalmente olhou para Kevin, piscou. – Você está bem?

– Só cansado – disse Kevin do corredor, tentando não chamar atenção para si mesmo, mas sabendo que o homem o observava.

Trazia a Glock na cintura, portanto era melhor Roger cuidar da própria vida. Na parede oposta, Kevin viu três galões de plástico de 20 litros e pegou dois deles. Levou-os até a caixa e colocou o dinheiro no balcão.

– Vou pagar depois de enchê-los – disse ele.

Do lado de fora, usou a bomba para encher um dos galões de gasolina, vendo os números rolarem. Depois encheu o segundo e voltou para a loja. Roger olhava para ele, hesitando em dar o troco.

– É muita gasolina para você carregar.

– Erin está precisando.

– Quem é Erin?

Kevin piscou.

– Posso pagar a porcaria da gasolina ou não?

– Tem certeza de que está bem para dirigir?

– Andei passando mal – murmurou Kevin. – Vomitando o dia todo.

Ele não poderia garantir que Roger havia acreditado nele, mas, depois de um tempo, o homem pegou o dinheiro e lhe deu o troco. Kevin tinha deixado os galões perto das bombas de gasolina. Foi como levantar galões de chumbo. Fez força para pegá-los, o estômago revirando, a cabeça latejando. Então começou a seguir pela estrada, deixando para trás as luzes da loja.

Em meio à escuridão, escondeu os galões pela grama alta ao lado da estrada. Depois disso, deu a volta e foi para trás da loja. E começou a esperar Roger fechá-la, esperar as luzes se apagarem. Esperar que todos lá em cima dormissem.

Pegou outra garrafa de vodca no carro e tomou um gole.

�

Em Wilmington, Alex começou a se animar, sabendo que estava perto. Não faltava muito agora, talvez meia hora até chegar a Southport e alguns minutos para deixar Joyce e a filha em casa. Ele se perguntou se encontraria Katie esperando por ele na sala de estar ou, como ela havia brincado, em sua cama.

Era o tipo de coisa que Carly costumava dizer. Eles podiam estar falando sobre a loja ou se seus pais estavam gostando da Flórida, quando, do nada, ela dizia que estava entediada e perguntava se ele queria ir para o quarto se divertir um pouco.

Olhou para o relógio. Dez e quinze. Ao lado da estrada, Alex viu meia dúzia de cervos parados na grama, seus olhos refletindo os faróis, brilhando como algo sobrenatural.

✦

Kevin viu as luzes fluorescentes acima das bombas de gás desligarem. As luzes na loja se apagaram logo depois. Da posição vantajosa onde estava escondido, viu Roger trancar a porta e depois puxar a maçaneta, para se certificar de que estava fechada, antes de sair. Então andou até uma caminhonete marrom do outro lado do estacionamento de cascalho e entrou.

O motor ligou fazendo um ruído estranho. Uma correia estava solta. Roger acelerou, ligou os faróis e engatou a marcha. Então pegou a estrada principal, seguindo em direção ao centro.

Kevin esperou cinco minutos, para ter certeza de que Roger não voltaria. A estrada em frente à loja estava em silêncio agora, nenhum carro ou caminhão vinha de qualquer direção. Ele correu até os arbustos, onde tinha escondido os galões de gasolina. Deu uma olhada na estrada de novo e levou os galões até os fundos da loja, ao lado de umas latas de lixo cheias de comida podre. O fedor era avassalador.

Lá em cima, a TV continuava a banhar uma das janelas com uma luz azulada. Ele sabia que estavam nus. Sentiu a raiva aumentar dentro dele. *Agora*, pensou ele. Estava na hora. Quando estendeu a mão para os galões de gasolina, viu quatro deles. Fechou um olho e voltaram a ser dois. Ele tropeçou ao dar um passo, perdeu o equilíbrio, e teve que agarrar a quina da parede para não cair. Não conseguiu e caiu, batendo com força no chão, a cabeça no cascalho. Sentiu uma dor lancinante. Era difícil respirar. Tentou se levantar e caiu novamente. Então rolou de costas, e olhou para as estrelas.

Kevin não estava bêbado, nunca ficava bêbado, mas havia algo errado. Luzes brilhantes giravam e giravam, em um tornado vertiginoso. Ele apertou os olhos com força, mas a vertigem só piorou. Rolou para o lado e vomitou sobre o cascalho. Alguém deve ter lhe dado alguma droga porque ele quase não bebera o dia todo e nunca tinha se sentido mal daquele jeito.

Estendeu a mão às cegas para a lata de lixo. Agarrou a tampa e tentou usá-la para se equilibrar, mas puxou com muito força. A tampa bateu no chão fazendo barulho e um saco de lixo caiu, espalhando tudo no chão.

❂

No andar de cima, Katie se encolheu ao ouvir o ruído de alguma coisa caindo. Estava perdida em seu sonho, e levou um instante para conseguir abrir os olhos. Ainda grogue, parou para prestar atenção, mas não tinha certeza se havia sonhado com o barulho ou não. E não ouviu mais nada.

Então deitou de novo e continuou a sonhar. Ela estava no parque, na roda-gigante, mas já não era Kristen sentada ao seu lado.

Era Jo.

✻

Kevin finalmente conseguiu ficar de pé. Não entendia o que estava acontecendo com ele. Por que não conseguia manter o equilíbrio? Concentrou-se em recuperar o fôlego, inspirando e expirando, inspirando e expirando. Ele viu os galões de gasolina e deu um passo na direção deles, quase caindo de novo.

Levantou um galão, depois cambaleou em direção à escada nos fundos da casa. Precisou de duas tentativas para conseguir segurar o corrimão. Carregou o galão de gasolina para cima, em direção à porta. Finalmente chegou ao patamar no alto, ofegante, e inclinou-se para abrir a tampa. O esforço quase o fez desmaiar, mas ele se apoiou no galão para não cair. E levou algum tempo para tirar a tampa escorregadia.

Encharcou o patamar do alto da escada, jogando gasolina na porta. O líquido espirrava em arcos, encharcando a parede. Ele esguichava a gasolina para a esquerda e para a direita, tentando cobrir todos os lados do prédio. O cheiro o deixava enjoado, mas ele continuou.

Não havia mais muita gasolina no galão quando ele chegou lá embaixo e parou para descansar. Respirava com dificuldade, mas voltou a caminhar, decidido. Determinado. Jogou o galão vazio longe e pegou o outro. Ele não podia molhar a parte mais alta das paredes, mas fez o máximo possível. Molhou um lado, depois deu a volta por trás até o outro lado. Acima dele, a janela ainda estava iluminada pela luz da televisão, mas tudo estava quieto.

Esvaziou o galão do outro lado do prédio e não sobrou nada para a frente. Deu uma olhada na estrada; não vinha nenhum carro de nenhuma direção. No andar de cima, Erin e o cara grisalho estavam nus e rindo dele. Ele quase a encontrara na Filadélfia, mas naquela época ela respondia por Erica, não Erin, e agora fingia que seu nome era Katie.

Kevin ficou na frente da loja, pensando nas janelas. Talvez tivesse algum alarme nelas, talvez não. Ele não se importava. Precisava de fluido de isqueiro, óleo de motor, terebintina, qualquer coisa que queimasse. Quando quebrasse a janela, não teria muito tempo.

Quebrou a janela com o cotovelo, mas não ouviu nenhum alarme. Ao tirar pedaços de vidro, mal sentiu os dedos se cortarem e começarem a sangrar. Mais pedaços, a janela desmoronava em partes. Achou que a abertura já era grande o suficiente para ele entrar, mas seu braço foi atingido por uma ponta do vidro, que fez um corte profundo. Ele puxou o braço, rasgando a carne. Mas não podia parar agora. O sangue escorria de seu braço, pingando e misturando-se com os cortes em seus dedos.

Os refrigeradores ao longo da parede dos fundos ainda estavam iluminados e ele caminhou pelos corredores, pensando se os cereais iriam queimar, se os bolinhos iriam queimar. DVDs. Localizou o carvão e o fluido de isqueiro – só duas embalagens, não era muito. Não era suficiente. Ele piscou, procurando por alguma outra coisa. Então viu a churrasqueira na parte de trás da loja.

Gás natural. Propano.

Ele se aproximou da área da churrasqueira e ficou de frente para a grelha. Abriu um bico de gás, depois outro. Devia ter uma válvula em algum lugar, mas ele não sabia onde encontrá-la e não havia tempo porque alguém podia estar vindo. Coffey e Ramirez estavam falando dele, rindo e perguntando onde ele tinha comido os bolinhos de siri em Provincetown.

O avental de Roger estava pendurado em uma prateleira e ele o atirou na chama. Abriu a embalagem de fluido de isqueiro que estava segurando e derramou-o nas laterais da churrasqueira. A embalagem estava escorregadia devido ao sangue e ele se perguntou de onde todo aquele sangue tinha vindo.

Pulou em cima do balcão, esguichou um pouco de fluido de isqueiro no teto e desceu. Despejou um rastro ao longo da frente da loja, notando que o avental tinha começado a queimar para valer. Esvaziou a embalagem e a atirou para o lado. Abrindo a segunda lata, esguichou mais fluido no teto. As chamas do avental começavam a pular em direção às paredes e ao teto. Kevin foi até a caixa registradora, procurando um isqueiro e encontrou um monte numa caixa plástica, perto dos cigarros. Esguichou fluido de isqueiro na registradora e na mesinha atrás dele. A lata estava vazia agora também, e ele tropeçou em direção à janela que tinha quebrado antes. Então saiu, pisando em vidro quebrado, ouvindo-o sendo triturado. De pé ao lado da casa, ele acendeu o isqueiro e segurou-o contra a parede encharcada de gasolina, observando a madeira pegar fogo. Nos fundos da casa, ateou fogo na escada. As chamas subiram rapidamente, alcançando a porta e se espalhando pelo telhado.

O fogo estava por toda parte, o exterior da casa tremulava com as chamas. Erin era uma pecadora, seu amante era um pecador e a Bíblia dizia que "eles sofrerão como castigo a perdição eterna".

Ele se afastou, vendo o fogo começar a consumir o prédio, limpando o rosto, deixando rastros de sangue. Sob a forte luz alaranjada das chamas, ele parecia um monstro.

※

Em seu sonho, Jo não estava sorrindo quando se sentou ao lado de Katie na roda-gigante. Ela parecia estar procurando alguém na multidão lá embaixo, o cenho franzido de concentração em seu rosto.

Lá, disse ela, apontando. *Você o viu?*

O que você está fazendo aqui? Onde está a Kristen?

Ela está dormindo. Mas você tem que se lembrar agora.

Katie olhou para baixo, mas havia tantas pessoas, tanto movimento.

Onde?, perguntou ela. *Eu não vejo nada.*

Ele está aqui, disse Jo.

Quem?

Você sabe.

Em seu sonho, a roda-gigante parou, com um barulho alto, como vidro se quebrando. As cores do parque começaram a esmaecer, a cena abaixo dissolveu-se em uma névoa que não estava ali um momento antes. De repente, tudo se turvou. Ela estava cercada por uma escuridão impenetrável, quebrada apenas por uma cintilação estranha na sua visão periférica, e a voz de alguém.

Katie ouviu Jo novamente, quase um sussurro.

Está sentindo o cheiro?

Katie respirou fundo, ainda perdida em meio à névoa. Seus olhos se abriram, ardendo por algum motivo enquanto ela tentava enxergar melhor. A televisão ainda estava ligada e ela percebeu que devia ter caído no sono. O sonho já estava desvanecendo, mas ela ouviu as palavras de Jo claramente em sua cabeça.

Está sentindo o cheiro?

Katie respirou fundo enquanto se sentava e imediatamente começou a tossir. Levou apenas um instante para perceber que a sala tinha se enchido de fumaça. Deu um pulo do sofá.

Fumaça significava fogo, e ela podia ver as chamas do lado de fora da janela, dançando e serpenteando em tons de laranja. A porta estava pegando fogo, e a fumaça saía da cozinha em espessas nuvens. Ouviu um estrondo, um barulho como o de um trem, rangidos e estalos, madeira crepitando e rachando, sua mente absorvendo tudo de uma vez.

Ah, meu Deus. As crianças.

Saiu em disparada para o corredor, entrando em pânico ao ver a densa fumaça que vinha dos dois quartos. O quarto de Josh era o mais próximo e ela entrou correndo, agitando os braços contra a fumaça escura que fazia seus olhos arderem.

Ela alcançou a cama e agarrou o braço de Josh, arrastando-o para cima.

– Josh! Levanta! A casa está pegando fogo! Temos que sair daqui!

Ele já ia resmungar, mas ela o puxou para fora da cama, interrompendo-o.

– Vamos! – gritou ela.

O garoto começou a tossir na mesma hora, o corpo curvado enquanto ela o arrastava para fora. O corredor era uma impenetrável parede de fumaça, mas ela correu mesmo assim. Tateando, ela encontrou o batente da porta do quarto de Kristen do outro lado do corredor.

Não estava tão ruim quanto o quarto de Josh, mas ela podia sentir o calor enorme atrás deles. Josh continuava a tossir e resmungar, lutando para continuar acordado, e ela sabia que não podia soltá-lo de forma alguma. Katie correu até a cabeceira de Kristen e sacudiu-a para chamá-la, puxando-a para fora da cama com a outra mão.

O rugido do fogo era tão alto que ela mal podia ouvir o som da própria voz. Então, meio carregando, meio arrastando as crianças de volta ao corredor, notou um brilho alaranjado, pouco visível em meio à fumaça, onde ficava a entrada do corredor. A parede estava pegando fogo, e havia chamas no teto, movendo-se em direção a eles. Ela não teve tempo de pensar, só de reagir. Virou e empurrou as crianças de volta pelo corredor em direção ao quarto principal, onde a fumaça era menos densa.

Entrou correndo no quarto, acendendo a luz. Ainda funcionava. A cama de Alex ficava contra uma parede, uma cômoda contra a outra. Em frente, havia uma cadeira de balanço e janelas, felizmente ainda intocadas pelo fogo. Katie fechou a porta atrás dela.

Atormentada por espasmos de tosse, ela cambaleou, arrastando Josh e Kristen. Os dois choramingavam entre ataques de tosse rouca. Ela tentou se desvencilhar deles para abrir a janela do quarto, mas Kristen e Josh se agarraram a ela.

– Preciso abrir a janela! – gritou ela, se soltando. – É a única maneira de sair!

Em pânico, eles não entendiam, mas Katie não tinha tempo para explicar. Abriu freneticamente a trava antiga e tentou levantar o pesado painel. Mas não se movia. Ao olhar com mais atenção, Katie percebeu que a moldura tinha sido pintada fechada, provavelmente anos atrás. Ela não sabia o que fazer, mas ver as duas crianças olhando para ela apavoradas clareou sua mente. Ela olhou em volta, desesperada, e finalmente agarrou a cadeira de balanço.

Era pesada, mas de alguma forma a levantou acima do ombro e atirou-o na janela com toda a força. A janela rachou, mas não quebrou. Ela tentou novamente, soluçando em meio a uma última explosão de adrenalina e medo. Desta vez a cadeira de balanço saiu voando, caindo na varanda lá embaixo. Movendo-se rapidamente, Katie correu para a cama e arrancou o edredom. Enrolou-o em volta de Josh e Kristen e começou a empurrá-los para a janela.

Katie ouviu um barulho alto de madeira rachando atrás dela e parte da parede pegou fogo, as chamas lambendo o teto. Katie virou-se em pânico, parando o suficiente para notar o retrato pendurado na parede. Olhou fixamente para ele, já sabendo que era da esposa de Alex. Não poderia ser de outra pessoa. Ela piscou, pensando que era uma ilusão, uma distorção criada pela fumaça e pelo medo. Deu um passo involuntário em direção ao rosto estranhamente familiar, quando ouviu um estrondo acima dela. O teto começava a ceder.

Jogou-se pela janela, abraçando as crianças e rezando para que o edredom as protegesse dos cacos de vidro. Eles pareceram pairar no ar por uma eternidade, e Katie girou o corpo enquanto caíam para que as crianças aterrissassem em cima dela. Ela bateu com as costas na saliência da varanda com um estrondo. Não era uma distância muito grande da janela, cerca de 1,5 metro mais ou menos, mas o impacto a deixou sem fôlego antes que a dor tomasse conta dela.

Josh e Kristen soluçavam de medo, tossiam e choramingavam. Mas estavam vivos. Ela piscou, tentando não desmaiar, certa de que tinha quebrado a coluna. Mas não tinha; moveu uma perna, depois a outra. Balançou a cabeça para clarear a visão. Josh e Kristen se contorciam em cima dela, tentando se livrar do edredom. No alto, labaredas começaram a sair pela janela quebrada do quarto. As chamas estavam por toda parte agora, por toda a casa. Ela sabia que, a menos que reunisse forças para se mexer, eles só teriam mais alguns segundos de vida.

❊

No caminho de volta da casa de Joyce, Alex notou um brilho alaranjado no céu logo acima da linha escura das árvores nos arredores da cidade e franziu a testa ao se virar naquela direção. Algo por dentro o alertava do perigo, e ele pensou apenas por um instante antes de pisar fundo no acelerador.

❊

Josh e Kristen estavam sentados quando Katie rolou de lado. O chão ficava provavelmente a uns 3 metros de onde estavam, mas ela precisava arriscar. Não havia tempo. Josh continuava a chorar, mas não protestou quando Katie explicou o que iria acontecer. Ela segurou os braços dele, tentando manter a voz firme.

– Vou abaixar o máximo que eu puder, mas você vai ter que saltar.

Ele fez que sim, aparentemente em choque, e ela correu até a beirada, arrastando Josh junto. Ele caminhou até a ponta e ela segurou sua mão. A saliência da varanda tremia agora, e o fogo subia pelas colunas de sustentação. Josh começou a descer, as pernas primeiro, segurando firme, enquanto Katie deslizava a sua barriga em direção à borda. Abaixando-o... Deus, os braços dela doíam... Pouco mais de um metro, disse a si mesma. Ele não ia cair de uma altura muito grande e conseguiria aterrissar de pé.

Ela o soltou quando o telhado estremeceu. Kristen se arrastou em direção a ela, tremendo.

– Tudo bem, querida, agora é a sua vez – apressou Katie. – Me dê sua mão.

Fez a mesma coisa com Kristen, prendendo a respiração ao soltá-la. Um instante depois, os dois estavam de pé, olhando para ela. Esperando por ela.

– Corram! – gritou Katie. – Afastem-se!

Suas palavras foram engolidas por outro espasmo de tosse, e ela sabia que tinha que sair logo dali. Agarrou a beirada do telhado e desceu uma perna, depois a outra. Não conseguiu se segurar por muito tempo e balançou pendurada por apenas um instante antes de se soltar.

Bateu no chão e sentiu os joelhos cederem, então rolou, indo parar em frente à loja. Suas pernas gritavam de dor, mas tinha que levar as crianças até um lugar seguro. Andou aos tropeços até eles, agarrou-os pelas mãos e começou a arrastá-los para longe.

O fogo dançava e saltava, as chamas subindo em direção ao céu. As árvores mais próximas pegaram fogo, os galhos mais altos faiscando como fogos de artifício. Ouviram, então, um estrondo alto o suficiente para fazer seus ouvidos zumbirem. Ela arriscou olhar por cima do ombro bem a tempo de ver as paredes do edifício desabarem para dentro. Logo depois escutaram uma explosão ensurdecedora, e Katie e as crianças foram derrubados pela onda de choque.

Quando os três recuperaram o fôlego e se viraram para olhar, a loja não passava de um gigantesco cone de fogo. Mas eles tinham conseguido escapar. Katie puxou Josh e Kristen em sua direção. Os dois choramingavam quando ela passou os braços em volta deles e lhes deu um beijo na cabeça.

– Vocês estão bem – murmurou ela. – Estão seguros agora.

Foi só quando uma sombra apareceu diante de Katie que ela percebeu que estava errada. Era ele, assomando sobre os três, uma arma ao lado do corpo.

Kevin.

✸

No jipe, Alex mantinha o pé no acelerador, mais preocupado a cada segundo que passava. Embora o fogo ainda estivesse longe demais para ele identificar a localização precisa, começou a sentir um nó no estômago. Não havia muitas construções naquela direção, apenas algumas propriedades rurais isoladas. E, é claro, a loja.

Ele se inclinou sobre o volante, como se pudesse impulsionar o carro para a frente. *Mais rápido.*

※

Katie estava tendo problemas em processar o que via.

– Onde ele está? – perguntou Kevin com a voz rouca. As palavras saíram arrastadas, mas ela reconheceu a voz, mesmo o rosto dele estando parcialmente na sombra.

O fogo ardia violentamente atrás de Kevin e o rosto dele estava coberto de fuligem e sangue. A camisa dele também estava manchada com o que ela achava que era sangue. Na mão dele, a Glock brilhava, como se tivesse sido mergulhada em um barril de óleo.

Ele está aqui, dissera Jo no sonho de Katie.

Quem?

Você sabe.

Kevin levantou a arma, apontando-a para ela.

– Só quero falar com ele, Erin.

Katie ficou de pé, Kristen e Josh agarrados a ela, o medo estampado em seus rostos. Kevin os encarava com um olhar insano, movendo-se espasmodicamente. Deu um passo em direção a eles, quase perdendo o equilíbrio. A arma balançava para a frente e para trás. Nada estável.

Ele estava disposto a matar todos eles, percebeu Katie. Já havia tentado matá-los com o fogo. Estava bêbado, muito bêbado. Como ela nunca o vira antes. Estava fora de controle, completamente fora de si.

Katie tinha que tirar as crianças dali, tinha que lhes dar uma chance de correr.

– Oi, Kevin – disse ela com voz melosa, forçando-se a sorrir. – Por que você está segurando essa arma? Você veio me buscar? Você está bem, querido?

Kevin piscou. Aquela voz suave e sensual. Ele gostava quando ela falava assim, e pensou que era um sonho. Mas ele não estava sonhando e Erin estava diante dele. Ela sorriu ao dar um passo à frente.

– Eu amo você, Kevin, e sempre soube que você viria.

Havia duas dela e, em seguida, apenas uma. Ele tinha dito às pessoas que ela estava cuidando de uma amiga doente, mas não havia nenhuma pegada na neve, suas ligações foram encaminhadas, um menino tinha sido baleado e havia molho de pizza em sua testa, e agora Erin estava ali, dizendo que o amava.

Mais perto, pensou Katie. *Quase lá.*

Ela deu outro passo para a frente, empurrando as crianças para trás dela.

– Você pode me levar para casa? – Sua voz insistia com ele, implorava como Erin costumava fazer, mas o cabelo dela estava castanho e curto. Ela se aproximava e ele se perguntava por que ela não sentia medo. Queria puxar o gatilho, mas ele a amava. Se ao menos sua cabeça parasse de latejar...

De repente, Katie correu para a frente, empurrando a arma para o outro lado. A Glock disparou, o som como um tapa brutal, mas ela continuou agarrada ao pulso dele sem soltar. Kristen começou a gritar.

– CORRAM! – gritou Katie por cima do ombro. – Josh, pegue a Kristen e corra! Ele tem uma arma! Vão para o mais longe que puderem e se escondam!

O pânico na voz de Katie pareceu despertar Josh para o risco que corriam e ele agarrou a mão de Kristen e saiu correndo. Eles seguiram em direção à estrada, para a casa de Katie. Tentando salvar suas vidas.

– Vaca! – gritou Kevin, tentando soltar seu braço.

Katie baixou o rosto e mordeu o mais forte que pôde, e Kevin soltou um grito violento. Tentando libertar o braço, ele socou a cabeça dela com a outra mão. No mesmo instante, ela viu clarões de luz branca. Ela mordeu novamente, encontrando o polegar dele dessa vez, e Kevin gritou, soltando a arma. A Glock caiu no chão e ele a socou de novo, acertando sua maçã do rosto e derrubando-a no chão.

Kevin chutou-a nas costas e ela se arqueou de dor. Mas continuou se movendo, em pânico agora, impulsionada pela certeza de que ele pretendia matar todos eles. Tinha que dar tempo para as crianças fugirem. Ficou de quatro e começou a rastejar, movendo-se rapidamente, ganhando velocidade. Finalmente, ficou de pé, saindo em disparada como uma velocista.

Correu o mais rápido que pôde, mas sentiu o corpo dele atingindo-a por trás e caiu no chão ofegante de novo. Ele a agarrou pelo cabelo e bateu nela outra vez. Segurou um dos braços dela e tentou torcê-lo para trás, mas não conseguiu manter o equilíbrio. Ela estendeu a mão, tentando alcançar seus olhos, e enfiou as unhas com força no canto de um deles.

Katie sentia a adrenalina inundar seu corpo enquanto lutava por sua vida. Lutava por todas as vezes que não havia conseguido. Lutava para dar às crianças tempo para fugir e se esconder. E o xingava, cheia de ódio, recusando-se a ser agredida novamente.

Katie aproveitou a oportunidade para se libertar. Ela sentiu que ele tentava pegar suas pernas, mas não pôde segurá-la direito e ela conseguiu soltar uma. Então Katie levantou um joelho e o chutou com toda a força no queixo, atordoando-o. Fez isso de novo, e dessa vez viu quando ele tombou de lado, tentando agarrá-la.

Ela ficou de pé e começou a correr, mas Kevin se levantou rapidamente também. Katie viu a arma a alguns metros de distância, e se lançou em direção a ela.

❀

Alex dirigia como um louco, rezando pela segurança de Kristen, Josh e Katie, sussurrando seus nomes em pânico.

Passou pela estrada de cascalho e fez a curva, sentindo um frio no estômago ao ver que sua premonição estava certa. O cenário se descortinou diante de seu para-brisa, como um retrato do inferno.

Ele notou uma movimentação ao lado da estrada, mais à frente. Duas figuras pequenas, usando pijamas brancos. Josh e Kristen. Pisou no freio.

Mal o jipe parou, Alex saiu do carro e correu em direção a eles. Eles gritaram pelo pai, e ele se abaixou para pegá-los em seus braços.

– Vocês estão bem – murmurou repetidamente, apertando-os com força. – Vocês estão bem, vocês estão bem.

Kristen e Josh choravam e soluçavam. A princípio, ele não conseguia entender o que diziam, porque não estavam falando sobre o incêndio. Eles choravam porque havia um homem com uma arma, e a Srta. Katie estava lutando com ele.

Alex compreendeu o que tinha acontecido.

Colocou os filhos no jipe e deu meia-volta, saindo em disparada para a casa de Katie enquanto usava a discagem automática de seu celular. Depois do segundo toque, Joyce atendeu assustada. Ele pediu que sua filha a levasse até a casa de Katie, explicando que era uma emergência e que devia ligar para a polícia imediatamente. Em seguida, desligou.

Então parou derrapando em frente à casa de Katie, fazendo o cascalho voar.

Deixou as crianças lá e pediu que corressem para dentro, que ele voltaria o mais rápido que pudesse. Ele contava os segundos quando manobrou o carro e saiu em disparada para a loja, rezando para que não fosse tarde demais.

Rezando para que Katie ainda estivesse viva.

Kevin viu a arma no mesmo instante que ela e também se jogou, alcançando-a primeiro. Pegou a Glock e apontou para Katie, furioso. Agarrou-a pelo cabelo e colocou a arma na cabeça dela enquanto a arrastava pelo estacionamento.

– Me deixar? Você não pode me deixar!

Atrás da loja, debaixo de uma árvore, Katie viu o carro dele, com as placas de Massachusetts. O calor do fogo chamuscou o rosto dela e queimou os pelos de seus braços. Kevin berrava com ela, a voz arrastada e rouca.

– Você é minha mulher!

Ao longe, ela identificou vagamente o barulho de sirenes, mas pareciam tão distantes.

Quando chegaram ao carro, ela tentou lutar de novo, mas Kevin segurou a cabeça dela e bateu-a no capô e Katie quase desmaiou. Ele abriu o porta-malas e tentou forçá-la a entrar. De alguma forma, ela conseguiu virar e acertar a virilha dele com o joelho. Ela o ouviu arfar e sentiu a mão dele afrouxar.

Katie o empurrou às cegas, desvencilhando-se dele, e começou a correr por sua vida. Sabia que ele a acertaria com um tiro, que estava prestes a morrer.

Ele não conseguia entender por que ela estava lutando, mal podia respirar com tanta dor. Ela nunca lutara com ele antes, nunca arranhara seus olhos, nem o chutara ou mordera. Não estava agindo como sua esposa e seu cabelo era castanho, mas a voz era de Erin... Kevin começou a cambalear atrás dela, levantando a arma, mirando, mas havia duas Erins e as duas estavam correndo.

Ele puxou o gatilho.

※

Katie suspirou quando ouviu o tiro, esperando a dor, mas não sentiu nada. Ele havia errado. Virou à esquerda, depois à direita, ainda no estacionamento, desesperada atrás de um lugar para se proteger. Mas não havia nada.

※

Kevin cambaleou atrás dela, as mãos escorregadias de sangue, sem conseguir apertar o gatilho. Parecia que ia vomitar novamente. Ela se afastava, movendo-se de um lado para outro, e ele não conseguia focá-la direito. Ela estava tentando fugir, mas não ia dar certo, porque era sua esposa. Ele a levaria para casa porque a amava. E então a mataria com um tiro, porque a odiava.

※

Katie viu os faróis de um carro na estrada, movendo-se tão rápido quanto um carro de corrida. Ela queria chegar à estrada, fazer sinal para o carro parar, mas sabia que não conseguiria. Katie, então, ficou surpresa quando reconheceu o jipe de Alex.

Passando a toda por ela, em direção a Kevin.

As sirenes estavam se aproximando agora. Havia outras pessoas chegando e ela sentiu uma pontada de esperança.

※

Kevin viu o jipe chegando e levantou a arma. Ele começou a atirar, mas o jipe continuou em sua direção. Saltou para fora do caminho quando o carro passou a toda, mas acertou sua mão, quebrando todos os ossos e derrubando a arma em algum lugar na escuridão.

Kevin gritou em agonia, abraçando instintivamente a mão, enquanto o jipe seguia em frente, passando pelos destroços em chamas da loja, derrapando no cascalho e batendo direto no depósito.

As sirenes soavam a distância. Ele queria ir atrás de Erin, mas seria preso se ficasse. O medo tomou conta dele e Kevin começou a mancar depressa para o carro, sabendo que precisava sair dali e se perguntando como tudo tinha dado tão errado.

❂

Katie viu Kevin sair do estacionamento a toda, levantando o cascalho, e seguir para a estrada principal. Ao virar, viu que o jipe de Alex estava enfiado no depósito, o motor soltando fumaça, e correu até lá. O fogo projetava uma luz bruxuleante na traseira do carro e Katie sentiu o pânico crescer dentro dela, enquanto rezava para Alex aparecer.

Ela estava chegando perto do carro quando seu pé bateu em algo duro, fazendo-a tropeçar. Achou a arma no chão, pegou-a e voltou a caminhar em direção ao veículo.

À frente, a porta do carro abriu um pouco, mas estava bloqueada por destroços dos dois lados. Ela sentiu uma onda de alívio por Alex ainda estar vivo no mesmo instante em que se lembrou que Josh e Kristen não estavam ali.

– Alex! – gritou Katie. Ela alcançou a parte de trás do jipe e começou a socá-la. – Você tem que sair daí! As crianças estão lá fora... Precisamos encontrá-las!

A porta ainda estava presa, mas ele conseguiu abrir a janela. Quando se inclinou para fora, ela viu que a testa dele sangrava e sua voz estava fraca.

– Eles estão bem... Levei os dois para sua casa...

Katie sentiu o sangue gelar em suas veias.

– Ah, meu Deus – disse ela, a voz trêmula. – Depressa! – Ela bateu na traseira do carro. – Saia logo daí! Kevin acabou de escapar! – Ela podia ouvir o pavor em sua voz. – E foi naquela direção!

❂

A dor em sua mão estava além de qualquer coisa que já tinha sentido, e ele se sentiu zonzo com a perda de sangue. Nada fazia sentido e sua mão era inútil agora. Ouviu as sirenes chegando, mas ia esperar por Erin na casa dela, porque sabia que ela iria para lá naquela noite ou no dia seguinte.

Estacionou atrás da outra casa, que parecia deserta. Estranhamente, viu Amber atrás de uma árvore, perguntando se ele queria lhe comprar uma bebida, mas, no segundo seguinte, a imagem dela desapareceu. Lembrou-se de que tinha limpado a casa e cortado a grama, mas nunca aprendera a lavar roupa, e agora Erin dizia se chamar Katie.

Não havia nada para beber e estava ficando tão cansado. Havia manchas de sangue em sua calça e ele percebeu que seus dedos e braço sangravam, mas não conseguia se lembrar de como isso tinha acontecido. Queria tanto dormir. Precisava descansar um pouco porque a polícia ia procurar por ele.

O mundo estava ficando esmaecido e distante, como se visto através de um telescópio. Kevin ouvia as árvores balançando para a frente e para trás, mas, em vez de uma brisa, tudo o que sentia era o ar quente de verão. Começou a tremer e a suar. Todo aquele sangue escorrendo de suas mãos e seu braço, e não parecia parar. Ele precisava descansar, não podia ficar acordado, e seus olhos começaram a se fechar.

※

Alex deu marcha a ré no jipe e acelerou o motor, ouvindo os pneus girarem, mas o carro não saiu do lugar. Sua mente trabalhava freneticamente sabendo que Josh e Kristen corriam perigo.

Ele tirou o pé do acelerador, engatou a tração nas quatro rodas, e tentou novamente. Desta vez, o jipe começou a se mover, e os espelhos laterais foram arrancados, os escombros do depósito arranharam e amassaram a lataria. Mais uma arrancada e o carro saiu. Katie puxou inutilmente a porta do passageiro até que Alex girou em seu banco e chutou, abrindo-a. Katie entrou depressa.

Alex manobrou o veículo e pisou fundo no acelerador, ganhando a estrada enquanto os caminhões de bombeiros encostavam. Nenhum dos dois disse uma palavra enquanto ele saía em disparada. Alex nunca tinha sentido tanto medo em sua vida.

Depois da curva, ficava a estrada de cascalho. Alex virou bruscamente, saindo um pouco do caminho com o carro. A traseira derrapou e ele acelerou de novo. Mais à frente, viu as cabanas, com as luzes acesas nas janelas de Katie. Nenhum sinal do carro de Kevin, e Alex soltou o ar antes mesmo de perceber que vinha prendendo a respiração.

※

Kevin ouviu o som de um carro vindo pela estrada de cascalho e acordou de repente.

A polícia, pensou ele, e automaticamente procurou sua arma estendendo a mão aleijada. Kevin gritou de dor e confusão ao perceber que a arma não estava lá. Nada fazia sentido.

Saiu do carro e olhou para a estrada. O jipe se aproximava, o mesmo do estacionamento da loja, aquele que quase o matara. O carro parou e Erin desceu. A princípio, não podia acreditar na sua sorte, mas então se lembrou de que ela morava ali e tinha sido por isso que ele fora até lá.

Sua mão boa tremia muito quando abriu o porta-malas e pegou o pé de cabra. Viu Erin e seu amante correrem para a varanda. Então foi cambaleando e mancando em direção à casa, sem conseguir parar, porque Erin era sua esposa e ele a amava e o cara grisalho tinha que morrer.

※

Alex parou o carro derrapando em frente à casa e os dois saltaram ao mesmo tempo, correndo para a porta, chamando pelas crianças. Katie ainda segurava a arma. Chegaram à porta bem na hora em que Josh a abriu. Assim que viu o filho, Alex o pegou em seus braços. Kristen saiu de trás do sofá e correu em direção a eles. Alex abriu os braços para ela também, segurando-a com facilidade quando ela pulou.

Katie estava parada perto da porta, olhando para eles com lágrimas de alívio nos olhos. Kristen estendeu a mão para ela também, e Katie se aproximou, aceitando o abraço de Kristen, tomada por uma felicidade cega.

Perdidos em meio a toda aquela emoção, nenhum deles notou Kevin aparecer na porta, segurando o pé de cabra no alto. Ele balançou a ferramenta com força, derrubando Alex no chão e fazendo as crianças caírem para trás, abaladas pelo horror e pelo choque.

※

Kevin ouviu satisfeito o golpe surdo do pé de cabra, sentindo a vibração correr por seu braço. O cara grisalho estava caído no chão e Erin gritava.

❇

Naquele instante, Alex e as crianças eram tudo o que importava para ela, e Katie instintivamente correu em direção a Kevin, empurrando-o para fora de casa. Havia apenas dois degraus na varanda, mas foram o suficiente, e Kevin caiu de costas na terra.

Katie virou-se para a casa.

– Tranquem a porta! – gritou ela, e desta vez foi Kristen quem se mexeu primeiro, enquanto ela ainda berrava.

O pé de cabra tinha caído e Kevin fez força para rolar para o lado e levantar. Katie ergueu a arma e a apontou quando Kevin finalmente conseguiu se levantar. Ele cambaleou, quase perdendo o equilíbrio, o rosto branco como um fantasma. Parecia estar com dificuldade para focar a visão e Katie podia sentir as lágrimas em seus olhos.

– Eu amava você – disse ela. – Me casei com você porque o amava.

Kevin pensou que era sua esposa, mas o cabelo dela era curto e escuro, e Erin era loura. Ele deu um passo para a frente e quase caiu novamente. Por que ela estava lhe dizendo isso?

– Por que começou a me bater? – gritou ela. – Nunca soube por que você não conseguia parar nem mesmo quando prometia. – A mão dela tremia e a arma era muito, muito pesada. – Você me bateu na nossa lua de mel porque deixei meus óculos de sol na piscina...

A voz era de Erin, e ele se perguntou se estava sonhando.

– Eu amo você – murmurou Kevin. – Sempre a amei. Não sei por que você me deixou.

Ela podia sentir os soluços sacudindo seu peito, sufocando-a. Suas palavras saíam numa torrente, irrefreáveis e sem sentido. Tantos anos de sofrimento e tristeza.

– Você não me deixava dirigir ou ter amigos, guardava todo o dinheiro e me fazia implorar por ele. Quero saber por que você achava que podia fazer isso comigo. Eu era sua esposa e amava você!

Kevin mal conseguia ficar de pé. O sangue escorria de seus dedos e braço até o chão, deixando tudo escorregadio e desconcentrando-o. Ele queria falar com Erin, queria encontrá-la, mas aquilo não era real. Ele estava dormindo, Erin estava ao seu lado na cama. Estavam em Dorchester. Então seus pensamentos deram um salto, e ele estava em um apartamento sujo e uma mulher chorava.

– Havia molho de pizza na testa dele – murmurou Kevin, tropeçando para a frente. – Na testa do menino que foi baleado, mas a mãe dele caiu da escada e nós prendemos o grego.

Katie não conseguia entender o que ele dizia, não conseguia entender o que ele queria dela. Ela apenas o odiava.

– Eu cozinhei para você e limpei a casa para você, mas nada disso importava! Tudo o que você fazia era beber e me bater!

Kevin cambaleava, como se estivesse prestes a cair. Suas palavras soavam arrastadas, ininteligíveis.

– Não havia pegadas na neve. Mas os vasos de flores estão quebrados.

– Você devia ter me deixado em paz! Não devia ter me seguido! Não devia ter vindo aqui! Por que você não me esqueceu? Você nunca me amou!

Kevin avançou em direção a ela, mas desta vez tentou derrubar a arma. Só que estava fraco e ela conseguiu impedir. Ele tentou agarrá-la, mas gritou em agonia quando sua mão machucada encostou no braço dela. Agindo por instinto, acertou-a com o ombro, empurrando-a contra a lateral da casa. Precisava pegar a arma. Kevin a encarou com os olhos arregalados e cheios de ódio, puxando-a para perto, tentando pegar a arma com a mão boa e usando seu peso contra ela.

Ele sentiu o cano da arma roçar as pontas de seus dedos e logo procurou o gatilho. Tentou empurrar a arma na direção dela, mas a Glock se moveu para o lado errado, apontando para baixo agora.

– Eu amava você! – disse ela aos soluços, lutando contra ele com toda a raiva e força que ainda restavam nela, e Kevin sentiu uma clareza momentânea.

– Então você nunca deveria ter me deixado – sussurrou ele, o hálito cheirando a álcool.

Kevin puxou o gatilho e a arma deu um estalo alto. Sabia que estava quase no fim. Erin ia morrer. Ele tinha prometido que a encontraria e a mataria se ela fugisse novamente. Mataria qualquer homem que a amasse.

Mas, estranhamente, Erin não caiu, nem sequer se encolheu. Em vez disso, ela o encarou com decididos olhos verdes, olhando fixamente sem piscar.

Kevin, então, sentiu uma coisa queimando em seu estômago. Sua perna esquerda cedeu e ele tentou ficar de pé, mas seu corpo já não lhe obedecia. Ele desabou na varanda, levando a mão à barriga.

– Volta comigo – sussurrou ele. – Por favor.

O sangue pulsava para fora da ferida, passando entre seus dedos. Erin entrava e saía de foco. Cabelo louro, e então castanho novamente. Ele a viu em sua lua de mel, usando um biquíni, antes de ela se esquecer de seus óculos de sol, e era tão linda que ele não conseguia entender por que quisera se casar com ele.

Você sempre foi tão linda, pensou ele, e então se sentiu cansado de novo. Sua respiração ficou entrecortada e Kevin começou a sentir frio. Tanto frio que tremia. Ele expirou uma vez mais, como o ar saindo de um pneu. Seu peito parou de se mover. Seus olhos estavam arregalados, sem entender nada. Katie estava de pé, tremendo enquanto olhava para ele.

Não, pensou ela. *Nunca vou voltar com você. Eu nunca quis voltar.*

Mas Kevin não sabia o que ela estava pensando. Ele se fora.

E ela percebeu que finalmente o pesadelo havia acabado.

41

O hospital manteve Katie sob observação durante a maior parte da noite, antes de finalmente liberá-la. Depois ela ficou na sala de espera, sem querer sair até saber se Alex estava bem.

O golpe de Kevin quase rachara o crânio de Alex e ele ainda estava inconsciente. A luz da manhã iluminava as estreitas janelas retangulares da sala de espera. Enfermeiros e médicos substituíam outros no novo turno, e a sala começava a encher: uma criança com febre, um homem com problemas para respirar. Uma mulher grávida e seu marido em pânico entraram pelas portas giratórias. Toda vez que ela ouvia a voz de um médico, levantava os olhos, esperando alguém autorizá-la a ver Alex.

Seu rosto e seus braços estavam cobertos de hematomas. Seu joelho tinha quase dobrado de tamanho, em razão do inchaço, mas depois dos raios X e de outros exames, o médico de plantão só lhe dera bolsas de gelo para os hematomas e Tylenol para a dor. Era o mesmo médico que estava cuidando de Alex, mas ele não sabia dizer quando ele iria acordar e falou que as tomografias tinham sido inconclusivas.

– Ferimentos na cabeça podem ser sérios – dissera o médico. – Com sorte, saberemos mais em algumas horas.

Ela não conseguia pensar, não conseguia comer, não conseguia dormir, não conseguia deixar de se preocupar. Joyce levara as crianças para casa e Katie esperava que eles não tivessem tido pesadelos. Esperava que não fossem ter pesadelos para sempre. Esperava que Alex se recuperasse completamente. Rezava por isso.

Ela estava com medo de fechar os olhos, porque toda vez que fazia isso Kevin reaparecia. Ela via as manchas de sangue no rosto e na camisa dele, seu olhar insano. De alguma forma, conseguira descobrir onde ela estava; de alguma forma, ele a encontrara. Ele fora a Southport para levá-la para casa ou matá-la, e quase conseguira. Em apenas uma noite, destruíra a frágil ilusão de segurança que ela conseguira construir desde que chegara à cidade.

As terríveis visões de Kevin continuavam voltando à sua mente, repetindo-se com algumas variações, às vezes mudando completamente; havia momentos em que ela se via sangrando e morrendo na varanda, olhando para o homem que ela odiava. Quando isso acontecia, instintivamente levava a mão à barriga, em busca de feridas que não existiam, então de repente estava de volta ao hospital, esperando sentada sob as luzes fluorescentes.

Estava preocupada com Kristen e Josh. Eles logo estariam ali; Joyce os levaria para ver o pai. Ela se perguntava se a odiariam por causa de tudo o que acontecera, e só de pensar nisso sentiu as lágrimas arderem em seus olhos. Katie cobriu o rosto com as mãos, querendo poder se enterrar em um buraco tão profundo que ninguém jamais a encontraria. Para que Kevin nunca a achasse, pensou, e então lembrou mais uma vez que o vira morrer na varanda. As palavras "ele está morto" ecoavam como um mantra do qual ela não podia escapar.

– Katie?

Ela olhou para cima e viu o médico que estava tratando Alex agora.

– Posso levá-la até ele – disse o médico. – Ele acordou há cerca de dez minutos. Ainda está na UTI, então você não pode demorar, mas ele quer vê-la.

– Ele está bem?

– Neste momento, ele está tão bem quanto se podia esperar. Ele levou um golpe muito forte.

Mancando um pouco, ela seguiu o médico até o quarto de Alex. Katie respirou fundo e endireitou o corpo antes de entrar, dizendo a si mesma que não ia chorar.

A UTI estava cheia de máquinas e luzes piscando. Alex estava em uma cama no canto, uma atadura enrolada na cabeça. Ele virou-se para ela, os olhos semiabertos. Um monitor emitia bipes constantes. Ela foi até o lado da cama e pegou a mão dele.

– Como estão as crianças? – sussurrou Alex. As palavras saíram lentamente. Com dificuldade.

– Os dois estão bem. Estão com a Joyce. Ela os levou para casa.

Um sorriso fraco, quase imperceptível, cruzou os lábios dele.

– E você?

– Eu estou bem. – Ela assentiu.

– Amo você – disse ele.

Ela precisou se esforçar ao máximo para não desabar novamente.

– Também amo você, Alex.

As pálpebras dele pesavam, seu olhar estava desfocado.

– O que aconteceu?

✻

Ela começou a fazer um resumo das últimas doze horas, mas, no meio da história, viu os olhos dele se fecharem. Quando ele acordou mais tarde, naquela manhã, havia esquecido parte das coisas que Katie falara, então ela lhe contou de novo, tentando parecer tranquila.

Joyce levou Josh e Kristen até lá. Embora normalmente não se permitisse a entrada de crianças na UTI, o médico deixou que eles vissem o pai por alguns minutos. Kristen havia desenhado para ele um homem deitado em uma cama de hospital, com as palavras "MELHORE LOGO, PAPAI" escritas com giz de cera; Josh lhe deu uma revista de pesca.

À medida que o dia passava, Alex ficava mais coerente. À tarde, já não estava pegando no sono toda hora e, embora se queixasse de uma terrível dor de cabeça, sua memória havia praticamente voltado ao normal. Sua voz voltara ao normal e, quando disse à enfermeira que estava com fome, Katie abriu um sorriso de alívio, finalmente certa de que ele ia ficar bem.

✻

Alex foi liberado no dia seguinte, e o xerife os visitou na casa de Joyce para pegar seus depoimentos. De acordo com ele, o teor de álcool no sangue de Kevin era tão alto que ele efetivamente havia se envenenado. Aliado à perda de sangue que sofrera, era um espanto que tivesse conseguido se manter consciente de alguma forma. Katie não respondeu nada; só conseguia pensar que eles não conheciam Kevin ou entendiam os demônios que o moviam.

Depois que o xerife foi embora, Katie saiu e ficou lá parada ao sol, tentando entender seus sentimentos. Embora tivesse relatado ao xerife os acontecimentos daquela noite, ela não lhe contara tudo. Nem contara tudo a Alex – como poderia, quando quase nada fazia sentido para ela? Não contara a eles que, logo depois que Kevin morrera e ela correra para o lado de Alex, chorara pelos dois. Parecia impossível que, mesmo quando revivia o terror daquelas últimas horas com Kevin, também se lembrasse de seus raros momentos felizes juntos – como riam de piadas particulares ou descansavam tranquilamente no sofá juntos.

Ela não sabia como conciliar essas partes conflitantes de seu passado com o horror do que tinha acabado de viver. Mas não era só isso, havia outra coisa que ela não entendia: ficara na casa de Joyce porque estava com medo de voltar para a dela.

❈

Mais tarde naquele dia, Alex e Katie estavam no estacionamento, olhando para os escombros chamuscados do que um dia fora a loja. Aqui e ali, ela podia ver alguma coisa que reconhecia: o sofá meio queimado, inclinado sobre os escombros; uma prateleira onde ficavam os mantimentos; uma banheira escurecida pelo fogo.

Alguns bombeiros vasculhavam os destroços. Alex lhes pedira para procurar o cofre que guardava em seu armário. Ele tinha tirado a atadura e Katie podia ver o lugar onde haviam raspado a cabeça dele para dar os pontos: a área estava inchada e com manchas pretas e azuladas.

– Eu sinto muito – murmurou Katie. – Por tudo.

Alex balançou a cabeça.

– Você não tem culpa. Não foi você que fez isso.

– Mas Kevin veio atrás de mim...

– Eu sei – disse Alex. Ele ficou em silêncio por um momento. – Kristen e Josh me contaram como você os ajudou a saírem da casa. Josh falou que, depois que você agarrou o Kevin, mandou os dois correrem. Disse que você o distraiu. Eu só queria agradecer.

Katie fechou os olhos.

– Você não pode me agradecer por isso. Se alguma coisa tivesse acontecido com eles, acho que eu nunca me perdoaria.

Ele balançou a cabeça, mas não parecia conseguir olhar para ela. Katie chutou uma pequena pilha de cinzas levada pelo vento ao estacionamento.

– O que você vai fazer? Com relação à loja?

– Reconstruir, eu acho.
– Onde você vai morar?
– Não sei ainda. Vamos ficar na casa de Joyce por um tempo, mas vou tentar encontrar um lugar tranquilo, um lugar com uma vista bonita. Já que não posso trabalhar, vou tentar aproveitar o tempo livre.

Ela sentiu o estômago embrulhar.

– Não consigo nem imaginar como você está se sentindo agora.
– Entorpecido. Triste pelas crianças. Em choque.
– E com raiva?
– Não – disse ele. – Não estou com raiva.
– Mas você perdeu tudo.
– Nem tudo – explicou ele. – Não o que é realmente importante. Meus filhos estão seguros. Você está segura. Isso é tudo o que me interessa. Isso... – disse ele, apontando para os destroços – são apenas coisas. A maior parte pode ser substituída. Só leva tempo. – Quando terminou, ele estreitou os olhos em direção aos escombros. – Espere um segundo.

Ele caminhou até uma pilha de destroços queimados e pegou uma vara de pesca que havia ficado presa entre tábuas enegrecidas de madeira. Estava suja, mas, fora isso, parecia intacta. Pela primeira vez desde que haviam chegado, ele sorriu.

– Josh vai ficar feliz com isso – comentou ele. – Só queria poder encontrar uma das bonecas da Kristen.

Katie cruzou os braços sobre a barriga, sentindo lágrimas em seus olhos.

– Vou comprar uma nova para ela.
– Você não precisa fazer isso. Eu tenho seguro.
– Mas eu quero. Nada disso teria acontecido se não fosse por mim.

Alex olhou para ela.

– Eu sabia no que estava me metendo quando a chamei para sair.
– Mas você não podia esperar por isso.
– Não – admitiu ele. – Isso não. Mas vai ficar tudo bem.
– Como você pode ter certeza?
– Porque é verdade. Nós sobrevivemos e isso é tudo que importa. – Alex pegou sua mão e Katie sentiu os dedos dele se entrelaçarem aos seus. – Não tive a chance de dizer que sinto muito.
– Pelo quê?
– Por sua perda.

Ela sabia que ele estava falando de Kevin e não tinha certeza do que dizer. Ele parecia entender que ela tinha amado e odiado o marido ao mesmo tempo.

– Nunca quis que ele morresse – começou ela. – Só queria que me deixasse em paz.

– Eu sei.

Ela se virou, hesitante, na direção dele.

– Nós vamos ficar bem? Quero dizer, depois de tudo isso?

– Acho que depende de você.

– De mim?

– Meus sentimentos não mudaram. Ainda amo você, mas você precisa descobrir se os seus sentimentos são os mesmos.

– Não mudaram.

– Então vamos encontrar uma maneira de superar tudo isso juntos, porque eu sei que quero passar o resto da minha vida com você.

Antes que ela pudesse responder, um dos bombeiros os chamou e eles viraram em sua direção. Quando ele se levantou, segurava um pequeno cofre.

– Você acha que foi danificado? – perguntou Katie.

– Não deveria – respondeu Alex. – É à prova de fogo. Foi por isso que o comprei.

– O que há nele?

– Principalmente documentos, e eu vou precisar deles. Alguns negativos e discos de fotos. Coisas que eu queria proteger.

– Fico feliz que tenham encontrado.

– Eu também – disse Alex. Ele fez uma pausa. – Porque tem algo ali para você.

42

Depois de deixar Alex na casa de Joyce, Katie finalmente dirigiu para sua cabana. Apesar de não querer voltar, sabia que não podia adiar o inevitável para sempre. Mesmo que não pretendesse ficar lá, precisava pegar algumas de suas coisas.

À medida que o carro passava, a poeira se levantava do cascalho e ela sentia os buracos pelo caminho. Quando parou em frente à casa, ficou sentada no jipe – amassado e arranhado, mas ainda funcionando bem – e olhou para a porta, lembrando que Kevin sangrara ali até a morte, o olhar fixo no rosto dela.

Ela não queria ver as manchas de sangue. Tinha medo de abrir a porta e lembrar como Alex ficara quando Kevin o acertara. Katie podia ouvir as vozes de Kristen e Josh chorando histericamente agarrados ao pai. Ela não estava preparada para reviver tudo aquilo.

Em vez disso, seguiu para a casa de Jo. Em sua mão, estava a carta que Alex lhe dera. Quando lhe perguntara por que ele tinha escrito para ela, Alex balançara a cabeça.

– Não fui eu que escrevi – dissera ele. E ela o fitava, confusa. – Você vai entender quando ler.

Quando ela se aproximou da casa de Jo, sentiu uma lembrança insistir em voltar. Algo que acontecera na noite do incêndio. Algo que tinha visto, mas não conseguira identificar direito. Quando sentiu que sua mente começava a chegar perto do que era, a lembrança escapuliu. Ela diminuiu o passo à medida que se aproximava da casa de Jo, franzindo o rosto, confusa.

Havia teias de aranha na janela e uma veneziana tinha caído no chão. A cerca da varanda estava quebrada e ela podia ver ervas daninhas brotando por entre as tábuas. Seus olhos absorviam tudo, mas ela era incapaz de processar a cena à sua frente: uma maçaneta enferrujada, meio pendurada na porta, sujeira nas janelas como se não fossem limpas havia anos.

Nenhuma cortina...

Nenhum capacho...

Nenhum sino dos ventos...

Ela hesitou, tentando entender o que estava vendo. Katie se sentia estranha e leve, como se estivesse sonhando acordada. Quanto mais se aproximava, mais a casa parecia se decompor diante dela.

Piscou e percebeu que a porta estava rachada ao meio, com uma tábua pregada na horizontal, fixando-a ao batente que se desintegrava. Ela piscou novamente e viu que parte da parede, no canto, tinha apodrecido, deixando um buraco irregular.

Piscou uma terceira vez e percebeu que a metade inferior da janela estava rachada e quebrada; pedaços de vidro tinham se espalhado pela varanda. Katie subiu ali, incapaz de se conter. Então se inclinou e olhou pelas janelas para dentro da cabana escura.

Poeira e sujeira, móveis quebrados, pilhas de lixo. Nada pintado, nada limpo. De repente, Katie deu um passo atrás na varanda, quase tropeçando num degrau quebrado.

Não. Não era possível, simplesmente não era. O que tinha acontecido com Jo e as melhorias que ela fizera na pequena cabana? Katie vira Jo pendurar o sino dos ventos. Jo fora à sua casa, reclamando de ter que pintar e limpar. Elas tinham tomado café e vinho juntas, comido queijo, e Jo provocara Katie sobre a bicicleta. Jo se encontrou com ela depois do trabalho e tinham ido a um bar. A garçonete tinha visto as duas. Katie tinha pedido vinho para as duas...

Mas a taça de Jo permanecera intocada.

Katie massageou as têmporas, sua mente acelerada, buscando respostas. Lembrou-se de que Jo estava sentada na escada quando Alex a levara em casa. Até Alex a vira...

Ou não vira?

Katie se afastou da casa caindo aos pedaços. Jo era real. Não havia como ela ter sido fruto de sua imaginação. Ela não a inventara.

Mas Jo gostava de tudo que você fazia: tomava café da mesma maneira que você, gostava das roupas que você comprava, tinha a mesma opinião sobre os funcionários do Ivan's.

Uma dúzia de detalhes aleatórios de repente começou a surgir em sua mente e vozes duelavam em sua cabeça...

Ela morava aqui!

Mas por que a casa está um lixo?

Nós olhamos para as estrelas juntas!

Você olhou para as estrelas sozinha, e é por isso que ainda não sabe seus nomes.

Tomamos vinho na minha casa!

Você bebeu a garrafa toda sozinha, e foi por isso que ficou tão zonza.

Jo me falou sobre Alex! Queria que nós ficássemos juntos!

Ela nunca mencionou o nome dele até você descobrir qual era, e você estava interessada nele o tempo todo.

Jo foi a psicóloga das crianças!

Essa foi a desculpa que você usou para nunca contar a Alex sobre ela.

Mas...

Mas...

Mas...

Uma a uma, as respostas vieram tão rápido quanto Katie podia pensar nelas: a razão para ela não saber o sobrenome de Jo ou vê-la dirigir um carro... a razão para Jo nunca tê-la convidado para ir à sua casa ou aceitado sua oferta para ajudá-la com a pintura... por que Jo aparecera magicamente ao lado de Katie usando roupa de ginástica...

Katie sentiu uma coisa estranha dentro dela quando viu tudo se encaixar.

Jo nunca tinha estado ali.

43

Ainda sentindo como se estivesse em um sonho, Katie voltou para casa, atordoada. Sentou na cadeira de balanço e olhou para a casa de Jo, pensando se tinha ficado completamente louca.

Sabia que criar amigos imaginários era algo comum entre as crianças, mas ela não era criança. E sim, ela andara sob um forte nível de estresse quando chegara a Southport. Sozinha e sem amigos, fugindo, sempre olhando por cima do ombro, com medo de que Kevin pudesse encontrá-la – quem não ficaria ansiosa? Mas isso seria suficiente para a criação de um alter ego? Talvez alguns psiquiatras dissessem que sim, mas ela não tinha tanta certeza.

O problema era que ela não queria acreditar nisso. Não podia acreditar porque parecera tão... *real*. Ela se lembrava daquelas conversas, ainda podia ver as expressões de Jo, ouvir o som de sua risada. Suas lembranças de Jo pareciam tão reais quanto as lembranças que tinha de Alex. É claro que ele provavelmente não era real também. Ela provavelmente o inventara. E Kristen e Josh. Ela devia estar amarrada a uma cama de hospício em algum lugar, perdida em meio a um mundo inteiro criado por sua mente. Katie balançou a cabeça, frustrada e confusa. Ainda assim...

Outra coisa a incomodava, algo que não sabia exatamente dizer o que era. Ela estava se esquecendo de alguma coisa. Algo importante.

Por mais que tentasse, não conseguia identificar o mistério. Os acontecimentos dos últimos dias a haviam deixado nervosa e esgotada. Ela olhou para cima. O crepúsculo começava a se espalhar pelo céu e a temperatura caía. Perto das árvores, uma névoa se formava.

Desviando o olhar da casa da Jo – que era como sempre iria se referir ao lugar, independentemente do estado de espírito que isso implicasse –, Katie pegou a carta e examinou-a. O envelope estava em branco.

Havia algo de assustador com relação à carta fechada, mesmo que ela não soubesse direito o quê. Podia ser a expressão de Alex quando a entregara... De alguma forma, ela sabia que não era apenas sério, mas também importante para ele.

Ela não entendia por quê. Mas ia escurecer em breve e Katie sabia que estava ficando sem tempo. Virando o envelope, tirou o selo. Sob a fraca luz, correu o dedo sobre o papel amarelo pautado antes de abrir as páginas. Finalmente, começou a ler:

À mulher que meu marido ama,
Se parecer estranho para você ler estas palavras, por favor, acredite em mim quando lhe digo que também é estranho escrevê-las. Por outro lado, nada com relação a esta carta parece normal. Há tanta coisa que quero dizer e, quando coloquei a caneta no papel, tudo estava claro em minha mente. Agora, porém, estou lutando para encontrar as palavras e não sei por onde começar.
Posso começar dizendo o seguinte: passei a acreditar que há um momento inegável de mudança na vida de cada pessoa, um conjunto de circunstâncias que, de repente, muda tudo. Para mim, esse momento foi quando conheci o Alex. Embora não saiba quando ou onde você está lendo isso, sei que significa que ele a ama. Também significa que ele quer dividir a vida com você e, no mínimo, sempre teremos isso em comum.
Meu nome, como você provavelmente sabe, é Carly, mas, durante a maior parte da minha vida, meus amigos me chamaram de Jo.

Katie parou de ler e olhou para a carta em suas mãos, incapaz de absorver suas palavras. Então respirou fundo e releu aquele pedaço: "durante a maior parte da minha vida, meus amigos me chamaram de Jo."

Ela agarrou as páginas, sentindo a lembrança que lutava para recuperar. De repente, ela estava de volta ao quarto de Alex na noite do incêndio. Sentiu a tensão em seus braços e suas costas quando jogou a cadeira de balanço pela janela, sentiu a onda de pânico quando enrolou Josh e Kristen no edredom, e logo depois ouviu o barulho alto de madeira rachando atrás dela. Com súbita clareza, lembrou-se de girar o corpo e ver o quadro pendurado na parede, o retrato da esposa de Alex. Naquela hora, ela estava confusa, seus nervos sofrendo um curto-circuito em meio àquele inferno de fumaça e medo. Mas ela vira o rosto. Sim, tinha até se aproximado para ter uma visão melhor.

Ela se parece muito com a Jo, lembrou-se de ter pensado, mesmo que sua mente não tivesse conseguido processar isso. Mas agora, ali sentada na varanda sob o céu que escurecia, teve certeza de que estava errada. Errada sobre tudo. Ela levantou os olhos para a cabana de Jo novamente.

A mulher do retrato parecia com a Jo porque *era* a Jo. E, do nada, sentiu outra lembrança voltar até ela, uma do dia em que conhecera a amiga.

Meus amigos me chamam de Jo, dissera ela quando se apresentara.

Ah, meu Deus. Katie empalideceu. Ela não imaginara Jo, entendeu de repente. Não a criara. Jo *tinha* estado ali, e Katie sentiu um nó na garganta. Não porque não acreditava nisso, mas porque de repente compreendeu que sua amiga Jo – sua única verdadeira amiga, sua sábia conselheira, sua confidente, aquela que a apoiava – nunca mais voltaria.

Elas nunca mais tomariam café, nunca dividiriam outra garrafa de vinho, nunca mais se encontrariam na varanda da frente. Ela nunca mais ouviria o som da risada de Jo ou veria a forma como ela arqueava a sobrancelha. Nunca mais ouviria Jo reclamar de ter que fazer algum trabalho pesado, e começou a chorar, lamentando a maravilhosa amiga que nunca tivera chance de conhecer em vida.

✻

Ela não sabia direito quanto tempo havia se passado até conseguir voltar a ler. Estava escurecendo e, com um suspiro, ela se levantou e abriu a porta da frente. Lá dentro, sentou-se à mesa da cozinha. Jo uma vez se sentara na cadeira em frente. Por alguma razão que não sabia explicar, Katie sentiu que começava a relaxar.

Está bem, pensou consigo mesma. *Estou pronta para ouvir o que você tem a dizer.*

Por favor, fique à vontade para me chamar como quiser e, só para você saber, já a considero uma amiga. Espero que, até o final desta carta, você sinta o mesmo a meu respeito.

Morrer é uma coisa estranha, e não vou aborrecê-la com os de-

talhes. Posso ter semanas ou meses e, apesar de ser clichê, é verdade que muitas das coisas que eu acreditava serem importantes já não são mais. Não leio mais o jornal nem me preocupo com o mercado de ações, nem se vai chover durante as minhas férias. Em vez disso, me vejo refletindo sobre os momentos essenciais da minha vida. Penso em Alex e como ele estava bonito no dia em que nos casamos. Lembro a alegria e a exaustão que senti quando segurei Josh e Kristen pela primeira vez em meus braços. Eles eram bebês maravilhosos e eu costumava colocá-los no colo e olhar para eles enquanto dormiam. Eu podia fazer isso por horas, tentando descobrir se o nariz deles ou os olhos se pareciam com os meus ou com os do Alex. Às vezes, quando estavam sonhando, seus pequenos punhos se cerravam em torno do meu dedo, e me lembro de pensar que nunca experimentara uma forma mais pura de alegria.

Só quando tive filhos foi que realmente entendi o que o amor significava. Não me entenda mal. Eu amo Alex profundamente, mas é diferente do amor que sinto por Josh e Kristen. Não sei como explicar isso e acho que não preciso. Tudo o que sei é que, apesar da minha doença, ainda assim me sinto abençoada, porque vivenciei as duas coisas: tive uma vida plena e feliz e senti o tipo de amor que muitas pessoas nunca vão conhecer.

Meu prognóstico me assusta. Tento ser corajosa perto do Alex, e as crianças ainda são muito novas para entender o que está acontecendo, mas, nos momentos tranquilos em que estou sozinha, as lágrimas vêm facilmente, e às vezes me pergunto se algum dia irão parar. Embora saiba que eu não devia, me pego pensando no fato de que nunca vou levar meus filhos à escola ou que nunca vou ter outra oportunidade de ver a alegria deles na manhã de Natal. Nunca vou ajudar Kristen a comprar um vestido de formatura ou ver Josh jogar beisebol. Há tanta coisa que nunca farei com eles, e às vezes me desespero em pensar que não serei nada além de uma lembrança distante quando se casarem.

Como posso dizer a eles que eu os amo se não estarei mais aqui?

E Alex. Ele é o meu sonho e meu companheiro, meu amante e meu amigo. É um pai dedicado, mas, mais do que isso, ele é meu marido ideal. Não consigo descrever o conforto que sinto quando ele me toma em seus braços ou como anseio pelo momento de me deitar ao lado dele à noite. Ele tem um senso de humanidade inabalável, uma fé na bondade da vida, e parte meu coração imaginá-lo sozinho. É por isso que pedi a ele para lhe dar esta carta. Pensei nisso como uma forma de fazê-lo cumprir sua promessa de que se permitiria encontrar alguém especial de novo – alguém que o ame e que ele possa amar. Ele precisa disso.

Sou abençoada por ser casada com ele há cinco anos e cuidar dos meus filhos por um pouco menos do que isso. Agora minha vida está quase no fim e você vai tomar o meu lugar. Você será a mulher que envelhecerá ao lado do Alex e a única mãe que meus filhos irão conhecer. Você não pode imaginar como é terrível estar deitada em uma cama, olhar para a minha família, sabendo essas coisas, e perceber que não há nada que eu possa fazer para mudá-las. Às vezes, sonho que vou descobrir um jeito de voltar, que posso encontrar uma maneira de garantir que eles ficarão bem. Gosto de acreditar que vou protegê-los lá do céu, ou que poderei visitá-los em seus sonhos. Quero fingir que minha jornada ainda não acabou e rezo para que o amor sem limites que sinto por eles, de alguma forma, torne isso possível.

É aí que você entra. Quero que você faça algo por mim.

Se você ama Alex agora, ame-o para sempre. Faça-o sorrir de novo e aproveite o tempo que passarem juntos. Façam caminhadas e andem de bicicleta, aconcheguem-se juntos no sofá e assistam a filmes embaixo de um cobertor. Faça café da manhã para ele, mas não o mime. Deixe-o fazer café da manhã para você também, para que ele possa lhe mostrar que a acha especial. Beije-o e faça amor com ele e considere-se uma mulher de sorte por tê-lo conhecido, pois ele é o tipo de homem que vai provar que você está certa.

Também quero que você ame meus filhos da mesma maneira que eu. Ajude-os com a lição de casa e beije seus cotovelos e joelhos ralados quando caírem. Passe a mão pelo cabelo deles e garanta que conseguirão fazer o que quiserem se eles se dedicarem. Coloque-os na cama à noite e ajude-os a fazerem suas orações. Prepare as refeições deles; apoie-os com suas amizades. Adore os dois, ria com eles, ajude-os a crescerem e se tornarem adultos gentis e independentes. O amor que der a eles será retribuído e multiplicado por dez com o tempo. Eles têm o exemplo do pai.

Por favor. Eu imploro, faça essas coisas por mim. Afinal, eles são a sua família agora.

Não estou com ciúmes ou raiva por ter sido substituída; como já falei, eu a considero uma amiga. Você fez meu marido e meus filhos felizes, e gostaria de estar por perto para lhe agradecer pessoalmente. Em vez disso, tudo o que posso fazer é garantir que você tem minha eterna gratidão.

Se Alex escolheu você, então quero que acredite que eu também a escolhi.

Sua amiga em espírito,
Carly Jo

Quando terminou de ler a carta, Katie enxugou as lágrimas e correu o dedo pelas páginas antes de guardá-las de volta no envelope. Sentou em silêncio, pensando nas palavras que Jo tinha escrito e já sabendo que faria exatamente o que ela lhe pedira.

Não por causa da carta, pensou, mas porque sabia que, para começar de alguma forma inexplicável, fora Jo que a encorajara gentilmente a dar uma chance a Alex.

Ela sorriu.

– Obrigada por confiar em mim – sussurrou, e sabia que Jo estava certa o tempo todo.

Ela havia se apaixonado por Alex e pelas crianças e já não conseguia imaginar um futuro sem eles. Estava na hora de ir para casa. Estava na hora de ver sua família.

Lá fora, a lua era um luminoso disco branco que a guiou de volta ao jipe. Mas, antes de subir, ela olhou por cima do ombro em direção à casa da Jo.

As luzes estavam acesas e as janelas da cabana irradiavam um brilho amarelo. Na cozinha pintada, ela viu Jo de pé perto da janela. Embora estivesse muito longe para identificar muito mais do que isso, Katie teve a sensação de que ela estava sorrindo. Jo levantou a mão em um aceno cordial, e Katie se lembrou novamente que o amor às vezes pode conseguir o impossível.

Quando Katie piscou, no entanto, a casa ficou escura outra vez. Não havia nenhuma luz acesa e Jo tinha desaparecido, mas ela achou que podia ouvir as palavras da carta sopradas pela suave brisa.

Se Alex escolheu você, então quero que acredite que eu também a escolhi.

Katie sorriu e se virou, sabendo que não era uma ilusão ou fruto de sua imaginação. Ela sabia o que tinha visto.

Sabia no que acreditava.

Agradecimentos

Sempre que concluo um livro, eu me pego refletindo sobre as pessoas que me ajudaram. Como sempre, agradeço a Cathy, que, além de ter de aturar o mau humor criativo que, por vezes, me acomete, teve um ano muito difícil, pois perdeu os pais. Amo você e gostaria que houvesse algo que eu pudesse fazer para diminuir a dor que sente. Meu coração está com você.

Também gostaria de agradecer aos meus filhos – Miles, Ryan, Landon, Lexie e Savannah. Miles está na faculdade e minhas caçulas, no terceiro ano. Acompanhar o crescimento deles é sempre uma fonte de alegria.

Minha agente, Theresa Park, sempre merece meu agradecimento por tudo que faz para me ajudar a escrever o melhor romance possível. Tenho sorte de trabalhar com você.

Digo o mesmo de Jamie Raab, minha editora. Ela me ensinou muito sobre a arte de escrever, e sou grato por sua presença em minha vida.

Denise DiNovi, minha amiga em Hollywood e produtora de alguns dos meus filmes, tem sido uma fonte de alegria e amizade ao longo dos anos. Obrigado por tudo que fez por mim.

David Young, diretor-executivo do Hachette Book Group, é inteligente e incrível. Obrigado por tolerar o fato de eu sempre atrasar a entrega dos meus manuscritos.

Howie Sanders e Keya Khayatian, meus agentes cinematográficos, trabalham comigo há anos, e devo muito do meu sucesso ao seu trabalho árduo.

Jennifer Romanello, minha relações-públicas na Grand Central Publishing, trabalhou comigo em todos os romances que escrevi, e me considero um cara de sorte por tudo que ela faz.

Edna Farley, minha outra relações-públicas, é profissional e diligente, e tem o poder de fazer com que minhas turnês transcorram tranquilamente. Obrigado.

Scott Schwimer, meu advogado da área de entretenimento, não é só um amigo, mas também é excepcional em negociar os detalhes dos meus contratos. Me sinto honrado em trabalhar com você.

Abby Koons e Emily Sweet, duas colegas do Park Literary Group, merecem meu agradecimento por seu trabalho com minhas editoras estrangeiras, meu site e quaisquer contratos que apareçam. Vocês são as melhores.

Marty Bowen e Wyck Godfrey, que fizeram um trabalho incrível como produtores de *Querido John*, merecem meus agradecimentos. Admiro o cuidado que eles tiveram com o projeto.

Da mesma forma, foi maravilhoso trabalhar com Adam Shankman e Jennifer Gibgot, os produtores de *A última música*. Obrigado por tudo que fizeram.

Courtenay Valenti, Ryan Kavanaugh, Tucker Tooley, Mark Johnson, Lynn Harris e Lorenzo di Bonaventura mostraram grande paixão pelos filmes adaptados de meus romances, e quero agradecer a todos por tudo que fizeram.

Obrigado também a Sharon Krassney, Flag e à equipe de editores e revisores que tiveram que trabalhar vários dias até tarde para preparar este romance para impressão.

Jeff Van Wie, meu colega de roteiro em *A última música*, merece meu agradecimento por sua paixão e dedicação na elaboração dos roteiros, além de sua amizade.

CONHEÇA OUTROS TÍTULOS DO AUTOR

Almas gêmeas

Hope Anderson está numa encruzilhada. Aos 36 anos, ela namora o mesmo homem há seis, sem perspectiva de casamento. Quando seu pai é diagnosticado com ELA, Hope resolve passar uma semana na casa de praia da família, na Carolina do Norte, para pensar nas difíceis decisões que precisa tomar em relação ao próprio futuro.

Tru Walls nasceu numa família rica no Zimbábue. Nunca esteve nos Estados Unidos, até receber uma carta de um homem que diz ser seu pai biológico, convidando-o a encontrá-lo numa casa de praia na Carolina do Norte. Intrigado ele aceita e faz a viagem.

Quando os dois estranhos se cruzam na praia, nasce entre eles uma ligação eletrizante e imediata. Nos dias que se seguem, os sentimentos que desenvolvem um pelo outro os obrigam a fazer escolhas que colocam à prova suas lealdades e reais chances de felicidade.

O novo romance de Nicholas Sparks, na tradição de *Diário de uma Paixão* e *Noites de Tormenta*, aborda as muitas facetas do amor, os arrependimentos e a esperança que nunca morre, trazendo à tona a pergunta: por quanto tempo um sonho consegue sobreviver?

Dois a dois

Com uma carreira bem-sucedida, uma linda esposa e uma adorável filha de 6 anos, Russell Green tem uma vida de dar inveja. Ele está tão certo de que essa paz reinará para sempre que não percebe quando a situação começa a sair dos trilhos.

Em questão de meses, Russ perde o emprego e a confiança da esposa, que se afasta dele e se vê obrigada a voltar a trabalhar. Precisando lutar para se adaptar a uma nova realidade, ele se desdobra para cuidar da filhinha, London, e começa a reinventar a vida profissional e afetiva – e a se abrir para antigas e novas emoções.

Lançando-se nesse universo desconhecido, Russ embarca com London numa jornada ao mesmo tempo assustadora e gratificante, que testará suas habilidades e seu equilíbrio emocional além do que ele poderia ter imaginado.

Em *Dois a dois*, Nicholas Sparks conta a história de um homem que precisa se redescobrir e buscar qualidades que nem desconfiava possuir para lutar pelo que é mais importante na vida: aqueles que amamos.

No seu olhar

Filha de imigrantes mexicanos, Maria Sanchez é uma advogada inteligente, bonita e bem-sucedida que aprendeu cedo o valor do trabalho duro e de uma rotina regrada. Porém, um trauma a faz questionar tudo em que acreditava e voltar para sua cidade natal, a pequena Wilmington.

A cidade também é o lugar que Colin Hancock escolheu para se dar uma segunda chance. Apesar de jovem, ele sofreu mais violência e abandono do que a maioria das pessoas. Também cometeu sua parcela de erro e magoou mais gente do que gostaria. Agora está determinado a mudar de vida, tornar-se professor e dar às crianças o carinho e a atenção que ele próprio não teve.

Colin e Maria não foram feitos um para o outro, mas um encontro casual durante uma tempestade mudará o rumo de suas histórias. Ao confrontar as diferenças entre os dois, eles questionarão as próprias convicções. E, ao enxergar além das aparências, redescobrirão a capacidade de amar.

Porém, nessa frágil busca por um recomeço, o relacionamento deles é ameaçado por uma série de incidentes suspeitos que reaviva antigos sofrimentos. E, quando um perigo real começa a se impor, Colin e Maria precisam lutar para que o amor sobreviva.

Com uma trama madura e repleta de emoções e de suspense, No seu olhar mostra que o amor às vezes é forjado em crises que ameaçam nos destruir e que o primeiro passo para a felicidade é acreditar em quem podemos ser.

CONHEÇA OS LIVROS DE NICHOLAS SPARKS

O melhor de mim
O casamento
À primeira vista
Uma curva na estrada
O guardião
Uma longa jornada
Uma carta de amor
O resgate
O milagre
Noites de tormenta
A escolha
No seu olhar
Um porto seguro
Diário de uma paixão
Dois a dois
Querido John
Um homem de sorte
Almas gêmeas
Um amor para recordar
A última música
O retorno
O desejo
Primavera dos sonhos
Contando milagres

Para saber mais sobre os títulos e autores da Editora Arqueiro,
visite o nosso site e siga as nossas redes sociais.
Além de informações sobre os próximos lançamentos,
você terá acesso a conteúdos exclusivos
e poderá participar de promoções e sorteios.

editoraarqueiro.com.br

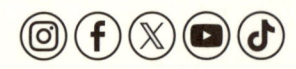